Michael Rogge

Die Abenteuer des Zeitreisenden Puck

VERLAG

Michael Rogge

DIE ABENTEUER DES ZEITREISENDEN PUCK

Roman in drei Teilen für Junge und Alte

„Danke Tina, Du hast mich wirklich inspiriert!“

Impressum

Zeichnungen: Michael Rogge
Texterfassung/Vertrieb: BS-Verlag-Rostock Angelika Bruhn
www.bs-verlag-rostock.de
Herstellung: MOD Offsetdruck GmbH

ISBN 978-3-86785-463-4

Für Dastin, *09.09.2009

09.09.2019

Lieber Dastin,

heute ist Dein 10. Geburtstag. Dazu gratuliere ich Dir von ganzem Herzen und wünsche Dir für Deinen weiteren Lebensweg alles Glück der Welt.

Damit ich als Dein Gratulant nicht mit leeren Händen dastehe, schenke ich Dir ein Buch. In diesem Falle kann ich Dir stolz berichten, dass ich derjenige bin, der es geschrieben hat. Wenn man Dir daraus vorliest oder Du gar selber darin schmökern kannst, wirst Du Dich auf eine Reise begeben, eine Zeitreise. Du wirst viele neue Freunde finden, die da sind allen voran der Puck, dann Vif, Professor Quasi und Prinzessin Petra. Das sind alles Kinder, alle so alt wie Du. Dann kommen Kapitän Quo Vadis, Herr und Frau Bäumli, König Kasimir, Zauberer Veni Vidi Vici, Tante Magermilch, Balloni, Tina und Anita. Aber das sind noch lange nicht alle. Ich breche mit meiner Aufzählung nur deshalb hier ab, um Dich nicht zu verwirren.

Ja, und die Geschichten, die diese Leute erleben im 18., im 21. und im 24. Jahrhundert sind bestimmt genauso spannend wie die letzten Stunden vor der Bescherung an Weihnachten in jedem Jahr.

Wenn Du irgendwann einmal die ganze Geschichte kennst und die großen Zusammenhänge überblickst, wird ihr Zauber in Deinem Herzen angekommen sein. Auf Deinem Gesicht wird ein breites Lächeln erscheinen, denn dann hast Du alles verstanden und bist ein Teil geworden von dieser wunderbaren Welt.

Ich grüße Dich herzlich,

Dein Opa Michael

Dieser Roman besteht aus drei Teilen

1. TEIL – 1719 Auf der Insel der erfüllten Wünsche

2. TEIL – 2019 Wie der Krieg aus der Welt geschafft wurde

3. TEIL – 2319 Mädchen können das

1. TEIL – 1719

Auf der Insel der erfüllten Wünsche

1 Wie alles begann

TANTE MAGERMILCH UND PUCK

Als ich Großvater wurde, fühlte ich mich plötzlich sehr alt. Das kam wohl daher, dass ich immer einen alten Mann vor mir sah, wenn ich an meinen eigenen Großvater dachte. Nun war ich also der alte Mann, dem so ein kleiner Enkel all die Fragen stellt, die die Welt am Laufen halten.

Schon bald konnte ich feststellen, dass ein Enkelkind einen Zugewinn für das eigene Leben bedeutet. Heute kann ich sagen, Großvater sein ist ein Geschenk und eine Aufgabe zugleich. Wer das Geschenk annimmt und sich der Aufgabe stellt, wird neue Kraft für das eigene Leben schöpfen können. Die Sache mit dem Altfühlen ist schnell vergessen, denn die eigene Kindheit scheint zurückzukehren.

Wenn mein Enkel Dastin bei mir zu Besuch ist, bleiben wir nicht lange in der Stube hocken. Es zieht uns hinaus in den Garten, der groß und verheißungsvoll gleich hinter dem Haus beginnt. Wenn Dastin nach etlichen Schwüngen auf der Schaukel, nach kurzen Sprints mit dem Ball über den kurzgeschnittenen Rasen und gezielten Schüssen auf ein selbstgebautes Tor, in das ich gestellt werde, seinem Bewegungsdrang nachgekommen ist, gehen wir ganz nach hinten in den etwas verwilderten Teil des Gartens.

Dort habe ich mir außer Sichtweite des Hauses, zwischen Bäumen, Büschen und Sträuchern, ein kleines Gartenhäuschen gebaut, in das ich mich oft und gerne zurückziehe. Es ist ganz aus Holz, hat aber eine Wand aus vier Glastüren, mit denen man eine breite Öffnung herstellen kann, den Garten quasi hereinholen. Zur Einrichtung gehören nur ein paar Stühle, ein großer Tisch und ein altes

Ledersofa, auf dem man sich herrlich lang ausstrecken und ein Nickerchen halten kann. An den Wänden habe ich Regale befestigt, die vollgestellt sind mit Büchern und Sammelstücken der unterschiedlichsten Art.

Dastin liebt diesen Ort, denn er durfte hier schon immer alles in die Hand nehmen und jedes Buch aus dem Regal ziehen und betrachten. Mit meiner Hündin Nelly hatte er schon als Baby Freundschaft geschlossen. Kein Wunder also, dass sie immer mit dabei ist, ganz besonders gern hier im Gartenhäuschen, denn eine Ecke des Sofas ist immer für sie reserviert.

Dastin weiß in einer Schublade des Tisches seine Zeichenutensilien, und kaum dass wir eingetreten sind, sitzt er am Tisch und zeichnet. Ich schnappe mir ein Buch und staune, wie ruhig und in sich versunken ein ausgepowertes Kind dasitzen und zeichnen kann.

Genau in so einem glücklichen Moment der Ruhe wäre um ein Haar ein großes Unglück passiert. Was für einen Dusel wir drei und noch zwei weitere Personen hatten, werde ich gleich beschreiben.

Es begann damit, dass wir ein leises Pfeifen vernahmen. In der Stille des Augenblicks war es gut zu hören. Der Ton kam von irgendwo draußen und klang wie von einem vergessenen Pfeifkessel erzeugt, nur viel bedrohlicher und stetig lauter werdend. Der Hund stand neben mir auf dem Sofa und hatte die Augen ganz weit aufgerissen. Das blanke Entsetzen war ihm in sein Gesicht geschrieben, dann hechtete er auf meinen Schoß und zitterte wie Espenlaub. Fast im selben Moment verspürten wir eine heftige Erschütterung. Es fühlte sich so an, als ob etwas sehr Schweres vor unserem Häuschen auf den Boden gefallen war.

Dann sahen wir die Bescherung. Eine etwa drei Meter große silberne Kugel, die vor Hitze dampfte, lag direkt vor der Tür. Das muss ein Ufo sein, schoss es mir durch den Kopf. Ein Ufo, was sonst?! Meine Nerven waren zum Zerreißen gespannt. Gleich würden kleine grüne Männchen aussteigen und uns freundlich fragen, auf welchem Planeten sie gelandet sind. Hoffentlich sind sie freundlich, dachte ich noch, als sich wirklich eine Luke auftat. Der Mund wurde mir ganz trocken und mein Herz schlug wie wild.

Was in Dastin vor sich ging, konnte ich in diesem Moment nicht ergründen. Dann sahen wir, wie ein kleiner Fuß nach einem festen Halt aus der weit oben gelegenen Öffnung tastete. Dem Fuß folgte ein Bein, noch ein Bein, zwei Hände, die Arme, und schließlich sprang die Person ganz heraus und landete direkt vor uns im weichen Gras.

Es war ein kleiner Junge, vielleicht zehn Jahre alt. Auf dem Kopf hatte er ein unbeschreibliches Dickicht aus blauschwarzen Locken. Da er uns freundlich anblickte, sprach ich ihn an. Nelly knurrte nur in seine Richtung. Sie hatte ihre Fassung offenbar schon wiedergefunden.

„Da hast du aber Glück gehabt, dass du nicht in irgend ein Gebüsch gefallen bist“, scherzte ich, um meine Aufregung zu überspielen.

Er entgegnete: „Und du hast Glück gehabt, dass ich nicht auf dein Häuschen geplumpst bin.“

Ich wurde bleich, denn er hatte Recht. Wir wären jetzt platt wie eine Briefmarke.

„Wir haben beide Glück gehabt“, sagte er und reichte uns die Hand. „Ich heiße BZAD 523, ihr könnt aber auch Puck zu mir sagen, das ist einfacher.“

Mein Mund blieb vor Staunen offen, und ich vergaß, uns unsererseits vorzustellen.

„Die Kugel ist etwas schräg gelandet“, erklärte er mir, „deshalb ist die Öffnung zu weit oben. Meine Tante kommt so nicht heraus. Übrigens mussten wir eine Notlandung einleiten, weil der Bordcomputer plötzlich einen völligen Energieverlust vermeldete“, fügte er zu seiner Entschuldigung bei. „In der Eile konnten wir nur noch für eine halbwegs weiche Landung sorgen. Die Technik hat soweit gut funktioniert, nur ohne Strom gibt sie eben den Geist auf."

Ich zog mich mit einem Klimmzug zur Luke hinauf. Da die Oberfläche ziemlich heiß war, stieg ich schnell hinein. Im Innern saß tatsächlich eine ältere Dame, durch die Schieflage der Kugel etwas unglücklich auf ihrem Sitz.

„Machen Sie die Gurte los und helfen Sie mir heraus!", befahl sie mir barsch, als ob ich schuld an ihrer Lage wäre.

„Ich werde eine Leiter holen, damit Sie heraus können."

„Tun Sie das, aber schnell!", ordnete sie an.

Ich bemühte mich nett zu bleiben. Es liegt sicher an ihrem Alter, dass sie so seltsam und unfreundlich ist, dachte ich noch. Während wir miteinander sprachen, blickte ich mich in der Kugel um. Hier war alles so, wie man sich das Innere eines Raumschiffes vorstellt: Sitze wie im Flugzeug, mit hoher Lehne und breiten Gurten, davor ein Schaltpult mit Leuchtanzeigen, Knöpfen und Instrumenten, die Wände gepolstert, Verstrebungen aus glänzendem Metall. Kurzum, alles sehr zweckmäßig eingerichtet, aber doch nicht wie von dieser Welt.

Ich beeilte mich, wieder aus der Kugel herauszukommen und die Leiter herbeizuschaffen. Puck und Dastin begleiteten mich.

„In welchem Jahrhundert sind wir eigentlich gelandet?", fragte er mich unvermittelt.

„In welchem Jahrhundert? Ich dachte, du würdest mich fragen, auf welchem Planeten ihr gelandet seid."

„Ach so", lächelte er mich an. „Du glaubst, die Kugel ist ein Raumschiff? Sie ist eine Zeitkugel, man macht Reisen in der Zeit damit."

„Reisen in der Zeit?", fragte ich staunend.

„Ja, wir kommen gerade aus dem achtzehnten Jahrhundert und wollten zurück in unser vierundzwanzigstes."

Ich kam aus dem Staunen nicht heraus. Ich kenne eine Reihe von Filmen, in denen Leute in der Zeit reisen. Die waren gut gemacht, mit tollen Tricks, sehr sehenswert. Aber das hier war doch kein Film. Als ich mich einigermaßen gefasst hatte und wir mit der Leiter zur Tante zurückkehrten, antwortete ich auf seine Frage: „Wir sind hier im einundzwanzigsten Jahrhundert. Es hat gerade begonnen."

„Dachte ich's mir doch!", rief Puck vom hinteren Ende der Leiter, das er trug. Wir stellten die Leiter an die Kugel, die inzwischen abgekühlt war, und halfen der Tante heraus.

„Kommen Sie doch mit ins Haus und nehmen Sie erst mal eine Erfrischung", schlug ich vor. Mein Durst war durch die Aufregung unerträglich geworden, so dass ich mit meinem Vorschlag mehr an mich selber dachte.

„Eine Erfrischung könnten wir gut vertragen", versuchte Puck seine Tante zu überreden. Nach kurzem Überlegen stimmte sie zu. Der Ärger über die Unterbrechung der Reise stand ihr ins Gesicht geschrieben.

„Die Kugel nehmen wir mit", sagte sie, zog ein kleines schwarzes Teil aus der Tasche und richtete es auf die Kugel, so wie man eine Fernbedienung auf einen Fernseher richtet. Sie begann zu schrumpfen, bis sie schließlich nur noch so groß war wie ein Tischtennisball. Da beschloss ich, mich über nichts mehr zu wundern. Wir gingen zum Haus. Puck, Dastin und ich trugen die Leiter.

Der Rest unserer Begegnung mit diesen Leuten aus dem 24. Jahrhundert ist schnell erzählt.

Das Problem, das sie mit ihrer Zeitkugel hatten, bestand in einem simplen Kurzschluss. Der Bordcomputer fand das schnell heraus. Ein lockeres Kabel hatte die Pole überbrückt. Dieser Schaden ließ sich schnell beheben. Viel schlimmer war, dass sich dadurch die Batterie fast völlig entleert hatte. Allerdings war es kein Problem, sie wieder aufzuladen. Nur etwas Sonnenenergie wurde gebraucht, etwa die von drei Tagen sollte reichen.

Wir brauchten also nur abzuwarten und auf gutes Wetter zu hoffen. Es war schließlich Sommer und tatsächlich hielt das schöne Wetter an. Puck legte die Batterie an einen sonnigen Platz, der Rest ging von alleine. Ich staunte, dass die relativ kleine Batterie so eine große schwere Metallkugel durch die Jahrhunderte befördern konnte. Kaum zu glauben, wenn man die Batterien heutiger Elektroautos damit vergleicht und die Reichweite, die sie ermöglichen.

Die Tante blieb unbeteiligt, sie redete kaum und war unnahbar. Dann verwandelte sie sich in eine Kuh und begann zu grasen. Ja, so war es! Ich spinne nicht. Sie verwandelte sich in eine leibhaftige Kuh.

Puck erklärte uns, dass sie diese Kunst während ihres Aufenthaltes im achtzehnten Jahrhundert von einem Zauberer erlernt hatte.

Ich betonte, dass auch wir im einundzwanzigsten Jahrhundert verschiedene Zauberkünstler haben, doch von solch perfekten Tricks war mir nichts bekannt. Immerhin hinterließ die Tante echte Kuhfladen auf meinem Rasen.

Das ging allerdings zu weit. Ich bugsierte die Kuh-Tante durch ein Türchen hinaus auf eine weitläufige Koppel, die hinter dem Garten lag und die von niemandem benutzt wurde. Mit dem Nicken des Kopfes signalisierte sie mir ihre Zustimmung.

Dastin war aus dem Häuschen. Nun konnte er eine richtige Kuh sein eigen nennen, auch wenn das nur für ein paar Tage galt.

Als wir uns nach all der Aufregung wieder in meinem Gartenhäuschen niederließen, Essen und Trinken hatte ich organisiert, konnte ich Puck endlich ein paar Fragen stellen. „Wie funktioniert so eine Zeitkugel?“, war die erste.

„Ganz einfach“, erklärte er mir. „Man setzt sich hinein, gibt dem Bordcomputer die Zeitdaten des gewünschten Zieles ein und fliegt los. Man umkreist die Erde mit sehr, sehr hoher Geschwindigkeit entgegen ihrer Drehrichtung, wenn man in die Vergangenheit reisen will. Für hundert Jahre braucht man einen Tag.“

„So einfach geht das?“, staunte ich. „Und dieser seltsame Name, mit dem du dich vorgestellt hast, was hat es damit auf sich?“, fragte ich weiter.

„Seltsam? Schrecklich sind diese Namen, die sie uns geben", schimpfte Puck. „Solch ein Name mag für jeden Computer ein Genuss sein, für uns Menschen sind sie nur ein Hindernis. Aber die Leute bei uns sind sehr erfinderisch. Sie geben sich Spitznamen. Die sind für die Computer ein Hindernis. Spitznamen sind im öffentlichen Leben nicht erlaubt, doch darum schert sich niemand."

„Aber wie bist du zu deinem Spitznamen gekommen?", wollte ich wissen.

„Ich werde oft umher geschoben", sagte Puck ärgerlich. „Meine Eltern sind fast ständig im Weltraum unterwegs, und weil sie mich nicht mitnehmen dürfen, geben sie mich bei unseren Verwandten ab. Ich werde abgeschoben wie der Puck beim Eishockey. Da ich klein bin, flink und schwarze Haare habe, hätte also kein besserer Spitzname für mich gefunden werden können."

Das leuchtete mir ein.

„Aber erzähl doch mal von dir", bat er mich. „Bist du Doktor oder gar Professor?"

„Leider nicht", gab ich zu, denn zu diesen Titeln hatte ich es nicht gebracht. Ich begriff zunächst auch nicht, warum diese Frage so wichtig für ihn war.

„Was habt ihr da gemacht im achtzehnten Jahrhundert?", fragte ich neugierig, denn ich wollte endlich wissen, was es mit dem Zauberkunststück der Tante auf sich hatte.

Pucks Augen leuchteten auf. „Das ist eine lange Geschichte. Aber wenn ihr möchtet, erzähle ich sie euch zum Dank für eure Hilfe."

Jetzt leuchteten auch unsere Augen, denn für gute Geschichten waren wir schon immer zu haben.

Während sich die Batterie der Zeitkugel allmählich wieder füllte, entführte Puck uns mit seinem Bericht in eine fremde, ferne und wunderbare Welt. Was wir zu hören bekamen, erfüllte uns mit Freude, machte uns erstaunt und erwärmte uns das Herz. Drei Tage, dann war er fertig.

Die Batterie der Zeitkugel hatte sich geladen, wurde in die entsprechende Halterung geklemmt und machte die Zeitkugel zur Weiterreise bereit. Wir verabschiedeten uns voneinander, wie wir uns kennengelernt hatten, schnell und unkompliziert.

„Hast du etwas dagegen, wenn ich deine Geschichte aufschreibe? Ich könnte mir vorstellen, dass es noch mehr Leute bei uns gibt, die sich dafür interessieren. Ich habe zwar überhaupt keine Erfahrung mit dem Schreiben von Geschichten, aber ich könnte es ja versuchen."

„Nichts dagegen", lautete seine Erlaubnis. „Da fällt mir ein, in einem Jahr bin ich wieder im achtzehnten Jahrhundert verabredet. Ich lande hier zwischen und wir sehen uns. Einverstanden?"

„Einverstanden", stimmte ich überrascht zu, denn ich hatte nicht erwartet, ihn jemals wiederzusehen.

„In einem Jahr hier! Ich werde es nicht vergessen. Kommt gut nach Hause und bleibt gesund", rief ich, als sie gerade die Luke der Zeitkugel verschlossen. Pfeifend erhob sie sich wenig später in die Luft und entschwand unseren Blicken.

Ich glaube, Dastin würde immer noch mit offenem Mund dort stehen und in den Himmel starren, wenn ich ihn nicht geschnappt, auf meine Schultern befördert und ins Gartenhäuschen getragen hätte.

Eine schwere Aufgabe wartete dann auf mich. Ich musste aufschreiben, was Puck uns in den vergangenen drei Tagen erzählt hatte. Zum Glück war Dastin eine große Hilfe. Er hatte sich alles gemerkt, selbst das winzigste Detail war ihm nicht entgangen, und er duldete keine Unterlassung.

2 Ein wenig über das 24. Jahrhundert

Es war so ein grauer Wintertag mittendrin im 24. Jahrhundert. Eigentlich war er gar nicht grau, eher strahlend weiß und kalt. Nur unserem Puck schien er grau zu sein. Seine Eltern waren wieder einmal auf eine Weltraumexpedition gegangen und hatten ihn abgeschoben. Ein ganzes Jahr sollte es dauern, bis sie zur Erde zurückkehrten. Die Tante hatte es übernommen, in der Zwischenzeit für ihn zu sorgen. Puck wurde furchtbar böse, wenn er nur daran dachte.

Gerade war die Tante aus dem Haus gegangen und hatte die Tür von außen verschlossen. Wütend kletterte Puck auf das Fensterbrett und sah noch, wie sie im Flockenwirbel verschwand.

Es war wirklich ein grauer Wintertag, wenn man ihn von dieser Seite der Fensterscheibe aus betrachten musste. Die Leute draußen hatten ihre Mützen tief in die Gesichter gezogen und rutschten unbeholfen herum. Doch es war ihnen deutlich anzumerken, welche Freude sie an diesem Wetter hatten. Endlich gab es wieder einen Winter im 24. Jahrhundert, mit Frost und Schnee und allem, was sonst noch zu einem richtigen Winter dazugehört.

Vor einigen Jahren nämlich hatte so ein eifriger Erfinder die Mittel erfunden, mit denen man das ganze Jahr über Sommer machen konnte. Über diese Nachricht waren alle Leute damals so erfreut gewesen, dass man einstimmig beschloss, den Winter abzuschaffen.

Doch schon bald hatten alle den ewigen Sommer satt. Schon nach wenigen Jahren wurden Stimmen laut, die den Winter zurückforderten. Es wurde sogar öffentlich dafür demonstriert, was schon sehr lange nicht mehr vorgekommen war. Schließlich wurde die Wetterfabrik veranlasst, die Sommerproduktion einzustellen. Sie wurde zu einem Heizkraftwerk umgebaut. Alle Warenhäuser boten wieder Winterbekleidung, Schneeschieber, Streumittel, Schlitten und Skier an, denn dummerweise hatten fast alle Leute diese Dinge weggeworfen.

Aber jetzt rüsteten sie sich voller Begeisterung von neuem für die kalte Jahreszeit, als gelte es, irgendein Abenteuer zu bestehen.

Die Sache mit dem Winter war nur eine von vielen, die schief gelaufen war. Es wurde einfach zu viel erfunden und gleich darauf ausprobiert. Erst später dann stellte man fest, dass diese oder jene Erfindung gar nicht notwendig gewesen wäre.

Puck rutschte vom Fensterbrett herunter. Es ärgerte ihn, ach was, es machte ihn wütend, nicht hinaus zu können wie alle anderen auch.

„Mach dir den Hausbildungsservice an und lerne was Gescheites, damit du bald erwachsen bist", hatte die Tante noch gerufen, als sie das Haus verließ.

Klar, dachte Puck, sie geht hinaus ins schönste Schneegestöber und ich bin hier eingesperrt und bekomme auch noch Lust, mich mit ernsthaften Dingen zu beschäftigen. Immer sagt sie das zu mir, wenn sie das Haus verlässt.

Doch Puck wusste es ja genau, es gab dieses Gesetz: Man war erwachsen, wenn man eine Prüfung über ein selbst gewähltes Wissensgebiet bestanden hatte. Manche schafften es mit zwölf, andere schon mit zehn, was aber selten vorkam, wieder andere erst mit zweiundzwanzig.

War man dann auf diese Weise erwachsen geworden, musste man zwar arbeiten gehen und Steuern bezahlen, doch man durfte sich auch eine eigene Wohnung nehmen und in den Weltraum reisen. Das spornte viele an, aber die Prüfungen waren streng. Schließlich galt es auch, ein einigermaßen annehmbares Wissensgebiet zu finden. Mathematik, Physik, Chemie, Biologie, Astronomie, Technik und Medizin waren sehr beliebt. Auch Altertumskunde kam in Betracht, und das schien Puck schon weitaus interessanter.

Der Hausbildungsservice, kurz HBS, bot mit seinen zweihundertdreiundsiebzig Lernprogrammen Bildungsmöglichkeiten aller erster Güte, die zur Vorbereitung auf die Prüfung zum Erwachsenwerden auch fleißig benutzt wurden.

Puck grübelte schon lange darüber nach, in welchem Wissensgebiet er die Prüfung ablegen sollte. Schließlich wollte er danach nicht noch einmal beginnen müssen, sondern gleich den Doktor machen. Dafür musste er aber eine eigene Idee zu seinem Wissensgebiet entwickeln und in einem Code-Text darlegen, der dann in der Wissensbank allen Interessierten zur Verfügung stand.

Pucks Vater hatte ihm das oft erklärt. So wusste Puck auch von der Möglichkeit, für drei selbst gestaltete Hausbildungsservicefolgen den Professor-Service-Titel zu erhalten, mit dem man endlich aus allem raus war, denn die Steuern fielen weg und es bestand Anspruch auf eine Privatrakete.

Puck schaltete den Bildschirm des HBS an und wählte die Programme durch. Vorträge, Reiseberichte, technische Beschreibungen, grafische Darstellungen, Lebensläufe berühmter Leute, Berechnungen, Vergleiche, Analysen und Erklärungen purzelten vor seinen Augen durcheinander, dass ihm ganz schwindlig wurde. Auf 274 lag das Unterhaltungsprogramm des HBS. Hier konnte man nach dem Unterricht entspannen und einen Film ansehen oder einer Musiksendung lauschen.

Als Puck bei 274 angekommen war, begann gerade eine neue Abenteuerserie, die im achtzehnten Jahrhundert spielte und von Seeräubern handelte. Riesige Schiffe näherten sich mit aufgeblähten Segeln plastisch wie in Wirklichkeit dem Betrachter vor dem Bildschirm. Schließlich waren die bunt gekleideten Seeräuber zu erkennen, die Furcht erregend mit den Augen rollten und wild ihre Säbel schwangen.

Gespannt schaute Puck dem Geschehen zu, das dann begann. Nach einer halben Stunde war alles vorbei. Eine freundliche Ansagerin versprach den nächsten Teil in einer Woche. Dann begann eine Musiksendung. Darin wurde über die famose Sängerin Tina berichtet, die im zwanzigsten und einundzwanzigsten Jahrhundert lebte und dort unglaubliche Erfolge feierte. Sie war gerade eben zu den 100 größten Talenten gewählt worden, die es seit der Erfindung des Rock and Roll in den Fünfzigern des zwanzigsten Jahrhunderts gab. Viele Leute waren immer noch begeisterte Fans von ihr und von dieser Musik.

Puck spürte die unglaubliche Energie, die die Sängerin ausstrahlte und gab sich wie hypnotisiert ihren Darbietungen hin. Nach dem dritten Lied kam die Tante.

Puck schaltete den HBS schnell ab, um nicht in den Verdacht zu geraten, ihrer Aufforderung nach sinnvollem Tun doch nicht gefolgt zu sein. Sie betrat das Zimmer, öffnete ihre Tasche und legte drei alte Bücher auf den Tisch.

„Schau Puck, was ich mir gekauft habe. Sind die nicht schön alt? Aber nicht anfassen!“

Puck sah nur ein großes altes Segelschiff auf dem Deckel des einen Buches, mehr Zeit blieb ihm nicht, die neuen Schätze der Tante zu betrachten. Schon sperrte sie die Bücher zu vielen anderen in einen Schrank.

Puck kannte die Leidenschaften seiner Tante genau. Die eine war das Sammeln solcher altertümlichen Dinger, die Bücher hießen. Sie kaufte sie in speziellen Läden, brachte sie nach Hause und legte sie in irgendeinen Schrank.

Eine zweite, die er täglich zu spüren bekam, war von ganz anderer Art. Die Tante gehörte so einer modernen Gesundheitsbewegung an, die davon überzeugt war, alle möglichen Krankheiten und Gebrechen mit Magermilch entweder verhindern oder heilen zu können. Heimlich nannte Puck sie darum Tante Magermilch. Wegen dieser Überzeugung hatte sie die schreckliche Angewohnheit, jeden Augenblick Magermilch zu trinken. Dagegen hatte Puck nichts einzuwenden. Doch dass auch er an diesem zweifelhaften Vergnügen teilnehmen musste, machte ihn wütend. Und schon war es wieder so weit: „Komm Puckilein, Magermilch trinken!"

Puck rutschte tief in seinen Sessel und verzog das Gesicht zu einer furchtbaren Grimasse. Nein – das war kein Leben für den kleinen und sonst so fröhlichen Puck.

Doch was sollte er machen, seine Eltern waren weit weg, auf ein Jahr zur Milchstraße, ausgerechnet zur Milchstraße.

3 Wie Pucks Geschichte beginnt, eine Geschichte zu werden

Die Tante war seit einigen Stunden zu einer Versammlung der Magermilchgesundheitsbewegung unterwegs. Endlich konnte Puck ganz ungestört in ihrem Bücherschrank herumstöbern und nach dem Buch mit dem Segelschiff auf dem Deckel suchen. Schnell wurde er fündig. Es war eine Anzahl schöner Bilder darin zu sehen, die seine Neugier noch erhöhten. Doch lesen konnte Puck leider nicht, jedenfalls nicht in diesen Büchern.

Doch im HBS gab es auf Programm sechsunddreißig einen Schnellkurs zum Erlernen des Bücherlesens.

Puck verbrachte eine halbe Stunde voller Konzentration vor dem Bildschirm und erlernte die schwierige Kunst. Bücherlesen, stellte er fest, war wirklich eine sehr umständliche und zeitraubende Tätigkeit. Er verstand, dass dafür etwas Neues erfunden worden war. Es gab aber keine andere Möglichkeit, wollte er jemals den Inhalt des Buches erkunden.

Puck fand heraus, dass es sich um den Lebensbericht eines Seeräuberkapitäns handelte, den man Quo Vadis nannte. Er vertiefte sich in das Buch, um etwas über diesen Kapitän zu erfahren, der vor sechshundert Jahren gelebt hatte. Es interessierte ihn, ob in der

Abenteuerserie des HBS alles der Wirklichkeit entsprechend dargestellt worden war. Puck freute sich darauf, das herauszufinden.

Dabei war ihm noch gar nicht klar, dass er gerade selber dabei war, sich in ein Abenteuer zu stürzen. Die kommenden Ereignisse sollten ihm das lange Jahr bei seiner Tante so recht versüßen und seinen Weg zum Erwachsenwerden sehr beschleunigen. Doch eins nach dem andern.

Angeregt durch seine Lektüre, galoppierten Pucks Gedanken in eine ganz andere Richtung. Die Seeräuberei hatte nämlich in den letzten Jahren wieder neuen Aufschwung genommen. Das Wasser der Ozeane spielte nun keine Rolle mehr, denn der unendliche Weltenraum bildete jetzt den Tummelplatz für die Piraten.

Aber es ging immer noch zu wie in alten Zeiten. Die Kommandanten von irgendwelchen Raumschiffen riskierten schon mal einen Überfall auf einen unbemannten Raumtransporter. Im Gegensatz zum normalen Arbeitsleben im Weltall, das im langweiligen Gleichlauf vonstattenging, war dabei immer eine Menge Spaß zu finden. Oft blieb es bei einer einmaligen Entgleisung der Raumschiffkommandanten, doch ein paar wenige gingen schon bald der berufsmäßigen Weltraumpiraterie nach, so dass doch ein großes Problem daraus entstanden war.

Eigentlich wäre das ein unheimlich interessantes und spannendes Wissensgebiet, fand Puck, über das man spielend seinen Professor machen könnte. Noch spät am Abend grübelte er darüber nach. Die Tante war längst zurückgekehrt und hatte ihn nach einem Bad in Magermilch ins Bett gesteckt. Puck lag mit offenen Augen und herangezogenen Knien gegen die mit Schaumstoff gepolsterte Wand gelehnt. Eine Körperhaltung, die er mit Vorliebe beim Nachdenken einnahm. Ab und zu sah er einen schwachen Lichtschein über die mit Aluminium verkleidete Decke streichen, der von den lautlos startenden Raumschiffen herrührte.

Ich muss versuchen, diesen Seeräuberkapitän aufzutreiben, dachte Puck. Wie wurde er noch genannt? Quo Vadis! Vielleicht könnte ich auf sein Schiff gelangen und dort einige Studien betreiben. Bestimmt lassen sich Rückschlüsse auf unsere heutige Situation ziehen, überlegte er weiter. Die Tante muss eine Reise in der Zeit mit mir machen. Doch wie stelle ich das an?

An dieser Stelle sei erwähnt, dass die technischen Möglichkeiten im 24. Jahrhundert keine Grenzen mehr kannten. Fehlte etwas, wurde es kurzerhand erfunden. Wie wir schon wissen, waren Reisen in der Zeit durchaus möglich. Sie waren ein beliebtes Vergnügen und ein ideales Mittel für die Altertumsforschung. Allerdings durften Kinder nur in Begleitung von Erwachsenen in die Vergangenheit reisen.

Wie kann ich die Tante nur zu solch einer Reise bewegen, überlegte Puck angestrengt. Da fiel ihm ein, dass es dafür eigentlich nur ein Mittel gab, Magermilch! Die Tante hatte nur den Doktortitel. Nun strebte sie danach, auf dem Gebiet der Magermilchforschung ihren Professor zu machen. Da war ihr sicher jedes Mittel recht und jede Möglichkeit willkommen, den ersehnten Erfolg zu erlangen. Doch wie sollte er es anstellen, beides miteinander zu verbinden, seine Absicht, den Seeräuberkapitän auf seinem Schiff zu treffen, und der Tante die dazu notwendige Zeitreise aufgrund ihres Magermilchticks schmackhaft zu machen?

Über die Magermilchgesundheitsbewegung wusste Puck nicht all zu viel. Ihm war nur bekannt, dass jene Milch, von der sich die Anhänger den größten Behandlungserfolg versprachen, gegenwärtig nicht verfügbar war.

Das lag daran, dass eine ganz besondere Rasse von Kühen notwendig war, die es noch nicht gab. Sie musste erst gezüchtet werden. Diese Züchtung, an der man fieberhaft arbeitete, war äußerst kompliziert und würde trotz aller technischen Möglichkeiten doch noch einige Jahre in Anspruch nehmen. Viel gab es in der Magermilchforschung im Moment also nicht zu tun.

Aber genau das war der Punkt, Puck schlug sich vor die Stirn. Das ich nicht gleich darauf gekommen bin. Irgendwo ganz hinten, fast am Schluss des Buches, war von einer Kuh die Rede, die bei einem Überfall erbeutet wurde. Puck hatte es fürchterlich geschüttelt, als er von der Kuh gelesen hatte. Verwundert registrierte er, dass es vor sechshundert Jahren auch schon Kühe gegeben hatte. Doch genau diese Entdeckung war der Schlüssel für seinen Plan. Diese Kuh musste er seiner Tante unter die Nase reiben, um sie von der Notwendigkeit einer Reise in der Zeit zu überzeugen. Sein Plan war gefasst und gleich am nächsten Tag ging er daran, ihn auszuführen.

Unser kleiner Freund genoss wie an jedem Morgen seine Tasse Magermilch. Dabei vergaß er nicht, den guten Geschmack zu loben. Er wollte seine Tante in die richtige Stimmung versetzen. Dann ließ er die Katze aus dem Sack: „Hast du schon mal daran gedacht, dass es die Kuhrasse schon gegeben haben könnte, die ihr züchten wollt? Weißt du, die Angelegenheit beschäftigt mich doch ein wenig, jetzt wo ich so viel von dir darüber erfahren habe."

Über diese Anteilnahme war die Tante sehr erfreut, und gleich goss sie Puck noch eine zweite Tasse Magermilch ein, obwohl das gegen die Anwendungsvorschrift war.

„Dass es die Kuhrasse schon gegeben haben könnte?", wiederholte die Tante Pucks Worte. „Nein, daran habe ich noch nicht gedacht, und ich glaube eigentlich auch nicht, obwohl ..."

Sofort half Puck ihr auf die Sprünge: „Denk doch mal, wie sehr sich im Laufe der Zeit alles verändert hat. Viele Tierarten sind sogar ausgestorben."

Die Tante hatte schon angebissen: „Das ist ein kluger Gedanke, mein lieber Puck. Vielleicht ist wirklich so eine Rasse schon da gewesen, die wir züchten wollen. Viel gibt es in der Magermilchforschung im Moment sowieso nicht zu tun. Warum sollte man die Zwischenzeit nicht nutzen, um auf diese Weise schon sehr viel früher ans Ziel zu kommen?“

Die Tante hatte den Köder schon fast geschluckt, Puck atmete tief durch.

„Aber wo soll man da beginnen, vor sechshundert, vor tausend oder vor zweitausend Jahren?“, dachte die Tante schon ganz besessen von der Idee halblaut nach.

„Weißt du Tante“, gestand Puck, „ich habe ein wenig in einem deiner Bücher geblättert, und da mich sein Inhalt interessierte, habe ich im Hausbildungsservice das Bücherlesen gelernt.“

Über diese Mitteilung wurde die Tante teils böse, denn sie liebte es nicht, wenn Puck ihre altertümlichen Schätze anrührte. Doch teils war sie auch erfreut, denn immerhin hatte Puck mit diesem Verstoß doch seinen Willen gezeigt, sich mit ernsthaften Dingen zu beschäftigen.

Puck fuhr unbeeindruckt fort: „Es ist das Buch mit dem Segelschiff auf dem Deckel, ein Tagebuch über eine Reise. Da kommt eine Kuh drin vor. Übrigens bin ich durch diese Kuh auf die Idee gekommen.“

Schlau wie Puck war, erwähnte er mit keiner Silbe, dass es der Lebensbericht eines Seeräuberkapitäns war und dass das Schiff, auf das er wollte, überfallen und die Kuh geraubt werden würde.

„Ach, du meinst das Buch mit den hübschen Bildern, welches ich mir neulich kaufte? Es ist ungefähr sechshundert Jahre alt. Ein echter Schatz. Sehr, sehr wertvoll. Was steht denn drin? Ich habe ehrlich gesagt das Lesen in meinen Büchern immer noch nicht gelernt.“

Puck traute seinen Ohren nicht. Doch eigentlich sah das der Tante ähnlich. Die Bücher interessierten sie nicht als Dinge, in denen man lesen konnte, sondern nur als Objekte für ihre Sammelleidenschaft. Sie hätte das Lesen jederzeit im HBS lernen können, doch sie hatte durch ihre ständigen Versammlungen in der Magermilchgesellschaft keine Zeit dafür.

Nun gestaltete sich diese Tatsache zu einem ungemein glücklichen Umstand. Puck hatte mit seinem Plan ins Schwarze getroffen. Er berichtete von der Kuh in schillernden Farben. Alle an Bord lobten angeblich ihre Milch, gerade die Magermilch, die der Koch an Bord von dieser Kuh gewann, wäre so köstlich. Sie heilte einen Passagier von einer bösen Krankheit. Puck war nicht mehr zu bremsen. Tatsächlich dachte vor sechshundert Jahren wahrscheinlich noch niemand daran, aus Milch Magermilch zu gewinnen.

Doch die Tante schien überzeugt: „Ich finde es zwar etwas verrückt, gerade auf einem Schiff und noch dazu mit nur einer Kuh von nur einer Rasse die Suche zu beginnen, aber da es deine Idee ist, na gut. Vielleicht bringt uns diese Kuh auch Glück.“ Die Tante war nämlich ein wenig abergläubisch.

„Wann geht es denn nun los?“, fragte Puck, der sehr mit sich zufrieden war.

„Morgen, mein Junge, morgen!“

4 Kapitän Quo Vadis

KAPITÄN QUO VADIS

Die Tante war schon früh am Morgen aus dem Haus geeilt, um in der Zeitzentrale eine Zeitkugel zu buchen und sich bei der Magermilchgesellschaft abzumelden. Selbstverständlich hatte sie nicht versäumt, die Wohnungstür von außen abzuschließen. Doch das störte unseren Puck nicht mehr. Er hatte wenig Zeit, um seinerseits einige Vorbereitungen für die Reise zu treffen.

Puck durchdachte noch einmal seinen Plan: Ich begebe mich also mit der Tante auf das Schiff, das von diesem Seeräuberkapitän überfallen wird. Er hat ja in seinem Buch alles genau vermerkt, Ort, Zeit, Name des Schiffes, Umfang der Beute und so weiter. Beim Überfall muss ich auf der Hut sein, um nicht mit der Mannschaft und den Passagieren eingesperrt zu werden.

Puck hatte gelesen, dass die Piraten so verfuhren, da ihnen an Gefangenen nichts lag. Ich muss mich irgendwo verstecken und in einem günstigen Moment auf das Seeräuberschiff hinüberwechseln. Bin ich erst bei den Seeräubern, können die mich nicht so schnell wieder loswerden. Sicher habe ich dann Zeit, einige Beobachtungen zu machen, die ich später für meine Doktorarbeit verwenden kann.

Puck war sehr mit sich zufrieden. Auf den Gedanken, dass die Seeräuber ihn einfach über Bord werfen könnten, um ihn loszuwerden, darauf kam er nicht.

Dafür hatte er einen anderen Gedanken. Die Datenbank des HBS besaß eine umfangreiche Sammlung von Lebensläufen wichtiger Personen aus der Geschichte. Puck wusste, dass man nur das richtige Programm einstellen und dann den Namen der Person eingeben musste, über die man sich informieren wollte. Puck betätigte den Apparat und tippte den Namen Quo Vadis, Seeräuberkapitän und achtzehntes Jahrhundert ein.

Mal sehen, was nun passiert, dachte Puck. Auf dem Bildschirm wurde ein undeutliches Bildnis eines alten Mannes sichtbar, der nun gar nicht wie ein Seeräuberkapitän aussah. Eine tiefe Sprecherstimme gab Erläuterungen, die aus einer Prosaerzählung zu stammen schienen:

„Im 18. Jahrhundert erzählten sich die Seeleute in verräucherten Hafenspelunken die abenteuerlichsten Berichte über die tolldreisten Überfälle eines Seeräuberkapitäns. Ein einäugiger finsterer Geselle mit einem Elfenbein verzierten Holzbein sei er, erzählten sie. Als riesengroß beschrieben sie ihn und statteten ihn mit den Kräften eines Löwen aus. Wahrscheinlich entsprach er nur so den Vorstellungen, die allgemein vom Aussehen eines Seeräuberkapitäns bestanden. Bis heute hat sich in dieser Hinsicht ja kaum etwas geändert. Nur wenige von den Seeleuten, die vor sechshundert Jahren in den Hafenkneipen saßen, hatten ihn in Wirklichkeit gesehen. Diese wenigen schwiegen jedoch, denn niemand hätte ihnen auch nur ein Wort geglaubt.

Der kleine rundliche Seeräuberkapitän indes wusste nichts von diesen Berichten. Hätte er je davon erfahren, er hätte schrecklich gelacht und seinen dicken Bauch gehalten, um einigermaßen ungehindert von einem gesunden Bein auf das andere gesunde Bein hüpfen zu können. Sein Lachen wäre wie ein Donner über den Ozean gerollt, bis er sich vor Erschöpfung hätte hinsetzen müssen, um sich die Tränen aus beiden gesunden Augen zu wischen.

In einem Punkt jedoch stimmten die Berichte der Seeleute mit der Wahrheit überein. Jener kleine und dicke Mann war ein verwegener und überaus kluger Seeräuberkapitän.

An diesem Beispiel zeigt sich, dass der Beruf, den eine Person ausübt, nicht unbedingt mit ihrer äußeren Erscheinung im Einklang stehen muss", sagte die Sprecherstimme vom Thema abweichend. „Die anderen Seeräuberkapitäne, die es noch zu jener Zeit gab, entsprachen in ihrem Aussehen den Beschreibungen der Seeleute viel eher. Unser Kapitän, nun wir wissen es, bildete darin eine Ausnahme. Immerhin, er verstand sein Handwerk trotz des äußerlichen Mangels, wie es kein anderer verstand.

In der Seeräuberei jener Zeit galt es als sehr modern, das Schiff schon weithin sichtbar als ein Seeräuberschiff zu kennzeichnen. Ein von oben bis unten schwarz geteertes Schiff hatte in den Augen der Seeräuber eine besonders Furcht erregende Wirkung. Dazu gehörten blutrot gefärbte Segel, möglichst viele Kanonen an Deck sowie die bekannte Flagge mit Totenschädel und gekreuzten Knochen am höchsten Mast. Der Kapitän eines solchen Schiffes konnte nur mit einem Holzbein und einer Augenklappe ausgestattet sein.

Diese Maskerade von Schiff und Mann warnte die erwählten Opfer natürlich schon aus größter Entfernung. Oft reichte die Zeit zu einer glücklichen Flucht und wenn nicht, wenigstens für eine erfolgreiche Verteidigung. Unser Kapitän liebte es, sich zu verstellen. Bei der Vorbereitung eines Überfalls war seine ganze Aufmerksamkeit auf die Tarnung des Schiffes und der Mannschaft gerichtet. Er zeigte meisterliche Fähigkeiten, wenn es galt, seinem Schiff ein besonders harmloses und friedfertiges Aussehen zu verleihen. So kam er einmal als Ausflugsgesellschaft getarnt daher gefahren. Zu diesem Zweck wurden extra bunte Girlanden über das ganze Schiff gespannt und Pappnasen, die man zuvor zufällig erbeutet hatte, an die Mannschaft verteilt. Sogar eine improvisierte Musikkapelle fehlte nicht, um dem Ganzen eine möglichst echte Stimmung zu verleihen. Ein anderes Mal tarnte er das Schiff als Eisberg. Das war nur mit großem Aufwand zu realisieren, doch der Erfolg blieb nicht aus. Das erwählte Opfer versuchte sogar, am ‚Eisberg' anzulegen und eine Besteigung zu wagen.

Dann wieder erschien er, als wäre ihm selber ein Seeräuberüberfall widerfahren. Welches ehrliche Schiff hätte da vorbeifahren können, ohne Hilfe leisten zu wollen? Noch verrückter war der Einfall, mit schrecklich qualmenden Rauchbomben ein Feuer an Bord vorzutäuschen und Hilfe bei den Löscharbeiten zu erbitten. Die Ideen gingen ihm nicht aus. Was er auch tat, er traf immer ins Schwarze. Selbstverständlich war die Beute jedes Mal sehr umfangreich. Schon nach den ersten zehn Überfällen, die der Kapitän als junger Mann beging, hätte er sich bequem zur Ruhe setzen und ein Leben an Land beginnen können. Aber davon wollte er nichts wissen. Es lag ihm wenig an dem ganzen Geld und Gold, das er erbeutete. Viel mehr Freude fand er dabei, sich in nächtlichen Stunden einen Plan für den nächsten Raubzug einfallen zu lassen. In dieser Beziehung unterschied er sich von den anderen Piratenkapitänen zu jener Zeit. War eine Beute gemacht, wanderte sie kaum beachtet in den Bauch seines

Schiffes, um später an einem sicheren Ort entladen und versteckt zu werden. An diesem Ort sammelten sich in den vielen Jahren seines Tuns gewaltige Schätze an, genug Gold, um ein kleines Königreich dafür zu bekommen, einschließlich der Schätze, die es dort gab.

Eines Tages sah sich der Kapitän einer völlig neuen Situation gegenübergestellt. Die Besitzer der vielen so schmachvoll getäuschten und beraubten Schiffe, meist Könige, Grafen oder sehr reiche Handelsleute, schworen dem unbekannten Verstellungskünstler eine vernichtende Rache.

Sie nahmen den berühmten Admiral Policek in ihre Dienste, gaben ihm das modernste Schiff und die beste Mannschaft, die sich finden ließ. So ausgestattet, schickten sie ihn auf die Jagd nach unserem Kapitän. Schnell erhielt er Nachricht davon und stellte sich der Herausforderung. Er war sich der großen Ehre bewusst, denn solchen Aufwand betrieb man nur, wenn einer der besten und erfolgreichsten Seeräuberkapitäne zu fangen war. Er scheute sich nicht, seine Arbeit wie bisher zu verrichten. Allerdings musste er nun für allerbeste Tarnung sorgen und größte Sorgfalt bei der Ausführung der Überfälle walten lassen. Doch all das machte ihm sein Seeräuberleben noch viel, viel schöner.

Policek hatte bald begriffen, wie schwer seine Aufgabe war. Oft saß er dem Kapitän dicht auf den Fersen, nachdem er eine heiße Spur gefunden hatte. Doch auf unerklärliche Weise verlief sie sich bald im unendlichen Ozean. In solchen Momenten sah man den ehrgeizigen Admiral herumtoben, denn er hatte bei seiner Ehre geschworen, den unbekannten Seeräuberkapitän zu fangen. Von der Brücke seines schnellen, prachtvollen Schiffes aus traktierte er seine Mannschaft mit sinnlosen Kommandos. Dann schrie er in Richtung eines imaginären Schiffes: ‚Wohin gehst du, Kapitän? – Quo Vadis, Kapitän?' Da sich dieses Schauspiel regelmäßig wiederholte, wurde der unbekannte Kapitän bald Quo Vadis genannt.

Die Seeleute in den Hafenspelunken erzählten sich nun von ihrem Kapitän Quo Vadis. Sie berichteten über sein neuestes Verstellungskunststückchen, diesmal war das Schiff als ein kleiner harmloser Felsen getarnt gewesen, und davon, wie Policek auf seiner Brücke herum tobte, nachdem er ihn zum hundertsten Male auf dem Ozean verloren hatte. Selbst nach einigen Jahren Erfolglosigkeit wollte Admiral Policek die Jagd nicht aufgeben. Sein Stolz ließ dies nicht zu. Doch eines fernen Tages sollte sich das Problem für ihn auf ganz unerwartete Weise von alleine lösen. Aber dieser Tag war noch fern. Weiter ging die Jagd und immer stand für ihn die Frage wieder neu: ‚Wohin gehst du?'

Das alles geschah zur großen Freude von Kapitän Quo Vadis, denn sein Verfolger war ihm schon längst zu einer lieb gewordenen Begleiterscheinung seines aufregenden und unvergleichlichen Lebens als Seeräuber geworden.

Unser Kapitän besaß noch eine andere, für uns bis jetzt verborgen gebliebene Leidenschaft. Er las mit großer Begeisterung jede Art von Seeräuberliteratur. Um seinen unerschöpflichen Lesehunger zu stillen und seinen Bedarf an neuen Büchern zu decken, gab es nur die eine Möglichkeit. War ein Schiff in seine Gewalt gebracht, die fremde Mannschaft sicher eingesperrt, spazierte er sofort in die Bibliothek des Schiffes, um sich dort zu holen, was er brauchte. Unterdessen barg seine Mannschaft die Schätze, die im Laderaum zu finden waren. In ruhigen Stunden versank der Kapitän dann in seine ganz private Beute. Es scherte ihn wenig, ob die Bücher für Kinder, für Erwachsene oder übergreifend geschrieben worden waren. Für ihn war nur ausschlaggebend, ob sie seiner Sachkenntnis über die Seeräuberei Stand hielten. Quo Vadis urteilte mit allergrößter Schärfe. Er verachtete die von vorn bis hinten erlogenen Schmierereien, die von irgendwelchen Möchtegernabenteurern geschrieben worden waren. Die Sammlung seiner Seeräuberromane war deshalb auch streng in zwei Gruppen eingeteilt, in solche, die er akzeptierte, und solche, die er als unglaubwürdig abtat und die nur dazu geeignet waren, Lügen über die Seeräuberei unter die Leute zu bringen.

Er bemerkte es sofort, wenn einer der Schreiber selber als Seeräuber gefahren war. Die anderen stammten von Betrügern, die noch nie ein Schiff betreten hatten. Leider verstanden es diese Burschen ausgezeichnet, durch ihre geschliffene Ausdrucksweise über ihre fehlende Sachkenntnis hinweg zu täuschen. Die schreibenden Seeräuber dagegen brachten ihre Geschichten nur sehr ungeschickt formuliert an den Mann. Dem einen fehlte ein Stück von dem anderen. Doppelbegabungen, so fand er heraus, gab es leider nicht. Angeregt durch diese Beschäftigung, die ihm in abendlichen Stunden etwas Unterhaltung bot, schrieb der Kapitän hin und wieder in ein kleines schwarzes Heft, was er am Tage erlebt hatte. Anfangs tat er es fast ein wenig mit Widerwillen und mit großer Anstrengung, denn er war diese Tätigkeit überhaupt nicht gewöhnt. Doch er wollte im Alter eine kleine Erinnerung an seine Tage auf See besitzen und so bezwang er sich immer wieder neu und schrieb. Je mehr sich das Tagebuch füllte, umso leichter ging ihm diese Arbeit von der Hand. Letztendlich hatte er richtigen Spaß daran, bis spät am Abend in seiner Kapitänskajüte zu sitzen und bei einem Glas Rum, den er sehr liebte, seine Aufzeichnungen zu machen.

Eines Abends blätterte er viele Seiten zurück und las die Geschichte eines Abenteuers, das er vor langer Zeit erlebt und aufgeschrieben hatte. Dieses Abenteuer war ihm längst in Vergessenheit geraten. Doch jetzt, da er es las, entstand es wieder neu und so lebendig vor seinen Augen, dass er sich laut lachend auf die Schenkel klopfen musste und ausrief: ‚Donnerwetter noch mal, das war ein Abenteuer, wie es einem nicht jeden Tag widerfährt.' Was war geschehen? Quo Vadis hatte sich durch seine Beschäftigung mit der Seeräuberliteratur die Fähigkeit angeeignet, eigenes

Erleben durch gute Beschreibung wiederzugeben. Von diesem Tag an schrieb er wesentlich ausführlicher und genauer auf, was er am Tage erlebt hatte. Es reifte der Entschluss in ihm, später einmal, wenn er richtig alt und gebrechlich sein würde und für die Seeräuberei nicht mehr taugte, sich irgendwo an Land zur Ruhe zu setzen und ein Buch über seine Abenteuer zu schreiben. Der Gedanke an dieses Vorhaben wurde ihm zu einer wunderbaren Vision.

Einige Zeit darauf fand Admiral Policeks Jagd nach dem Seeräuberkapitän Quo Vadis ein unerwartetes Ende. Der Admiral stieß zu seiner großen Verwunderung auf das völlig verlassene Schiff des Kapitäns Quo Vadis, das er schon etliche Male aus der Entfernung gesehen, aber nie erreicht hatte. Der Zustand des Fahrzeuges war recht merkwürdig. Hinten, dort wo sich die Kapitänskajüte befunden hatte, war ein großes Stück vom Schiff heraus gesägt. Ein Mast war umgeknickt, ein anderer fehlte völlig, die Segel waren verschwunden, so auch sämtliches Gerät, Ausrüstungsgegenstände und so weiter. Der Laderaum war leer. Alles deutete darauf hin, dass Quo Vadis selber das Opfer eines Überfalles geworden war, und zwar eines von der übelsten Sorte.

Der in die Geschichte der Seefahrt eingegangene Kapitän blieb verschollen. Admiral Policek nahm sein Schiff in Schlepp und übergab es seinen Auftraggebern. Somit war diese Aufgabe für ihn beendet.

Das Seeräuberschiff wurde in einer Reparaturwerft wieder völlig hergestellt und dann im Polizeimuseum in einem Hafenbecken schwimmend der Öffentlichkeit gezeigt. Nun konnten die Seeleute und auch alle anderen Leute das Schiff des berühmten Seeräuberkapitäns Quo Vadis gegen ein geringes Entgelt besichtigen. Auf dem Schiff waren Furcht erregende Wachsfiguren von Quo Vadis und seiner Mannschaft aufgestellt. Die Figur des Kapitäns war natürlich so gestaltet, wie ihn die Seeleute in den Hafenspelunken beschrieben hatten. Doch das wundert uns nicht mehr.

Ein gutes Jahr darauf kam in verschiedenen Buchhandlungen ein Seeräuberroman heraus, der von Quo Vadis geschrieben worden war. Darin berichtete er über die unglaublichen Abenteuer des Kapitäns Q. V. Das Buch war reich bebildert. Es wurde ein großer Erfolg. Die Leute waren wie verrückt darauf, besonders die Landratten. Es wurde einige Male aufgelegt, bis es schließlich doch in Vergessenheit geriet. Über den Ort, an dem der Kapitän sein Buch geschrieben und seinen Lebensabend verbracht hatte, ist nie etwas bekannt geworden. Auch weiß bis heute niemand, was dem Kapitän eigentlich zugestoßen war. In seinem Buch ist darüber jedenfalls nichts zu erfahren."

Damit war der Vortrag beendet und das Pausenbild erschien. Sehr aufschlussreich, dachte Puck. Die Autoren dieses Beitrags müssen das Buch von Quo Vadis sehr genau gelesen haben.

Weiter kam Puck mit seinen Gedanken nicht. Die Tante klapperte an der Tür, so dass er noch schnell den Hausbildungsservice ausschalten konnte. Doch sie verschwand gleich in ihrem Zimmer und suchte ein paar Apparaturen zusammen, die sie zum Prüfen der Milch benötigte, und verstaute sie in einem kleinen Plastikkoffer. Puck wusste diese Zeichen zu deuten. Die Tante hatte eine Zeitkugel bekommen und wollte die Reise gleich beginnen. Puck ging in sein Zimmer und kramte aus seinen Sachen, die einen großen schrankähnlichen Behälter füllten, einen Noticer und einen Liferecorder hervor. Beide Geräte hatte er von seinem Vater zu seinem zehnten Geburtstag bekommen. Sie waren nicht mehr ganz neu, funktionierten jedoch einwandfrei. (Zur Erklärung: Ein Noticer ist ein kleines elektronisches Gerät zum Notizenmachen, ein Liferecorder eine vollautomatische Filmkamera, nicht viel größer als eine Streichholzschachtel, mit der man plastische Bildaufzeichnungen von weit über tausend Stunden Länge machen kann.) Puck stopfte beide Geräte in seine Hosentasche. Schon stand die Tante in der Tür um zu verkünden: „Wasche dir noch mal die

Hände, wir reisen gleich in die Vergangenheit, und nimm dieses Buch mit, du weißt schon, das mit dem Reisebericht, wegen der Daten für das Zeit-Checking."

Puck tat nichts lieber als das, denn nun hatte er Gewissheit, dass es tatsächlich zu Quo Vadis ging.

Die Tante traf noch ein paar Vorkehrungen in der Wohnung, die vor jeder Reise gemacht werden müssen, obwohl ja doch alles vollautomatisch weiterlief. Dann drifteten sie zur Zeitzentrale.

Driften war übrigens die schnellste, sicherste und gesündeste Art der Fortbewegung im 24. Jahrhundert. Man fuhr nicht mit dem Auto oder mit dem Bus, denn die gab es nicht mehr. Man fuhr auch nicht mit der Bahn, man driftete. Dazu benötigte man Spezialschuhe, einen Berechtigungsschein und eine gültige Gebührenkarte.

Da sie alles besaßen, drifteten sie mit Höchstgeschwindigkeit zur Zeitzentrale. In der Kostümabteilung erhielten sie Kleidung aus der Zeit, in die sie reisen wollten. Bei einer kurzen Unterweisung erklärte man ihnen, dass ein sehr komplizierter Mechanismus, der mehr auf chemischen Reaktionen basiert, dafür sorgt, dass der Reisende vorbereitete Verhältnisse an seinem Ankunftsort in der Vergangenheit vorfindet. Dies ist zum Beispiel wichtig bei einer plötzlichen Ankunft auf einem Segelschiff.

Endlich nahmen sie in ihrer Zeitkugel Platz. Die Tante hatte alle Daten zum Reiseziel im 18. Jahrhundert eingegeben, die Puck ihr genannt hatte. Dann erhielten sie Starterlaubnis. Die Kugel bekam Energie und ab ging die Post sechshundert Jahre zurück in der Zeit.

5 Wie Puck mit Quo Vadis zusammentrifft

Das große Segelschiff schaukelte gemächlich seinem fernen Ziel entgegen. Eine frische Brise trieb es regelmäßig voran. Der riesige Laderaum des Dreimasters war prall gefüllt mit kostbaren Gütern reicher Handelsleute. Das waren Fässer mit Rum, Säcke mit Tee,

Kaffee, Gewürzen und Kisten mit Gold und Silber. An Bord befanden sich auch einige Passagiere, die auf Reisen waren.

Zu diesem Schiff waren die Tante Magermilch und der Puck unterwegs. Die Landung stand kurz bevor, als auf dem Bildschirm in der Zeitkugel das Innere einer Kajüte sichtbar wurde.

„Aha", sagte die Tante. „Dort werden wir landen. Die Technik, die unsere Ankunft vorbereiten soll, hat gut funktioniert."

Hier muss angemerkt werden, dass Landungen in einem Innenraum nicht unmöglich waren. Allerdings geschahen auch Pannen. Zeitreisende, die unbedingt in einer Pyramide landen wollten, mussten unverrichteter Dinge wieder zurückfliegen, weil sie keinen Ausgang finden konnten. Puck und Tante Magermilch waren dieser Gefahr aber nicht ausgesetzt.

Das Bild auf dem Schirm verschwand, und eine Stimme, die von der Zeitzentrale kam, verkündete: „Ihre Landung ist beendet, verlassen Sie jetzt die Zeitkugel und sorgen Sie für die Verkleinerung! Wir wünschen Ihnen einen angenehmen Aufenthalt in der Vergangenheit. Ihre Zeitzentrale."

„Also los, Puck, steigen wir aus!"

Die Tante öffnete die dicke Luke der Zeitkugel, und sie schlüpften hinaus. In der Kajüte war sofort zu spüren, dass sie sich in einer anderen Zeit befanden. Der fremdartige Geruch des alten Segelschiffes mischte sich mit der würzigen Meeresluft. Die Möbelstücke wie auch andere Einrichtungsgegenstände waren reich verziert und mit gedrechselten Säulen und kleinen Schnitzereien geschmückt. Von überall her blinkten ihnen polierte Messingbeschläge entgegen. Der Boden des Raumes war mit einem dicken, schön gemusterten Teppich bedeckt. Die Tante fing sich als erste von diesen ungewohnten Eindrücken und verkleinerte die Zeitkugel, die wie eine störende Zutat in der Kajüte lag.

„Ich gehe jetzt hinaus und peile die Lage", sagte sie. „Du bleibst so lange hier und machst keine Dummheiten, verstanden?"

Bevor Puck dagegen protestieren konnte, war die Tante hinaus. Der Riegel schnappte ins Schloss, und eilig entfernten sich ihre Schritte. Um Puck wurde es still. Nur das Rauschen des Meeres drang gedämpft von draußen herein. Er öffnete das kleine runde Fenster und blickte hinaus. Da war wirklich nur Wasser, soweit das Auge reichte.

Schöne Bescherung, dachte Puck, jetzt sitze ich hier fest, und die Tante spaziert draußen herum und macht die ganze Arbeit allein. Wenn ich bloß bald erwachsen bin, dann kann sie so etwas nicht mehr mit mir machen. Allerdings kann ich auch zufrieden sein, so weit hat alles doch gut geklappt. Nur morgen muss ich unbedingt an Deck sein, wenn der Überfall stattfindet.

Über diesen Gedanken schlummerte er ein. Die Reise war doch ein wenig anstrengend gewesen, und das gleichmäßige Schaukeln des Schiffes trug das Seine noch bei. Am späten Abend kehrte die Tante in die Kajüte zurück. Dabei polterte sie ziemlich herum. Puck fuhr hoch.

„Aufstehen Puck, es gibt Abendbrot!“

Auf dem ovalen Tisch in der Mitte des Raumes entdeckte Puck ein reichliches Abendessen. Die Tante hatte es hereingebracht. Brummig setzte sich Puck an den Tisch. Tatsächlich verspürte er jetzt einen gewaltigen Hunger. Aber die Tante verdarb ihm seinen Appetit: „Halt, Puck, erst deine Tasse Magermilch trinken!“

„Hast die Kuh also schon gefunden“, schlussfolgerte er.

„Ja, mein Kind. Dazu einen sehr netten Koch, der für die Kuh verantwortlich ist. Die haben sogar Hühner und Schweine an Bord, alles für das Wohl der Passagiere. Nun trink aber, damit du wieder zu Kräften kommst. Morgen habe ich viel zu tun, die Proben müssen untersucht werden, und die Rasse der Kuh bleibt auch noch zu bestimmen.“

Am nächsten Tag durfte Puck an Deck. „Aber bleib mir von der Reling weg und mach keine Dummheiten, verstanden?“

Puck holte tief Luft, dann trabte er hinaus. Der Gang führte direkt auf das Deck. Dort herrschte ein munteres Treiben. Die Seeleute waren damit beschäftigt weitere Segel zu setzen, da die Brise ein wenig aufgefrischt war. Andere scheuerten das Deck oder reparierten hier und dort etwas am Schiff. Von den Passagieren sah er nur wenige. Entweder standen sie an der Reling und starrten auf das Wasser, oder sie promenierten auf dem Deck herum.

Puck war ganz nach vorn zum Bug des Schiffes gegangen, um im Schutz von dicken Taurollen, Kisten und Gerümpel ein wenig ungestört zu verweilen. Sein Matrosenanzug aus der Kostümabteilung der Zeitzentrale stand ihm wirklich prächtig. Er fühlte sich wie ein richtiger Seemann damit.

Über die hölzerne Bordwand gelehnt schaute er in seine Gedanken versunken auf den Bug des Schiffes, der das Wasser unentwegt zerschnitt. In wenigen Stunden sollte das Ereignis eintreten, dem sein Hiersein galt. Etwas aufgeregt war er schon, immerhin hing viel davon ab, wie geschickt er seine Beobachtungen während des Überfalles anstellen würde.

Die schrille Stimme seiner Tante riss ihn jäh aus seinen Gedanken: „Was machst du da schon wieder? Du wirst mir noch ins Wasser fallen und ertrinken!“ Nein, das war kein Leben für den sonst so fröhlichen Puck. „Komm, du musst jetzt wieder deine Tasse Magermilch trinken!“ In diesem Moment wünschte er seine Tante an das andere Ende der Welt.

Ehe er sich versah, fand er sich in der Kajüte wieder. Auf dem Tisch stand eine große Tasse mit Magermilch. Daneben hatte die Tante ihre Apparaturen aufgebaut und war eifrig mit dem Prüfen der Milch beschäftigt.

Die Zeit ging rasend schnell dahin. Der Überfall konnte jeden Augenblick stattfinden. Da erhob sich die Tante plötzlich von ihrem Stuhl und ging zur Tür. „Ich muss mir noch eine Probe von der Milch beschaffen. Du bleibst hier!“

„Aber Tante, ich möchte so gerne noch etwas an Deck!“

„Keine Widerrede, du bleibst hier, verstanden!“ Mit diesen Worten eilte sie hinaus und vergaß dabei nicht, die Tür hinter sich abzusperren. Die letzte Gelegenheit war dahin. Puck war furchtbar wütend. Doch was sollte er nun tun? Wie sollte er aus der verschlossen Kajüte herauskommen? Das war nicht so ohne weiteres zu machen.

Er wartete eine Viertelstunde auf die Rückkehr der Tante, bereit zu einem Sprung an ihr vorbei hinaus auf das Deck. Doch sie kam nicht.

Alles hätte Puck schweigend ertragen, aber dieser Zustand des eingesperrt seins machte ihn wild. Voller Wut über die ungerechte Behandlung trommelte er mit den Fäusten gegen die Tür. Draußen auf dem Gang hörte er Schritte näher kommen. Puck lauschte. Das war nicht die Tante. Wieder hämmerte er gegen die Tür. Mit einem unglaublichen Ruck wurde sie aus den Angeln gerissen. Beinahe wäre Puck auf den Gang hinaus gepurzelt. Vor ihm stand ein großer sonnengebräunter Mann im Faschingskostüm. Er hatte sich als Seeräuber verkleidet.

Aber warum sieht er mich so grimmig an und sagt kein Wort, dachte Puck.

Irgendetwas schien den Faschingsseeräuber zu verwundern.

„Da ist ja noch einer“, sprach er endlich mit einer schrecklich kratzigen Stimme und packte den Jungen am Arm. Doch Puck erkannte die Situation. Blitzschnell befreite er sich aus dem Griff des Mannes und rannte, so schnell er konnte, an ihm vorbei auf das Deck. Hier hatte sich alles verändert.

Der Überfall findet statt, fuhr es Puck durch den Kopf. Geistesgegenwärtig versteckte er sich hinter der aufgeschlagenen Tür, die sich am Ende des Ganges befand. Gleich darauf erschien der vermeintliche Faschingsseeräuber und stolperte an Pucks Versteck vorbei hinaus auf das Deck, wo es vor Seeräubern nur so wimmelte.

„Habt ihr hier einen kleinen Jungen herauskommen sehen?“, fragte er seine Kollegen, während er in die Richtung der Tür zeigte, hinter der sich Puck verbarg.

„Hier ist kein Junge, Zabrassis. Hast wohl wieder zu viel getrunken, was? Komm lieber her und fass mit an!“

Widerwillig folgte Zabrassis dieser Aufforderung. Puck atmete auf, die Gefahr war vorüber. Durch einen Spalt beobachtete er die Vorgänge auf dem Deck. Die Piraten zogen schwere Kisten aus dem Laderaum herauf und schleppten sie auf die andere Seite des Schiffes. Die konnte Puck von seinem Standpunkt aus jedoch nicht einsehen. Dort musste sich das Fahrzeug der Seeräuber befinden. Er hörte deutlich das Knarren der Schiffe, die in der leichten See aneinander rieben. Die Mannschaft und die Passagiere waren irgendwo eingesperrt. Deutlich vernahm er ihren wilden Protest, ihr Schimpfen und Fluchen. Wahrscheinlich befand sich auch die Tante dort. Nun war sie selber in dieser Lage und trommelte mit den Fäusten gegen die Tür, so wie es Puck eben noch getan hatte.

Die Seeräuber waren an Gefangenen nicht interessiert. Entdeckten sie ihn, würde er mit Sicherheit zu den anderen gesperrt werden. Hier hinter der Tür bestand kaum die Gefahr entdeckt zu werden, solange er sich ruhig verhielt. Außerdem bot ihm sein Standort einen ausgezeichneten Ausblick. Was wollte er mehr? Aufmerksam registrierte er alle Vorgänge. Die gefährlich ausschauenden Seeräuber schienen ein gut eingespieltes Team zu sein.

Hier muss eingefügt werden, dass der Bande da auf dem Deck das ständige Verkleiden und Tarnen nicht mehr gefiel. Sie wünschten sich von ihrem Kapitän, einmal so angezogen zu sein wie richtige Seeräuber. Natürlich erfüllte Quo Vadis ihnen den Wunsch, da es ja doch wieder nur ein Verkleiden war.

Puck beobachtete, welch große Schwierigkeiten ihnen der Transport der schweren Kisten und Fässer bereitete. Die meisten

Männer waren sehr alt, ja greisenhaft. Puck verweilte bei dieser Beobachtung und machte sich seine Gedanken dazu: Es schaut fast so aus, als würden da die Opas aus dem Altenheim gerade den Spaß ihres Lebens veranstalten, nur dass ihnen gerade der Spaß vergeht, weil es doch irgendwie Ernst ist.

Puck zuckte zusammen. Ein kleiner dicker Mann trat von der Seite vor den Spalt, den Puck als Ausguck benutzte. Nun sah er nur noch seinen Rücken.

„Beeilt euch Männer, Pedro hat am Horizont einen Viermaster gesichtet. Es sieht so aus, als wäre uns Policek dichter auf den Fersen, als wir dachten."

Der Rücken verschwand. Puck hatte wieder freien Ausblick auf das Geschehen auf dem Deck. Die Nachricht schien großen Eindruck auf alle Seeräuber gemacht zu haben. Die greisenhafte Gemächlichkeit ihres Tuns hatte sich blitzschnell in jugendliche Fiebereile verwandelt.

Irgendwie übertrug sich die Stimmung auch auf den Jungen. Er begriff, dass er jetzt etwas unternehmen musste, wollte er der Tante fürs Erste wirklich entwischen und seine Studien fortsetzen.

Die Seeräuber waren gerade damit beschäftigt, die Kuh auf ihr Schiff zu bringen. In diesem Moment schlich er unbemerkt über das Deck. Dicht an dicht lagen die beiden Schiffe. Flink kletterte er in einem günstigen Augenblick durch ein offenes Fenster im hinteren Teil in das Innere des Seeräuberschiffes. Alles ging sehr schnell. Er hatte kaum Zeit zum Überlegen. Nun befand er sich in einem großen Raum, ausgestattet mit einem Schreibtisch, mit Sesseln, Regalen, einer Standuhr – eine Standuhr! Blitzschnell war der winzige Puck in dem hohen, schlanken Kasten verschwunden. Sekunden später öffnete sich die Tür des Raumes und zwei Männer traten ein.

„Das hat sich gelohnt, was Kapitän?"

„Ja, ja, aber Policek macht mir jetzt große Sorgen. Er ist uns dichter auf den Fersen, als wir dachten. Eines weiß ich aber schon jetzt, wir werden dem Policek ein Schnippchen schlagen, an das er ewig denken wird. Geh jetzt und hilf den anderen."

Schritte, Tür auf, Tür zu, Stille – Puck hatte jedes Wort und jedes Geräusch vernommen.

Welch ein Glück, freute er sich, ich bin direkt in der Kajüte des Kapitäns Quo Vadis gelandet. Puck war gespannt, was der Kapitän sich ausdenken würde, um den Verfolger loszuwerden, und angestrengt lauschte er. In der Kajüte war es immer noch ganz ruhig. Puck hörte nur das leise Atmen des Kapitäns. Mit der Zeit wurde es in seinem engen Versteck schummrig und warm. Mit großer Anstrengung bemühte er sich nicht einzuschlafen. Es wäre dann auch beinahe passiert, wenn nicht in jenem Moment dem Kapitän der rettende Einfall gekommen wäre. Denn dieser sprang auf, stieß dabei den Stuhl um, stürzte zur Tür, riss sie auf und brüllte mit unglaublicher Stimme nach einem Mann seiner Mannschaft. Schritte eilten über das Deck, und sogleich vernahm Puck die Stimme des Gerufenen.

„Komm rein und hör zu!" befahl der Kapitän. „Wird es schon dunkel?"

„Ja, ein wenig", antwortete der Gefragte.

„Das ist unsere Rettung. Häng sofort eine erleuchtete Laterne an das Heck. Aber sonst macht ihr kein Licht! Wenn das geschehen ist, kommst du mit dem Zimmermann wieder her.

Kurz darauf saßen die Männer beisammen und der Kapitän gab seine Anweisungen.

„Wir werden dem Policek ein Irrlicht auf das Wasser setzen", sagte der Kapitän und klatschte sich dabei auf die Schenkel, „seine Mannschaft wird noch ewig über seinen Reinfall lachen. In einer Stunde ist es dunkel, dann wird er uns schon dicht auf der Pelle sitzen, denn sein Schiff ist schneller als das unsere. Uns aber erreichen, das wird er nicht."

„Wie willst du das machen, Kapitän?", fragte ihn einer der Männer, der offenbar kein Wort verstand.

„Wie? Das wirst du bald erfahren. Zimmermann, du baust mir ein kleines Floß, es muss sehr schnell sein, also braucht es ein gutes Segel.“

„Wozu ein Floß?“, fragte der Zimmermann erstaunt.

„Frag nicht so viel, geh an die Arbeit und mach alles so, wie ich es gesagt habe. Aber beeile dich, bei Dunkelheit bist du fertig, verstanden?“ Die Männer schlugen die Hacken zusammen und polterten hinaus.

Was hat der Kapitän nur vor, überlegte Puck angestrengt. In der Kajüte herrschte Stille, wieder war nur das Atmen des Kapitäns zu hören. Puck richtete sich vorsichtig auf. Über seinem Kopf schwebte das riesige Uhrenpendel. Wie in Zeitlupe ging es hin und her. Weiter oben war eine Glasscheibe, durch die etwas Licht hereinfiel. Puck vermochte seine Neugier nicht länger zu bändigen. Er beschloss, hinaufzuklettern und den Kapitän zu betrachten. Das verlangte viel Geschicklichkeit und Kraft. Puck begann, sich langsam wie ein Schornsteinfeger im Kamin nach oben hinaufzuarbeiten. Ohne ein Geräusch verursacht zu haben, langte er bei der Scheibe an. Von hier konnte er den Kapitän tatsächlich sehr gut sehen. Er saß über ein kleines schwarzes Heft gebeugt und schrieb.

Das also ist Quo Vadis, dachte Puck fast ein wenig enttäuscht, denn er sah einen kleinen, liebenswürdig ausschauenden alten Mann mit einem dicken Bauch und kleinen, fast zierlichen Händen. Seine abgenutzte Uniform wurde durch eine riesige Schirmmütze vervollständigt, die ihm etwas unglücklich auf dem Kopfe saß. Darunter hervor quoll eine dicke silberweiße Mähne, die ohne Grenze in einen ebensolchen Bart überging. Aus diesem unbeschreiblichen Dickicht ragte eine schön geformte braune Tabakspfeife hervor, die friedliche Rauchwölkchen in die Luft verpuffte.

Dann verlor Puck seinen Halt und rutschte nach unten. Schließlich plumpste er derb auf dem Boden des Kastens auf. Der Kapitän sprang wie von einer Tarantel gestochen hoch, stürzte zur Uhr und riss den Kasten auf. Puck purzelte vor seine Füße. Sie blickten sich einen Moment lang an. Dann hatte sich der Kapitän gefasst und sagte: „Für eine Maus bist du aber ein wenig zu groß. Sage mir also nicht, dass du eine Maus bist.“

Puck wusste nicht, was er antworten sollte. Da streckte er dem Kapitän wie zur Begrüßung die Hand entgegen. Immerhin war er sechshundert Jahre durch die Zeit gereist, um ihn zu treffen.

„Das ist ja nicht zu fassen!“, schrie der Kapitän und schnappte dann kräftig nach Luft. Er packte den armen Puck am Kragen und hängte ihn mit dem Hosenbund an einen Kleiderhaken an der Wand.

„So, nun können wir uns meinetwegen unterhalten. Also, wer bist du, und woher kommst du?“

Puck riss sich zusammen und überlegte. Von seiner wahren Herkunft konnte er dem Kapitän nichts erzählen, das hätte er ihm nicht geglaubt. So beschränkte er sich auf Folgendes: „Ich war Passagier auf dem Schiff, das ihr eben überfallen habt. Ich will nur meiner Pflegetante entwischen, deshalb bin ich hier. Bitte Kapitän, schick mich nicht wieder zurück!“, fügte er in absichtlich wehleidigem Ton hinzu.

„Hör auf zu jammern, deine Tante wird von dir nichts mehr zu sehen bekommen. Aber trotzdem steht es schlecht um dich. Hier an Bord kannst du jedenfalls nicht bleiben. Was sollten wir mit dir anfangen? Womöglich pullerst du noch in die Hose, und man muss dir süßen Brei mit dem Löffel geben.“

Darin hatte sich der Kapitän allerdings sehr getäuscht, er kannte sich eben mit Kindern überhaupt nicht aus. Puck war schließlich hier, um Material für seine Doktorarbeit zu sammeln. Doch was half ihm das? Sein Schicksal lag in der Hand eines Seeräuberkapitäns, in die er sich so leichtfertig begeben hatte.

„Eigentlich trifft sich das gut“, sagte der Kapitän nach einer kleinen Pause. „Wir bauen gerade ein Floß für unseren Freund Policek. Aber das wirst du ja gehört haben. Wir werden dich darauf festbinden, und wenn er dich hat, kannst du schöne Grüße von uns bestellen.“

Puck begriff – ja jetzt wurde ihm klar, was Quo Vadis mit dem Floß bezweckte, und diese Entdeckung rettete ihn.

„Ich will dir eine Aufgabe stellen“, sprach nämlich der Kapitän. „Löst du sie, kannst du auf meinem Schiff bleiben, so lange, bis sich eine andere Möglichkeit findet dich loszuwerden.“

Quo Vadis war sich absolut sicher, dass der Junge nie darauf kommen würde, was er mit dem Floß bezweckte. Nicht mal der beste Mann seiner Mannschaft hätte es herausbekommen. Das Denken überließen sie dem Kapitän. Dennoch hatte Quo Vadis längst sein Herz für den Jungen entdeckt. So liebenswürdig, wie er aussah, war er auch. Nicht im Traum hätte er jemanden an seinen größten Feind so ohne weiteres ausgeliefert. Doch er wusste nicht so recht, was er mit dem Jungen anfangen sollte. Er trieb dieses Spiel auch nur, um Zeit zum Überlegen zu gewinnen. Puck aber beeilte sich, die Aufgabe zu lösen. Er hatte zufällig in einem sehr alten Piratenfilm gesehen, wie man so etwas macht. „Dein Plan geht so: Die Laterne am Heck deines Schiffes soll deinen Verfolgern zu einem Anhaltspunkt werden. Sie nehmen ihren Schein aus der Dämmerung mit in die Dunkelheit und haben so immer ein Ziel vor Augen. Du hast aber auch ein Floß, an dessen Mast sich eine zweite Laterne befindet. Sobald es so dunkel geworden ist, dass außer der Laterne am Heck nichts mehr von deinem Schiff zu sehen ist, zündest du sie an. Gleichzeitig lässt du die am Heck verlöschen. Dann schickst du das unbemannte Floß auf eine Reise weg von deinem Schiff. Die Verfolger werden dem Licht hinterherfahren wie bisher, und sie werden sich wundern, dass du auf einmal so schnell geworden bist. Vielleicht holen sie es ein, vielleicht aber fahren sie ihm hinterher bis zum nächsten Morgen. Du aber wirst deinen Kurs ändern und davonfahren auf Nimmerwiedersehen.“

Quo Vadis schüttelte nur leicht seinen Kopf. Die Wölkchen aus seiner Pfeife verwandelten sich dabei in dünne Streifen, die quer vor seiner Nase standen.

„Du bist ein Teufelskerl. Wie war doch dein Name?“

„Ich heiße Puck“, sagte Puck.

„So so, dann werde ich dich erst mal von dem Haken nehmen.“

Es klopfte. „Herein“, dröhnte der Kapitän.

Man trat ein.

„Kapitän, das Floß ist fertig. Was soll nun geschehen?“

„Nun“, sagte der Kapitän, „werden ich, der Kapitän der Santa Esmeralda und mein Moses Puck dem Admiral Policek ein Schnippchen schlagen.“

6 König Kasimir

Am nächsten Morgen war von dem Verfolger Policek nichts mehr zu sehen. Sicher hatte er in der Zwischenzeit seinen Irrtum bemerkt. Nun musste er die Suche von neuem beginnen

Die Seeräuber nahmen direkten Kurs auf einen kleinen geheimen Hafen, den sie regelmäßig anliefen, um dort ihre Beute in einem sicheren Versteck zu verwahren. Die Fahrt in die verlassene Gegend im Nordmeer wäre schon lange notwendig gewesen, denn die Santa Esmeralda lag durch die umfangreiche Beute der letzten Wochen tief und schwerfällig im Wasser.

Nach zwei Wochen erreichten die Seeräuber von einer günstigen Strömung unterstützt ihr Ziel. Im Hafen wurden sie bereits sehnsüchtig erwartet. Eine aus etwa zehn Leuten bestehende Wachmannschaft, die jedes Mal neu bestimmt wurde, musste für den Schutz des gewaltigen Beutelagers sorgen. Dies war nur eine Vorsichtsmaßnahme, falls sich doch einmal jemand in die einsame Gegend verirrte. Dieser Landdienst war bei Quo Vadis‘ Leuten nicht sehr beliebt. Sie waren lieber bei ihm auf dem Schiff.

Puck machte aufmerksam seine Beobachtungen. Dabei wich er dem Kapitän nicht von der Seite. Dieser hatte sich an den kleinen flinken Begleiter schon sehr gewöhnt, so dass ihm seine Anwesenheit fast fehlte, wenn er doch einmal nicht neben ihm zu finden war. In solchen Momenten nämlich beschäftigte sich Puck damit, seine Beobachtungen auf dem Noticer zu speichern oder mit dem Liferecorder ein paar Bildaufnahmen zu machen. Dabei interessierte ihn vor allem die organisatorische Seite des Geschäfts. Er musste immer wieder feststellen, wie gut geplant alle Handlungen vollzogen wurden. Noch beim Einlaufen des Schiffes in den kleinen Hafen wählte Quo Vadis zehn Mann aus, die die neue Wachmannschaft bilden sollten. Kaum hatte das Schiff an der Pier festgemacht, begannen die Löscharbeiten. Das war so organisiert: Jene zehn der alten Wachmannschaft, die ausgeruht waren und voller Tatendrang, hatten die Hauptarbeit zu leisten. Ein so großes Schiff zu löschen war kein Kinderspiel, immerhin hatten sie nicht einmal einen Kran zur Verfügung. Sie schufteten wie die Löwen, denn sie wünschten sich nichts so sehr, als recht bald auf dem Meer gen Süden zu schaukeln. Die Beute ging von Hand zu Hand aus dem Laderaum hinauf auf das Deck. Von dort verlief die Transportkette über die Reling bis auf die Pier. Hier wurde jedes Beutestück sortiert und abgelegt, rechts das Gold, daneben das Silber und links der Rest. Quo Vadis überwachte die Arbeiten von einem bequemen Platz aus, genüsslich seine Pfeife rauchend und jedes Beutestück auf einer Liste notierend.

Die zehn der neuen Wachmannschaft hatten unterdessen Landurlaub. Ihnen oblag die Aufgabe, nach Beendigung der Löscharbeiten die Beute von der Pier in das Versteck, eine weitläufige Höhle, zu transportieren und dort sachgemäß zu lagern. Dazu hatten sie nach der Abfahrt des Schiffes bis zu seiner Wiederkehr ausreichend Zeit. Der Rest der Mannschaft, etwa zwanzig Seeräuber, war im Verlaufe der Löscharbeiten damit beschäftigt, dringende Reparaturen am Schiff durchzuführen.

Kaum waren drei Tage vergangen, hieß es schon wieder: „Alle Mann an Bord! Reise, Reise!“

Die Zurückgebliebenen winkten noch lange und riefen immer wieder ihre guten Wünsche für das Gelingen der nächsten Überfälle hinterher.

Organisatorisch war das eine runde Sache, fand Puck. Daran war das große Talent des Quo Vadis zu erkennen. Er war bei seiner Mannschaft auch überaus beliebt, und was er anordnete, wurde umgehend und ohne Widerspruch in die Tat umgesetzt. Disziplin herrschte wirklich, erkannte Puck, und das war mit Sicherheit die Grundlage für den Erfolg, den sie bei ihren Überfällen hatten.

Eines Vormittags, Puck war schon viele Wochen bei Quo Vadis auf dem Schiff, das längst wieder südlichere Breiten erreicht hatte, erblickten sie ganz überraschend ein großes stolzes Schiff knapp unter dem Horizont. Es drehte auch gleich bei und nahm Kurs auf die Santa Esmeralda. Als es auf Sichtweite heran war, entdeckten sie eine Seeräuberflagge an seinem Mast. Quo Vadis entschloss sich abzuwarten, was die Kollegen vorhatten. Nach einer halben Stunde lag das fremde Schiff knapp hundert Meter neben der Santa Esmeralda. Ein dicker, unheimlich farbenprächtig gekleideter Mann, der der Kapitän zu sein schien, trat an die Bordwand und brüllte mit unglaublicher Stimme herüber: „He, ihr da, das ist ein Überfall! Ich bin der berühmte Kapitän Quo Vadis, also ergebt euch!“

Quo Vadis kratzte sich am Ohr. Das war nun wirklich nach seinem Geschmack. „Dem werde ich zeigen, wer hier der berühmte Kapitän Quo Vadis ist“, sagte er halblaut zu sich selber. Dann schrie er mit noch unglaublicherer Stimme zurück: „Wir ergeben uns. Gegen den berühmten Kapitän Quo Vadis sind wir machtlos.“ Das fremde Schiff machte längsseits fest. Quo Vadis’ Leute, die sich unsichtbar gehalten hatten, gingen auf ihre Plätze. Nur Puck und Quo Vadis traten an die Reling, um den Hochstapler zu empfangen. Dieser sprang mit einem langen Säbel fuchtelnd als Erster herüber. Quo Vadis eilte mit ausgestreckter Hand auf ihn zu und begrüßte ihn mit den Worten: „Welch eine Ehre für mich, von dem berühmten Kapitän Quo Vadis überfallen zu werden. Ich stehe zu euren Diensten!“

„Sehr vernünftig von euch“, entgegnete der Hochstapler. „Im Grunde verabscheue ich Gewalt.“

Das ist nie und nimmer auch nur einer der lausigsten Seeräuberkapitäne. Solch ein laienhaftes Vorgehen hatte er noch nicht erlebt.

Mit den Worten: „Gestattet mir, Euch zu einem Willkommenstrunk einzuladen“, trieb es Quo Vadis auf die Spitze. Doch der Hochstapler nahm dankend an. Puck bekam den Auftrag, Becher und Rum herbeizuschaffen, um den Gast zu bewirten. Sogleich begannen die Männer unheimlich zu saufen. Inzwischen schlichen sich Quo Vadis Leute hinüber auf das andere Schiff, überwältigten völlig lautlos die offenbar im Kampf unerfahrene Mannschaft, fesselten und knebelten sie.

Nach dem sechsten Becher Rum war der falsche Kapitän so lustig und gesprächig, dass er sich verriet: „Ich will euch ein Geheimnis anvertrauen“, sagte er verschmitzt lächelnd und hoch erfreut über den scheinbar gelungenen Spaß. „Ich bin gar kein Seeräuber, ich habe Euch nur zu meinem Vergnügen überfallen, um mir die Langeweile zu vertreiben.“

„So?“, tat Quo Vadis erstaunt. „Wer seid Ihr dann?“

„Das allerdings werde ich nicht verraten. Wir werden verschwinden, wie wir gekommen sind.“

„Na gut“, sagte Quo Vadis. „Dann will ich Euch jetzt auch ein Geheimnis verraten.“

Er erhob sich und holte tief Luft, wodurch sich sein Brustkorb gewaltig vergrößerte. „Ich bin“, sagte er langsam und genießerisch, „der berühmte Kapitän Quo Vadis, für den Ihr Euch ausgabt. Eure Mannschaft ist gefesselt und Euer Schiff in meiner Hand. Und nun werdet Ihr mir sagen, was für ein Spaßvogel Ihr seid!“

Der Fremde begann zu lachen. Er lachte immer lauter und heftiger, bis er aufstehen musste, weil es ihn so schüttelte. Dabei sagte er unentwegt, immer wieder durch sein Lachen unterbrochen: „Das ist ein Ding, fürwahr, das ist ein Ding.“ Als er sich ein wenig beruhigt hatte, streckte er dem Kapitän seine Hand entgegen, die Augen noch voller Tränen vom Lachen: „Sehr angenehm. Kasimir, ich bin König Kasimir.“

Das hatte Quo Vadis allerdings nicht erwartet. König Kasimir war einer der reichsten und mächtigsten Könige jener Zeit. Quo Vadis hatte unzählige Schiffe seiner Flotte beraubt. Bereitwillig brachte er deshalb auch sein Erstaunen zum Ausdruck: „Du bist der Kasimir? Das ist wirklich ein Ding!“

„Stimmt, das ist wirklich ein Ding. Darauf sollten wir noch einen trinken.“

„Ja, jetzt wirklich gerne“, stimmte Quo Vadis zu.

Die Männer verschwanden in der Kapitänskajüte und setzten ihr Saufgelage fort. Der Koch erhielt den Auftrag, schnell ein paar leckere Speisen zuzubereiten, damit es dem hohen Gast an nichts fehle. Dann wollte Quo Vadis wissen, warum der König so etwas macht.

„Einfach so, weißt du, zu meinem Vergnügen, und weil es immer so langweilig ist auf meinem Schloss. Schließlich hast du so viele Schiffe von mir überfallen und beraubt, dass ich dafür sicher einmal deinen Namen benutzen durfte, oder?“

„Ich bin dir deswegen nicht böse, Kasimir, nur hat mich sehr gestört, dass du den Überfall so unheimlich dilettantisch durchgeführt hast. Damit hast du meinem Namen keine Ehre gemacht.“

„Oh“, erstaunte sich der König. „Ich bitte um Entschuldigung. Ich bin eben wirklich kein Seeräuber, sondern nur ein gelangweilter König. Ich gebe zu, es war eine blöde Idee, so den heutigen Tag zu verbringen.“

„Das war es nicht“, gab Quo Vadis zurück. „Wir hätten uns doch nie kennen gelernt, wenn du sie nicht gehabt hättest.“

Dafür, dass die beiden Männer eigentlich verbissene Feinde hätten sein müssen, verstanden sie sich wirklich gut. Sie aßen und tranken bis in die späte Nacht hinein. Quo Vadis las dem Kasimir zu seiner Unterhaltung einige seiner dreistesten und waghalsigsten Überfälle vor, die er in seinem Tagebuch notiert hatte. Anschließend erklärte er ihm an diesen Beispielen, wie man einen Überfall fachmännisch richtig ausführt. Auch Puck spitzte bei diesem Vortrag gewaltig die Ohren und schnitt ihn heimlich mit dem Liferecorder mit.

Dem Kasimir gefiel das alles sehr gut. Er hatte seine Langeweile völlig vergessen und unterhielt sich königlich. Quo Vadis erzählte ihm dann, dass er aus diesen Aufzeichnungen ein Buch machen wollte, später, wenn er sich aus Altersgründen zur Ruhe setzen musste. Er sei zwar schon recht alt, doch fühle er sich immer noch nicht alt genug, um jetzt schon von der Seeräuberei zu lassen.

Kasimir gefiel das alles ausgezeichnet. Er verstand den Kapitän und lud ihn ein, sollte er sich eines Tages dazu entschließen mit der Piraterie aufzuhören, seinen Lebensabend bei ihm auf dem Schloss zu verbringen. Dort hätte er es gut, könne leben wie ein Fürst und wäre sicher vor nachtragenden Verfolgern. Er, Kasimir, hätte ihm auf jeden Fall verziehen, jetzt, da er ihn persönlich kennen gelernt hatte. Auch wolle er den Policek von seinem Auftrag entbinden. Das allerdings war Quo Vadis überhaupt nicht recht.

Die beiden Männer trennten sich dann als die besten Freunde. Quo Vadis Mannschaft hatte sich zu einem Ehrenspalier aufgestellt, als Kasimir zu seinem Schiff hinüberwechselte.

In der Tat, diese Begegnung war ausschlaggebend für die Wende, die die Geschichte nun nahm.

Der Kapitän ging in der Folgezeit immer lustloser an sein Tagewerk. Bei den wenigen Überfällen, die sie unternahmen, war er überhaupt nicht bei der Sache. Man sah ihm an, dass er mit einer Entscheidung rang. Schließlich war die Mannschaft völlig überaltert und der Zustand der Santa Esmeralda konnte auch nicht schlechter sein.

Puck ging in diesen Tagen dem Kapitän aus dem Weg. Er spürte, dass der alte Mann beim Nachdenken keine Störung gebrauchen konnte. Puck nutzte die Gelegenheit, um sich über seine eigene Situation klar zu werden. Das Seeräuberleben gefiel ihm viel zu gut, so dass er sich nicht lange damit aufhielt. Die Tante würde ihn schon wiederfinden, bestimmt viel schneller, als ihm das recht wäre.

Endlich dann, Quo Vadis hatte viele Stunden alleine in seiner Kapitänskajüte gesessen und gegrübelt, ließ er die Mannschaft antreten.

„Männer, ich habe euch eine wichtige Mitteilung zu machen!"

Alle horchten auf.

„Ich habe mich entschlossen, in den Ruhestand zu gehen."

Alles Weitere ging ziemlich schnell. Sie nahmen Kurs auf ihren kleinen geheimen Hafen. Dort angekommen, teilte der Kapitän unverzüglich die Schätze unter seinen Leuten auf. Jeder bekam einen gerechten Teil, mehr als eine Wagenladung Gold und Silber. Quo Vadis' Anteil wurde auf der Santa Esmeralda verstaut. Er wollte ihn dem König Kasimir zurückgeben.

Der größte Schatz war sowieso das kleine schwarze Tagebuch, in das er seine Aufzeichnungen über seine vielen Tage auf See geschrieben hatte.

Nach dem mühseligen Verteilen, das fast drei Tage in Anspruch genommen hatte, feierten sie ein unvergleichliches Abschiedsfest. Quo Vadis' alter Koch kochte zum letzten Mal für die Mannschaft, und er zauberte ein wahrhaft königliches Menü. Auf gutes Essen für seine Mannschaft hatte Quo Vadis sowieso immer großen Wert gelegt. „Eine gute Mannschaft bleibt nur durch gutes Essen gut", hatte er dem Koch bei jeder Gelegenheit gesagt. Als kleine Anerkennung für seine Dienste erhielt der Koch als Zugabe zu seinem Anteil die Kuh, die sie bei dem Überfall auf das Schiff erbeutet hatten, auf das Puck und Tante Magermilch aus der Zukunft gekommen waren. Sicher gibt sie sowieso nicht die richtige Milch, dachte Puck. Er hatte sich nach der Mahlzeit in die Kajüte des Kapitäns zurückgezogen, wo ihm ein Schlafplatz eingerichtet worden war. Nun lag er in der Koje und starrte zur Decke.

Vieles hatte sich in den zurückliegenden Wochen ereignet. Eigentlich reichten die Studien, die er immerzu betrieben hatte, längst aus, um damit seine Arbeit beginnen zu können. Puck bekam jetzt des Öfteren starke Sehnsucht nach seiner Zeit, nach seinen Freunden und auch ein klein wenig nach seiner Tante. Die Arme, dachte er, wo sie jetzt wohl ist? Bestimmt denkt sie, dass ich als Gefangener der Piraten ein schweres Los zu tragen habe. Die Zeitzentrale kann ihr bei der Suche bestimmt nicht helfen. Fast tat es Puck leid, dass sie nach ihm suchen musste, ganz allein in dieser unbekannten fremden Welt. Als ihm aber die ewige Magermilchtrinkerei wieder in Erinnerung kam, fand er keinen Grund mehr, seine Taten zu bereuen. Hier bei Quo Vadis war das Leben einfach herrlich. Sicher blieb es das auch, wenn sich der Kapitän bei diesem Kasimir zur Ruhe setzte. Immerhin würde es für die Tante dann viel leichter werden, ihn zu finden. Auch könnte er dann selber etwas unternehmen. Der König würde bestimmt behilflich sein. Über diesen Gedanken schlief Puck ein.

Mit dem nächsten Tag kam die Stunde der Trennung. Quo Vadis und Puck verabschiedeten sich von der Mannschaft. Sie schüttelten sich drei- oder viermal kräftig die Hände, umarmten sich immer wieder und wünschten sich alles Gute für den weiteren Weg. Die meisten Mitglieder der Mannschaft wollten sich irgendwo an Land zur Ruhe setzen, ein Stück Land kaufen, ein Haus bauen und einen geruhsamen Lebensabend verbringen.

Die etwas Jüngeren, die erst so um die sechzig waren, hatten vor, sich gemeinsam ein neues modernes Schiff zu kapern und noch einige Jahre als Seeräuber zu fahren. Quo Vadis war das nur recht. So hatte er wenigstens für den Nachwuchs gesorgt, auch wenn es nicht mehr der allerjüngste war. Gelernt hatten sie genug von ihm, so dass sie eigentlich erfolgreiche Seeräuber bleiben mussten.

Vor Quo Vadis und Puck lag die schwierige Aufgabe, allein, ohne die Hilfe einer Mannschaft das große Schiff zum Lande des Königs zu steuern, zu dem sie sich sogleich begeben wollten.

Zunächst verlief die Fahrt sehr ruhig. Sie meisterten ihre Aufgabe und kamen gut voran. Am dritten Tag verdunkelte sich der Himmel, zu dem der beunruhigte Kapitän schon des Öfteren seine besorgten Blicke gerichtet hatte. Gegen Abend brach das Unwetter dann los. Die beiden gaben es auf, irgendetwas zur Steuerung des Schiffes beizutragen. Ohne Mannschaft waren sie dazu verurteilt, es mit gerefften Segeln und festgebundenem Steuerrad dem Willen des tobenden Meeres zu überlassen. Sie hatten sich in die Kapitänskajüte geflüchtet, denn draußen auf dem Deck ergossen sich wahre Sintfluten des über die Bordwand geschleuderten Wassers.

Die Lage der beiden verschlechterte sich von Stunde zu Stunde. Es erwies sich als sehr gefährlich, in diesem Unwetter das Schiff sich selber überlassen zu müssen. Erwischten die haushohen Wellen es von der Seite, drohte es fast zu kippen, kamen sie von vorn, ging ein ohrenbetäubender Lärm vom Bug längs durch das Schiff bis zum Heck. Ein ausgeruhter Steuermann hätte durch geschickte Manöver dem betagten Schiff doch einiges an Beanspruchung ersparen können. Puck und Quo Vadis aber waren durch die bisherige Reise schon so geschwächt, dass keiner von beiden mehr die Kraft besaß, diese schwere Arbeit zu leisten. Ihre einzige Hoffnung bestand nur in einem baldigen Ende des Unwetters. Doch das Gegenteil trat ein.

Quo Vadis konnte sich nicht daran erinnern, je so ein Unwetter erlebt zu haben. Das Meer begann, sein Unterstes nach oben zu kehren. Der unbeschreibliche Lärm, den Sturm und Wellen erzeugten, ließ die beiden bisher so unerschrockenen Seefahrer erschauern. Sie saßen nur noch festgeklammert auf ihren Sitzen und lauschten auf die tausend Dinge, die polternd im Schiff umher gewirbelt wurden. Der Sturm verwandelte sich in einen Orkan von der übelsten Sorte. Die Luft war zum Zerreißen gespannt. Himmel und Meer stürzten zusammen. Puck und Quo Vadis begriffen gar nicht mehr, dass es an ein Wunder grenzte, nicht schon längst von dieser Wasserhölle verschlungen worden zu sein. Wie gelähmt saßen sie da, unfähig, irgendetwas für ihre Rettung zu tun. Sie verloren jedes Gefühl für die Zeit. Der Himmel wurde weder völlig hell noch richtig dunkel, so dass sich nicht feststellen ließ, ob es nun Tag war oder Nacht. Keiner der beiden konnte sagen, wie lange dieser Zustand schon anhielt, wie viele Stunden oder Tage vergangen waren. Die Belastungen dieser Fahrt hatten ihre letzten Kraftreserven aufgezehrt. Sie waren in einen tiefen, ohnmachtsähnlichen Schlaf gesunken. Da endlich setzte eine leichte Wetterbesserung ein.

Als sie erwachten und noch etwas benommen an Deck schlichen, erblickten sie eine spiegelglatte, dunstverhangene See. Sie erschraken über den besorgniserregenden Zustand des Schiffes. Die gerefften Segel hatten sich geöffnet und hingen zerfetzt von oben herab. Ein Mast war umgebrochen und hatte im Fallen die rechte Seite der Reling stark beschädigt. Viele nützliche Gegenstände, die auf dem Deck vorhanden gewesen waren, hatten die Fluten hinweg gespült. Zu ihrem Leidwesen stellten sie fest, dass das Ruder gebrochen und somit unbrauchbar geworden war. Resigniert setzten sie sich auf den gefallenen Mast und blickten sich ratlos an. An eine Weiterfahrt war nicht zu denken. Sie waren hilflos dem Meer ausgeliefert, auf dem Schiff gefangen.

Doch schon blinzelte die Sonne hinter dem dunstigen Schleier hervor und im selben Augenblick veränderte sich ihre Lage wiederum: Puck erspähte wenige Seemeilen vom Schiff entfernt eine kleine Insel.

Der Kapitän untersuchte die Sache sofort auf seinen Karten. Doch er konnte beim besten Willen nicht herausbekommen, wo sie sich befanden. In der Nähe ihrer letzten Position, als das Unwetter losbrach, war weit und breit keine Insel zu finden. Selbst wenn sie tausend Meilen getrieben waren, konnte es nur das tiefe Wasser geben. Ein Rätsel also, das nicht zu ergründen war.

Der mutlos gewordene Kapitän ankerte sein Schiff. Er hatte sich seinen Lebensabend auf Kasimirs Schloss schon in den allerschönsten Farben ausgemalt. Nun war er ein Schiffbrüchiger, verschlagen auf eine kleine Insel irgendwo im weiten, weiten Ozean. Puck blieb die Verfassung des Kapitäns nicht verborgen. Pausenlos redete er auf ihn ein und versuchte ihn zu trösten. Seine eigene Lage hatte sich ja auch nicht gerade verbessert, denn nun bestand nur noch sehr wenig Hoffnung, dass die Tante ihn jemals wieder fand.

7 Familie Bäumli

FAMILIE BÄUMLI UND TOCHTER VIF

Am nächsten Morgen war die Mutlosigkeit des Kapitäns verflogen. Er war nicht der Mann, der lange herum jammerte wenn etwas nicht klappte.

„Vielleicht“, sagte er zu Puck, „hat unser Hiersein einen tieferen Grund. Ich weiß zwar noch nicht welchen, aber das werden wir herausfinden. Schließlich will ich ein Buch schreiben, und das kann ich auf einer einsamen Insel genauso gut wie auf einem Königsschloss. Wer weiß, vielleicht gefällt uns das Leben hier und wir wollen schon nach ein paar Tagen gar nicht mehr weg.“

Sie ruderten mit dem einzig erhalten gebliebenen Beiboot um die Insel herum. An der Südseite, wo sich eine kleine Bucht zum Meer hin öffnete, war das Ufer felsig und steil. Doch unterhalb der Steilküste befand sich ein herrlicher Strand. Von hier aus war durch die hohen Felsen kein Hinaufkommen zum Innern der Insel. Sie ruderten weiter. Wieder im Norden der Insel, dort wo auch das Schiff vor Anker lag, war das Ufer flach, und sie gingen an Land.

„Wir werden uns nach einem schönen Platz für eine kleine Hütte umsehen", verkündete der Kapitän. „Ich möchte, dass sie einen Ausblick auf das Meer besitzt. Es wird mich inspirieren, wenn ich bei meiner Arbeit auf das Wasser schauen kann." Fast schien er jetzt einverstanden damit zu sein, dass alles so gekommen war.

Sie gingen in südlicher Richtung landeinwärts, das Meer im Rücken. Bald stieg das Gelände an. Sie hofften, noch weiter oben einen geeigneten Platz für eine Hütte mit dem gewünschten Ausblick zu finden.

Eine üppige Pflanzenwelt wucherte ihnen entgegen und bald befanden sie sich in einem dichten Wald. Sie staunten über die riesigen Bäume, die Stämme hatten wie Tempelsäulen. Auch ein paar Tiere konnten die beiden beobachten, viele Vögel, Hasen und sogar Rehe gab es hier. Der Kapitän griff in seine Hosenträger und schnipste übermütig damit herum.

„Hier gefällt es mir mein Junge, so etwas habe ich noch nie gesehen."

In der Tat, der Kapitän war zum ersten Mal in seinem Leben in einem Wald. Da ist man schon überwältigt. Bald lichtete sich das Dickicht und sie erblickten eine mit Gras bewachsene Ebene. Da sie leicht nach Süden geneigt war, bot sich ein wundervoller Ausblick. In der Mitte lag ein kleiner Hügel, der mit einer zauberhaften Blumenwiese überwuchert war.

„Das ist die Stelle!", rief Quo Vadis aus. „Dort werden wir die Hütte errichten."

Wie das zu machen war, wusste der Kapitän allerdings nicht. Er dachte gar nicht daran, dass er die Kunst des Hüttenbauens nicht beherrschte. Solche Dinge hatte sein Zimmermann für ihn erledigt. Doch der war jetzt weit weg, vielleicht am anderen Ende der Welt.

Übermütig vor Freude rannte Quo Vadis auf den Hügel los, um den Ausblick zu prüfen. Puck hätte es gut geschafft, vor ihm anzukommen. Doch er ließ dem alten Seebären seine Freude, der sich gerade ein Fleckchen auf dem Lande erobern wollte. Gemächlich folgte der Junge dem Alten nach. Doch da stimmte etwas nicht. Quo Vadis stand reglos auf dem Hügel und starrte zur anderen Seite hinunter.

„Quo Vadis, was ist?“, rief Puck, der sich nun ebenfalls beeilte, auf den Hügel hinaufzukommen.

„Schau, mein Junge, da steht schon ein Haus. Was sagst du dazu?“

„Ist doch nicht schlecht, ein wenig Nachbarschaft zu haben“, gab Puck zu überlegen. „Man kann sich besuchen und Freundschaft pflegen, oder man verfeindet sich und macht sich gegenseitig das Leben schwer. Wie es auch kommt, es wird uns Abwechslung bringen auf dieser einsamen Insel.“

Der Kapitän kratzte sich am Kinn und überlegte. „Vielleicht hast du Recht. Wir wissen ja noch gar nicht, um wen es sich überhaupt handelt. Meinen Hügel gebe ich jedenfalls nicht wieder her.“ Sie gingen langsam auf das Haus zu.

Nirgends war ein Mensch zu sehen, doch es deutete alles darauf hin, dass es bewohnt war. Das Haus war genauer gesagt eine große, stabile Blockhütte mit spitzem Dach, das mit Holzschindeln kunstvoll eingedeckt war. Die Fensteröffnungen wie auch der Türrahmen wiesen meisterliche Schnitzereien auf. Im vorderen Teil, wo die Eingangstür war, hatte der Besitzer eine gemütliche Veranda angebaut, die auch ganz aus Holz bestand. Ein Geländer aus gedrechselten Säulen bildete die Begrenzung. Sie entdeckten drei Korbstühle und einen runden Tisch, auf dem eine Kanne mit dampfendem Kaffee, drei Tassen, drei Teller und ein mit Zucker bestreuter sehr lecker ausschauender Kuchen standen. Den beiden lief das Wasser im Munde zusammen. Dieser Kaffeetisch war geradezu ein Sinnbild für Frieden und Behaglichkeit. Quo Vadis registrierte es tief in seinem Innersten. Eine solche Veranda sollte seine Hütte unbedingt haben.

Sie klopften an die Eingangstür, doch es antwortete ihnen niemand. Quo Vadis drückte die Klinke herunter und öffnete vorsichtig die Tür. Der Raum war in Dunkelheit gehüllt, sodass er nichts erkennen konnte. Dafür sahen sie nun, dass aus der Ecke hinter der Tür ein verbogener und verrosteter Gewehrlauf auf sie gerichtet wurde. Eine tiefe, warme Stimme fragte: „Was wollt ihr, Fremde?"

Die beiden sahen sofort, dass dem Gewehr kein Schuss mehr entweichen konnte, doch sie ließen es sich nicht anmerken. „Wir wollten nur fragen, ob hier jemand etwas dagegen hat, wenn wir uns dort drüben auf dem Hügel eine Hütte bauen."

Das Gewehr senkte sich herab. Ein bärtiges Gesicht blickte mit großen, erstaunten Augen hinter der Tür hervor. „Ihr wollt euch hier ansiedeln? Das wollen nur gejagte Räuber oder weltfremde Eigenbrötler. Ich gehöre zu den letzteren, und ihr?"

„Wir gehören mehr zu den ersteren", sagte Quo Vadis ehrlich. „Obwohl, im Moment werden wir nicht gejagt."

Nach dieser Antwort folgte dem bärtigen Gesicht eine starke Hand aus dem Dunkel hinter der Tür, die sich dem Kapitän entgegenstreckte: „Ich heiße Bäumli und bin ein Holznarr, der Bäume fällend, tischlernd und schnitzend sein Leben verbringt."

„Angenehm", sagte Quo Vadis, dem sofort einige Gedanken im Kopf herumgingen. „Ich bin Seeräuberkapitän, jetzt allerdings im Ruhestand. Man nennt mich Quo Vadis. Der Junge ist mein Moses Puck." Sie schüttelten sich die Hände.

„Frau!", rief der Holznarr in das Dunkel, „kommt herunter, die Fremden haben friedliche Absichten." Die Treppe herunter kamen zwei kleine Gestalten, was sie jetzt erkennen konnten, da sich ihre Augen an die Dunkelheit gewöhnt hatten. Bäumli stellte sie vor:

„Das ist meine Frau, und das ist meine Tochter Vif. Hole noch zwei Tassen Frau, die Fremden trinken mit uns Kaffee!“

Quo Vadis und Puck waren von der unkomplizierten und herzlichen Art Bäumlis sehr angetan, und fast ein wenig glücklich über seine Einladung folgten sie ihm auf die Veranda. Die Tochter Vif hielt sich schüchtern im Hintergrund, betrachtete jedoch aufmerksam den Puck, der etwa in ihrem Alter war.

„Wir wollten gerade Kaffee trinken, als wir Sie erblickten, nun können wir endlich beginnen.“ Bäumli goss den Kaffee ein und setzte dann das Gespräch fort: „Dort drüben wollen Sie bauen?“

„Ja, Herr Bäumli, ich habe mich bereits in diesen Platz verliebt.“

„Ihre Wahl ist gut“, bestätigte Bäumli, worauf Quo Vadis noch genüsslicher seinen Kaffee schlürfte. „Der Kuchen ist ausgezeichnet, Frau Bäumli“, gab Puck dazwischen.

„Den hat unsere Vif gebacken. Iss, mein Junge, wenn es dir schmeckt.“

Nach einer Pause, in der andächtig gegessen wurde, nahm der Kapitän das Gespräch wieder auf: „Übrigens, wie ich feststellen musste, waren Sie nicht sehr beeindruckt von der Mitteilung, dass ich ein Seeräuberkapitän bin.“

Bäumli blickte den Kapitän an und schmunzelte. „Wenn es Ihnen Spaß macht, Seeräuberkapitän zu sein, dann sind Sie es eben. Ich bin ja auch hier, um ungestört meiner Lieblingsbeschäftigung nachzugehen.“

Quo Vadis sprang auf. Puck hielt ihn am Handgelenk, doch der gekränkte Seebär stand schon an den Stufen der Veranda: „Ich werde Ihnen beweisen, dass ich Seeräuber bin. Ich fordere Sie auf, mit mir hinunter an das Wasser zu gehen. Dort liegt mein Schiff. Es ist prall gefüllt mit kostbaren Schätzen. Kommen Sie mit, Sie werden ja sehen!“

Bäumli kraulte seinen Bart. Er war neugierig geworden, doch so richtig konnte er dem alten Mann nicht glauben. Er sah eben nicht so aus, wie man sich einen richtigen Seeräuberkapitän vorstellt. „Also gut“, lenkte Bäumli ein. „Gehen wir hinunter an das Wasser. Ich wollte sowieso noch ein paar Fische für das Abendbrot fangen.“

Kurze Zeit später brachen sie auf, nur Frau Bäumli blieb im Haus zurück. Der Holznarr hatte sich seine Angel über die Schulter gelegt und winkte den anderen ihm zu folgen.

„Zeigen Sie mal her“, sagte Quo Vadis, als er die Angel erblickte. „Das soll eine Angel sein? So etwas habe ich noch nicht gesehen!“

Bäumlis Angel bestand aus einer kurzen Bambusstange, an der ein grober Faden angebunden war. Daran hing ein jämmerlicher, selbst gefertigter Angelhaken.

„Die können Sie da lassen, ich schenke Ihnen eine von meinen. Ihre Angel ist, verzeihen Sie mir, ein Kinderspielzeug. Da können einem ja die Fische Leidtun.“

Bäumli wollte Einspruch erheben, doch dann ließ er den Kapitän gewähren.

Für den Abstieg benutzten sie einen schmalen Pfad, den sich Bäumli für gelegentliche Spaziergänge zum Wasser durch das Dickicht geschlagen hatte. Nach einer knappen Viertelstunde standen sie fast genau an der Stelle, von wo aus der Kapitän und Puck am Morgen zur Inselerkundung aufgebrochen waren. Sie zogen das Beiboot ins Wasser und ruderten zum Schiff.

Bäumli staunte nicht schlecht. Er hatte nicht erwartet, solch ein großes Segelschiff hier vorzufinden. Seine Blicke verrieten, wie verwirrt er war. Am Schiff angelangt, half der Kapitän seinen Gästen über die Reling zu steigen.

„Herzlich willkommen auf der Santa Esmeralda, dem stolzen Schiff des Seeräuberkapitäns Quo Vadis!“, sagte der Kapitän absichtlich theatralisch, um den Bäumli noch mehr zu beeindrucken, als er es ohnehin schon war.

„Aber wo ist denn ihre Mannschaft?“

„Die habe ich entlassen. Ich erklärte Ihnen doch, dass ich im Ruhestand bin."

„Da haben Sie das große Schiff ganz alleine hierher bewegt?"

„Wir haben es versucht, allerdings hatten wir ein anderes Ziel. Wenn wir nicht in diesen grässlichen Wirbelsturm geraten wären, hätten wir es auch erreicht. Nun sind wir eben hier."

„Kaum zu glauben", sagte Bäumli und schüttelte seinen Kopf. Nachdem er alles ausgiebig besichtigt hatte, wurde der Holznarr in ihm wach: „Ein schönes Schiff war das mal."

„Was heißt war?", entrüstete sich der Kapitän.

„Sehen Sie doch selber, abgesehen von den Sturmschäden, die sich reparieren ließen, alles zerfressen vom Holzwurm, vom Meerwasser und von der Sonne. Die Planken sind faulig und morsch. Ihr Schiff ist ein alter Kasten, der den nächsten Sturm nicht mehr überlebt."

„Was, so schlimm?", der Kapitän war ehrlich entsetzt.

„Na ja", lenkte Bäumli ein. „Auf jeden Fall wäre eine Generalreparatur in einer guten Werft dringend notwendig."

„Das hat sich erübrigt." Quo Vadis fegte mit einer Handbewegung das Problem hinweg. „Kommen Sie, ich zeige Ihnen jetzt den Laderaum. Sie werden staunen. Puck wird in der Zwischenzeit ein paar Angeln auslegen, damit wir etwas Fisch für das Abendessen beisteuern können."

Vif wollte Puck beim Angeln helfen. Die Männer stiegen in den Laderaum hinunter. In der Finsternis war vereinzelt ein Blinken und Glitzern zu erkennen. Als Quo Vadis eine Laterne anzündete, wurden sie von den Schätzen regelrecht geblendet.

„So viel Gold!", Bäumli traute seinen Augen nicht. „Das gehört alles Ihnen?"

„Jetzt ja, gewissermaßen, antwortete der Kapitän. Aber es hat keine Bedeutung für mich. Wissen Sie, mit dem Gold und mir ist es etwa so wie mit einer Axt ohne Stiel."

„Da müssen Sie sich einen Stiel zurechtmachen“, warf Bäumli ein, der den Vergleich des Kapitäns nur von der praktischen Seite her begriff.

„Da haben Sie schon Recht, Bäumli. Aber stellen Sie sich vor, Sie sind in einer Wüste und haben weit und breit kein Holz dafür ...“

Bäumli überlegte, dann gab er auf. „Es wird schon stimmen. Für mich hätte das Gold auch keine Bedeutung. Wenn es Holz wäre, ja dann... Aber was wollen Sie denn nun damit machen?"

„Das weiß ich auch nicht.“

„Man müsste es jemandem schenken, der es dringend braucht.“

„Ja, das wäre eine Möglichkeit. Kennen Sie jemanden?“

„Nein. Wir sollten es auf die Insel bringen und dort aufbewahren, bis vielleicht mal jemand kommt, der es braucht.“

„Das ist eine gute Idee.“

„Ich werde große Holztruhen bauen, in denen wir es aufbewahren können.“

„Das wäre gut, dann kann es nicht vergammeln.“

„Ja.“

„Und jetzt lade ich Sie ein. Gehen wir in meine Kajüte und trinken wir einen Becher Rum.“

„Tut mir leid, ich trinke keinen Alkohol.“

„Dann mache ich Ihnen einen Tee.“

Während die Männer in der Kapitänskajüte plauderten, saßen Puck und Vif draußen an Deck und beobachteten die Schwimmer an den Angeln, die im Wasser auf und nieder wippten. Puck versuchte, einiges aus Vif herauszubekommen. Zum Beispiel interessierte es ihn, wie lange die drei schon auf der Insel lebten.

Sie erzählte, dass Bäumli mit seiner Frau als Schiffbrüchige an den Strand dieser Insel geschwemmt worden waren. Bäumli hatte zwar seine große Werkzeugkiste gerettet, die sein ein und alles war, doch außer dieser Habseligkeit besaßen sie damals nichts. Das war vor vielen, vielen Jahren gewesen. Anfangs hofften die beiden noch, dass ein anderes Schiff vorbeikommen würde, um sie mitzunehmen. Doch ein anderes Schiff war nie gekommen. Bald gaben sie diese Hoffnung auf und richteten sich auf der Insel ein. Bäumli baute das Holzhaus, in dem sie noch heute leben. Später baute er die Veranda an. Hinter dem Haus entstand eine Werkstatt, in der er alle Dinge herstellte, die im Haus und im Garten gebraucht wurden. Ohne sein Werkzeug hätte er das nie gekonnt. Irgendwann dann kam Vif zur Welt.

Puck hatte der Erzählung aufmerksam gelauscht. Doch irgendetwas stimmte nicht. Die Art, wie Vif sie erzählt hatte, klang wie einstudiert, fand er. Irgendein Geheimnis lag dahinter, das hatte er gespürt. Er ließ sich aber nichts anmerken und behielt seinen Verdacht für sich. Da fiel sein Blick auf einen der Schwimmer, der sich heftig bewegte. Gemeinsam zogen sie den Fisch an Bord. Es war ein kapitaler Bursche. Puck nahm ihn auf den Arm und schleppte ihn in die Kapitänskajüte.

„Ich denke, der reicht für uns alle“, sagte er, ohne sich die Freude über sein Anglerglück anmerken zu lassen. Dabei verriet er natürlich mit keiner Silbe, dass er vor noch gar nicht langer Zeit diese altmodische Art des Fischefangens überhaupt noch nicht kannte.

„Sehr gut, mein Junge“, freute sich auch der Kapitän über den Fang. „Der ist genau richtig für uns.“

Bäumli riss die Augen auf und starrte auf den Fisch: „Den hast du gefangen?“

„Mit der Angel da ist das nichts“, erwiderte Puck, während er mit dem Daumen über die Schulter hinaus zeigte.

„Ach, da fällt mir ein Bäumli, ich hatte Ihnen ja eine Angel versprochen. Kommen Sie, wir werden eine für Sie aussuchen.“

Sie trafen noch ein paar Vorbereitungen für den Abend, an dem sie ihre glückliche Anlandung mit einem zünftigen Mahl feiern wollten. Dann verstauten sie alles im Boot und ruderten zurück zur Insel. Bevor sie in den Wald eintraten, drehte sich der Kapitän noch einmal um. Er sah, wie die Sonne gerade ins Meer eintauchte. Es war ein herrlicher Anblick. Früher hatte er sich nie die Zeit genommen, dieses Schauspiel zu betrachten. Das Schiff lag ruhig im Abendlicht und warf einen langen Schatten auf das glatte Wasser.

Der Kapitän freute sich über die Bekanntschaft mit Bäumli. Er schien wirklich ein feiner Kerl zu sein. Und er freute sich über den Platz, den er dort oben auf dem Hügel gefunden hatte. Bald könnte dort eine kleine Hütte stehen und er würde endlich mit seiner Arbeit beginnen können.

Als sie Bäumli Haus erreichten, dämmerte der Abend herauf.

„Bring den Fisch hinein“, sagte Bäumli zu Puck, der ihn stolz den ganzen Weg alleine getragen hatte. „Meine Frau wird schon irgendetwas damit anstellen. Und Sie, Kapitän, Sie nehmen Platz auf der Veranda – bald haben Sie auch eine.“

Der Kapitän hatte an Bord des Schiffes dem Bäumli das Werkzeug des Schiffszimmermanns geschenkt. Der Holznarr war ganz außer sich vor Freude darüber gewesen. Es waren eine Reihe sehr brauchbarer und gut erhaltener Werkzeuge dabei, die Bäumli noch nicht besaß. Dann rückte der Kapitän mit seinem Anliegen heraus: „Wir werden eine Hütte brauchen, Bäumli. Helfen Sie uns, eine zu bauen?“

Der Holznarr hatte nur kurz genickt: „Keine Frage, es wird mir ein Vergnügen sein.“ Doch dass die Hütte auch eine Veranda bekommen sollte, hatte er nicht zu träumen gewagt. Deshalb leuchteten die Augen des Kapitäns, als Bäumli das zu ihm sagte.

„Glauben Sie, dass wir die Hütte bis zum Winter fertig bekommen?“, fragte der Kapitän, der keine Ahnung hatte, wie lange so etwas dauerte. Bis zum Winter war noch viel Zeit, gerade hatte der Frühling begonnen.

„Machen Sie sich nur keine Sorgen“, beruhigte ihn Bäumli. „Wir werden es schon schaffen. Ihr Moses Puck ist ja ein tüchtiger Junge. Gleich morgen werden wir damit beginnen, uns das notwendige Baumaterial zu besorgen.“

Während die beiden Männer auf der Veranda saßen und sich unterhielten, halfen Puck und Vif in der Küche. Frau Bäumli war sehr dankbar dafür. Sie hatte noch nie vor der Aufgabe gestanden, solch einen großen Fisch zubereiten zu müssen. Doch gemeinsam schafften sie es. Vif deckte den Tisch, und Puck half Frau Bäumli, die Speisen hinauszutragen. Das Mahl bestand aus einer köstlichen Fischsuppe, die als Vorspeise gereicht werden sollte, sehr knusprigen Fischschnitzeln mit Reis und Dillsoße, als Beilage frisches Gemüse aus Frau Bäumlis Garten und aus einem großen runden Schokoladenpudding zum Abschluss.

Nachdem sich alle an der Tafel versammelt hatten, erhob sich der Kapitän und ergriff das Wort: „Gestatten Sie mir, dass ich ein paar Worte verliere, bevor wir mit diesem köstlichen Mahl beginnen.“

Alle lehnten sich in den bequemen Korbsesseln zurück und lauschten gespannt der Ansprache des Kapitäns. „Liebe Freunde – ich erlaube mir, Sie so zu nennen, obwohl wir uns erst einen Tag lang kennen, aber die herzliche Aufnahme, die uns hier zuteil geworden ist, hat mich tief gerührt. Vor Ihnen steht ein alter Mann, der seinen Beruf aufgegeben hat und sich zur Ruhe setzen will. Ich habe mein ganzes Leben als heimatloser Pirat auf allen Weltmeeren zugebracht. Es war eine schöne Zeit, doch jetzt ist sie vorbei. Nun, an meinem Lebensabend, habe ich hier bei Ihnen auf dieser kleinen Insel ein Plätzchen gefunden und ich werde meine letzte Arbeit tun, die ich noch tun muss, ein Buch schreiben über meine Abenteuer. Jetzt erhebe ich mein Glas, um mit Ihnen auf den glücklichen Umstand unseres Zusammentreffens zu trinken.“

Es wurde für alle ein unvergesslich schöner Abend. Die milde Frühlingsluft lag noch lange über der Wiese, doch als sie sich abkühlte, zogen sich alle ein wärmeres Kleidungsstück über. Keiner mochte den Platz verlassen. Als die Wiese vor dem Haus ganz in Dunkelheit getaucht war, zündete Bäumli ein paar Lampions an, worauf sich die Veranda in einen noch behaglicheren Ort verwandelte. Quo Vadis gab so manche Geschichte zum Besten und die Zeit verging wie im Fluge. Am Himmel hatten sich unzählige Sterne versammelt und sahen vergnügt auf die fröhliche Gesellschaft herunter.

Endlich mahnte Quo Vadis zum Aufbruch: „Puck, ich glaube, wir müssen uns langsam auf den Weg machen, es ist schon spät und Familie Bäumli will sicher schlafen gehen."

„Kommt gar nicht in Frage, dass Sie heute noch zu Ihrem Schiff hinausfahren", entrüstete sich Bäumli. „Sie sind selbstverständlich unsere Gäste und wohnen bei uns, bis Ihre Hütte fertig gestellt ist."

„Oh, das ist ein großzügiges Angebot", dankte Quo Vadis. „Wir nehmen es gerne an."

Frau Bäumli war unterdessen schon im Haus verschwunden, um für Puck und den Kapitän zwei Betten in der Dachkammer herzurichten.

Müde und sehr zufrieden gingen sie zu Bett. Doch der Kapitän fand lange nicht in den Schlaf. Das beruhigende Schaukeln des Schiffes fehlte ihm sehr. Auch Puck hatte sich schon fast daran gewöhnt.

8 Ein Haus für Quo Vadis

Der Kapitän wachte als erster auf. Durch das offene Fenster drangen dumpfe Schläge in die kleine Dachkammer. Er lauschte eine ganze Weile darauf und versuchte zu ergründen, wo er sich befand. Dann fiel er zurück in den Schlaf und hatte einen eigenartigen Traum, in dem Folgendes geschah:

Die Wellen schlugen hoch über das Schiff. Die obere Hälfte des mittleren Mastes war abgebrochen und hing, nur durch die Takelage gehalten, herab. Sie stieß im Rhythmus der Wellen heftig gegen das Deck.

„Kapitän, wir sinken!“, rief Puck verzweifelt, der eben versuchte, das kleine Beiboot ins Wasser zu lassen. Doch das morsche Segelschiff neigte sich bereits gefährlich auf die Seite und drohte jeden Moment zu kippen. In höchster Not klammerten sich beide an der Bordwand fest, schon nicht mehr in der Lage, irgendetwas für ihre Rettung zu tun. Der Kapitän starrte in die Richtung seiner Kajüte, wo das Heft mit all seinen Aufzeichnungen lag. Doch in diesem Moment sank das große Schiff langsam in die Tiefe.

„Spring ab, Junge, sonst zieht es uns mit sich in sein Grab!“

Es gelang ihnen, dem gefährlichen Strudel zu entkommen, als das Schiff sank. Mit einem Mal glätteten sich die Wogen. In der Ferne leuchtete ein kleines weißes Segel.

„Hierher, hierher!“, schrien sie und fuchtelten heftig mit den Armen. Das Boot drehte bei und hielt Kurs auf die Schiffbrüchigen. Quo Vadis erkannte Bäumli, der ihnen mit einem Gegenstand zuwinkte.

„Kapitän, ich habe Ihr Tagebuch gerettet. Kommen Sie mit an Land. Ihre Hütte ist fertig, Sie können gleich mit der Arbeit beginnen!“

Bäumli zog die beiden in sein Boot und steuerte zur Insel. Quo Vadis hielt mit zitternden Händen das Heft mit seinen Aufzeichnungen fest an seinen Körper gedrückt. Rhythmisch klatschten die Wellen gegen die Bordwand ...

Der Kapitän fuhr hoch und schüttelte sich. Dann stand er auf und blickte aus dem Fenster. Die liebliche Wiese, gesäumt von hohen kräftigen Bäumen, war das Erste, was er sah. Weit hinten über den Wipfeln der Bäume schimmerte das Meer. Tausende Vogelstimmen beherrschten die laue Morgenluft. Quo Vadis wusste immer noch nicht, was er von diesem Bild halten sollte, ob dies nun ein Traum war oder die Wirklichkeit. Er kniff sich kräftig in den Arm. Wohl gelaunt registrierte er, dass es wehtat. Aber was war das? Dumpfe Schläge erfüllten die Luft erneut. Er beugte sich weit hinaus und sah, dass Bäumli eine breite Schneise in Richtung des Wassers schlug.

„Guten Morgen, Bäumli!“, rief er dem Holznarren zu. Doch der hörte den freundlichen Gruß nicht.

Quo Vadis bemerkte, dass Puck schon aufgestanden war. Er ging hinunter. Frau Bäumli wirtschaftete in der Küche. Der Kapitän klopfte an.

„Kommen Sie herein, Kapitän! Haben Sie gut geschlafen?“

„Oh ja, ich danke, ausgezeichnet, wenn man bedenkt, dass es seit sehr, sehr langer Zeit wieder eine Nacht an Land für mich gewesen ist.“

„Fein. Dann nehmen Sie mal Platz auf der Veranda, ich bringe Ihnen gleich das Frühstück. Eier mit Speck, etwas Toast und Kaffee?“

Der Kapitän nickte nur und verdrehte dabei genießerisch die Augen.

„Wo sind die Kinder?“, fragte er dann.

„Oh, die sind schon ganz früh aufgestanden. Sie wollten hinunter zum Schiff.“

„Na gut“, sagte der Kapitän und setzte sich auf der Veranda nieder. Bäumlis Schläge waren verhallt. Gleich darauf erschien er am Anfang der Schneise, winkte und kam heran. Er setzte sich neben den Kapitän auf einen Stuhl. Man sah ihm an, wie aufgeregt er war und sofort begann er zu erzählen:

„Ich habe eine wunderbare Idee, Sie werden staunen! Können Sie sich denken, wozu ich die Schneise schlage?“

Der Kapitän zog seine dicken Augenbrauen hoch.

„Nein? Damit wir Ihr Haus herauf transportieren können!“

„Mein Haus?“

„Ja, Kapitän. Warum sollen wir eines bauen, wenn es das Haus schon gibt?“

„Das müssen Sie mir schon näher erklären, Bäumli, daraus werde ich nicht schlau.“

„Ganz einfach. Gestern waren wir doch auf ihrem Schiff und dort saßen wir in der Kapitänskajüte."

„Na und?"

„Ja, ihre Kajüte! Das Schiff ist hinüber, aber aus ihrer Kajüte mag noch etwas zu machen sein. Wir sägen sie heraus, lassen sie ins Wasser und transportieren sie durch die Schneise herauf zu dem Platz, den Sie sich erwählten."

„Das ist ja genial, Bäumli, darauf wäre ich nie gekommen. Aber wie wollen Sie das machen? Ich meine, wie wollen Sie die große, schwere Kapitänskajüte die Schneise herauf transportieren?"

„Das habe ich mir schon überlegt. Sie haben doch eine Menge Flaschenzüge an Bord. Die verbinden wir miteinander, bis es uns möglich ist, nur mit unserer Muskelkraft die Kajüte heraufzuziehen."

„Genial, Sie sind einfach genial. Und das funktioniert wirklich?"

„Selbstverständlich. Das ist eine Sache von zwei Tagen. Die Schneise ist auch nicht umsonst geschlagen. Das Holz nehmen wir für den Bau eines ordentlichen Dachstuhls. Eine Veranda soll ja auch entstehen. Letztendlich haben wir einen anständigen Weg hinunter zum Wasser."

Bäumli strahlte über das ganze Gesicht. Man merkte ihm an, dass er hierbei in seinem Element war. Gleich sprang er wieder auf, um mit der Arbeit in der Schneise fortzufahren. Nach dieser Nachricht schmeckte dem Kapitän das Frühstück noch einmal so gut.

Alles geschah, wie Bäumli es sich ausgedacht hatte. Der Holznarr arbeitete fleißig. Er musste eine ganze Menge Bäume fällen, Äste abschlagen und Wurzeln ausgraben. Die kürzeren Stämme schichtete er nach jedem neuen Abschnitt zu einem ordentlichen Stapel auf. Dieses Holz war als Brennmaterial für den Winter gedacht. Größere, gerade gewachsene Stämme sortierte er aus und trug sie nach oben auf die Wiese. Das war das Baumaterial für Fundament, Dachstuhl und Veranda. Ganz ebenmäßige Stämme, die auf einem längeren Stück den gleichen Durchmesser besaßen, trug er hinunter zum Wasser. Dieses Holz wurde für den Transport der Kajüte gebraucht. Puck und Quo Vadis arbeiteten auf dem Schiff. Bäumli hatte ihnen genau gezeigt, wo sie zu sägen hatten, damit sich die Kajüte, die fast den ganzen hinteren Teil oberhalb der Wasserlinie des Schiffes bildete, herauslösen ließ. Nach einigen Tagen war es soweit. Sie befestigten die abgetrennte Kajüte an etlichen Flaschenzügen und ließen sie Zentimeter für Zentimeter hinunter zum Wasser. Schließlich schwamm sie in den Fluten. Der Weg zum Ufer war am einfachsten zurückzulegen. Sie hatten das Beiboot davor gespannt und ruderten nun mit der Kajüte im Schlepp an den Strand. Dann wurden die Flaschenzüge und Seile vorbereitet, um den Transport an Land weiterführen zu können.

Bäumli war schon lange mit der Schneise fertig geworden. Er hatte sich in der Zwischenzeit mit dem Fundament des neuen Hauses beschäftigt. Um es fest und sicher aufstellen zu können, hatte er in gleichmäßigem Abstand dicke Stämme in die Erde geschlagen. Darauf sollte das Haus gestellt und anschließend die Veranda gebaut werden.

Dann ging es weiter. Stück für Stück zogen sie nach Bäumlis Anweisungen die Kajüte aus dem Wasser. Dabei wurden immer neue Stämme untergelegt, solange, bis sie ganz auf Rollen stand. Dank der Flaschenzüge war das nicht einmal eine schwere Arbeit. Es ging zwar etwas langsam, doch Bäumli behielt Recht. Am Ende des zweiten Tages stand die Kajüte oben auf der Wiese. Der Kapitän ging immer wieder um sie herum. Er konnte es noch gar nicht fassen.

Tags darauf machte sich Bäumli sofort daran, das Dach und die Veranda zu bauen. Im Dach sollte eine große Kammer entstehen, in der sich Puck einrichten wollte.

Puck und Quo Vadis beschäftigten sich mit der Bergung des Goldschatzes. Dazu hatten sie sich ein stabiles Floß gebaut, auf das sie alles verluden. Außerdem wurden alle Dinge auf dem Schiff, die ihnen noch einmal nützlich werden konnten, abmontiert und ebenfalls an Land gebracht. Nach dieser Arbeit glich das Schiff einem gerupften Huhn. Quo Vadis betrachtete es nachdenklich vom Ufer aus. Es tat ihm in der Seele weh, den alten Kasten nun versenken zu müssen. Bäumli meinte, dass es nur noch als Brennholz zu verwenden sei. Doch Brennholz daraus zu machen, das wäre viel zu mühselig gewesen, das konnte man sich auf der Insel einfacher beschaffen. Es gab aber noch eine andere Möglichkeit: „Was denkst du, Puck, wenn du das Schiff so siehst?"

Puck zögerte nicht lange: „Ich denke an ein überfallenes, geplündertes Schiff, dem auch das Letzte geraubt wurde."

„Das ist es", sagte der Kapitän, dem seine Gedanken bestätigt worden waren.

„Überfallen und geplündert! Weißt du, was wir jetzt tun? Wir inszenieren die Quo Vadis-Seeräuber-Tragikomödie!"

„Die was?", Puck schaute den Kapitän verwundert an. Doch dann kam ihm der gleiche Gedanke.

Sie ruderten zum Schiff, lichteten den Anker und kehrten an Land zurück. Das Schiff trieb langsam hinaus auf das offene Meer.

„Mach es gut, alte Santa Esmeralda", sagte der Kapitän mit trauriger Miene. „Du gehst das letzte Mal für mich auf eine Reise. In meinen Geschichten, die ich jetzt niederschreiben werde, wirst du weiterleben als ein stolzes, prachtvolles Schiff."

Die Santa Esmeralda war vom Horizont verschwunden. Nur noch eine Mastspitze schaute dahinter hervor. Die Piratenflagge, die an ihrem Ende befestigt war, flatterte drohend in der leichten Brise, die draußen wehte.

Bäumli arbeitete den ganzen Tag über sehr fleißig. Schon nach kurzer Zeit war der Dachstuhl fertig und die Veranda im Wesentlichen auch.

„Ich denke", sagte er, „das wird eine Weile halten. Der Rest ist ein Kinderspiel. Die Dachschindeln sind schnell angenagelt, da kann Puck mir helfen. Die Überdachung der Veranda machen wir aus den Segeln vom Schiff. Meine Frau ist mit solchen Dingen sehr geschickt."

Nach zwei Wochen war das Haus für Quo Vadis und Puck fertiggestellt. Dem Kapitän war durch Bäumlis Einfall ein Stück seiner alten Heimat erhalten geblieben. Wenn er jetzt aus seiner Kapitänskajüte heraustrat, lag eine Wiese vor seinen Füßen. Daran musste er sich erst gewöhnen.

Die Veranda war Bäumli besonders gut gelungen. Sie hatte sogar ein Geländer mit gedrechselten Säulen erhalten, die vom Schiff stammten. Mit dem Segeltuch-Sonnendach hätte die Veranda sogar mit jedem vornehmen Hotel in Konkurrenz treten können. Von der Kajüte waren auf Quo Vadis' Wunsch zwei kleine Räume abgetrennt worden, zur Rechten eine kleine Küche, die noch eine separate Außentür erhielt, und zur Linken eine Schlafkoje mit einem Kleiderschrank und einem Waschtisch. Der große Raum in der Mitte war der Arbeitsraum des Kapitäns. Die Tür nach vorn hatte Bäumli um zwei Flügel erweitert, so dass man viel Licht und frische Luft hereinlassen konnte.

In der Mitte des Raumes stand der wuchtige Schreibtisch des Kapitäns, an dem er nun von Stunde an fleißig arbeitete. Hinter dem Schreibtisch, an der Rückwand des Raumes, war von Bäumli ein großes Regal eingebaut worden. Darin lagen alle Dinge, die der Kapitän gesammelt hatte, seine Bücher und Karten. Vorn am Fenster war eine gemütliche Sitzrunde aufgebaut, bestehend aus einem Plüschsofa, zwei schweren Ledersesseln und einem kleinen runden Tisch.

Die Dachkammer, die durch das aufgesetzte spitze Dach entstanden war, diente Puck als Behausung. Er hatte die Idee dazu gehabt. Der gesamte Fußboden war doppelt und dreifach mit alten Seegrasmatratzen bedeckt, die Puck vorsorglich aus den Mannschaftsräumen des Schiffes geborgen hatte. Er konnte darauf herrlich herumtoben und Kobolz schießen, ohne den Kapitän zu stören. Natürlich waren die Matratzen lange gelüftet worden. Eine Treppe nach oben gab es nicht. Puck hatte sich eine Strickleiter organisiert, mit der er durch ein Fenster hinauf- und hinunterklettern konnte.

Ganz stolz aber war Puck auf folgende Besonderheit: Bäumli hatte ihm auf seinen Wunsch hin einen Mast mit Mastkorb in den Dachstuhl eingearbeitet. Durch eine Luke im Dach konnte er dort hinauf, wo er einen großartigen Rundblick über die ganze Insel hatte.

In diesem gemütlichen Zuhause lebten sie ab sofort ein glückliches und zufriedenes Leben. Das heißt, der Kapitän tat dies. Puck war natürlich auch sehr glücklich. Nur hin und wieder, wenn er an sein richtiges Zuhause denken musste, befiel ihn große Ratlosigkeit. Hatte er denn dort in seiner Zeit je ein richtiges Zuhause gehabt? War er nicht immer hin und her geschoben worden in seiner Verwandtschaft, mal ein Jahr zu seinem Onkel, mal zu Oma und Opa, jetzt zur Tante? In der Wohnung seiner Eltern hatte er selten gelebt, und die hätte doch sein richtiges Zuhause sein müssen.

Und wie war das mit seiner Zeit? War die wirklich so großartig und phantastisch, dass man nur dort leben konnte? Gab es hier in der Vergangenheit nicht genauso viele interessante Dinge, und konnte man nicht auch hier liebe Menschen finden und aufregende Dinge mit ihnen erleben? Er wusste keine Antwort auf diese Fragen.

Eines Tages würde die Tante kommen und ihn holen, das war gewiss. Also konnte ihm Quo Vadis' Haus nie ein richtiges Zuhause werden, denn es war wieder nur eine Zwischenstation. Der Gedanke daran machte ihn sehr traurig. Doch er wünschte sich, dass sie noch sehr lange seine Zwischenstation bleiben möge. Die Studien, um derentwillen er gekommen war, hatte er längst beendet. Liferecorder und Noticer lagen in einem Versteck in der Dachkammer. Jetzt war Puck wieder nur ein kleiner Junge, der auf einer Insel lebt, nicht mehr belastet von den Anforderungen seiner Zeit.

Den lieben langen Tag waren Puck und Vif zusammen. Sie verstanden sich prächtig, und sie erfanden immer neue Spiele. Oft gingen sie zum flachen Ufer im Norden der Insel. Dort spielte es sich besonders gut.

Manchmal liefen sie am Ufer entlang, bis sie die südliche Spitze der Insel erreicht hatten. Dort gab es einen herrlichen breiten Sandstrand. Es war der schönste Ort, den die Insel zu bieten hatte. So feinen und leuchtend gelben Sand gab es nur hier.

Leider war der Weg von den Häusern hierher ziemlich weit. Die steile, felsige Küste ließ keinen direkten Abstieg zu, so dass der Südstrand nur über den flachen Teil im Norden zu erreichen war. Manchmal, wenn ihre Streifzüge durch die Insel sie hier her geführt hatten, wagte Puck ein Bad.

In diesem Frühling war das Wasser noch ziemlich kalt, doch er konnte der Versuchung nicht widerstehen. Vif bestaunte seinen Mut. Vielleicht half ihm das ein wenig, ganz unterzutauchen. Mit seinen Eltern war er nur ein einziges Mal am Meer gewesen, jetzt lebte er hier.

So vergingen die Tage und Wochen. Anfangs dachte er oft an seine Tante, besonders am Abend, wenn er sich in seiner Dachkammer zum Schlafen hingelegt hatte.

Doch mit der Zeit änderte sich auch das. Bald dachte er nur noch ganz selten an sie, und dann nur ganz kurz, nur mal so, um wieder einmal an sie gedacht zu haben.

Der Kapitän arbeitete unterdessen fleißig an seinem Buch. In den Pausen unternahm er ausgiebige Spaziergänge und genoss die herrliche Frühlingsluft im Wald, ein Ort, den er sehr liebte.

An den Abenden saß er auf seiner Veranda, hielt ein Schwätzchen mit Bäumli oder spielte eine Partie Schach mit ihm.

Oft ging er auch in die Werkstatt des Holznarren, in der es so gut nach Holz roch und wo es immer etwas Neues zu sehen gab.

ZAUBERER VENI VIDI VICI
UND SEIN LEHRLING,
DER ERFINDER PROFESSOR QUASI

9 Veni Vidi Vici

Eines Tages, es war schon spürbar wärmer geworden, zog der Kapitän in aller Frühe auf die Jagd. Das war eine neue Leidenschaft von ihm. Er hatte Bäumlis alte Flinte wieder aufpoliert, alle Metallteile entrostet und reichlich eingeölt. Sogar die richtige Munition fand sich in den Beständen vom Schiff. Leider änderte diese Behandlung nichts daran, dass die alte Flinte wegen einer Blessur in einem leichten Bogen schoss. Deshalb konnte der Kapitän damit fast nicht treffen. Überhaupt war es mit seiner Jägerei so eine Sache. Die Tiere, denen er nachstellte, taten ihm eher Leid. Nie hätte er es über sein Herz gebracht, eines von ihnen zu erschießen. Er tat nur so, als ob er jagte. Es war ein Spiel für ihn. Er liebte den kleinen Wald, er liebte ihn fast so sehr wie das große Wasser, auf dem er zu Hause gewesen war. Doch einfach so hineingehen und herumspazieren, das reichte ihm nicht. Vielleicht brauchte er nur einen kleinen Ausgleich für das Seeräuberleben, das er eben aufgegeben hatte und für das Rumsitzen bei der Schreibarbeit.

Wie dem auch sei, jedenfalls war er an jenem Morgen schon einige Stunden unterwegs. Doch es zeigte sich nicht die Nasenspitze von einem Hasen. Vielmehr schien es so, als hätte es sich unter den Tieren der Insel herumgesprochen, dass nun auch ein Jäger hier wohnte. Etwas missmutig über das Ausbleiben der Tiere und erschöpft vom Herumlaufen, legte sich der Kapitän unter einen großen Baum und blinzelte in die Sonne. Plötzlich sah er hoch oben am Himmel eine Ente fliegen. Ohne zu überlegen oder an seine Abneigung gegen das Totschießen zu denken, nahm er das Gewehr, legte an und drückte ab. Erst danach begriff er, was er getan hatte. Die Ente schien getroffen, sie trudelte kreisförmig herab. Dem Kapitän klappte die Kinnlade herunter – das hatte er nicht gewollt!

Doch dann nahm das Ereignis einen ganz anderen Verlauf. Die Ente purzelte also herunter und fiel direkt vor die Füße des Kapitäns. Doch sie lebte. Sie rappelte sich auf, schüttelte ihr Gefieder und begann zu wachsen. Ja, sie wuchs, wurde größer und größer und veränderte sich dabei. Der Kapitän rollte mit den Augen. So etwas hatte er nicht erwartet. Als die Verwandlung beendet war, stand vor Quo Vadis ein alter, bärtiger Mann. Er reichte dem verdutzten Kapitän die Hand.

„Sind Sie enttäuscht, Herr Jäger? Ich bin gar keine richtige Ente.“

Der vermeintliche Jäger bekam kein Wort heraus.

„Sie müssen wissen, ich bin ein Zauberer. Ich hatte mich in eine Ente verwandelt, was ich immer tue, wenn ich auf Reisen bin.“

Der Kapitän wusste vor Staunen noch immer nichts Vernünftiges zu sagen. Er stammelte nur: „Bitte, ... entschuldigen Sie, ... es tut mir sehr leid, dass ich Sie heruntergeschossen habe.“

„Schon gut“, entgegnete der Zauberer, „Es ist mir ja nichts passiert. Ich bin ohnehin müde vom langen Fliegen und kann gleich ein wenig ausruhen. Machen wir uns doch bekannt. Ich heiße Veni Vidi Vici, bin Zauberer und Spezialist für Tierverwandlungen.“

„Sehr angenehm“, sagte der Kapitän und machte eine richtige kleine Verbeugung dabei. Diese Bekanntschaft rang ihm doch einige Ehrfurcht ab. Dann stellte auch er sich vor, erzählte von Puck, von seinem Freund Bäumli, von dessen Frau und der Tochter Vif, und von dem herrlichen Leben, das sie auf der Insel führten.“

„Wissen Sie was?“, schlug der Kapitän vor, der sich wieder gefasst hatte. „Kommen Sie doch einfach mit, ich werde Sie meinen Freunden vorstellen. Die werden sich ganz bestimmt freuen, einen leibhaftigen Zauberer kennenzulernen. Wir können auf meiner Veranda sitzen und ein Glas Rum miteinander trinken, wenn Sie möchten.“

Der Zauberer nickte und trottete dem vor Begeisterung hüpfenden Kapitän hinterher. Bald hatten sich alle Inselbewohner auf der Veranda des Kapitäns versammelt, die seltsame Geschichte aus dem Munde des Kapitäns vernommen und den Gast begrüßt.

Der ungewöhnliche Beruf des alten Mannes hatte jeden erstaunt. Ständig wurde er neu dazu aufgefordert, seine Kunst zu zeigen. Bäumli wünschte sich einen Elefanten, und so verwandelte sich der Zauberer in einen Elefanten. Selbstverständlich ging er dazu einige Schritte vor die Veranda, denn der Platz hätte sonst nicht ausgereicht. Puck wünschte sich einen Löwen, Frau Bäumli einen Schmetterling und Vif wollte ein Kaninchen. Jedes der Kunststücke gelang perfekt, was von dem großen Können des Zauberers zeugte. Der Kapitän, der bei seinen Überfällen auch so manches Verwandlungskunststückchen gezeigt hatte, konnte nicht an sich halten und rief aus: „Wenn wir diese Tricks gekannt hätten, ich glaube, wir wären als Möwen getarnt erschienen oder als ein Mückenschwarm."

Gegen Abend, der schnell herangekommen war bei so viel Bestaunenswertem, beschloss man, dem Zauberer zu Ehren ein Festmahl zu geben. Doch der wollte ihnen keine Umstände bereiten, ging ein paar Schritte auf die Wiese, verwandelte sich in eine Kuh und begann gemächlich zu grasen.

„Das ist ja toll", rief Frau Bäumli und klatschte in die Hände. „Nun brauchen wir nur noch zu melken."

„Muuuuuh", machte die Kuh und nickte heftig mit dem Kopf.

Magermilch!, schoss es Puck durch den Kopf und er musste unweigerlich an seine Tante denken.

Auch Bäumli konnte seine Freude über diese letzte Verwandlung nicht unterdrücken: „Ja, frische Milch, das wäre prima. Und dann vielleicht noch ein Huhn, das Eier legt!"

Kaum hatte er das gesagt, schrumpfte die Kuh und wurde ein Huhn, das sich laut gackernd auf Bäumlis Schoß niederließ und dort ein Ei legte.

„Wir müssen Sie unbedingt dazu überreden, noch eine Weile auf der Insel zu bleiben“, sagte Bäumli und streichelte behutsam das Huhn, das ein Zauberer war. Selbstverständlich können Sie in meinem Haus wohnen, so lange Sie wollen“, bot Bäumli an, der es wirklich ernst meinte.

Nun konnte er jedes Modell für seine Tierschnitzereien bekommen. „Das ist gar nicht nötig“, meinte der Zauberer. „Ich habe doch immer mein Haus dabei, sobald ich mich in eine Schnecke verwandele.“ Und er tat es, kroch am Gebälk der Veranda hinauf bis unter das Dach.

Alle hatten sich schnell an den Gast gewöhnt, und daran, was er alles konnte. Tatsächlich schien er längere Zeit auf der Insel verweilen zu wollen. Er sprach zwar nie darüber und niemand fragte ihn. Es schien aber so, als wolle er bleiben. Manchmal war er einen halben Tag lang verschwunden. Dann hatte er sich meist in irgendein Tier verwandelt und durchstreifte die Insel. Dann wieder saß er stundenlang bei Quo Vadis im Haus und ließ sich Seeräubergeschichten vorlesen. Oft hielt er sich auch in Bäumlis Werkstatt auf, um dem Holznarren als Modell bei der Arbeit zu helfen. Er war einfach überall und nirgends. Keiner vermisste ihn, wenn er nicht da war, doch jeder freute sich, wenn er kam.

Ganz besonders gern war er mit Puck und Vif zusammen. Sie gingen oft zum Strand hinunter, denn das Wasser war jetzt warm, so dass sie ausgiebig baden konnten. Der Zauberer verwandelte sich in einen Delphin und die beiden durften auf ihm reiten. Das machte den beiden einen riesengroßen Spaß. Richtig verstehen kann man das nur, wenn man selber schon mal auf einem Delphin geritten ist, doch wer hat das schon?

Am Abend lagen sie dann erschöpft auf Pucks alten Seegrasmatratzen in der Dachkammer und erzählten sich selbst erfundene Geschichten. Das schien dem Zauberer besonders gut zu gefallen.

Er verwandelte sich in eine kleine, schwarz-weiß gefleckte Katze, kuschelte sich an die beiden Kinder und schlief.

An solch einem Abend wurde Puck plötzlich unendlich traurig. Seine Gedanken eilten ihm davon in die Zeit, aus der er mit seiner Tante gekommen war. Irgendwann musste es ja geschehen, dass sie dahin zurückkehrten. Nie mehr wollte er daran erinnert werden, doch er tat es selber immer wieder. In diesem Moment wünschte er sich, da es ja doch einmal sein musste, dass es gleich geschah, noch in der gleichen Stunde. Vif saß neben ihm und streichelte die kleine, schlafende Katze. Das tat sie eine ganze Weile, während Puck vor sich hinstarrte.

„Du bist so stumm Puck, bist du traurig?"

„Ja, Vif, ich bin sogar sehr traurig. Doch leider darf ich nicht darüber sprechen, weil es verboten ist."

„Wer kann das verbieten?", entrüstete sich Vif.

„Die Zeitzentrale!", platzte es aus Puck heraus.

„So, so, die Zeitzentrale. Aber was wissen die schon von der Traurigkeit eines Jungen, der Puck heißt."

Puck starrte Vif an: „Woher kennst du die Zeitzentrale?"

„Woher kennst du sie denn?", fragte Vif zurück.

„Vif, ist das wahr? Du bist auch nicht aus dieser Zeit hier?"

„Genau wie du, Puck."

„Ist das die Möglichkeit? Bäumli auch?"

„Ja, mein Vater und meine Mutter auch. Wir sind aber für immer hierher in die Vergangenheit gekommen. Wir wollen hier leben, so lange unser Leben dauert, sagt mein Vater. Er war Raumschiffkommandant und deshalb ständig im Weltraum unterwegs. Irgendwann entschloss er sich, diese Arbeit aufzugeben und den Rest seines Lebens nur noch mit seiner Familie und mit seiner Lieblingsbeschäftigung zu verbringen. Doch ständig bekam er Besuch und wurde gebeten, wieder ein Raumschiff zu übernehmen. Da sind wir in die Vergangenheit gereist, um für diese Leute nicht mehr so einfach erreichbar zu sein. Du bist sicher nur für einen kurzen Besuch gekommen, und nun bist du traurig, dass du mit dem Quo Vadis wieder zurück musst."

„Nein, nicht mit Quo Vadis", wehrte Puck ab. „Der ist echt. Ich meine, der stammt wirklich aus dieser Zeit. Ich bin mit meiner Tante hierhergekommen, nur, ich bin ihr vor einiger Zeit davongelaufen. Aber das ist eine lange Geschichte."

„Erzähl' sie doch bitte! Ich bin so neugierig, etwas von zu Hause zu erfahren."

„Von zu Hause? Ich denke, du bist hier zu Hause?", fragte Puck, der eine kleine Traurigkeit auch bei Vif entdeckt zu haben glaubte.

„Ja, ich bin schon hier zu Hause, aber so richtig schön ist es erst, seitdem du mit dem Quo Vadis hier wohnst. Vorher war es schrecklich langweilig. Aber nun erzähl doch endlich deine Geschichte. Ich bin sehr gespannt darauf."

„Na gut", sagte Puck. „Du sollst alles erfahren, aber es muss unser Geheimnis bleiben, versprochen?"

„Versprochen!", sagte Vif.

Die beiden bemerkten gar nicht, dass das kleine Kätzchen sich noch dichter anschmiegte und seine kleinen Ohren gewaltig spitzte.

Puck erzählte Vif davon, wie er im Bücherschrank seiner Tante das Buch gefunden hatte, das Buch, an dem Quo Vadis jetzt da unten schrieb. Er erzählte, wie sein Plan aus dieser Entdeckung reifte und wie es ihm schließlich gelang, mit Quo Vadis zusammenzutreffen. Vif lauschte sehr gespannt, und nicht nur Vif.

Endlich war Puck bis zu seinem eigentlichen Problem vorgedrungen – der Tante, die jetzt mit Sicherheit irgendwo auf der Welt herumirrte und ihn fieberhaft suchte.

„Na, musst du denn unbedingt wieder zurück, Puck?", fragte Vif verständnislos. „Sei doch froh, dass du deine Tante Magermilch los bist. Hier findet sie dich bestimmt nicht."

„Das ist es ja eben. Bedenke doch, die Tante trägt die ganze Verantwortung, ohne mich kann sie unmöglich zurückkehren. Soll sie meinen Eltern sagen, dass sie mich bei einem Besuch in der Vergangenheit verloren hat? Nie könnte sie das. Es wäre gemein von mir, mich hier auf der Insel zu verstecken. Lieber kehre ich erst mal mit ihr zurück, mache meinen Doktor und komme dann wieder her."

„Das ist doch eine gute Lösung, Puck. Warum machst du es nicht so?"

„Ich würde es schon gerne so machen. Aber wie kann mich die Tante hier finden? Ich habe nicht einmal ein Boot, um loszufahren und sie zu suchen."

„Stimmt, die Sache ist ganz schön verzwickt", gestand Vif.

In diesem Moment erhob sich die kleine Katze, an die die beiden gar nicht mehr gedacht hatten, denn es war ja der Zauberer. „Ich bin der einzige, der die Insel jederzeit wieder verlassen kann", sprach er. „Wenn du möchtest, werde ich mich um dein Problem kümmern. Die Welt ist groß, deine Tante kann sonst wo sein. Nur ein schneller Vogel kann bald hier, bald dort hinfliegen. Ich finde deine Tante, verlass dich darauf. Du musst mir nur eine gute Beschreibung von ihrem Aussehen geben."

Puck war außer sich vor Freude über diese unverhoffte Wende. Vif hörte den Stein plumpsen, der dem Jungen auf dem Herzen gelegen hatte.

„Ich habe sogar ein paar Bilder von meiner Tante dabei." Puck kramte in seinem Versteck nach dem Liferecorder und setzte ihn in Betrieb. In kurzen Sequenzen sahen sie seine ganze Familie einschließlich der Tante plastisch wie in Wirklichkeit. Der Zauberer prägte sich das Aussehen der Tante gut ein. Um keine Zeit zu verlieren, wollte er gleich am nächsten Tag aufbrechen und mit der Suche beginnen. Er wusste ja nicht, wie lange er tatsächlich dazu brauchen würde.

Puck war so erleichtert und obendrein hatte er in Vif eine Verbündete gefunden, die um seine wahre Herkunft wusste. Es gab wieder eine Aussicht darauf, die Tante zu finden und mit ihr ins 24. Jahrhundert zurückzukehren. Endlich machte ihn der Gedanke nicht mehr traurig, vielleicht schon bald von seinen Freunden Abschied nehmen zu müssen. Hatte er erst den Doktortitel erhalten, und den würde er bekommen, das war gewiss, konnte er ja wirklich jederzeit hierher zurückkommen.

Nun war es aber an der Zeit, sich zur Ruhe zu begeben. Sie verabschiedeten sich voneinander, um sich am nächsten Morgen vor dem Abflug des Zauberers noch einmal zu treffen.

Am nächsten Morgen allerdings geschah noch ein kleiner Zwischenfall, durch den der Zauberer seine Abreise kurzzeitig verschieben musste.

Nach dem Frühstück gingen die drei hinunter zum Strand, um sich, ungestört von den anderen Inselbewohnern, verabschieden zu können. Auch wollte der Zauberer einen letzten Blick auf das Bild der Tante werfen, um es endgültig in seinem Kopf zu speichern. Während er das tat, betrachtete Puck das Wasser. Irgendetwas war ihm aufgefallen, ein winzig kleiner Strich bewegte sich dort draußen und schien näher zu kommen. Die Erscheinung glich einer Person, die auf dem Wasser lief. Schließlich war der Strich so nahe heran, dass sie sahen, was da vor sich ging.

„Ist das zu fassen!“, rief der Zauberer. „Das ist mein Lehrling, ein Bursche namens Quasi.“

Jener Quasi war ein Junge, nicht viel älter als Puck und Vif, aber sehr dünn und hoch aufgeschossen. Auf der Nase trug er eine seltsame, etwas verbogene Brille mit runden Gläsern, die ihn wesentlich älter machte. Seine Kleidung war in der Mode jener Zeit, doch sie war die eines Erwachsenen, wodurch er wie ein alter, vertrottelter Professor aussah. An den Füßen trug er riesige Lederschuhe, die mit Luft gefüllt waren. Durch diese Dinger war es ihm möglich, auf dem Wasser zu gehen. Er schien schon sehr lange unterwegs zu sein, denn seine Bewegungen wurden langsamer und schwerfälliger, je näher er kam. Seine Augen starrten auf das Wasser, so als ob er etwas suchte. Als er seinen Meister erblickte, war er schon fast am Ufer angelangt. Doch da wurde er plötzlich lebendig: „Endlich finde ich Sie, Meister, und wie ich sehe, sind Sie gewissermaßen wohlauf!"

„Warum sollte ich das nicht sein? Und überhaupt, warum läufst du mir nach?", entrüstete sich der Zauberer.

„Das kann ich gewissermaßen schnell erklären", entgegnete Quasi gelassen, die Verstimmung seines Meisters gar nicht beachtend. „Der Zauberer, zu dem Sie sich zum Zwecke eines Besuches begeben wollten, schickte einen Brief. Darin teilte er mit, dass Sie gewissermaßen noch immer nicht bei ihm eingetroffen seien. Das hat uns mit großer Sorge erfüllt. Was kann nicht alles auf so einer weiten Reise passieren. Ich wusste ja, dass sie in eine Ente verwandelt die Strecke zurücklegen würden, also gewissermaßen auf einer Luftlinie entlang reisen. Um Sie zu suchen, brauchte ich also nur auf dieser Linie entlanggehen. Gewissermaßen bestand das Problem bei der Suche in dem Ozean, denn da kann man nicht gehen. Ich musste mir also etwas einfallen lassen. Hier sehen Sie das Ergebnis, den Wasserschuh." Dabei deutete er voller Stolz auf seine Füße.

Der Zauberer war nun sichtlich gerührt über die Fürsorge seines Lehrlings. Er gab ihm auch gleich eine umfassende Erklärung für die Unterbrechung seiner Reise. Dann sagte er: „Du hast übrigens großes Glück, dass du mich hier noch angetroffen hast. Ich war gerade im Begriff abzureisen, und zwar auf einer anderen Luftlinie als zuvor. Ich will eine Person suchen, die verloren gegangen ist."

„Ja, Quasi, dein Meister hat sich bereit erklärt, nach meiner Tante zu suchen", erklärte Puck. „Wir haben uns vor einiger Zeit bei einem Seeräuberüberfall aus den Augen verloren. Der Seeräuberkapitän, der mit dem Überfall zu tun hatte, wohnt übrigens auch hier. Wie ist es, möchtest du nicht hier bleiben, bis dein Meister mit der Suche nach meiner Tante fertig ist?"

„Das ist eine prima Idee!“, sagte der Zauberer. „Mach’ ein wenig Urlaub und erhol dich gut. Der lange Weg übers Wasser hat dich sicher deine ganze Kraft gekostet.“

Quasi nickte heftig mit dem Kopf. Tatsächlich war er so erschöpft, dass er jeden Moment aus seinen Wasserschuhen zu kippen drohte. Puck geleitete ihn zu dem Matratzenlager in seiner Dachkammer.

Fast hätte der arme Quasi den Aufstieg mit der Strickleiter nicht geschafft. Sogleich rollte er sich in einer Ecke zusammen. Dort schlief er drei Tage und drei Nächte, ohne sich zu mucksen. Der Zauberer war längst davongeflogen.

10 Das Unwetter

Nach drei Tagen hatte Quasi seine verbrauchten Kräfte zurück gewonnen. Nachdem er fast pausenlos geschlafen hatte, stand er plötzlich und unerwartet im Arbeitszimmer des Kapitäns. Puck und Vif hatten den anderen Inselbewohnern schon von der Ankunft des Zauberlehrlings berichtet, so auch von der Abreise des Zauberers, jedoch ohne den wahren Grund zu erwähnen. Als der Kapitän den Quasi erblickte, war er so überrascht und belustigt durch dessen seltsames Aussehen, dass er einen lang anhaltenden Lachanfall bekam. Quasi schien davon überhaupt nicht berührt. Er wartete geduldig, bis sich der Kapitän beruhigt hatte, dann bat er um eine Kleinigkeit gegen seinen Hunger.

„Du bist also der Quasi“, sagte der Kapitän, als er seine Sprache wiedergefunden hatte. „Entschuldige bitte, dass ich eben so gelacht habe, aber du bist so seltsam anzuschauen, da ist das Lachen einfach so über mich gekommen.“

„Das ist gewissermaßen nichts Neues für mich“, entgegnete Quasi ungerührt. „Leider bin ich noch nicht in der Lage, gegen mein Aussehen etwas zu tun. Irgendwann werde ich die Verwandlungskunst schon beherrschen, so wie es mein Meister kann. Dann wird mir so etwas gewissermaßen nicht wieder passieren."

„Deshalb bist du in die Lehre getreten bei dem Zaubermeister?" Der Kapitän begriff und gab ihm zu bedenken: „Glaubst du denn, dass für einen Mann entscheidender ist, wie er aussieht, als das, was er kann? Schau mich an. Hättest du gedacht, dass ich ein berühmter Seeräuberkapitän gewesen bin?"

„Ehrlich gesagt, nein!", entgegnete Quasi. „Ich hätte geglaubt, sie seien Koch oder Zuckerbäcker."

Der Kapitän kräuselte die Stirn. Doch schließlich hatte er diese Antwort erwartet und gefasst erwiderte er: „Da haben wir's! Ich sehe eben auch etwas anders aus, als ich es vielleicht gerne hätte oder als es vielleicht zu meinem Beruf gepasst hätte. Du bist ein Erfinder, da ist es sowieso egal, wie du ausschaust. Sind die Sachen gut, die du erfindest, wird keiner nach deinem Aussehen fragen. Sie werden nur sagen: Seht, das ist der große Erfinder!"

„Aber ich bin doch gar kein Erfinder, ich bin ein Zauberlehrling!"

„Stimmt ja nicht. Du hast doch diese Schuhe erfunden, mit denen du hergelaufen bist, übers Wasser. Das ist wirklich eine tolle und großartige Erfindung. Wenn wir solche Dinger bei unseren Überfällen zur Verfügung gehabt hätten – gar nicht auszudenken, was wir damit alles hätten anstellen können!"

„Ach so, die Schuhe", besann sich Quasi. „Die hatte ich mir doch gewissermaßen nur ausgedacht, um nach meinem Meister suchen zu können."

„Ja, ausgedacht, eben erfunden. Das war doch ein guter Anfang für eine Erfinderlaufbahn. Mach so weiter und du bist bald ein berühmter Mann. Dann ist es dir und den Leuten egal, wie du ausschaust. Dann sieht man nur das, was du erfunden hast. Verstehst du, was ich meine?"

„Ja, gewissermaßen. Aber was sollte ich denn noch erfinden?"

„Da gibt es so viel. Du musst nur mit offenen Augen durch die Welt gehen. Zunächst könnte ich so ein Paar Wasserschuhe gebrauchen. Dann wäre es mir möglich, auf dem Wasser meine Spaziergänge zu machen."

„Nehmen Sie meine, ich brauche sie nicht mehr. Könnte ich dafür eine Kleinigkeit gewissermaßen zu essen ...?"

„Ach ja, du musst sehr hungrig sein, wo du so lange geschlafen hast. Ich werde den Puck rufen, der bringt dich hinüber zu Frau Bäumli. Sie sorgt nämlich für uns alle. Sie wird dir schon eine kräftige Mahlzeit bereiten. Ich hätte hier nur einen alten Schiffszwieback für dich."

Der Kapitän nahm sein Nebelhorn und ging damit hinaus auf die Veranda. Dort holte er tief Luft und blies hinein. Ein unbeschreiblich schauriger Ton entwich dem Instrument. Sogleich erschienen Puck und Vif auf der Wiese.

„Was gibt's, Kapitän?", rief Puck schon von weitem.

„Unser Gast, der Erfinder Professor Quasi, ist aufgewacht und hat einen Riesenhunger!"

Von da an wurde Quasi Professor Quasi genannt, worauf er sehr stolz war und sich fortan bemühte, ein guter Erfinder zu werden. Der Kapitän hatte Professor Quasi nicht zu viel versprochen. Frau Bäumli zauberte in Windeseile ein köstliches und umfangreiches Menü. Professor Quasi saß fast zwei Stunden am Tisch und verspeiste unheimliche Mengen von dem Essen.

In der Zwischenzeit geschah folgendes:

Der Kapitän klemmte sich seinen neuen Besitz, die Wasserschuhe, unter den Arm und eilte zum Wasser, um sie auszuprobieren. Glücklicherweise waren Puck und Vif zu seiner Begleitung mitgegangen.

Quo Vadis hatte sich die Sache anscheinend viel einfacher vorgestellt, denn nach den ersten wackligen Schritten auf dem Wasser schlug er um und trieb mit den Füßen nach oben weiter. Mit dieser bedrohlichen Lage kämpfte der Arme fast eine Viertelstunde. Mehrmals gelang es ihm, sich aufzurichten und etwas Luft zu schnappen, aber gleich danach schlug er wieder um.

Puck und Vif kamen dem Kapitän zu Hilfe, als der die Situation nicht mehr im Griff zu haben schien. Schnell sprangen sie ins Wasser und befreiten ihn von den tückischen Schuhen. Dabei fluchte er ganz entsetzlich über diese unmöglichen Dinger. Erst später änderte er seine Meinung, nachdem Professor Quasi ihm einige Verhaltensmaßregeln im Umgang mit den Wasserschuhen vermittelt hatte. Er absolvierte ein umfangreiches Trockentraining unter Professor Quasis Anleitung, bevor er sich wieder auf das Wasser getraute. Später gelangte er zu absoluter Perfektion im Umgang mit den Wasserschuhen, so dass es eine Freude war, ihn lautlos und fast ein wenig elegant über das Wasser gleiten zu sehen.

Doch in diesem Moment wusste der Kapitän noch nichts von seiner zukünftigen Meisterschaft im Wasserschuhgehen. Erschöpft und völlig durchnässt setzte er sich am Strand nieder und zog seine Sachen aus. Puck und Vif taten es ihm gleich. Noch immer fluchte er leise über sein Missgeschick. Schließlich trockneten ihre nassen Sachen im warmen Sommerwind, der von Westen herüber wehte. Sie saßen eine ganze Weile stumm da und starrten über das Wasser. Jeder hatte eine angenehme Bräune auf der Haut, denn das Sonnenbaden war eine Lieblingsbeschäftigung der Inselbewohner.

Als sie so dasaßen und ihren Gedanken nachhingen, erschienen Bäumli und Professor Quasi. Puck berichtete den beiden von Quo Vadis Missgeschick. Doch jetzt, da sein Ärger verflogen war, begann er plötzlich herzhaft darüber zu lachen. Einer nach dem anderen fiel in Quo Vadis' Lachen ein und lange konnten sie sich nicht beruhigen. Immer wieder wälzte sich der Kapitän, der extra zu diesem Zweck die Wasserschuhe noch einmal übergestreift hatte, im Sand auf dem Rücken umher und zappelte mit seinen Füßen in der Luft. Diese anschauliche Demonstration ließ sie immer wieder von neuem lachen. Besonders Professor Quasi konnte sich kaum beruhigen. Schließlich war er mit der Sache am besten vertraut. Anscheinend war es ihm zu Anfang, als er die Schuhe das erste Mal ausprobiert hatte, genau so ergangen.

In der Zwischenzeit ging eine beunruhigende Veränderung am Himmel vor sich, auf die der auf dem Rücken liegende Kapitän als erster aufmerksam wurde. Die Sonne verkroch sich hinter einer dicken, schwarzen Wolkenwand, worauf es plötzlich ganz dunkel um sie herum wurde. Auch der Wind veränderte seine Richtung und blies ganz kühl.

„Ich glaube, wir bekommen ein kleines Unwetter“, sagte der Kapitän. „Gehen wir lieber gleich nach Hause, bevor es uns hier überrascht. Ich habe da eine Idee: Ich lade euch alle zu mir ein. Lasst uns gemütlich beieinander sitzen und das Unwetter gemeinsam abwarten.“

Alle waren von diesem Vorschlag begeistert und sofort brachen sie auf, um das Stück Weg zu den Häusern zurückzulegen. Unterwegs verstärkte sich der Wind zunehmend, auch sah man nur noch schwarze Wolken. Grelle Blitze beleuchteten den scharf geschnittenen Horizont, der Donner drang schon leise von dort herüber. Der Regen ließ noch auf sich warten, so dass sie schließlich trocken bei den Häusern ankamen. Bäumli empfahl Quo Vadis, die Sonnendächer über der Veranda einzurollen und alle Fensterläden und Türen gut zu verschließen, da sein Haus auf dem Hügel doch recht ungeschützt stand. Dann verabschiedete er sich kurz, denn er wollte seine Frau herüberholen und auch in seinem Haus alles Erforderliche tun.

In Quo Vadis’ Haus richtete man sich inzwischen etwas ein. Der Kapitän kochte Tee und Kaffee, zündete zwei Petroleumlampen an und half den Kindern, einige Matratzen von Pucks Dachboden herunterzuholen, denn so viele Sitzgelegenheiten gab es in Quo

Vadis' Wohnung nicht. Sollte das Unwetter die ganze Nacht über anhalten, hatte man gleich ein paar Plätze zum Schlafen.

Kurz darauf trafen Bäumli und seine Frau bei Quo Vadis ein. Sie hatten schon große Mühe, die Tür unbeschadet aufzubekommen und wieder zu schließen, denn es stürmte gewaltig. Bäumli trug einen schweren Korb. Seine Frau hatte noch schnell ein paar Lebensmittel eingepackt, damit es später auch etwas zu essen geben konnte. Die gute Seele hatte wieder an alles gedacht. Kaum hatten sie die Tür hinter sich verschlossen, da brach das Unwetter richtig los.

„Ich finde es sehr schön, dass wir mal wieder alle beieinander sitzen", ließ sich der Kapitän vernehmen. „Macht es euch gemütlich, Tee und Kaffee sind gleich fertig."

Puck blickte in die Runde. Auch er freute sich über dieses unvermittelte Zusammensein mit allen seinen Freunden. Da war Quo Vadis, der in der kleinen Küche wirtschaftete. Auf dem Sofa saß Bäumli mit seiner Frau. Er hatte sich ein kleines Holzstück mitgebracht und schnitzte eifrig daran herum. Frau Bäumli drückte sich eng an ihren Mann. Bei jedem Donner zuckte sie heftig zusammen, so großen Schrecken jagte ihr das Gewitter ein. Vif saß Puck gegenüber auf einer Seegrasmatratze an den großen Schreibtisch gelehnt. Sie träumte vor sich hin. Professor Quasi dagegen hatte es sich auf den Wasserschuhen bequem gemacht, die ein weiches, komfortables Lager bildeten. In seinen Gedanken war er dabei, die Luftmatratze zu erfinden.

Das Unwetter tobte nun schon seit einigen Stunden. Irgendwann war ganz in der Nähe ein Blitz in die Erde gefahren, worauf es entsetzlich krachte. Quo Vadis bemühte sich, den anderen die Furcht zu nehmen. Er erzählte in anschaulichen Bildern von dem schrecklichen Orkan, den er mit Puck ganz allein auf dem großen Schiff überstehen musste. Puck erinnerte sich noch gut daran.

Gegen Mitternacht hatte das Unwetter seinen Höhepunkt erreicht. Ein schauriges Heulen drang von draußen an ihre Ohren.

Quo Vadis winkte ständig ab, als wäre das gar nichts gegen seine Erlebnisse. Frau Bäumli wirtschaftete schon einige Zeit in Quo Vadis' kleiner Kombüse. Puck und Vif halfen ihr. Sie bedankte sich immer wieder, denn vor Angst und Zittern konnte sie fast nichts selber tun. Schließlich hatten sie einen großen Berg belegter Brote fertig gestellt und frischen Kaffee gekocht. Nach dem reichlichen Nachtmahl, sogar der nimmer satte Quasi war zufriedengestellt, schlürften sie den heißen Kaffee.

Schon flaute der Sturm ab und das stete, gleichmäßige Rauschen des Regens drang von draußen herein. Schließlich goss es wie aus Kannen. Der Wind hatte sich fast völlig gelegt. Bald waren die Kinder auf ihren Matratzen eingeschlafen. Auch Frau Bäumli legte sich hin. Quo Vadis hatte ihr sein Bett bereit gemacht. Da es nicht mehr donnerte, war ihre Furcht gewichen und dankbar nahm sie das Angebot an. Bäumli und Quo Vadis, als einzige noch wach, saßen auf dem Sofa und führten ein leises Gespräch:

„Weißt du, Bäumli", hatte der Kapitän begonnen, „seit ich hier auf der Insel wohne, hat sich mein Leben doch sehr verändert. Früher war ich rastlos und immer auf dem Sprung, jederzeit zu neuen, manchmal recht waghalsigen Unternehmungen bereit, habe stets meine Haut riskiert, wann immer es sein musste. Jetzt ist das ganz anders geworden, Seitdem ich hier bin und mit der Arbeit an meinem Buch zu tun habe, läuft mein Leben so geruhsam und beschaulich ab, wie ich es noch nie gekannt habe. Verwundert bin ich nur, dass es mir gefällt. Ich glaube, ich bin doch ein wenig alt geworden und könnte das vergangene Leben auf See gar nicht mehr führen."

Der etwas jüngere, noch immer an seinem Holzklotz schnitzende Bäumli erwiderte: „Ich glaube, das ist nur die halbe Wahrheit. Sicher, wir werden alle älter und verändern unsere Ansichten und das, was wir tun. Aber das Alter ist nur der eine Grund. Tut man immer dasselbe, wird das Leben langweilig. Man muss von Zeit zu Zeit mal etwas anderes tun, um Abwechslung zu haben."

Der Kapitän lauschte gespannt der Erwiderung Bäumlis, die dieser fast flüsternd hervorbrachte, um die Schlafenden nicht zu stören. Dann nickte Quo Vadis zustimmend.

„Kontrast wäre das richtige Wort“, setzte Bäumli seine Überlegungen fort. „Vergleicht man das Leben, das Sie früher führten, mit dem, das sie jetzt führen, dann ist das schon ein großer Kontrast.“

„Aber dieser Kontrast macht mir Spaß!“, warf der Kapitän ein. „Ich genieße es jetzt, ruhig am Schreibtisch zu sitzen und über mein Leben nachzudenken.“

„Kontraste machen Spaß, da haben Sie Recht, ob sie nun unser Leben betreffen oder ob es jene sind, die uns in der Natur begegnen. Sie bringen uns Abwechslung und Veränderung. Betrachten wir Tag und Nacht – das ist ein großer Kontrast, den die Natur uns zu bieten hat. Die Nacht ist dunkel, kalt und geheimnisvoll. Der Tag dagegen ist hell und warm. Alles liegt offen da im Sonnenlicht. Was uns die Nacht als geheimnisvoll erscheinen ließ, eine bedrohliche, riesenhafte Gestalt in der Ferne etwa, entpuppt sich am Tage als ein Baum oder ein kleiner, harmloser Felsen.“

„Ja, Bäumli“, flüsterte der Kapitän. „Oder wie Sommer und Winter, wie junge und alte Leute oder wie Land und Meer, wie Tal und Berg, Wüste und Urwald. All dies sind Kontraste, Gegensätze, die es überall massenhaft auf der Welt gibt. Das eine wäre ohne das andere ein Nichts. So ist das wohl auch mit unserem Leben.“

„Genau“, fuhr Bäumli fort. „Es muss dir mal schlecht gehen, damit du merkst, wenn es gut um dich steht. Genauso musst du mal alt werden, um zu begreifen, was die Jugend für dich war, was sie für dein Leben bedeutet hat. Du musst in der Welt umhergehastet sein, um erleben zu können, wie schön es sein kann, beschaulich auf einem Platz zu verweilen.“

Nach diesen Worten Bäumlis blickten sie sich an und nickten sich zu. Es war ein Verstehen und eine Anerkennung zwischen ihnen, die in dieser Geste zum Ausdruck kamen. Schon seit langem fertig stand eine kleine hölzerne Figur auf dem Tisch. Sie erinnerte sehr an den Kapitän. Als dieser das bemerkte, ging ein breites Schmunzeln über sein Gesicht. Solche Späßchen waren nach seinem Geschmack. Dankbar nahm er die Figur als ein Geschenk Bäumlis entgegen. Dann schliefen sie auf dem Sofa sitzend ein.

11 Die Seilbahn

Am nächsten Morgen war von dem Unwetter nichts mehr zu spüren. Bäumli und Kapitän Quo Vadis saßen noch immer auf dem Sofa, schlafend, mit herabgesunkenen Köpfen. Frau Bäumli, die als Erste erwachte, schlich sich leise an den Schlafenden vorbei hinaus. Draußen triefte alles vor Nässe, aber eine glutrote Sonne stieg bereits am Horizont hervor.

In ihrem Haus begann Frau Bäumli, wie immer um das leibliche Wohl der Inselbewohner bemüht, die Vorbereitungen für das Frühstück zu treffen. Hinter dem Haus sprudelte eine kleine natürliche Quelle. Es war die einzige Stelle auf der Insel, wo frisches Trinkwasser zu haben war. Jeder kam hierher, um seinen Wasserbedarf zu decken. Von dort also trug Frau Bäumli frisches Wasser für Kaffee und Tee herein und setzte es in einem großen Kessel aufs Feuer. Dann ging sie daran, aus einem vorbereiteten Teig kleine runde Kuchenbrötchen zu formen. In der großen Röhre des Steinherdes wurden sie dann gebacken. Ab und zu legte sie ein Holzscheit auf das Feuer, damit der Ofen die richtige Hitze bekam. Nebenbei füllte sie köstliche, selbst gemachte Konfitüre aus großen Steintöpfen in kleinere Schälchen und stellte sie auf den bereits gedeckten Verandatisch.

Diese Konfitüre übrigens war eine Spezialität Bäumlis. Zusammen mit seiner Frau hatte er in mühseliger Arbeit viele der kleinen Walderdbeeren gesammelt, die es an manchen Stellen zu finden gab, und die Köstlichkeit daraus zubereitet.

Schließlich war Frau Bäumli mit den Frühstücksvorbereitungen fertig. Sie wusch sich schnell, kleidete sich um und eilte zurück zu Quo Vadis' Haus. Dort klatschte sie übermütig in die Hände und rief mit ihrer glockenhellen Stimme: „Aufgewacht, ihr müden Geister, das Frühstück ist fertig!"

Nacheinander öffneten sie die Augen, reckten und streckten sich gähnend auf ihren Schlafplätzen. Schließlich erhoben sie sich und wünschten sich einen guten Morgen. Frau Bäumli eilte sofort zu ihrem Haus zurück, um den Tee und den Kaffee aufzubrühen. Die anderen folgten ihr langsam nach, sich über die herrliche Morgensonne freuend. In Bäumlis Hof erfrischten sie sich die verschlafenen Gesichter mit dem klaren, eiskalten Quellwasser und gaben sich schließlich dem köstlichen Frühstück hin. Das Unwetter hatten alle vergessen.

Am späten Vormittag erst wurde die Tafel aufgehoben. Sie hatten sich viel Zeit gelassen, geplaudert und immer noch ein Brötchen gegessen, mit viel von der herrlichen Konfitüre darauf. Sie empfanden das Frühstück als eine angenehme Fortsetzung der gemeinsam verbrachten Sturmnacht.

Jeder steckte jetzt voller Tatendrang und hatte Pläne für den neuen Tag. Frau Bäumli räumte das Geschirr vom Tisch und verschwand schließlich ganz in ihrer Küche. Bäumli verabschiedete sich und ging in seine Werkstatt. Bald hörte man ihn dort laut herum klopfen. Quo Vadis aber schlenderte zurück zu seinem Haus, um unverzüglich die Arbeit an seinem Buch wieder aufzunehmen. Nur die Kinder wussten nichts Rechtes anzufangen und saßen noch unschlüssig auf der Veranda. Schließlich rief Puck: „Kommt, gehen wir zur Steilküste, dort wird uns schon noch etwas einfallen."

Schon sprangen sie auf und liefen davon. Unterhalb der Steilküste lag der herrliche breite Südstrand. Vorsichtig blickten sie in die Tiefe zu ihm hinunter. Nur selten gingen sie dorthin, obwohl es der schönste Platz der Insel war. Der Weg von den Häusern führte nur über den flachen, steinigen Nordstrand dorthin, und der war einfach zu weit.

„Jetzt hätte ich Lust zu baden. Ja, ein Bad, das wäre genau das Richtige", seufzte Vif, als sie das Wasser da unten sah.

„Finde ich auch", stimmte ihr Professor Quasi zu.

„Aber da müssen wir den ganzen Weg zurück!" jammerte Puck, der vom Frühstück etwas faul geworden war. „Das hättet ihr euch auch gleich überlegen können." Professor Quasi, der mit den örtlichen Verhältnissen der Insel noch nicht so vertraut war, ließ sich das genauer erklären. Dann sagte er: „Wenn wir gewissermaßen ein wenig fleißig sind, könnten wir schon bald dort unten baden gehen, ohne den Umweg über den Nordstrand nehmen zu müssen."

„Na Erfinder, dann schieß mal los", forderte Puck ihn auf. „Ich bin dabei, wenn es darum geht, eine gute Neuerung einzuführen."

„Das ist gewissermaßen ganz einfach", sagte Professor Quasi.

„Wir bauen uns eine Seilbahn mit einer Gondel, in die man sich hineinsetzen kann. Sie braucht nur ein Gegengewicht, und schon kann jeder gewissermaßen ganz bequem hinunter und auch wieder hinaufgelangen. Wer schwerer ist, wie zum Beispiel unser Kapitän, der muss am Gegengewicht etwas zulegen, wer leichter ist, nimmt etwas heraus. Das machen wir am besten mit einer Holzkiste, in die wir Steine füllen. Oben und unten benötigen wir einen Mast mit großen Umlenkrollen darauf. Dann fehlt uns noch ein festes, langes Seil und fertig ist die Seilbahn."

„Hört sich gut an", gab Puck zu.

„Mein Vater hilft uns bestimmt", rief Vif und sprang auf. „Kommt, gehen wir ihn fragen. Je früher wir anfangen, umso schneller sind wir fertig. Ich kann es gar nicht erwarten, in einer Gondel da hinunterzugleiten."

„Halt, so schnell geht das nun auch wieder nicht!", rief Professor Quasi. „Ich muss zuvor einige Zeichnungen machen und Berechnungen anstellen."

„Ja, kannst du das denn?“, zweifelte Puck.

„Ich muss es versuchen, gewissermaßen“, entgegnete der Professor mit einem Schulterzucken. „Kannst mir ja helfen, wenn du etwas davon verstehst.“

Puck kam zwar aus einer hoch technisierten Zeit. Doch wie eine Seilbahn zu konstruieren und zu berechnen ist, das wusste er nicht.

„Macht euch mal keine Gedanken! Mein Vater, der Bäumli, hat schon ganz andere Sachen fertig gekriegt.“

Vif wusste, was sie sagte. Schließlich war ihr Vater Raketenspezialist gewesen, bevor er auf die Insel kam. Bäumli war von der Idee begeistert. Das war eine Aufgabe, die sein handwerkliches Können herausforderte. Ein technisches Problem sah er nicht. Sogleich richteten sie sich auf der Veranda ein und fertigten eine genaue Zeichnung von der Seilbahn an. Bäumli konstruierte die beiden Stützpfeiler und all die anderen notwendigen Einzelheiten und erklärte den Kindern, wie er das machte. Es war gar nicht so schwierig, merkten sie.

Nach dem Mittagessen teilte Bäumli die Arbeiten ein. Vif wurde zu Kapitän Quo Vadis geschickt, um aus dessen Materiallager von der Santa Esmeralda ein geeignetes Seil herauszusuchen. Dann ging er mit den Jungen hinauf zur Steilküste, um mit ihnen eine geeignete Stelle für den oberen Stützpfeiler zu suchen. Sie entdeckten zwei tiefe Felsspalten, in denen er genügend Halt bekommen würde. Inzwischen war Vif mit dem Seil eingetroffen. Sie maßen seine Länge und prüften die Festigkeit. Schließlich spazierten sie zum nahen Wald und beschafften sich das notwendige Holz. Am späten Nachmittag hatten sie es zu der erwählten Stelle transportiert, so dass sie gleich am nächsten Morgen mit dem Bau des oberen Pfeilers beginnen konnten. Den Abend benutzte Bäumli dazu, aus zwei großen, gut abgelagerten Holzscheiben die notwendigen Seilrollen zu drechseln. Die Kinder schauten ihm bei dieser Arbeit gespannt auf die Finger und staunten, wie gut Bäumli dieses Handwerk beherrschte.

„Für die Achsen müssen wir zwei dicke Metallstangen nehmen, die finden wir sicher auch bei den Sachen vom Schiff", sagte Bäumli. Dann war es Zeit zum Schlafengehen. Die Holzrollen lagen fertig auf dem Boden der Werkstatt.

Am nächsten Morgen gingen sie ohne Verzögerung daran, den oberen Stützpfeiler zu errichten. Bald stand er, fest zusammengefügt am Rand der Steilküste. Die Felsspalten, in denen die Kanthölzer steckten, wurden sorgfältig mit vielen kleinen Steinchen gefüllt. Diese Arbeit benötigte zwar eine Menge Zeit, doch Bäumli achtete auf Qualität. Schließlich galt es, ein sicheres und langlebiges Bauwerk zu schaffen.

Am dritten Tag begannen sie mit dem Bau des unteren Stützpfeilers. Puck und Professor Quasi erhielten den Auftrag, vier tiefe Löcher in den Sand zu graben. Vif und Bäumli kochten über einem Feuer etwas Teer. Damit bestrichen sie die unteren Enden der Stämme zum Schutz vor Feuchtigkeit. Gegen Mittag stand der untere Stützpfeiler fertig da. Am Abend des vorangegangenen Tages bereits hatte Bäumli die Sitzgondel und den Kasten für das Ausgleichsgewicht gebaut, wobei die Kinder emsig halfen. Die restliche Arbeit, also das Aufziehen des Seiles, das Befestigen der Rollen und das Anbringen von Gondel und Gegengewicht waren noch am Nachmittag geschafft. Die Seilbahn war somit fertig.

Professor Quasi wollte der erste sein, der sie ausprobieren durfte. Schließlich hatte er die Idee gehabt und sich bei den Bauarbeiten durch besonderen Fleiß hervorgetan, so dass die anderen ihm den Wunsch sofort erfüllten. Sie standen alle am oberen Stützpfeiler und blickten in die Tiefe. Jetzt sollte es also möglich sein, ohne jede Mühe da hinunterzugelangen. Doch zuvor musste das Gegengewicht für Professor Quasi ermittelt werden. Dazu errichteten sie eine Balkenwaage. Auf das eine Ende setzte sich der Professor, auf das andere Ende stellten sie die Kiste für den Ballast. Dann füllten

Puck und Vif mehrere Steine hinein. Schon wurde Professor Quasi in die Höhe gehoben, ein Zeichen, dass das Gegengewicht nun stimmte. Darauf hängten sie die Kiste an das Seil und ließen sie langsam nach unten gleiten.

Der große Moment war nun gekommen. Sie schüttelten dem Professor die Hand und wünschten ihm eine erfolgreiche erste Fahrt. Sogleich nahm er in der Gondel Platz und ergriff einen bereitliegenden größeren Stein. Darauf bekam er Übergewicht und glitt langsam in die Tiefe. Auf halber Höhe kam ihm an der anderen Seilhälfte befestigt die Ballast-Kiste entgegen. Die ganze Fahrt dauerte kaum eine halbe Minute. Unten angelangt, befestigte Quasi die Gondel an einem vom unteren Stützpfeiler herabhängenden Halteseil. Nach dieser geglückten Abfahrt hüpfte er vor Freude von einem Bein auf das andere und winkte den Zurückgebliebenen zu. Gleich darauf probierte er die Rückfahrt, jetzt ohne den Stein in seinen Händen. Da das Gegengewicht in der Kiste nun etwas schwerer war, zog es die Gondel hinauf. Die Sache war also wirklich einfach, auch wenn sie sich in der Beschreibung etwas kompliziert anhört. Immerhin konnten sie nun schnell und bequem zum schönsten Strand der Insel gelangen.

Kaum war Professor Quasi nach oben zurückgekehrt, versuchten die anderen die Abfahrt. Nach ganz kurzer Zeit waren sie alle am Strand vereint.

„Jetzt fehlen nur noch meine Frau und der Kapitän“, sagte Bäumli. „Ich werde hinauffahren und sie überreden zu uns zu kommen.“

Schon sprang er auf den Sitz und glitt hinauf. Von oben winkte er noch kurz, dann verschwand er. Die Kinder gingen baden. Bald darauf kehrte Bäumli mit seiner Frau und dem Kapitän zur Seilbahn zurück. Die staunten nicht schlecht, denn der Bau der Seilbahn hatte ganz heimlich stattgefunden. Als Erste glitt Frau Bäumli von oben herab. In der Hand hielt sie einen großen Picknickkorb. Das war praktisch, denn so brauchte sie keinen Stein, um Übergewicht für die Abfahrt zu bekommen. Die Kinder halfen ihr beim Aussteigen.

Der Kapitän hielt die Wasserschuhe in seinen Händen. Sie hinderten ihn ein wenig bei der Abfahrt, dennoch verlief sie ebenso glatt wie bei den anderen. Bäumli brachte ein paar Angeln mit herunter. Sogleich begann er sie auszuwerfen. Die Kinder, ein wenig erschöpft vom Bade und hungrig, sorgten für ein schönes, knisterndes Feuer, auf dem Bäumlis Fang zubereitet werden sollte.

„Ich werde in den nächsten Tagen darangehen und uns hier ein kleines Badehäuschen errichten. Auch ein längerer Angelsteg wäre ganz brauchbar“, sagte Bäumli mehr zu sich selbst, nachdem er zwei Angeln ausgelegt hatte.

Auch der Kapitän versuchte sein Anglerglück. Dazu entfernte er sich auf seinen Wasserschuhen gleitend ein ganzes Stück vom Ufer. Er brauchte nicht lange zu warten, bis es an seiner Angelschnur kräftig ruckte. Doch zur Verwunderung des Kapitäns gab sich der Fisch am anderen Ende der Leine nicht gleich geschlagen. Im Gegenteil, er schien einen wilden Kampf mit dem Angler aufnehmen zu wollen. Das war nun sehr nach dem Geschmack des Kapitäns. Er hatte jedoch nicht bedacht, dass auf dem Wasser kein Halt für ihn zu finden war. Der Fisch zog den armen Kapitän in rasender Fahrt über das Wasser. Glücklicherweise war der Kapitän schon recht versiert bei der Benutzung der Schuhe, so dass er sich ganz gut hielt. Dann schlug der Fisch ganz unvermittelt heftige Haken. Diesen Attacken hielt der Kapitän nur mit großer Mühe stand.

Die anderen beobachteten das Geschehen voller Spannung vom Strand aus. Wie würde der Kampf wohl ausgehen? Bäumli rief dem Kapitän zu, er solle die Angel doch fahren lassen. Doch das spornte den Kapitän nur an nicht aufzugeben. Plötzlich schoss der Fisch gerade in die Tiefe. Damit änderte sich die Beanspruchung für den Kapitän auf völlig neue Art. Er wurde breitbeinig auf den Wasserschuhen stehend Zentimeter um Zentimeter hinab gezogen. Schließlich, als ihm das Wasser schon bis zum Hosenbund reichte, ließ der Fisch plötzlich nach. Durch den kräftigen Auftrieb der luftgefüllten Schuhe schnellte der Kapitän so heftig in die Höhe, dass er für einen kurzen Moment fast einen Meter über der Wasseroberfläche schwebte. Verbissen hielt er die Angel fest. Bald eine Stunde dauerte der Kampf, dann gab der Fisch auf.

Völlig erschöpft stapfte der Kapitän zurück zum Strand, den Fisch im Schlepptau. Die Kinder schwammen ihm ein Stück entgegen und übernahmen die Angel. Gemeinsam zogen sie den Fang des Kapitäns an Land und nahmen ihn in Augenschein. Die Blicke, die sie dabei wechselten, verrieten ihr Staunen. Der kampfeslustige Fisch war nämlich nicht viel größer als etwa eine Makrele oder ein Hering. Anerkennend tätschelte der Kapitän den buntgefleckten Fisch, der ihm jetzt fast ein wenig Leid tat.

Bäumli hatte unterdessen noch einige größere Happen für das Picknick aus dem Wasser gezogen. Seine Frau brutzelte die Leckereien über dem Feuer. Sie mahnte nun zur Eile, denn sie hatten die richtige Bräune schon lange erreicht.

12 Sonnengrüßer-Legende

An jenem Morgen war der Kapitän sehr früh aufgestanden. Nach einem kleinen Frühstück – er hatte sich die Angewohnheit zugelegt, im Laufe des Vormittags noch ein zweites, ausgiebiges Frühstück zu sich zu nehmen – verließ er gemächlichen Schrittes die Ansiedlung. Von den anderen Bewohnern der Insel war um diese frühe Stunde noch nichts zu sehen.

Im Wald herrschte tiefe Stille. Vögel, Hasen und Rehe verbargen sich noch an ihren Schlafplätzen. Nur ein kleines Eichhörnchen frühstückte auf einer hohen Tanne. Als es den Kapitän erblickte, unterbrach es seine Mahlzeit und huschte hinter ihm her.

Der Kapitän blieb stehen und rief: „Sind Sie es, Veni Vidi Vici?" Es bestand ja die Möglichkeit, dass der Zauberer wieder zurückgekehrt war. Doch das Eichhörnchen gab keine Antwort und huschte davon. Schade, dachte der Kapitän, denn etwas Gesellschaft wäre ihm in diesem Moment ganz angenehm gewesen.

Was suchte er überhaupt so früh am Morgen noch vor Sonnenaufgang hier im Wald? Er wusste es selber nicht genau. Eigentlich schlief er lieber ein wenig länger, doch heute hatte ihn das Bett nicht mehr gehalten. Man tut eben manchmal Dinge, für die sich keine plausiblen Erklärungen finden lassen. So verhielt sich das auch mit dem Morgenspaziergang des Kapitäns.

Die Sonne verbarg sich noch hinter dem Horizont, als der Kapitän das Wasser erreichte. Ein kräftiger roter Schimmer in östlicher Himmelsrichtung kündigte den Sonnenaufgang jedoch schon an. Darüber freute sich der Kapitän. Wenigstens hatte sein Ausflug jetzt doch einen Sinn erhalten, denn ein Sonnenaufgang ist immer wieder ein sehenswertes Schauspiel. Mit gespanntem Gesichtsausdruck sah er der Sonne zu, die mit sichtbarer Bewegung aus dem Meer hervor gestiegen kam. Sie zeichnete jetzt goldglänzende Streifen auf das Wasser, bis hin vor die Füße des Kapitäns.

Dort lagen allerhand große und kleine Steine, die durch das Licht der Sonne eine rötliche Färbung erhielten. Inmitten der Steine blinkte in diesem Moment etwas mit solcher Kraft und Stärke auf, dass der Kapitän vor Schreck eine Hand vor die Augen hob, um sie zu schützen. Zwischen den Fingern blinzelte er hindurch, um nach dem Urheber des Lichtscheins zu spähen. Doch nichts war mehr zu sehen.

Merkwürdig, dachte der Kapitän. Vielleicht war es nur eine Glasscherbe oder ein blankes Metallstück, das in der Sonne glänzte. Er bückte sich tief hinunter und suchte den Platz genau ab. Doch so sehr er auch suchte, es gab nichts zu finden. Neugierig geworden beschloss der Kapitän, am nächsten Morgen um die gleiche Zeit hierher zurückzukehren, um dem Geheimnis auf die Spur zu kommen. So geschah es dann.

Der Kapitän fand sich am folgenden Tag rechtzeitig vor dem Sonnenaufgang an derselben Stelle ein und wartete auf den ersten Sonnenstrahl. Es dauerte noch ein paar Minuten, dann stieg die Sonne hinter dem Horizont hervor. Sie sandte ihre Strahlen noch flach über das Wasser bis vor die Füße des Kapitäns, der den Platz gespannt betrachtete. Da erleuchtete ein Stein, ganz kurz nur, aber hell wie die Sonne selbst. Der Kapitän hatte sich die Stelle ganz genau gemerkt. Er nahm den merkwürdigen Stein in seine Hände und betrachtete ihn ganz genau. Es war aber nichts Besonderes an ihm zu entdecken. Die braune, stumpfe Oberfläche schien einfach nicht geeignet zu sein für solches Funkeln. Schon glaubte der Kapitän, vielleicht doch den falschen Stein gegriffen zu haben. Das musste noch überprüft werden.

„Ich werde morgen noch einmal hierher kommen", sagte der Kapitän zu sich selbst, denn er war von der Sache schon viel zu sehr gefangen, als dass er jetzt mit seinen Nachforschungen aufhören konnte. Er steckte den Stein in seine Hosentasche und wandte sich zum Gehen. Doch dann: Moment mal, durchzuckte es ihn. Etwas hatte sich in der Tasche heftig bewegt. Weniger erschreckt als neugierig hob er den Stein auf der flachen Hand ganz dicht vor die Augen und betrachtete ihn genauer. Dort lag er eine Weile ruhig da, doch plötzlich bewegte er sich ein kleines Stück von der Stelle. Der Kapitän rollte mit den Augen und sprach: „Was bist du nur für ein merkwürdiges Steinchen, erst blinkst du wie ein Diamant im Feuer und jetzt kullerst du herum, als sei es nun mal so auf der Welt, dass Steine leuchten und von alleine herum kullern."

Der Stein schien den Vorwurf des Kapitäns vernommen zu haben, denn kaum hatte Quo Vadis dies gesagt, rührte er sich nicht mehr von der Stelle.

Am dritten Tag ging der Kapitän gar nicht erst zum Strand, um das Geheimnis zu ergründen. Er richtete sich auf der Veranda ein, legte den Stein vor sich auf den Tisch und wartete auf den Sonnenaufgang. Als die Sonne hinter den Wipfeln der Bäume hervor gestiegen kam und die ersten Sonnenstrahlen die Veranda erreichten, erschien das Leuchten erneut. „Was soll ich nur von dir halten, du kleines, braunes Dingelchen?“, fragte der Kapitän fast liebevoll den Stein. Irgendwie hatte er an dem rätselhaften Fund seine Freude.

„Ich werde zu Bäumli hinübergehen und ihm die ganze sonderbare Geschichte erzählen“, beschloss der Kapitän. Noch war es früh am Morgen, so dass sich Quo Vadis damit gedulden musste. Er steckte seinen Fund in die Tasche und streifte ein wenig im Wald umher. Nach einer Stunde hielt er es nicht länger aus und machte sich auf den Rückweg. Er trat am oberen Ende des Waldes auf die Lichtung. Von dort sah er Frau Bäumli auf der Veranda wirtschaften, worauf er seinen Schritt beschleunigte.

„Nanu, Sie sind ja schon auf den Beinen, Herr Kapitän“, rief sie überrascht, als sie ihn erblickte.

„Ja, denken Sie nur, ich habe den Sonnenaufgang betrachtet und war dann noch etwas im Wald spazieren.“

„So“, staunte Frau Bäumli, „dann haben Sie ja heute schon etwas Schönes erlebt.“

„Ich habe sogar noch einen recht merkwürdigen Fund gemacht“, sagte der Kapitän und hielt der Frau die geöffnete Hand mit seinem Stein entgegen. Bäumli, der gerade auf die Veranda getreten war und einen guten Morgen wünschte, betrachtete ebenfalls den Fund des Kapitäns. Doch etwas Merkwürdiges konnten sie nicht entdecken. In diesem Moment bewegte der Stein sich wieder.

„Seht nur!“, rief Frau Bäumli und riss theatralisch die Augen auf. „Es ist doch etwas Merkwürdiges an ihm. Ein normaler Stein tut das nicht. Man könnte meinen, dass er lebt.“ Verwirrt zupfte sie an ihrem Kopftuch.

„Wo haben sie ihn gefunden, Kapitän?“, fragte Bäumli.

„Unten am Strand. Er hat geleuchtet wie eine Fackel in der Nacht, fast noch stärker, genau in dem Moment, als die Sonne aufging.“

„Geleuchtet?“

„Ja, als die Sonne aufging, hat er geleuchtet, auf der Erde im Wasser, mitten zwischen den anderen Steinen. Da habe ich ihn aufgehoben, gedreht und gewendet, doch er blieb stumpf und braun.“

Familie Bäumli war nun genauso aufgeregt und gefangen genommen von Quo Vadis' Fundobjekt, dass sie gern die Lösung des Rätsels erfahren hätten.

In diesem Moment kreuzte Professor Quasi auf der Wiese auf, entdeckte die morgendliche Versammlung auf Bäumlis Veranda und gesellte sich ihr zu.

„Ich sehe“, sagte er ganz unvermittelt, „Sie haben einen Sonnengrüßer gefunden, Kapitän. Das bringt gewissermaßen Glück.“

„Wie hast du den Stein genannt?“, fragten alle gleichzeitig.

„Sonnengrüßer!“

„Dann weißt du wohl auch, was für ein Geheimnis mit dem Stein verbunden ist?“

„Sicher weiß ich das, aber ein Geheimnis ist es nicht. Bei uns zu Hause weiß gewissermaßen jedes Kind, was ein Sonnengrüßer ist und welche Bewandtnis es mit dem Stein auf sich hat.“

„Dann erzähl uns doch bitte die Geschichte. Offenbar sind wir die Einzigen, die sie noch nicht kennen.“

„Gern“, sagte Quasi, „wenn sie wirklich noch nichts davon gehört haben, erzähle ich sie ihnen gern.“

„Setzen wir uns doch auf die Veranda“, lud Bäumli alle ein. „Meine Frau kommt gleich mit dem Morgenkaffee. Sicher möchte sie die Geschichte auch gerne erfahren.“

Da erschien Frau Bäumli schon, brachte den Morgenkaffee, dazu schönen, frischen Kuchen, stellte alles auf den Tisch und setzte sich, um auszuschenken und zu verteilen.

„Dieser Stein hier“, begann Quasi mit seiner Erzählung und hielt ihn dabei in die Höhe, „ist gewissermaßen ein Sonnengrüßer. Wenn ihn am Morgen der erste Sonnenstrahl berührt, erstrahlt er wie ein funkelnder Diamant. Das dauert nur eine Sekunde, dann sieht er wieder aus wie dieses Exemplar hier. In der Legende heißt es, dass sei sein Gruß, sein „Guten Morgen“, das er an die Sonne entrichtet.“

„Und warum bewegt er sich dann?“, unterbrach ihn der Kapitän.

„Darauf wollte ich gerade kommen. Also, die Sonnengrüßer sind recht zahlreich vertreten, aber über die Erde verteilt sind sie gewissermaßen doch recht selten zu finden. Hier auf der Insel gibt es vielleicht zwei, höchstens aber drei. Deshalb sagt man auch, es bringt Glück, wenn man einen findet. Doch zurück zu der Bewegung, die sie machen. Durch den ersten Sonnenstrahl am Morgen bekommen sie so eine Art innere Energie, die sie bis zum Bersten spannt. Sie müssen die Energie wieder loswerden, damit sie nicht zerspringen.“

„Daher das Leuchten!“, rief der Kapitän.

„Ja“, bestätigte Quasi, „so entsteht gewissermaßen das Leuchten. Aber ein Rest an Energie bleibt immer im Stein zurück. Die bewirkt dann die Bewegung. Danach ist er gewissermaßen völlig entleert und muss warten, bis die Sonne am nächsten Morgen wieder aufgeht. Nun gibt es eine Legende, die den Sinn des Geschehens erklärt. Man nennt sie die Sonnengrüßer-Legende.

Nach dieser Legende bewegen sich die Steine nicht einfach nur so, sondern sie bewegen sich auf ein gemeinsames Ziel zu. Wo dieser Ort zu finden ist, weiß natürlich niemand. Auf dem Weg dorthin gibt es gewissermaßen viele Hindernisse. Es stört sie aber nicht, wenn sie beispielsweise am Meeresgrund liegen oder in eine Felsspalte gerutscht sind. Überall kann sie der erste morgendliche Sonnenstrahl erreichen. Es ist egal, wie dick die Mauern sind, die sie von der Sonne trennen, immer werden sie sich ein kleines Stück zu ihrem Ziel hinbewegen. Bis sie es erreicht haben, wird sehr, sehr viel Zeit vergangen sein, weil sie an jedem Tag nur so ein kleines Stückchen vorankommen."

Quasi beschrieb das Weg Stück mit Daumen und Zeigefinger. „Man kann sich aber doch vorstellen, dass sie alle eines fernen Tages an ihrem Ziel eintreffen werden. Dann, so sagt die Legende, wird das Ende der Welt gekommen sein. Die unglaubliche Energie, die sich bald an der einen Stelle bilden kann, wird die Erde zersprengen."

„Das muss man doch verhindern!", entrüstete sich der Kapitän.

„Verhindern Sie es, das ist nicht verboten. Stecken Sie den Stein in eine Schachtel. Dann wird er hundert Jahre warten müssen, bis sie zu Staub zerfallen ist, oder zweihundert oder dreihundert Jahre. Doch er wird sich weiter bewegen wie bisher, seinem Ziel entgegen. Oder zerschlagen sie ihn, dann müssen hundert Krümel oder tausend den Weg machen, aber sie werden es tun. Vielleicht wird es tausend Jahre länger dauern, aber der Tag wird kommen. So will es jedenfalls die Legende. Ob das alles nur Quatsch ist, weiß ich gewissermaßen nicht zu sagen."

Damit erhob sich Quasi, bedankte sich bei Frau Bäumli für den Kuchen und ging seiner Wege.

„Also, ich weiß nicht", sagte Frau Bäumli nur, räumte den Tisch ab und verschwand in der Küche. Quo Vadis war nicht so skeptisch, ihm leuchtete die Sache ein.

„Es ist alles eine Frage der Zeit", sagte Bäumli. „Niemand weiß ja, wie lange diese Steine schon unterwegs sind. Vielleicht sind alle schon da und der eine, den sie gefunden haben, ist der letzte. Das Ende der Welt könnte schon in ein paar Jahrhunderten eintreten."

„Das halte ich für ausgeschlossen", entgegnete der Kapitän.

„Genau besehen", sagte Bäumli dann, „scheint mir diese Legende nur ein Gleichnis zu sein auf das Mögliche und das Unmögliche."

„Das müssen Sie mir erklären, Bäumli!", bat der Kapitän, der den Gedanken Bäumlis nicht verstand.

„Ich will es versuchen. Nehmen wir an, dass die Legende stimmt, dass etwas Wahres daran ist. Wir müssten also etwas dagegen tun, um das Mögliche unmöglich zu machen. Der Schlüssel dafür könnte der eine Sonnengrüßer sein, den Sie gefunden haben. Angenommen, wir vererben ihn von Generation zu Generation und halten ihn auf diese Weise auf der Insel fest. Wir erzählen unseren Kindern von der Legende und tragen ihnen auf, dass er sich nicht von der Insel bewegen darf. Sie geben den Auftrag an ihre Kinder weiter und die dann wieder an ihre. So könnte das Mögliche unmöglich werden. Aber vielleicht wird der Stein doch eines Tages vergessen. Schon ist das Mögliche gar nicht mehr so unmöglich. Vielleicht will uns die Legende sagen, dass wir zusammenhalten müssen, um mögliches Unheil unmöglich zu machen."

„Jetzt verstehe ich, was Sie meinen", sagte der Kapitän, „aber könnte es nicht sein, dass ein ganz anderer Sinn dahinter steckt?"

„Und der wäre?"

„Der, dass die Welt einen Anfang hat und ein Ende. Das Erdenleben ist gewaltig lang, doch es ist nicht endlos. Vielleicht will die Legende nur besagen, dass es Möglichkeiten gibt, das Ende hinauszuschieben, doch dass es einmal ein Ende geben wird."

„Auch diese Deutung halte ich für einleuchtend", gestand Bäumli.

„Wahrscheinlich wird jeder in irgendeiner Weise Recht haben. Die Legende lässt viele Deutungen zu, und jede wird ein Fünkchen Wahrheit besitzen. Am Ende ist das noch der Sinn der Legende."

Sie saßen noch eine Weile schweigend da und der Kapitän grübelte darüber nach.

Doch weil sich kein endgültiges Ergebnis finden ließ, verabschiedeten sie sich und gingen wieder an die Arbeit.

Der Kapitän vergaß nicht, den Stein des Anstoßes, seinen Sonnengrüßer, in die Tasche zu stecken, um ihn dann in seinem Haus gut im Auge zu behalten.

KÖNIG KASIMIR UND PRINZESSIN PETRA

13 Der König kommt

Drei Tage später ereignete sich zur Freude des Kapitäns und zu seinem großen Erstaunen folgendes: Die Inselbewohner erhielten Zuwachs von ganz unerwarteter Seite und auf sehr kuriose Art.

Es war schon später Nachmittag. Puck, Vif und Professor Quasi hatten den ganzen Tag am Strand verbracht, am Südstrand wohlgemerkt. Nun standen sie ein wenig müde oben auf der Steilküste, nachdem sie nacheinander mit der Seilbahn hinaufgefahren waren. Da entdeckte Puck, der sich noch einmal zum Wasser umgewandt hatte, weit draußen einen großen schwarzen Kasten schwimmen. Auf jeden Fall sah das Ganze nicht nach einem Wasserfahrzeug aus, so dass er sich seine Augen rieb, um danach vielleicht mehr zu erkennen.

„Träume ich oder schwimmt da hinten wirklich etwas Unglaubliches im Wasser?“

Vif und Quasi blickten in die Richtung, die Puck ihnen wies.

„Nein, Puck, du träumst nicht, da schwimmt wirklich etwas Unglaubliches“, bestätigten ihm die beiden seine Entdeckung.

„Das Ding müssen wir unbedingt an Land holen“, sagte Puck, „bevor es an der Insel vorbeigetrieben wird.“ Er war ganz Feuer und Flamme. Seine Müdigkeit, die vom Herumtollen im Wasser und am Strand herrührte, war wie weggeblasen.

„Wir brauchen die Wasserschuhe und vor allem ein langes Seil. Geht bitte und holt alles und sagt auch dem Bäumli und dem Kapitän Bescheid. Wir brauchen sicher ihre Hilfe. Ich werde inzwischen schon mal hinschwimmen und nachschauen, ob sich die Mühe überhaupt lohnt.“

Kaum hatte Puck seine Anweisungen gegeben, sprang er in die Gondel und sauste mit einem Affenzahn hinunter zum Strand. In der Eile hatte er vergessen, das richtige Gegengewicht in den Ballastkorb zu legen. Nach einer knappen halben Stunde waren alle am Strand versammelt und spähten nach dem großen, schwarzen Ding. Der Kapitän setzte sein Fernrohr an das Auge und blickte in die betreffende Richtung. Er sah Puck, der auf das Dach des Kastens geklettert war und heftig mit den Armen winkte. Plötzlich warf der Kapitän das Fernglas in den Sand und rief sehr aufgeregt: „Schnell, die Wasserschuhe, schnell! Das ist ja nicht zu fassen, der Kasimir, dort mitten auf dem Wasser, in solch einer Lage!"

Hastig befestigte er die Wasserschuhe an seinen Füßen und wollte losstürzen. Doch Professor Quasi hielt ihn am Ärmel zurück: „Das Seil, Kapitän, hier ist gewissermaßen das Ende. Aber gut festmachen!"

In rasendem Tempo jagte der Kapitän dem Kasten entgegen. Keiner verstand, welche Entdeckung ihn so erregte.

„Wie wäre es", sagte Professor Quasi an Bäumli gewandt, „wenn wir uns die Arbeit mit dem Herausziehen gewissermaßen ein wenig erleichtern?" Dabei deutete er mit seinem Daumen über die Schulter zum unteren Turm der Seilbahn. Bäumli erriet sofort, was der Junge meinte: „Du bist wirklich ein guter Erfinder. Komm, wir bereiten alles vor."

Gemeinsam nahmen sie das Seil der Gondel von der Holzrolle und legten das andere darauf. Trotzdem bereitete es ihnen große Mühe, das unbekannte Objekt aus dem Wasser herauszuziehen. Der Kapitän feuerte mit seiner unglaublichen Stimme noch weit von draußen die Helfer am Strand an. Seine riesengroße Freude über die Kiste und deren Inhalt war deutlich zu spüren. Bald erkannten die an Land Gebliebenen, dass es sich in Wirklichkeit um eine prachtvoll verzierte, königlich ausgestattete Reisekutsche handelte, in der zwei Personen eingesperrt waren. Offenbar kannte der Kapitän die beiden sehr gut, denn er kreiste auf seinen Wasserschuhen unentwegt um die Kutsche. Dabei rief er ihnen beruhigende Worte zu.

Endlich stand das Fahrzeug in seiner ganzen Pracht und Größe auf dem Land. Im Wasser hatte es sich wie ein gutes Boot gehalten und es war kein Tropfen in das Innere eingedrungen. Die Türen ließen sich einwandfrei öffnen, so dass die Personen endlich dem Fahrzeug entsteigen konnten. Als Erster erschien ein kleiner, sehr dicker Mann in königlicher Kleidung. Ihm folgte ein kleines, ebenso dickes Mädchen in noch prachtvolleren Gewändern. Quo Vadis stürzte dem Mann entgegen, fiel ihm um den Hals, küsste und herzte ihn, dass es eine Freude war der Begrüßung beizuwohnen. Ständig wiederholte er die Worte: „König Kasimir, ist das zu glauben, König Kasimir!" Es klang wie eine Beschwörungsformel.

Schon lange hatte Puck in dem Ankömmling den König Kasimir erkannt, jenen König, auf dessen Schloss sich der Kapitän eigentlich zur Ruhe setzen wollte. Das Mädchen war seine Tochter, das konnte man sofort sehen. Beide waren von der ungewöhnlichen Seereise, die sie nun glücklich beendet hatten, recht erschöpft. Noch wusste ja keiner, wie lange sich die beiden in dieser Lage befunden hatten. Behutsam beförderte man die auf ihren Beinen noch recht wackeligen Ankömmlinge mit der Seilbahn nach oben. Die Kutsche blieb am Strand zurück. Übrigens wurde sie bald von den Inselbewohnern als Badehäuschen benutzt oder nur zum darin Sitzen und Träumen.

Am nächsten Tag, nachdem die Neuankömmlinge ausgiebig geschlafen hatten, wollten alle erfahren, wie es zu dieser Kutschenseefahrt gekommen war. Sie saßen auf Bäumlis Veranda zum Frühstück versammelt und berichteten sich gegenseitig ihre Erlebnisse. Puck und der Kapitän erzählten dem König, wie es ihnen ergangen war und wie sie auf die Insel gelangt waren. Dann war die Reihe an dem König. Er war sehr niedergeschlagen und erzählte mit ernster Miene von seinen Erlebnissen. Er hatte alles verloren, wie sich herausstellte.

„Es geschah in tiefer Nacht“, begann er seinen Bericht. „Das Königliche Schloss lag in friedlichem Schlummer und träumte von dem großen und berauschenden Fest, das am Abend zuvor stattgefunden hatte. Plötzlich wurde die Stille durch ein entsetzliches Geschrei unterbrochen. ‚Revolution! Revolution! Nieder mit dem König und seinen Ministern! Nieder mit dem ganzen nutzlosen Hofstaat! Nieder!‘, schrie eine aufgebrachte Menschenmenge draußen vor dem Schloss. Meine Minister, meine Hofdamen, die Wache, ja die ganze Hofgesellschaft und selbst meine Frau, die Königin, ergriffen die Flucht. Nur ein einziger Diener, der Königliche Hofkutscher, hielt uns in diesem Moment die Treue. Eiligst spannte er zwölf unserer besten Pferde vor die königliche Hofkutsche. Das war dann unsere Rettung. Die Prinzessin schleppte von der Tafel des vergangenen Festes alles Essbare heran, was noch zu finden war. Zum Glück, denn auf unserer unfreiwilligen Seereise hatten wir den Proviant bitter nötig.“

„Aber wie kamen Sie denn überhaupt in diese unglückliche Lage?“, fragte Bäumli, der immer noch keine Idee davon hatte.

„Ganz einfach“, fuhr der König fort, „wir verließen schnellstens und unentdeckt das Schloss durch ein Hintertor. In mörderischem Tempo fuhren wir auf schmalen versteckten Pfaden. Unser Ziel war das Schloss meines guten Freundes, des Königs Schnickschnack im Nachbarreich. Die wilde Fahrt verlief Dank des großen Könnens meines Kutschers ohne Zwischenfall. Er führte die zwölf Gäule meisterhaft, bis, ja, bis wir eine lange, schmale Holzbrücke erreichten, die über einen dunklen, breiten Fluss hinüberführte. Langsam rollten wir darüber hinweg, denn die morsche, altersschwache Brücke knackte bedenklich. Mitten drauf geschah es dann. Die Brücke brach, die schwere Kutsche rutschte ab und fiel mit einem lauten Klatsch geradewegs ins Wasser. Die Pferde rissen sich los und erreichten das Ufer. Den Kutscher sahen wir nicht wieder. Glücklicherweise schwamm die Kutsche wie ein Boot. Was konnten wir da anderes tun, als uns treiben zu lassen?

Die Flucht ging weiter, wenn auch auf sehr kuriose Art. Wir waren hundemüde, und da die Reise auch ohne unser Zutun weiterging, beschlossen wir ein wenig zu schlafen. Als wir erwachten, waren wir auf dem Meer. Weit und breit war kein Land zu sehen. Wie viele Tage wir so dahintrieben, weiß ich gar nicht zu sagen. Die Hoffnung auf eine Rettung gaben wir jedoch nicht auf. Sie können sich unsere Freude vorstellen, als wir die Insel und kurz darauf unseren Retter Puck durch die Fenster erblickten."

Ein bedrückendes Schweigen machte sich in der Runde breit. Jeder bedauerte in diesem Moment in Gedanken den armen König. Quo Vadis dachte an das lustige Zusammentreffen mit Kasimir. Jetzt schien ihm, als hätte der König seinen ganzen Humor verloren. Ich muss ihn aufmuntern, dachte er immerzu.

Bäumli brach das Schweigen als Erster: „Sie sind sehr zu bedauern, lieber König. Doch Sie und ihre Tochter sind jetzt gerettet und sie haben ihren Freund Quo Vadis wiedergefunden, der Ihnen sicher helfen wird, über die materiellen Verluste hinwegzukommen."

„Ja, ja, das werde ich!", pflichtete der Kapitän Bäumli bei. Weiter wusste er nichts zu sagen. Was hatte der König nicht alles verloren, sein Reich, sein Schloss, eine Flotte und wer weiß, was noch alles für unermessliche Werte.

„Oh, wie werde ich mich langweilen!", jammerte der König. „Auf solch einer Insel kann man ja mit rein gar nichts die Zeit totschlagen."

„Das dürfen Sie nicht sagen", entgegnete Bäumli, „wir leben hier schon viele Jahre, aber gelangweilt haben wir uns noch nie. Man muss sich nur eine Beschäftigung suchen. Bestimmt ist das Leben in einem Schloss, das von einem großen Königreich umgeben ist, etwas abwechslungsreicher, aber vieles können Sie hier auch haben. Was hielten Sie davon, wenn wir die Insel zu Ihrem neuen Königreich erklärten? Schließlich gehört sie keinem, wir wohnen nur drauf. Ein kleines Schloss, groß genug für Sie und Ihre Tochter, würde ich Ihnen aus

Holz bauen. Dann hätten Sie ein eigenes Dach über dem Kopf und könnten hier mit uns leben, solange Sie wollen.

Die Augen des Königs erhellten sich und blickten schon viel zuversichtlicher.

„Oh, wäre das nicht herrlich, Vati?“, ließ sich die Prinzessin zum ersten Mal vernehmen. „Dann können wir auch bald wieder ein Fest geben.“

Puck warf Professor Quasi einen viel sagenden Blick zu, der sofort erwidert wurde.

„Und ein neues Kleid, Papi, ein neues Kleid brauche ich dann auch“, sprach die Prinzessin.

Vif, die noch nicht ganz verstand, schlug vor: „Wir werden zusammen in den alten Sachen vom Kapitän kramen. Vielleicht finden wir ein paar brauchbare Stoffe, aus denen wir etwas machen können.“

Quo Vadis klatschte in die Hände, das war genau das Richtige. So musste man die Sache anpacken, nur so konnte dem König und seiner Tochter geholfen werden. Sie mussten wenigstens etwas von dem verlorenen Glanz und der Pracht ihres vergangenen Lebens wiedererhalten. Der Kapitän sprang auf, denn endlich hatte er auch eine passende Idee: „Das Gold Bäumli, das Gold! Wir haben ja noch die Beute von meinen Überfällen, mit der wir nichts anzufangen wussten! Das können Sie alles haben Kasimir, das meiste ist sowieso von Ihren Schiffen geraubt. Bäumli hat schöne Holztruhen dafür gebaut.“

Der König strahlte nun über das ganze Gesicht und streichelte zufrieden seinen Bauch. Es schien, als hätte er das Schlimmste überstanden.

Beruhigt registrierte Quo Vadis diese Veränderung an seinem Freund. In Gedanken malte er sich aus, was aus Puck und ihm geworden wäre, hätte er sich tatsächlich beim König auf dem Schloss zur Ruhe gesetzt. Wer weiß, vielleicht wären sie zusammen mit dem König in der Kutsche geflüchtet und auf diese Weise auf die

Insel gekommen. Das Leben geht manchmal seltsame Wege, dachte er, welch ein Glück, dass es so gekommen war.

Ein paar Tage nach der Ankunft des Königs und seiner Tochter herrschte eine bedrückende Stimmung auf der Insel. Alle hatten schnell erkannt, dass ein König eine recht schwierige Persönlichkeit ist. Kapitän Quo Vadis bekam das am deutlichsten zu spüren. Die große Freude über die Ankunft seines Freundes, den er doch so gut wie gar nicht kannte, war längst verflogen. Der König wich Quo Vadis fast nie von der Seite. Fortwährend hockte er im Arbeitszimmer des Kapitäns und bejammerte die Langeweile, die er angeblich verspürte. Quo Vadis gab sich allergrößte Mühe, den König zu zerstreuen. Er las ihm aus den fertigen Kapiteln seines Buches vor, erzählte von etlichen Abenteuern, die er später noch niederschreiben wollte, wozu er aber im Moment überhaupt nicht kam.

Er zeigte dem König auf den Karten die Meere und Kontinente der ganzen Welt, erklärte ihm den Umgang mit Kompass und Sextanten, er ließ ihn durch sein Fernrohr blicken und manch schwierigen Seemannsknoten vor seinen Augen entstehen. Es half alles nichts. Nach jedem neuen Versuch, den Quo Vadis unternahm, erklärte der König, dass es nun wieder schrecklich langweilig für ihn sei. Nur gelegentlich verzog er sich in einen Abstellraum hinter Bäumlis Werkstatt, wo die Goldtruhen standen. Hier hielt er es eine kurze Weile ganz mit sich alleine aus. Er spielte mit den funkelnden Kostbarkeiten, baute kleine Türmchen mit ihnen, so wie es Kinder mit ihren Holzbauklötzern tun, stürzte die Türmchen dann um und amüsierte sich königlich. Doch bald langweilte ihn auch das.

Bäumli arbeitete unterdessen fieberhaft an der Herstellung des Holzschlosses, das er dem König versprochen hatte. Gelegentlich ließ sich Kasimir auf der Baustelle sehen, wovon der völlig entnervte Kapitän profitierte. Immer stand er einige Minuten regungslos und stumm da, dann aber ergoss sich ein Wasserfall von Verbesserungsvorschlägen und Änderungswünschen über den armen Bäumli, so dass auch der Holznarr bald mit seinen Nerven am Ende war.

Frau Bäumli musste ähnliches ertragen. Der König konnte sich stundenlang bei Tisch aufhalten, wobei er der armen Frau immer wieder erklärte, wie sie dieses und jenes Gericht kochen und zubereiten müsse, wie es zu garnieren, zu servieren, zu flambieren, zu tranchieren und zu kreieren sei. Nach jeder Mahlzeit legte er einen neuen, ellenlangen Wunschzettel vor für die nächsten Speisen, die er sich wünschte. Glücklicherweise verteilten sich die Beanspruchungen, die durch den verwöhnten und gelangweilten König hervorgerufen wurden, auf drei kräftige Schultern, so dass es doch nie zu einer ernsthaften Krise kam.

Vif, Puck und Professor Quasi hatten sich mit den Wünschen der verwöhnten Prinzessin herumzuschlagen. Sie war genauso schwer zu friedenzustellen wie ihr Vater. Die drei gaben sich wirklich große Mühe, ein paar brauchbare Kleidungsstücke aus Quo Vadis' Beständen vom Schiff zusammenzustellen. Aber die waren der Prinzessin lange nicht fein genug und wurden mit einem Ausdruck der Geringschätzung abgewiesen. Auch lehnte sie es ab, sich an den Spielen der drei zu beteiligen. Sie hielt sich für viel zu vornehm, um mit den Kindern im Meer zu baden. Die drei hatten bald die Nase voll von den Zicken dieser überdrehten Dame und ließen sie einfach stehen.

Wie zu erkennen ist, hatte also jeder sein Päckchen zu tragen. Bisher war es so, dass jeder Neuling sich den Gegebenheiten angepasst hatte. Mehr noch, jeder war bemüht, mit seinen Fähigkeiten etwas zum Wohle aller beizutragen. Aber jetzt war eine völlig neue Situation eingetreten, die es für alle zu meistern galt.

Nach wochenlanger, unermüdlicher Arbeit Bäumlis war das Miniholzschloss fertiggestellt. Sogar einige wichtige Möbel, wie Betten, Stühle, Tisch, Schrank und Kommode waren entstanden. Der König meinte nur, sie seien nicht so recht prunkvoll geworden, aber es werde schon gehen. So hielten er und seine Tochter baldigen Einzug. Der König versprach, gleich am nächsten Tag das erste Fest zu geben. Alle waren jetzt froh, den anstrengenden König und sein Töchterchen gut untergebracht zu wissen.

Nur Bäumlis Stimmung war auf dem Nullpunkt angekommen. Solche Undankbarkeit hatte er noch nie erlebt. Er entschied, das Schloss vorerst nicht wieder zu betreten. Alle anderen freuten sich auf die bevorstehende Festlichkeit. Immerhin brachte es ihnen doch etwas Glanz und Abwechslung in ihr Leben auf der Insel. Allerdings legte sich die Freude etwas, als sie merkten, dass alle Vorbereitungen ihnen überlassen waren. Der König saß nur gelangweilt auf seinem Thron und sah ihnen bei der Arbeit zu.

Der Kapitän saß seit dem frühen Morgen am Schreibtisch und quälte sich mit einer Festrede herum. Vif und Professor Quasi gaben sich alle Mühe, die Räume im Schloss etwas festlich auszuschmücken. Frau Bäumli stand schon seit dem frühen Morgen in ihrer Küche. Der König hatte ihr zuvor eine lange Liste mit den erforderlichen Vorspeisen, Menüs und Desserts übergeben. Die arme Frau hatte alle Hände voll zu tun und war sehr froh, dass Puck ihr half. So verging der Tag, angefüllt mit den Vorbereitungen für das Fest.

Gegen sieben Uhr abends war es endlich soweit. Gerade hatten sie den letzten Korb mit Speisen in das Schloss herübergetragen, als Quo Vadis mit seiner Festrede erschien. Der König saß immer noch auf seinem neuen Holzthron, doch nun strahlte er über das ganze Gesicht und streichelte seinen Bauch. Die vielen herrlichen Speisen, die auf der großen Tafel sehr hübsch aufgebaut worden waren, erfreuten ihn über alle Maßen. Selbst die Ausschmückung des Raumes war gut gelungen, auch wenn sie nur mit einfachen Mitteln erstellt worden war.

Das Fest konnte also beginnen, und alle freuten sich nun darauf, wenngleich sie ein wenig ermüdet waren von den Anstrengungen des Tages. Nachdem alle an der Tafel Platz genommen hatten, außer Bäumli wohlgemerkt, den heute noch keiner zu Gesicht bekommen hatte, erhob sich der König endlich von seinem Thron. In einem Nebengemach hatte seine Tochter die ganze Zeit gewartet. Von dort geleitete er sie zu ihrem Platz an der Tafel, schob ihr den Stuhl heran und nahm dann selber Platz. Die Prinzessin hatte sich ungemein herausgeputzt und war in ihr altes Kleid geschlüpft, das sie als einziges akzeptierte. Darauf erhob sich Quo Vadis und begann mit seiner Rede.

„Wir haben uns heute hier versammelt, um das neue Schloss unseres Königs Kasimir festlich einzuweihen. Dank der fleißigen Arbeit unseres Holznarren Bäumli ist der Bau in sehr kurzer Zeit fertig gestellt worden ..."

„Aber wo ist er denn eigentlich", unterbrach der König Quo Vadis' Rede. „Wo ist er denn, der Bäumli?"

Alle sahen sich betroffen an. Jeder wusste natürlich, wo Bäumli sich aufhielt und warum er nicht gekommen war. Nur der König schien offenbar nicht begriffen zu haben, dass er mit seiner Undankbarkeit und übertriebenen Prunksucht, die den Verhältnissen auf der Insel überhaupt nicht entsprach, den Bäumli sehr verletzt hatte. Doch da geschah etwas, was keiner bis dahin für möglich gehalten hatte. Der König stand auf, sagte nur kurz, dass sie mit dem Essen schon anfangen sollten, dass er gleich zurückkäme und verschwand.

Auf der Wiese lag mildes Abendlicht, das den Platz zwischen den Häusern in einen rötlichen Schimmer tauchte. Aus Bäumlis Werkstatt klangen dumpfe Schläge herüber. Der König eilte dorthin, öffnete unverzüglich die Tür und trat ein. Bäumli blickte von seiner Arbeit auf, um zu sehen, wer ihn da besuchte. Erstaunt bemerkte er den König, der etwas verlegen und hilflos dastand:

„Verzeihen Sie einem alten König, der es nie anders gekannt hat, dem immer alles nach seinem Willen geschah, der gewohnt ist, Befehle zu geben, herumzunörgeln und zu kritisieren, der nur eine Nase kennt, nach der sich alle zu richten haben, nämlich die seine. Verzeihen Sie mir und feiern Sie mit uns. Sie sind doch die Hauptperson, Sie haben das alles doch geschaffen!"

Bäumli zögerte noch einen Moment, dann ging er mit. Die Worte des Königs halfen ihm, den Mann zu verstehen. Sicher war es so, wie er es sagte. Alte Gewohnheiten lassen sich nur schwer ablegen. Ein kleines bisschen verstand er aber jetzt, dass seine Leute gegen ihn revoltiert hatten. Ein König ist eben wirklich eine überflüssige Person, so oder so. Wenigstens kann er hier auf der Insel nun keinen Schaden mehr anrichten, dachte Bäumli bei sich.

14 Gute Nachrichten

Der Sommer ging mit raschen Schritten seinem Ende entgegen. Die Tage wurden kürzer, und in den Nächten war es manchmal schon recht kalt. Puck lag oftmals lange wach. Seine Gedanken eilten weg von der Insel, hinaus in eine unbekannte, fremde Welt. Irgendwo dort suchte der Zauberer nach der Tante. Würde er sie wirklich finden? Selbst wenn ihm das gelang, wie sollte er sie zur Insel bringen? Ihre Zeitkugel ließ sich für die Reise nicht benutzen. Dafür würden der Tante die exakten Daten für die Lage der Insel fehlen. Die kannte nämlich keiner. Und ohne diese Daten bestand die große Gefahr, dass sie mit der fensterlosen Kugel die Insel verfehlte, ins Meer plumpste und darin versank. Die Kugel war eben nur für Zeitreisen gedacht und nicht für Ortsveränderungen. Um ein Schiff mit Mannschaft für die Überfahrt und die Suche nach der Insel zu bezahlen, dafür hatte der Zauberer bestimmt nicht das Geld. Mit diesen Fragen quälte sich Puck bis in die tiefe Nacht hinein, bis er endlich einschlummerte.

Quo Vadis saß in diesen Nächten unten im Haus am Schreibtisch und arbeitete fleißig an seinem Buch. Seitdem der König sein neues Schloss bewohnte, hatte der Kapitän wieder etwas mehr Zeit. Nur die Vormittage opferte er noch gelegentlich, um dem Kasimir etwas Zerstreuung zu bringen. Meist fuhren sie mit der Seilbahn zum Strand hinunter und setzten sich in die Kutsche. Dort las der

Kapitän aus den fertigen Kapiteln vor. Die meisten Abenteuer hatte der König schon sechs, siebenmal gehört, aber er bekam nicht genug davon. Gedankenversunken lauschte er Quo Vadis' Worten. Seine Blicke glitten dabei durch das Fenster hinaus auf das Meer. Für Quo Vadis war das eine gute Gelegenheit, hier und da an dem Geschriebenen noch etwas zu verbessern.

Ein unvergleichlicher Herbst brach an. Schon begannen sich die Blätter der Bäume zu verfärben. Die milde Sonne erzeugte immer noch einen angenehm warmen Tag. Die Inselbewohner gingen ihren Beschäftigungen nach, die friedliche Stille der Insel im Herzen. Frau Bäumli sorgte unermüdlich für das leibliche Wohl. Dass nun wieder einfache Gerichte auf den Tisch kamen, passte dem König und der Prinzessin nicht so sehr. Doch das fortwährende Zubereiten von Festmenüs ging über Frau Bäumlis Kräfte. Aber der einfache Topfkuchen, den sie backte, mundete auch dem König ausgezeichnet.

Nun werdet ihr euch fragen, wo all das leckere und umfangreiche Essen eigentlich herkam, das Frau Bäumli ständig für so viele Personen bereithielt. Um diese Frage zu beantworten, muss ein kleines Geheimnis gelüftet werden. Einmal in der Woche nämlich bekamen die Bäumlis spät in der Nacht einen lieben Besuch. Es war Bäumlis jüngerer Bruder mit dem Spitznamen Wollibär, der ihm gegeben worden war, weil er Teddybären über alles liebte. Im Laufe der Zeit hatte er sich eine riesige Sammlung von Teddybären zugelegt, die aus weit über dreitausend Exemplaren bestand. Zugegeben, es war für einen erwachsenen Mann schon ein seltsames Hobby. Wer den sympathischen Wollibär kannte, fand aber nichts Verwunderliches daran. In seinem Beruf war er ein ganzer Mann. Als Elektroniker von hohem Rang und als Chef der Zeitzentrale trug er die Verantwortung für alle Weiterentwicklungen und Verbesserungen der Zeitkugeln. Deshalb konnte er natürlich jederzeit kostenlos eine Zeitkugel benutzen. Aber einmal die Woche 600

Jahre durch die Zeit reisen und wieder zurück kostete viele Tage. Deshalb benutzte er ein neues, in der Entwicklung befindliches Modell und testete es dabei. Damit konnte er in wenigen Minuten die Reise absolvieren.

Wenn er kam, hielt Frau Bäumli schon eine ellenlange Einkaufsliste für die nächste Woche bereit. Bäumli dagegen lehnte es ab, irgendetwas aus seiner Zeit zu beanspruchen. Er sagte: „Ich lebe hier und muss deshalb auch mit dem klarkommen, was hier zu finden ist.“ Da er hauptsächlich an sein Holz dachte, gab es auch keinen Grund für ihn etwas zu vermissen. Nur beim Kaffee, den er so liebte, machte er einen Kompromiss.

Frau Bäumli, das sei hier noch angemerkt, war in ihrer Zeit eine angesehene Herzspezialistin. Doch irgendwann war sie es leid, kaputte Herzen zu reparieren, und sie begleitete ihren Mann gerne in die Vergangenheit, um dort zu leben. Da sie ihrem Leben hier einen neuen Inhalt geben musste, tat sie das, wozu sie in ihrer Zeit fast nie gekommen war. Sie wurde Hausfrau, putzte und kochte wie andere Frauen, die das verständlicherweise eher nicht so gerne taten. Ihr gefiel es aber, eine Hausfrau zu sein, und so entwickelte sie sich allmählich zur guten Fee, das leibliche Wohl der Inselbewohner betreffend.

Keiner auf der Insel hatte eine Ahnung von den nächtlichen Besuchen einmal in der Woche bei den Bäumlis. Selbst Vif wusste nichts davon, denn sonst hätte sie es dem Puck schon längst verraten.

Da die neue Zeitkugel völlig geräuschlos arbeitete und auch viel kleiner war, als das Modell, was Puck und Tante Magermilch benutzten, landete Wollibär jedes Mal direkt in der Vorratskammer des Hauses Bäumli. So konnte wirklich keiner etwas davon mitbekommen. Diese geheime Quelle für viele Lebensmittel, die sie täglich verzehrten, blieb auch deshalb geheim, weil sich keiner seinen Kopf darüber zerbrach, wo das Essen überhaupt herkam, das sie täglich verzehrten. Fisch und frisches Gemüse bekamen sie aus dem Meer und aus dem großen Garten hinter Bäumlis Haus, das wusste jeder. Aber der Rest? Sie waren einfach nur dankbar, dass Frau Bäumli sie immer so gut und reichlich versorgte.

Bäumli ging wie immer in der Werkstatt seiner Lieblingsbeschäftigung nach. Neuerdings hatte er begonnen, aus kleinen und dicken Stämmen ulkig anmutende Figuren herauszuarbeiten, die er dann auf der Wiese vor seinem Haus aufstellte. Bald war dort eine ganze Gesellschaft dieser Phantasiewesen versammelt. In der Dämmerung sahen sie sogar ein wenig unheimlich aus. Den Abend verbrachte Bäumli meist beim König im Schloss. Die beiden Männer liebten das Schachspiel. Der König freute sich über die willkommene Zerstreuung, und Bäumli war froh, endlich einen gleichstarken Gegner gefunden zu haben. Das Spiel mit all seinen Figuren hatte er natürlich selbst hergestellt.

Unser Kapitän arbeitete, wie schon erwähnt wurde, jetzt oft bis tief in die Nacht hinein. So fand er viel mehr Ruhe und konnte sich besser konzentrieren. Allerdings war er am Tage oft müde. Deshalb hatte er es sich angewöhnt, nach dem Mittagessen ein ausgiebiges Schläfchen zu machen. Oft erschien er erst zum Kaffeetrinken wieder auf der Bildfläche.

Vom Königsschloss dagegen wehten in den Nachmittagsstunden eigenartige Töne auf die Wiese herunter. Der gelangweilte Kasimir hatte endlich die Initiative ergriffen, sich selbst Zerstreuung zu verschaffen. Zu irgendeiner Arbeit war er nicht fähig, so versuchte er, das Leben bei Hofe, dass er früher geführt hatte, ein klein wenig wieder entstehen zu lassen. Es war nicht mehr als ein Spiel, so wie Kinder es spielen. Doch das störte ihn nicht. Die Hauptsache für ihn war, dass etwas um ihn herum passierte. Puck und Professor Quasi waren zu Ministern ernannt worden und Vif hatte als Hofdame für die künstlerische Erbauung des Königs zu sorgen. Weil dieses Spiel den Kindern gefiel, spielten sie mit. Vif hatte sofort eine Idee, was zu machen sei. Hausmusik, meinte sie, wäre für ein Königsschloss das Wichtigste. Darum bestellte sie bei ihrem Vater ein paar Blockflöten, die er schnell hergestellt hatte. Da sich aber außer Vif keiner so recht auf das Blockflötenspiel verstand, veranstaltete sie jeden Nachmittag eine gemeinsame Übungsstunde. Bald gelang ihnen das Spiel von kleinen, selbst ausgedachten Stücken recht gut und sie veranstalteten für Bäumli, dessen Frau und Quo Vadis ein kleines Konzert. Das gefiel den dreien sehr gut. Sie hatten sich draußen vor dem Königsschloss getroffen. Quo Vadis, der viele alte Seeräuberlieder kannte und sich als guter Musiker und Sänger entpuppte, griff sich gleich eine Flöte und spielte mit. Bäumli schnappte sich zwei runde Hölzer und klopfte den Takt auf einem leeren Topf. Frau Bäumli klatschte in die Hände und tanzte von einem Bein auf das andere. Von allen Seiten kamen Vögel herangeflogen und ließen sich auf dem Schloss und auf der Wiese davor nieder. Manche, durch die Musik der Menschen angeregt, begannen recht lieblich zu zwitschern. Auch zeigten sich am Waldesrand viele Nasenspitzen von Hasen, Rehen und anderem Getier. So hatten sie ihren Jäger, der sich mit seiner kräftigen Bassstimme und mit flinken Fingern über die Flöte huschend hervortat, noch nicht gesehen.

Einer der Vögel flog, nachdem er eine ganze Weile besonders schön und laut tiriliert hatte, vom Dach herunter und landete direkt vor den Füßen der Musikanten. Dort schüttelte er sein Gefieder, hüpfte aufgeregt umher und begann zu wachsen. Der König, der das noch nicht kannte, riss die Augen auf, als würden ganz besonders köstliche Speisen vor ihm abgestellt. Die anderen hatten ihn sofort erkannt, ihren Zauberer Veni Vidi Vici, den Tierverwandlungskünstler. Schon stand er in seiner ganzen Größe vor ihnen und wurde herzlich begrüßt.

Puck aber, den die Rückkehr des Zauberers besonders betraf, war wie zu Stein erstarrt. Mit dem plötzlichen und unvermittelten Auftauchen seines Helfers hatte er nicht gerechnet. Nun stürzten alle diese Fragen auf ihn ein: Hatte der Zauberer die Tante gefunden? War sie etwa schon auf dem Weg hierher? Was war geschehen? Wie viel Zeit blieb ihm noch? Was war zu tun? Puck musste sich noch eine ganze Weile gedulden, bis der Zauberer eine passende Gelegenheit fand, um Bericht zu erstatten. Erst am Abend war es dann soweit. Vif und Puck saßen in der Dachkammer und lauschten auf die Neuigkeiten:

„Es war nicht sehr schwer, deine Tante zu finden“, begann der Zauberer. „Schwerer dagegen war, sie hierher zu bringen. Aber auch dafür ließ sich eine Lösung finden. Jetzt ist sie schon ganz in der Nähe. Doch ich will der Reihe nach berichten.

Nach dem Überfall, bei dem du ihr entwischt bist, wechselte sie auf Policeks Schiff und beteiligte sich an dessen Jagd auf den Kapitän. Sie glaubte ja, dass du von ihm entführt worden warst. Schließlich ging sie dem Policek wohl sehr auf die Nerven, denn mehrmals drohte man ihr, sie vom Schiff herunter zu jagen.

Als sie die Santa Esmeralda endlich fanden, allerdings verlassen, ausgeschlachtet und leergeräumt, wurde die Tante ganz still. Sie ging an Land und ließ jede Woche eine Anzeige in der Zeitung abdrucken, in der sie an Unbekannt gerichtet darum bat, dich freizulassen. Als ich sie traf, war sie sehr verzweifelt, weil kein Lebenszeichen von dir kam. Sie spielte schon mit dem Gedanken, die Zeitzentrale von deinem Verschwinden in Kenntnis zu setzen und um eine groß angelegte Suchaktion zu bitten. Nur der Ärger und die Blamage, die daraus für sie entstanden wären, hielten sie noch zurück.“

Puck schluckte. So hatte er sich das nicht vorgestellt. „Die arme Tante. Was hat sie erleiden müssen durch meinen Eigensinn!“

„Als ich mich bei ihr vorstellte“, fuhr der Zauberer fort, „und Grüße von dir übermittelte, wollte sie mir erst gar nicht glauben. Doch als ich Einzelheiten berichtete, etwa, wie es dir geht und wie sehr du darauf hoffst, dass sie dich wiederfindet, war deine Tante wie verwandelt. Zusammen überlegten wir, wie wir gemeinsam auf die Insel gelangen könnten. Dass sich der Kapitän Quo Vadis auf der Insel befindet, habe ich allerdings verschwiegen. Auch, dass er dich nicht entführt hat, sondern dass du davongelaufen bist, das musst du ihr schon selber beibringen.

Zufällig hörte ich von einer neuartigen Erfindung. Ein junger Mann hatte einen Ballon gebaut mit einem Korb für zwei Personen, mit dem er hinfahren kann, wohin der Wind ihn trägt. Wir suchten ihn auf und erzählten ihm unsere Geschichte. Sofort erklärte er sich bereit uns zu helfen. Nicht einmal eine Bezahlung forderte er. Er freute sich, dass seine Erfindung eine praktische Erprobung finden sollte. Zum Dank führte ich ihm einige meiner besten Kunststücke vor, was ihn sehr erfreute.

Schon am nächsten Tag brachen wir auf. Ich flog voran und zeigte dem Ballonfahrer den Weg. Ständig musste ich ihm in einen großen und kräftigen Vogel verwandelt helfen, weil der Wind oft aus der falschen Richtung kam. Drei Wochen waren wir bereits unterwegs, als ich vorausflog, um dir die Ankunft deiner Tante zu melden. Ich denke, in drei Tagen wird es soweit sein. Das Ballonfahren geht eben sehr langsam."

Drei Tage, dachte Puck, drei Tage, mehr Zeit bleibt mir nicht. Oh weh, dann ist die schöne Zeit auf der Insel zu Ende, dann muss ich mit der Tante zurück!

Der Zauberer zuckte mit den Schultern, er sah, wie traurig Puck geworden war. Doch es half ja nichts, die Tante hatte durch seinen Eigensinn schon viel zu viel erlitten. Allerdings wusste der Zauberer auch noch von einer sehr guten anderen Nachricht, die er Puck aber aus bestimmten Gründen vorenthielt. Der sollte ruhig glauben, dass es in drei Tagen für ihn zurück in sein Jahrhundert ging.

„Jetzt muss ich wieder los“, sprach der Zauberer, „damit der Ballonfahrer die Insel nicht verfehlt. In drei Tagen, denke ich, sind wir alle da“, sprach er, verwandelte sich in eine kleine Seeschwalbe und schoss davon, schnell wie ein Pfeil.

Puck und Vif saßen nun wieder allein in der Dachkammer auf den Seegrasmatratzen, die Köpfe in die Hände gestützt und unendlich traurig. In drei Tagen hieß es Abschied nehmen, das stand fest, vielleicht waren es auch nur noch zweieinhalb. Eine gewisse Zeit lang sagte keiner von beiden ein Wort. Irgendwann pfiff Professor Quasi unten vor dem Haus und rief dann: „Puck, bist du da?“

Doch da er sich nicht meldete, hörten sie nur noch Schritte, die sich entfernten. Puck hatte nur gestöhnt und war noch ratloser geworden. Endlich raffte Vif sich auf, trat an Puck heran und streichelte behutsam seinen Kopf, um ihn zu trösten.

„Das Herumsitzen und Jammern hilft dir nicht, Puck, wir müssen uns etwas einfallen lassen, damit du nicht mehr so traurig über den Abschied von uns und der Insel sein wirst. Jetzt ist es nur ein schwacher Trost für dich, dass du wiederkommen kannst, sobald du deinen Doktor gemacht hast. Aber es ist doch eine Hoffnung, sich mal wieder zu sehen.“

„Ja Vif, ich weiß schon, was du meinst. Ich ärgere mich nur, dass ich nun noch ein halbes Jahr bei der Tante zu Hause herumsitzen muss, da meine Eltern doch erst im nächsten Frühjahr aus dem Weltraum zurückkehren werden. Ich würde viel lieber hier bleiben, bis es soweit ist. Doch die Tante wird das nie erlauben. Sie wird so böse auf mich sein, dass sie auf der Stelle mit mir zurückkehren wird. Ihre Magermilchversuche werden in dieser Zeit sicher auch keine brauchbaren Ergebnisse gebracht haben, so dass sie hier sowieso nichts mehr hält.“

„Es sei denn“, sagte Vif, „es gibt eine Möglichkeit, ihr ein paar viel versprechende Kühe zu beschaffen, damit sie hier noch eine Weile zu tun hat."

„Du bist gut! Wo sollten wir hier auf der Insel wohl ein paar viel versprechende Kühe hernehmen? Es sei denn...“

Sie blickten sich an und sagten dann wie aus einem Munde: „Der Zauberer hilft uns dabei!“

„Vif, du bist ein Genie!“

Puck drückte sie vor Freude und gab ihr sogar einen richtigen kleinen Kuss. Von diesem Moment an war er wieder ein glücklicher Mensch. Den Plan mit den Kühen würde er schon geschickt in die Tat umsetzen. Er zweifelte nicht daran, dass der Zauberer ihm auch ein zweites Mal helfen würde. In diesem Moment erinnerte sich Puck daran, dass eben noch Professor Quasi unten gerufen hatte. Er suchte sicher immer noch nach Puck und irrte auf der Insel umher. Puck öffnete die Dachluke und kletterte mit Vif hinaus zum Mastkorb.

Zu solch später Stunde waren sie noch nie hier hinaufgestiegen. Ein unermesslich großer Sternenhimmel breitete sich um sie herum aus. Ein heller, strahlender Mond stand am Himmel und beleuchtete das Meer. Die Insel war von hier aus fast völlig zu übersehen. Dunkel hoben sich ihre Umrisse vom Wasser ab. Es war ein unbeschreibliches Bild. Lange Zeit betrachteten sie es. Irgendwo da draußen, noch ziemlich weit weg, flog die Tante in einem Ballon. Wie ihr das wohl gefiel?

Puck legte seine Hände vor den Mund und stieß einen Käuzchen ähnlichen Schrei aus. Dann lauschte er in die Stille. Kurz darauf vernahm er einen gleichartigen Laut, der weit aus der Ferne herüber wehte und nur sehr leise zu hören war. Das war Professor Quasis Antwort. Sie hatten sich diesen Schrei als Signal ausgedacht. Er war unauffällig und erschreckte die anderen Inselbewohner nicht. Nun wusste der Professor also, dass Puck zu Hause war und ihn sprechen wollte. Gleich würde Quasi kommen. Kaum waren sie in die Dachkammer zurückgekehrt, da klopfte er auch schon von außen an das Fenster.

„Komm herein Professor, es gibt eine Menge zu berichten. Du wirst Augen machen, wenn wir dir jetzt ein Geheimnis anvertrauen.“

Sie setzten sich auf den bequemen Matratzen nieder. Puck hatte sich entschlossen, dem Freund alles anzuvertrauen, auch das Geheimnis um seine wahre Herkunft. Irgendwann mussten es ja alle erfahren, auch der Kapitän. Ihm war es zwar strengstens verboten, sich in der Vergangenheit als ein Zukünftiger zu erkennen zu geben, doch wie sollte die Zeitzentrale je davon erfahren? Quasis Reaktion auf die Eröffnung des Freundes war dementsprechend. Zuerst blickte er Puck ungläubig an, doch als der ihm zum Beweis den metallisch glänzenden, sehr futuristisch aussehenden Liferecorder zeigte und ein paar Aufnahmen vorführte, wurde er sehr nachdenklich.

„Wenn ihr solche Erfindungen gewissermaßen schon gemacht habt“, sagte er resignierend, „was bleibt mir da noch zum Ausdenken? Da kann ich doch gleich aufhören, mir Gedanken zu machen um etwas Neues zu erfinden. Gerade vorhin war ich gekommen, um euch von einer gewissermaßen tollen Idee zu berichten, aber ich glaube, das ist jetzt wohl überflüssig geworden.“

Puck wurde ärgerlich, ärgerlich über sich selbst und über die ganze vertrackte Situation, in der er sich befand.

„Du hast nicht richtig verstanden, Professor. Es besteht kein Grund zur Resignation für dich“, sagte Puck beschwichtigend. „Im Gegenteil. Ich kann dir berichten, was alles aus den Erfindungen geworden ist, die vor uns gemacht worden sind. Schau her!“, und dabei deutete er auf den Liferecorder. „Das hier wäre ohne euch nicht entstanden. Solch eine Erfindung ist nicht mit einem Schlage zu machen. Es waren viele kleine Einzelerfindungen dazu notwendig. Wir haben die Summe der Erfahrungen unserer Vorfahren zur Verfügung, nur deshalb sind wir technisch gesehen etwas klüger. Dreihundert Jahre nach uns wird das nicht anders sein. Unseren Nachfahren kommen unsere Erfindungen dann genau so zugute wie die eurigen uns.“

Das leuchtete Professor Quasi ein und deshalb ließ er sich überreden, von seiner neuen Sache zu berichten. Vif und Puck wollten, was es auch sei, gerne dabei helfen. Da war der Professor wieder ganz der alte. Voller Eifer erzählte er, wie er darauf gekommen war, durch ein Röhrensystem gewissermaßen, wie er immer sagte, das Wasser von der Quelle hinter Bäumlis Haus in alle anderen Gebäude zu leiten. Diese Aufgabe, nämlich das Wasser von der Quelle in Eimer gefüllt zum Schloss zu schleppen, war ihm durch sein Ministeramt als Versorgungsminister im Dienste des Königs Kasimir übertragen worden. Dann erklärte er die Einzelheiten seiner Erfindung.

„Zunächst bestand das Problem darin, etwas zu erfinden, damit das Wasser von der tief gelegenen Quelle hinauf zu Quo Vadis' Haus und dann weiter zum Schloss fließen kann. Das funktioniert nur, wenn am Leitungsende im Schloss kräftig gesogen wird. Diese Kraft vermag ein Mensch jedoch nicht aufzubringen. Deshalb habe ich in den alten Sachen von Quo Vadis gekramt und drei gewissermaßen hervorragend geeignete Lenzpumpen gefunden. Da können Bäumli, Quo Vadis und Kasimir jeder eine Zapfstelle im Haus erhalten. Für die Herstellung der Röhren muss ich versuchen, Bäumlis Mithilfe zu gewinnen. Dann brauche ich gewissermaßen noch fleißige Helfer, die mich bei den Erdarbeiten unterstützen, denn es müssen viele Meter Rohre in die Erde verlegt werden."

Puck war ganz begeistert von der neuen Idee Quasis. Er fügte hinzu, dass er nie darauf gekommen wäre, verschwieg ihm aber, dass in seiner Zeit Wasserleitungen mit Zapfstellen in den Wohnungen eine nicht mehr beachtete Selbstverständlichkeit waren. Leitungen, in denen auf Bestellung alle Lebensmittel, Post und Zeitung, ja alles, was man irgendwann irgendwie benötigte, ins Haus oder in die Wohnung gelangen konnte, waren da schon beachteter.

Heimlich freute sich Puck, durch Professor Quasis Idee in den nächsten Tagen eine Ablenkung zu haben. Er hätte es nicht ertragen, untätig auf die Ankunft seiner Tante warten zu müssen.

15 Die Wasserleitung

BALLONFAHRER BALLONI

Am nächsten Tag berichtete man den anderen von der neuen Idee. Bäumli und Kapitän Quo Vadis waren begeistert davon und gratulierten Professor Quasi zu seiner neuesten Erfindung. Bäumli wollte die Herstellung der dünnen Holzröhren ganz alleine übernehmen, da, wie er meinte, es ein Kinderspiel für ihn sei, sie auf seiner Drechselbank herzustellen. An den Enden, so hatte er gleich die Idee, sollten sie einen Absatz bekommen, damit sie bei den Verlegearbeiten schnell zusammengesteckt werden konnten. Geeignetes Eichenholz hatte er auf seinem Hof in Mengen gelagert, so dass er gleich mit der Arbeit beginnen konnte.

Die anderen teilten die notwendigen Arbeiten ein, steckten den genauen Verlauf der Leitung im Gelände ab und stellten sich dann die Werkzeuge zum Graben her. Da die Erdarbeiten den größten Anteil beim Bau der Wasserleitung ausmachten, wollten Puck, Professor Quasi und der Kapitän es übernehmen, die Gräben auszuheben. Vif sollte die Röhren verlegen und dann schon damit beginnen, den Graben wieder zuzuschütten. Frau Bäumli wollte wie immer für das leibliche Wohl der Bauarbeiter sorgen.

Umgehend begannen sie mit den Arbeiten. Da erschien der König auf der Baustelle und fragte, was hier geschehe. Sie erklärten es ihm, worauf er gleich ein paar Ratschläge parat hatte. Doch Vif drückte ihm eine Schaufel in die Hand. Der König schluckte, doch dann, oh Wunder, begann er vorsichtig und etwas verlegen in der Erde zu stochern. Die Prinzessin, die bei Bäumli in der Werkstatt herumlungerte, griff sich plötzlich ein paar von den fertigen Röhren und trug sie hinaus auf die Wiese. Alle registrierten das mit großer Freude, sagten aber kein einziges Wort.

Die Arbeiten gingen gut voran. Am zweiten Tag war fast die Hälfte der Röhren verlegt. Bäumlis Haus hatte als Erstes einen Anschluss erhalten. Von dort ging es weiter hinauf zum Hügel des Kapitäns. Jetzt gruben sie weiter in Richtung des Schlosses, das am weitesten von der Quelle entfernt war. Puck richtete sich des Öfteren beim Graben auf, um den schmerzenden Rücken zu entlasten. Dabei streiften seine Blicke über den hellen, klaren Herbsthimmel. Irgendwo dort drüben würde morgen der Ballon mit seiner Tante in Sicht kommen. Doch gleich riss er sich von diesen Gedanken wieder los und grub emsig weiter. Professor Quasi, der sich wie immer besonders fleißig bei der Ausführung seiner Ideen zeigte, war ein Stück vorausgegangen und hatte an einer neuen Stelle zu graben begonnen. Das Erdreich war hier besonders steinig, so dass er den Boden heftig mit einer Hacke bearbeiten musste. Plötzlich rutschte der Grund unter seinen Füßen weg. Quasi konnte sich gerade noch an dem Stiel seiner Schaufel festhalten, die er blitzschnell quer vor sich über den Graben gelegt hatte. Unter seinen Füßen tat sich ein Loch auf. Puck, der Professor Quasi am nächsten stand, eilte ihm zu Hilfe. Doch Quasi hatte sich bereits wie ein guter Turner am Schaufelstiel nach oben geschwungen. Gemeinsam starrten sie in das Loch, dann winkten sie die anderen herbei.

„Ich schlage vor“, sagte der Kapitän, „da mal eine Laterne hinunterzulassen, damit wir sehen können, wie tief das Loch eigentlich ist.“

Die Wandung des Loches bestand aus einem dunkelbraunen Fels. Nach drei Metern Tiefe wurde es plötzlich breiter und endete schließlich in einem riesengroßen kuppelartigen Raum, dessen ganzer Umfang sich im schwachen Laternenschein nur teilweise ausmachen ließ.

„Das ist ja ein Ding!“, sagte der Kapitän, der als erster die Fassung zurück gewonnen hatte. „Es scheint so, als hätten wir es hier mit einer unterirdischen Höhle zu tun.“

Sie beschlossen, die Erforschung dieser Entdeckung auf später zu verschieben und erst einmal den Bau der Wasserleitung fortzusetzen. Bäumli holte vier stabile Pfähle und ein paar Bretter und zäunte das Gelände um das Loch ein. Danach wurden die Arbeiten an der Wasserleitung unverzüglich weitergeführt. Gegen Abend hatten sie das Schloss erreicht. Nach einer Stärkung, die Frau Bäumli servierte, verschwanden sie alle mit schmerzenden Gliedern in ihren Betten. Doch Puck schlief trotz seiner Müdigkeit nicht sogleich ein. Seine Gedanken waren wieder bei der Tante. Morgen also würde sie kommen ...

Schon zu sehr früher Stunde war Puck heute aufgestanden. Er hatte fest und gut geschlafen, doch es hatte ihn nicht länger in seinem Bett gehalten. Nun saß er hoch oben über dem Dach in seinem Mastkorb und spähte mit dem Fernrohr des Kapitäns in nordwestliche Richtung. Von dort, so hatte ihm der Zauberer gesagt, würde die Tante mit dem Ballon herankommen. Vor einer Stunde war die Sonne in östlicher Richtung hinter dem Horizont hervor gestiegen. Schon lange beobachtete Puck den unheimlich roten Himmel, der das Schauspiel ankündigte. Puck genoss das farbenprächtige Schauspiel mit unendlicher Freude im Herzen. Es erfüllten ihn große Spannung und Erwartung, und aufgeregt war er auch. Der Kontakt zu seiner Zeit war unterbrochen, doch schon bald würde er sich jederzeit wieder herstellen lassen. Puck wusste nicht, ob er sich darüber freuen oder ärgern sollte. Jetzt sehnte er erst mal die Ankunft der Tante herbei und sonst nichts. Wieder war eine Stunde verstrichen. Die Sonne stand jetzt schon ziemlich hoch am klaren, herbstlichen Himmel, doch außer ihr zeigte sich dort nichts. Ein paar Möwen vielleicht, aber von einem Ballon war weit und breit nichts zu sehen.

Endlich kam unten in die Häuser etwas Bewegung. Auch oben im Schloss regte es sich. Schließlich erschien der Kapitän auf der Veranda und reckte und streckte sich, wobei die alten Knochen gewaltig knackten. Puck konnte das bis hinauf zu seinem Ausguck hören.

„Guten Morgen, Kapitän!“, rief er hinunter, sehr froh darüber, endlich einen Gesprächspartner gefunden zu haben. Der Kapitän drehte sich verwundert um und schwenkte seinen Blick hinauf zum Dach. „Da bist du“, sagte er erstaunt, denn Puck gehörte nicht gerade zu den Frühaufstehern. „Hältst wohl Ausschau, ob sich uns Seeräuber nähern?“

„Nein, ich habe mir nur den Sonnenaufgang angesehen“, schwindelte er. Dabei wäre es höchste Zeit gewesen, dem Kapitän die Wahrheit zu sagen. Er musste die Geschichte endlich erfahren, um auf die Ankunft der Tante vorbereitet zu sein. „Warte mal, Kapitän, ich muss mit dir sprechen!“

Puck hatte sich doch entschlossen, die Sache gleich hinter sich zu bringen. Vorsichtig kletterte er vom Mastkorb herunter, denn er befand sich doch in einer ganz beträchtlichen Höhe. Der Kapitän kleidete sich inzwischen fertig an. Er erwartete Puck bereits, als dieser unten eintraf.

„Kapitän, ich muss dir ein Geheimnis anvertrauen“, begann er seine Beichte. „Wir bekommen heute Besuch ...“ Puck erzählte dem Kapitän seine Geschichte. Leider ließ es sich nicht umgehen, dass er den Kapitän auch über seine wirkliche Herkunft informierte.

„Das ist allerdings wirklich ein Ding“, sagte er, nachdem Puck zum Beweis den Liferecorder vorführte. Doch ein größeres Erstaunen ließ sich der Kapitän nicht anmerken. Vielleicht brauchte er auch ein wenig Zeit, um alles richtig zu begreifen.

Dass Puck von ihm weggehen musste, vielleicht schon bald, schmerzte ihn sehr, doch er zeigte es mit keiner Regung. Wie die Zeitreise von statten gehen sollte, konnte er sich beim besten Willen nicht vorstellen. Puck würde auf der Welt sein wie bisher, nur nicht auf dieser Welt, wie sie jetzt gerade war. Immer wieder hämmerte er sich gegen seine Stirn, das wollte der alte Kopf nicht fassen. Ein wichtiger Punkt war noch zu klären. Da die Tante glaubte, der Kapitän habe Puck entführt, musste sie unbedingt die Wahrheit über sein Verschwinden erfahren. Der Kapitän durfte ihn auf keinen Fall in Schutz nehmen wollen und etwa behaupten, er habe ihn geraubt. Das hätte nur zur Folge, dass die Tante keine Minute länger ihren Neffen in der Nähe des Kapitäns dulden würde. Von dem Trick, den Puck anwenden wollte, um doch noch etwas auf der Insel bleiben zu können, sagte er dem Kapitän allerdings kein Wort. Er wusste ja noch nicht, ob der Zauberer ihm tatsächlich noch einmal helfen würde. Er ließ Quo Vadis in dem Glauben, dass er bald in seine Zeit zurückkehren musste. Umso größer würde die Freude für ihn sein, wenn er doch noch blieb.

Professor Quasi klopfte von draußen an das Fenster: „Kommt ihr endlich? Wir wollen frühstücken!"

Damit war die Beichte für Puck zu Ende. Er hatte dem Kapitän mitgeteilt, was ihm mitgeteilt werden musste. Nun fühlte er sich leichter. Quo Vadis strich mit der Hand über Pucks Kopf, als wollte er damit sagen: Es ist schon alles in Ordnung. Dann standen sie auf und riefen Quasi zu: „Wir kommen schon, wir kommen!"

Gegen Mittag sprudelte in allen drei Behausungen das Wasser. Das heißt, es sprudelte nur, wenn man die alten, quietschenden Lenzpumpen von Quo Vadis Schiff betätigte. Aber immerhin, Professor Quasis Erfindung war wirklich eine tolle Sache. Gerade im bevorstehenden Winter würde sie sich so richtig bezahlt machen.

In den kleinen Pausen, die sie einlegten, war Puck immer wieder auf seinen Mastkorb hinaufgeklettert und hatte kurz durch das Fernrohr in östliche Richtung gespäht. Doch sah er immer noch nicht die Spur von einem Ballon. Puck konnte seine Aufregung über das bevorstehende Ereignis fast nicht mehr unterdrücken.

„Nun sag mal, Puck", fragte Frau Bäumli, „du bist ganz verändert, es scheint fast so, als wärest du sehr besorgt?"

Da konnte Puck nicht mehr länger an sich halten und erzählte auch ihr die ganze Geschichte. Mit keinem Wort verriet sie, dass auch sie aus der Zukunft gekommen war.

Am späten Nachmittag saßen sie alle auf Bäumlis Veranda und feierten ein wenig den erfolgreichen Bau der Wasserleitung. Doch so richtig gute Stimmung wollte nicht aufkommen. Sie waren alle sehr müde und erschöpft und genossen es jetzt, nur ruhig dazusitzen. Die Sonne verschwand gerade hinter den Baumwipfeln, doch dass es nun so plötzlich dunkel wurde, verstanden sie nicht. Sie reckten die Köpfe in die Luft. Gar nicht hoch über sich entdeckten sie einen riesengroßen Ballon, um den ein gewaltiger Albatros kreiste. Halteleinen wurden heruntergeworfen, die sie sogleich ergriffen. Gemeinsam zogen sie den immer noch in einigen Metern Höhe schwebenden Ballon zu einem ebenen Stück Erdboden und warteten darauf, dass er völlig hernieder sank.

Im Korb des Ballons steckten zwei Personen, die gezeichnet waren von den Strapazen der Reise. Man half ihnen, über den hohen Rand des Korbes zu steigen. Die ältere Dame, die sich fast ein wenig ängstlich in der Runde der Inselbewohner umblickte, war besonders erschöpft. Der junge Mann dagegen, der Ballonfahrer, sorgte sich um sein Fahrzeug. Es musste gut verankert werden.

Auf ein Zeichen hin sprangen ihm die anderen zur Hilfe. Nur Puck und Tante Magermilch hatten jetzt etwas anderes zu tun. Die Tante drückte den Jungen fest und schluckte dabei. Puck spürte, wie sehr sie durch sein Verschwinden gelitten hatte und tiefe Reue befiel ihn. Leider hielt diese Reue nicht lange an. Die Tante fingerte aus ihrer Reisetasche eine Flasche heraus, gefüllt mit einer weißen Flüssigkeit: „Hier Puck, trink einen Schluck Magermilch, es wird dir gut tun! Wir werden bald mehr davon haben. Der freundliche Zauberer kann sich nämlich in die Kuh der richtigen Rasse verwandeln. Ich wollte es erst nicht glauben, doch er kann es wirklich. Die Proben haben es bewiesen. Doch das ist noch nicht alles. Stell' dir vor, ich habe ihn überredet, dass er mir das Zauberkunststück beibringt. Wir haben ja bis zur Rückkehr deiner Eltern noch etwas Zeit. Er meint, dass ich es bis dahin erlernen kann. Bei uns zu Hause kann ich mit dieser Fähigkeit die ganze Magermilchbewegung auf den Kopf stellen. Alle werden kommen und die Kunst von mir erlernen wollen. Ich werde der bedeutendste Vertreter der Bewegung sein, das ist jetzt schon sicher."

Puck schlackerte mit den Ohren und holte tief Luft. Das hatte er nun wirklich nicht erwartet. Bereitwillig nahm er noch einen tiefen Schluck aus der Magermilchflasche, deren Inhalt sauer und ranzig schmeckte. Da hatte er sich solche Gedanken gemacht und nun regelte sich alles wie von allein.

16 Die unterirdische Welt der Insel

Die Tante und der Ballonfahrer waren beim König auf dem Schloss einquartiert worden. Es war das größte Gebäude und verfügte über genug freie Zimmer. Um eine Herberge für den Zauberer brauchte man sich nicht zu kümmern. Doch das wissen wir ja schon.

Gegen die Einquartierung der beiden Gäste in seinem Schloss hatte der König zwar keinen Widerspruch erhoben, doch man merkte ihm an, so richtig einverstanden war er nicht. Das änderte sich sehr schnell, als er merkte, dass durch die Anwesenheit der fremden Leute eine neue und ungeahnte Zerstreuung für ihn zu finden war. Da hätte er um keinen Preis mehr zugelassen, dass sie woanders einquartiert worden wären.

Die Tante übte in ihrem Zimmer sogleich wie besessen an dem Zauberkunststück. Der Zauberer fand in ihr den emsigsten und fleißigsten Lehrling, den er je gehabt hatte. Doch bevor an die Verwandlung in eine Kuh überhaupt zu denken war, musste sich die Tante erst mit den elementaren Dingen der Zauberei befassen. Dazu gehörte auch, eine Reihe sehr schwieriger Zauberformeln auswendig zu lernen. Diese merkwürdig anmutenden Worte und

Sätze hätten der Tante als modernem Menschen aus der Zukunft wie ein großer Humbug vorkommen müssen. Doch sie lernte sie mit der größten Ernsthaftigkeit, die man sich nur vorstellen konnte. Aber daran liegt das große Geheimnis jeder Zauberei, man muss an das, was man tut, fest glauben. Anders kann es nicht funktionieren. Bei den Übungsstunden war der König als Zuschauer geduldet. Auf diese Weise konnte er sich jederzeit die interessanteste Zerstreuung verschaffen, die je auf der Insel für ihn zu finden war.

Doch auch der Ballonfahrer trug zur Befriedigung seines wichtigsten Bedürfnisses bei. Fast täglich stieg er zusammen mit dem König zu einer kleinen Ausfahrt in den Himmel auf. Dieses Vergnügen wurde aber auch den anderen Inselbewohnern zuteil. Nur die Tante wollte vom Ballonfahren nichts mehr wissen. Das konnte man ihr angesichts der wochenlangen Überfahrt vom Festland zur Insel auch nicht verdenken.

Nach ein paar Tagen war alle Aufregung verflogen, die durch die Neuankömmlinge entstanden war. Jeder ging seinen Zielen, Neigungen und Beschäftigungen nach wie eh und je.

Quo Vadis schrieb an seinem Buch, Bäumli arbeitete in der Werkstatt, Frau Bäumli sorgte wie immer für das leibliche Wohl der Inselbewohner, der Zauberer widmete sich seiner neuen Schülerin und der König suchte wie immer Zerstreuung. Na, und die Kinder Puck, Vif, Professor Quasi und die Prinzessin trieben sich auf der Insel herum, mal hier, mal dort.

Nur der Ballonfahrer, ein junger Mann namens Balloni, stand vor einem großen Problem. Seine Aufgabe war mit der erfolgreichen Landung auf der Insel eigentlich beendet. Doch zurückkehren und an der Vervollkommnung seiner Erfindung arbeiten konnte er im Moment leider nicht. Sein Fahrzeug, so genial es auch war, hatte leider einen Mangel. Es ließ sich nicht dahin steuern, wohin er wollte. In den Himmel aufsteigen konnte er jederzeit, doch zum Fahren benötigte er den Wind, und der bestimmte immer noch die Richtung, in die er fuhr. Die Reise zur Insel war auch nur deshalb gelungen, weil der Zauberer mit seinen Fähigkeiten als Zugvogel geholfen hatte. Sicher war er auch bereit, dem Ballonfahrer bei der Rückfahrt zu helfen. Doch in der anbrechenden Herbstzeit wehten viele Stürme, die einem Ballon sehr gefährlich werden konnten. Balloni musste also warten, bis ruhigeres, winterliches Wetter eintrat.

Professor Quasi waren die Schwierigkeiten des Ballonfahrens nicht entgangen. Er hatte große Freude an der Erfindung seines Kollegen. Fortan grübelte er heimlich darüber nach, was zu verbessern wäre. Doch im Moment wollte ihm noch nichts Brauchbares einfallen. Balloni kontrollierte täglich seinen gut verankerten Ballon. Das kostbare Gas im Innern der Hülle durfte auf keinen Fall entweichen. Sollte das passieren, säße er endgültig auf der Insel fest. Nach dem Kontrollgang zu seinem Fahrzeug ging er hinüber zum emsig schreibenden Kapitän. Dieser freute sich über den Besuch des Ballonfahrers, vor dem er große Achtung hatte. Bereitwillig erzählte der Kapitän seinem Gast, was er hier tat, wie er auf die Insel gekommen war, was er mit den anderen schon alles erlebt hatte und noch vieles mehr. Der Ballonfahrer hörte aufmerksam zu. Am meisten interessierten ihn natürlich die Abenteuer des Kapitäns, die dieser jetzt aufschrieb.

„Wenn Sie möchten“, sagte Quo Vadis, „dann gebe ich Ihnen das Manuskript der fertigen Kapitel. Die können Sie mit ins Schloss nehmen und dort in Ruhe lesen.“

„Sehr gern, Kapitän“, entgegnete Balloni, „ich bin schon so neugierig darauf, dass ich es kaum erwarten kann. Nachdem ich ein paar Mal auf Ihrem Schiff gewesen bin und dort alles bestaunt habe, wollte ich es gar nicht glauben, dass Sie hier auf der Insel anzutreffen sind. Der Zauberer bat mich nämlich im Interesse ihrer Sicherheit, niemandem auch nur ein Wörtchen davon zu erzählen.“

„Sie waren auf meinem Schiff?!“, fragte der Kapitän erstaunt und kratzte sich am Kinn. „Wie geht das denn zu?“

„Wieso, das wissen Sie nicht? Ach ja, richtig, wie sollten Sie auch davon erfahren haben. Ihr altes Seeräuberschiff ist vor einiger Zeit gefunden worden. Ihr Verfolger Policek nahm es in Schlepp und übergab es als Beweisstück. Der üble Zustand des Schiffes ließ für ihn nur eine Schlussfolgerung zu. Sie sind überfallen und ausgeraubt worden."

„Es war meine Absicht, diesen Eindruck zu erwecken. Doch weiter, wie kamen Sie auf mein Schiff?"

„Nun ganz einfach, jeder kann da jetzt rauf. Ihr Schiff wurde wieder völlig hergestellt und wird im Polizeimuseum der Öffentlichkeit gezeigt. Seeleute und auch andere Leute können das Schiff des berühmten Seeräuberkapitäns Quo Vadis gegen ein geringes Entgelt besichtigen."

„Sie schmeicheln mir, Balloni. Die Nachricht, dass mein Schiff wieder hergestellt ist, freut mich sehr. Schön, dass der alte Kasten das noch erleben darf."

„Ich schmeichle nicht, Kapitän, es ist so, sie sind eine Berühmtheit. Jedes Kind kennt ihren Namen und spielt nichts lieber als Seeräuberspiele, und das glücklichste von ihnen darf der Kapitän Quo Vadis sein. Übrigens hat man auf dem Schiff überall furchterregende Wachsfiguren aufgestellt, die die Seeräuber darstellen sollen. Auch Sie hat man nachgebildet. Das Kunstwerk ist in der Kapitänskajüte an einem Schreibtisch sitzend zu bewundern. Doch jetzt, da ich Sie wirklich kenne, muss ich sagen, dass da dem Betrachter ein tüchtiges Märchen aufgetischt wird."

„Wieso?"

„Die Figur ist die reinste Übertreibung. Sie sind alt, klein und dick, haben kurze Beine und Arme. Der aus Wachs dagegen ist ein schlanker Kerl, groß, jung und bärenstark, so scheint es."

„Schon gut, schon gut. Ich kann es mir genau vorstellen. Macht aber nichts, sollen sie doch daran glauben. Ich bin eben, wie ich bin, und ich sehe so aus, wie sie mich hier sehen."

„Verzeihen Sie, Herr Kapitän!“, versuchte der Ballonfahrer seine Unbedachtsamkeit zu entschuldigen.

„Macht ja nichts, Balloni. Ich weiß ja, dass ich eher wie ein Koch oder ein Zuckerbäcker aussehe, aber darauf kommt es glücklicherweise nicht an.“

„Beileibe nicht, Kapitän. Die Leistung eines Mannes ist entscheidend und sonst nichts. Doch jetzt will ich mich auf den Weg machen und endlich ihr Manuskript lesen.“

Schon seit Tagen lungerten Puck und Professor Quasi in Bäumlis Werkstatt herum und löcherten ihn wegen der unterirdischen Höhle. Man könne ihre Erforschung nicht länger hinausschieben, meinten sie.

Doch Bäumli hatte gerade eine Sache in Arbeit, die keine Unterbrechung zuließ. Er versprach jedoch, sobald er damit fertig sein würde, die Erforschung der Höhle zu beaufsichtigen.

„Da können wir noch lange warten“, sagte Puck hinter vorgehaltener Hand zu Professor Quasi. Und dann, als sie enttäuscht die Werkstatt wieder verlassen hatten: „Wir sollten die Angelegenheit selber in die Hände nehmen, was kann schon passieren?“

„Vielleicht hast du gewissermaßen Recht. Wenn etwas schief geht, können wir ja immer noch die Hilfe der anderen in Anspruch nehmen.“

Sie schlugen ihre Jackenkragen höher, denn es wehte jetzt fast ständig eine kräftige Brise und Regenschauer peitschten über die Insel. Der Herbst war schon eine unangenehme Jahreszeit, wenn er sich so gebärdete.

Sie hatten das umzäunte Loch erreicht.„Was meinst du, packen wir es an?“, fragte Puck seinen Freund.

„Ich bin dabei“, ließ sich Quasi vernehmen.

„Gut, komm, gehen wir und besorgen uns die notwendigen Geräte. Wir brauchen ein gutes Seil, eine Lampe und für den Notfall

Proviant und Wasser. Ich denke, wir losen aus, wer von uns beiden hinuntersteigt und wer oben am Seil sichert."

„Einverstanden!"

Kurz darauf hatten sie sich die Dinge besorgt. Das Los hatte für Quasi entschieden, er musste also hinunter. Bei dem Wetter war nicht damit zu rechnen, dass irgendjemand auf der Wiese auftauchte. Balloni, der König, der Zauberer, die Tante und die beiden Mädchen waren im Schloss. Quo Vadis saß in seinem Haus und Bäumli arbeitete deutlich hörbar in seiner Werkstatt. Frau Bäumli kochte. Das sahen sie an den Rauchwolken, die aus dem Küchenschornstein quollen.

„Also los, Quasi, viel Glück, und sei vorsichtig!"

„Gewissermaßen", sagte er, band sich das Seil um die Hüfte und stieg in das Loch. Puck gab Meter für Meter vom Seil zu, dessen Ende er gut an einem der Pfähle befestigt hatte. Erst als das ganze immerhin sehr lange Seil hinabgelassen war, hatte Quasi festen Boden unter den Füßen. Puck beugte sich über das Loch. „Bist du unten?"

„Ja!", vernahm er laut und deutlich Quasis Stimme und sah in der Tiefe den schwachen Lichtschein der Laterne. „Es ist gewissermaßen unglaublich hier unten, toll und ganz verrückt. Lass das Seil hier hängen und warte, ich begebe mich jetzt auf Erkundungsgang."

„Gut, aber sei vorsichtig und pass auf, dass du dich nicht verläufst."

Puck sah noch den Lichtschein verschwinden, dann war es dunkel. Er zog seine Mütze noch tiefer ins Gesicht. Der Nieselregen war wirklich unangenehm. Er hockte sich auf einen Stein und lehnte den Rücken an einen Pfosten der Umzäunung. Auf der Wiese war es still. Nur das leise Rauschen des Regens war zu hören. Der Wind hatte sich gelegt. Vom Schloss klangen jetzt leise Flötentöne herüber. Wahrscheinlich übte Vif mit den anderen ein neues Stück ein. Hoffentlich kam sie nicht auf die Idee, Puck und Quasi dafür zu holen. In Quo Vadis' Arbeitszimmer brannte ein Licht, das einen warmen Schein auf der Wiese erzeugte. Puck konnte es von seinem Platz aus deutlich sehen. Wie fleißig der Kapitän doch arbeitete. Er nahm sich vor, sobald er in seine Zeit zurückgekehrt war, auch so fleißig an der Verwirklichung seiner Ziele zu arbeiten. Immerhin hatte er doch jetzt einen Grund mehr, möglichst bald seinen Doktor zu machen. Nur dann würde er zur Insel zurückkehren können, allein und immer dann, wann er es wollte.

Die Zeit floss träge dahin. Hin und wieder lauschte er an der Öffnung und rief sogar hinunter: „Quasi, bist du wieder da?“ Keine Antwort. Nach einer Weile stand er auf und vertrat sich die Beine. Es wurde immer kühler und die Dämmerung zog herauf. Ein klarer Himmel überspannte jetzt die Insel.

„Quasi, bist du da?“ Keine Antwort.

Puck wurde unruhig. Als sich nach einer Viertelstunde immer noch nichts rührte, beschloss er zu handeln. Selber hinuntersteigen konnte er nicht, damit wäre Quasi nicht geholfen, falls er sich in einer Notlage befand. Puck musste wohl oder übel Bäumli die Sache beichten.

„Quasi, hörst du mich?!“, schrie er in das Loch, doch Quasi meldete sich immer noch nicht. Das war der letzte Versuch. Schon rannte Puck zur Werkstatt. Bäumli hatte die Lage sofort erkannt. Er ließ alles liegen und stehen und ging mit.

„Wir brauchen noch einen kräftigen Mann. Ich denke da an den Ballonfahrer. Ich werde zum Schloss laufen und ihn um Hilfe bitten. Du gehst zum Kapitän und holst noch ein Seil und eine Laterne.“

Kurz darauf war die ganze Inselgesellschaft am Loch versammelt. Alle schnatterten aufgeregt durcheinander, jeder machte Vorschläge.

„Ich steige hinunter“, sagte Bäumli. „Sie werden sichern, Balloni.“ Balloni nickte und griff sich das Seil. In dem Moment jedoch, als Bäumli seinen Fuß in die Öffnung setzte und hinabsteigen wollte, vernahmen sie Quasis Stimme. Sie kam aber nicht aus dem Loch, sondern von hinten, von der Wiese.

„Hier bin ich, hier! Es ist einfach phantastisch da unten, gewissermaßen!“

Puck eilte Quasi entgegen und umarmte den Freund. „Mensch hatte ich eine Angst um dich! Wo warst du denn?“

Alle umringten den Professor und schimpften auf ihn ein, wie leichtsinnig er gewesen wäre, so einfach in dieses Loch zu steigen.

„Das ist doch nichts, gewissermaßen. Ich bin ja wieder da“, wehrte er ab.

„Nun erzähl aber, wie bist du wieder heraufgekommen ohne unsere Hilfe?“

„Ganz einfach. Zuerst befand ich mich in einem riesengroßen Raum. Überall glitzerte und funkelte es, dass einem die Augen wehtaten. Das Glitzern kommt wohl von den Kristallen, die überall an der Oberfläche wachsen. Ich durchschritt den Raum. In einer Ecke entdeckte ich einen schmalen Gang. Ich zwängte mich hindurch. Nach einer Weile wurde der Gang breiter und, ihr werdet es nicht glauben, ein zweiter noch viel größerer, aber ganz anders gearteter Raum tat sich vor mir auf. Überall standen dicke Säulen, auch von oben ragten welche herunter, von denen es unablässig tropfte. Der Raum war fast hundert Meter breit!

Da entdeckte ich einen neuen Gang. Ich ging hinein und gelangte nach einer ganzen Weile in einen dritten, noch viel größeren Raum. Er war so gewaltig groß, dass das Licht der Laterne nicht von einem zum anderen Ende gelangte. Hier war wieder alles ganz anders. Ich entdeckte einen neuen Gang und trat hinein. Da fiel mir ein, dass ich an den Rückweg zu denken hatte und mich nicht verirren durfte. Ich hatte mir den Weg jedoch genau eingeprägt, so dass ich mich doch weitergetraute.

Je tiefer ich in diesen letzten Gang hineinlief, umso deutlicher hörte ich ein seltsames aber irgendwie bekanntes Rauschen. Das machte mich neugierig und ich wagte mich immer tiefer in den Gang hinein. Plötzlich stand ich in einem vierten Raum. Dort war das Rauschen ganz deutlich zu hören und es wehte ein starker Luftzug. Der Raum war so groß, dass ich sein Ende nicht erkennen konnte. Ich beschloss umzukehren.

Da blickte ich nach oben und sah viele kleine Lichter, wie Sterne. Sterne! Das waren Sterne. Da kam ich endlich darauf. Ich war ins Freie gelangt. Vor mir lag das Meer. Das war es, was so rauschte. Ich markierte die Stelle und versuchte dann mich zu orientieren. Zweifelsohne, das war der Südstrand. Ich lief am Ufer entlang bis zur Seilbahn, holte mir die Gondel herunter und fuhr hinauf – und da bin ich!“

Die anderen hatten Quasis Bericht fasziniert gelauscht. Keiner hätte gedacht, dass die Insel solch eine phantastische Innenwelt besaß.

„Morgen können alle da rein“, Quasi deutete auf das Loch in der Umzäunung. „Doch nicht hier hinunter, wir fahren mit der Gondel zum Strand und spazieren gemütlich hinein. Ich zeige euch den Weg. Auf morgen also.“

Damit ließ er die anderen verdutzt dreinblickend stehen.

17 Winterfreuden

Einige Wochen nach der Höhlenerforschung durch Professor Quasi gelang es der Tante Magermilch zum ersten Mal, wenigstens einen Körperteil in den einer Kuh zu verwandeln. Sie hatte es durch unablässiges Üben geschafft, ihren Kopf mit dem einer Kuh zu vertauschen. Man kann sich denken, wie merkwürdig die Tante so aussah. Für Puck war das ein sicheres Zeichen, dass nun bald mit weiteren Erfolgen zu rechnen war.

„Keine Angst, Puck“, hatte ihm der Zauberer versichert, „vor dem nächsten Frühling wird deiner Tante das ganze Verwandlungskunststück nicht gelingen.“ Puck war beruhigt. Nun hatte er die Gewissheit, bis zur Rückkehr seiner Eltern tatsächlich auf der Insel bleiben zu können.

In der Natur gingen große Veränderungen vor sich. Alle Bäume hatten ihre Blätter verloren. So waren sie auf den nahen Winter gut vorbereitet. Es vergingen noch ein paar Wochen mit wechselhaftem Wetter, dann schneite es.

Die kalte Jahreszeit veränderte das Leben der Inselbewohner sehr. Jeder saß jetzt am liebsten in seiner Behausung, wo es warm und gemütlich war. Bäumli hatte schon lange vor dem Wintereinbruch dafür gesorgt, dass jedes Haus ausreichend mit Brennholz eingedeckt war. Mit der Wasserversorgung gab es ebenfalls keine Probleme. Quasis Erfindung bewährte sich jetzt bestens. Nach wenigen Tagen war die Insel in eine dicke Schneedecke eingehüllt. Für die Kinder brachte das neue Freuden. Schneeballschlachten, Schlittenfahrten und Schneemannbau standen jetzt auf der Tagesordnung. Quasi fand heraus, dass man bei diesem Wetter die Wasserschuhe auch auf dem Land benutzen konnte. Als der Kapitän Wind davon bekam, war er nicht mehr zu halten. Wenigstens eine Stunde am Tag verschaffte er sich auf diese Weise etwas Bewegung, rutschte auf der Insel herum, so dass bald überall die Spuren seines Tuns in den Schnee gezeichnet waren.

Bäumli baute den Kindern vier Schlitten, so dass sie den lieben langen Tag rodeln konnten. Auch der Zauberer trug zu den Winterfreuden der Kinder etwas bei. Er verwandelte sich in ein Pferd und zog die vier aneinander gebundenen Schlitten, auf denen die Kinder saßen, im Galopp über die verschneite Wiese. Die Prinzessin war anfangs etwas ängstlich, doch als sie die erste Fahrt gut überstanden hatte, konnte ihr das Tempo nicht schnell genug sein.

Kapitän Quo Vadis erhielt des Öfteren Besuch von Balloni. Jener hatte sich ein paar Bögen Papier geben lassen und war damit ins Schloss zurückgeeilt. Am nächsten Tag kam er wieder und bat den Kapitän um neues Papier. Quo Vadis dachte natürlich, der Ballonfahrer habe auch zu schreiben begonnen, doch etwas anderes war der Fall. Bei seinem dritten Besuch kam die Sache endlich heraus. Balloni hatte das Manuskript des Kapitäns begeistert gelesen, nur, so fand er, wären unbedingt ein paar Bilder als Illustration zu den Geschichten notwendig. Da er sich sehr gut auf das Zeichnen verstand, hatte sich Balloni gleich nach dem Lesen an die Arbeit gemacht und ein paar Zeichnungen zur Probe fertiggestellt. Es waren sehr feine Arbeiten, mit Tusche und Feder gezeichnet. Der Kapitän hielt sie ehrfürchtig in seinen Händen und betrachtete sie lange. Dann klatschte er sich vor Begeisterung auf seine Schenkel, denn das war nach seinem Geschmack.

„Sie haben alles wirklich so getroffen, wie es war. Machen Sie noch mehr davon, ich freue mich riesig!"

„Gern", sagte Balloni, „ich habe hier sowieso keine richtige Aufgabe. Da will ich die Zeit gerne nutzen und noch einige Zeichnungen für sie anfertigen. Nur, eine Sache möchte ich mit Ihnen besprechen. Sehen Sie, bis jetzt habe ich nur das Schiff und ein paar Dinge drum herum gezeichnet. Doch ich finde, es sollten auch ein paar Bilder von Ihnen dabei sein.

„Nichts dagegen", sagte der Kapitän, „wo liegt das Problem?"

„Draußen in der Welt glaubt man natürlich, dass Sie so aussehen wie diese Wachsfigur auf dem Schiff im Polizeimuseum. Wollen wir die Leute in dem Glauben belassen, oder sollen sie die Wahrheit erfahren?"

Der Kapitän kratzte sich am Kinn. „Das ist wirklich ein Problem!" Quo Vadis dachte nach. Einen Moment lang freundete er sich mit dem Gedanken an, so wie der Wachskollege zu erscheinen. Doch dann musste er an seine Worte denken, die er dem Quasi sagte: Nicht das Aussehen eines Mannes ist entscheidend, sondern das, was er tut. „Machen Sie mich so, wie ich bin. Ob's die Leute nun glauben oder nicht, ich sehe eben so aus und nicht anders!"

Damit war das Problem aus der Welt und der Kapitän fühlte sogar eine gewisse Erleichterung. „Übrigens", sagte er dann, „Sie werden doch die Insel wieder verlassen, sobald es Wind und Wetter erlauben?"

„Wenn mein Fahrzeug die lange Ruhezeit gut übersteht, werde ich die Insel wieder verlassen, Kapitän. Die Fahrt hierher war ein harter, aber guter Test für mein Fahrzeug. Es hat sich gezeigt, wo noch etwas an ihm verbessert werden muss. Daran möchte ich arbeiten, sobald ich hier wegkann. Doch dafür brauche ich mildes Wetter. Eine Fahrt von solcher Länge in dieser eisigen Luft ist nicht durchführbar. Ich muss mich also noch gedulden und warten."

„Ist schon klar", sagte der Kapitän. „Ich habe eine große Bitte an Sie, da Sie ja der einzige sind, der die Insel wieder verlassen wird."

„Sprechen Sie, Kapitän. Wenn ich helfen kann, werde ich es gerne tun."

„Gut Balloni, ich danke Ihnen. Es handelt sich nämlich um mein Buch. Wenn es ein paar mehr Leute lesen sollen als bisher, dann muss es ans Festland. Dort gilt es dann einen Verleger zu finden, der es drucken lässt. Ich kann mich nicht selber darum kümmern, weil ich ein gesuchter Räuber bin. Außerdem möchte ich wirklich lieber hier bleiben und nur noch ein alter Mann sein. Das Buch war die letzte Aufgabe, die ich zu leisten im Stande war. Ich will meinen Lebensabend endlich beginnen lassen, auf der Veranda sitzen, ab und zu mit Bäumli ein Schwätzchen führen, vielleicht noch ab und zu mit meinen Wasserschuhen über das Wasser gleiten und sonst nichts."

„Das kann ich verstehen", sagte der Ballonfahrer. „Ich will es gerne übernehmen, für das Buch zu sorgen. Es wird nicht schwer sein, alles zu regeln. Ihr Roman wird sicher ein Knüller!"

„Darauf kommt es mir gar nicht an", erwiderte der Kapitän bescheiden. Es sollen nur ein paar mehr Leute die Wahrheit über die Seeräuberei erfahren und erleben können, welchen Spaß man dabei haben kann. Sicher, etwas Geld wird durch den Verkauf der Bücher schon hereinkommen, doch dafür hätte ich keine Verwendung."

„Etwas Geld? Ich denke, Sie könnten ein Vermögen damit machen!"

„So, glauben Sie das wirklich?“ Der Kapitän kratzte sich am Kinn. Dann sagte er: „Nehmen Sie die Hälfte des Erlöses und stecken Sie ihn meinetwegen in ihre Erfindung. Sie haben durch ihre Zeichnungen sowieso einen Anteil verdient. Die andere Hälfte soll an ein Heim für bedürftige Seeleute gehen. Damit genug von geschäftlichen Dingen, die waren mir schon immer lästig.“

Der Ballonfahrer war sehr überrascht und bedankte sich herzlich beim Kapitän. Er hatte nicht erwartet, dass seine Reise zu dieser Insel auch dazu dienen würde, neues Geld für die Weiterentwicklung seiner Erfindung zu beschaffen. Vielleicht konnte er einen zweiten, noch viel größeren Ballon davon bauen.

„Gut, dann sind wir uns einig.“ Der Kapitän reichte Balloni die Hand, um das Abkommen zu besiegeln. „Darauf müssen wir aber ein Glas Rum trinken, finden Sie nicht auch?“

Es schneite wieder. Es schneite so sehr, dass der Schnee bald bis an die Unterkanten der Fenster heranreichte. Nur mit den Wasserschuhen war eine Fortbewegung draußen noch möglich. Ohne sie wäre der Spaziergänger unweigerlich bis zum Bauch in den Schnee eingesunken. An Schlittenfahrten war deshalb im Moment nicht zu denken. Die Kinder hatten sich im Königsschloss einquartiert, weil da immer noch am meisten los war.

Quo Vadis saß in seinem Haus und schrieb, da konnten sie sowieso nicht stören. Bäumli hatte sich ganz und gar in seine Werkstatt zurückgezogen und mehr, als ihm bei der Arbeit zusehen, konnten sie dort nicht. So vertrieben sie sich die Zeit beim König, der für jede Gesellschaft dankbar war. Nach drei Tagen hatten sie die Stubenhockerei jedoch satt. Aber wie sollten sie sich draußen bewegen bei dem vielen Schnee? Ihn mit der Schaufel zu beseitigen, wäre eine riesengroße Plackerei gewesen.

Doch da kam Professor Quasi eine Idee: „Wir sollten Veni Vidi Vici bitten, sich in einen Elefanten zu verwandeln. Diese Tiere haben gewissermaßen gewaltige Kräfte und dazu riesengroße Füße. Wenn so ein Elefant ein wenig draußen herum trampelt und sich vielleicht auch mal auf die Seite legt, dann ist anschließend von dem Schnee bestimmt eine ganze Menge so zusammengedrückt, dass wir wieder gewissermaßen prima mit dem Schlitten fahren können."

Die anderen fanden Quasis Idee sehr gut. Er fragte seinen alten Meister, ob er ihnen helfen könnte.

„Kein Problem Kinder", sagte der nur und ging mit ihnen vor die Tür.

„Geht ein wenig zur Seite, ich weiß nicht, wie man sich als Elefant im Schnee so fühlt. Ich werde erst einmal für einen guten Weg zwischen den Häusern sorgen. Dann könnte ich den Schnee auf dem Hügel um Quo Vadis' Haus planieren, damit ihr dort wieder mit dem Schlitten fahren könnt. Bleibt am besten hier stehen, ich glaube, wenn ich richtig in Fahrt komme, ist es besser, großen Abstand zu mir zu haben."

Der Zauberer trat noch ein paar Schritte vor das Schloss, dann verwandelte er sich. Es war ihm gelungen, ein wirklich riesengroßes Exemplar von einem Elefantenbullen zu werden, den zwei herrliche Stoßzähne zierten, jeder fast zwei Meter lang. Eine Weile stand er reglos da. Anscheinend musste er sich erst an das Gefühl gewöhnen, ein Elefant zu sein und solche Riesenkräfte zu besitzen. Doch dann ging die Post ab.

Wie eine schwere Planierraupe stapfte er langsam aber unaufhaltsam zum Haus des Kapitäns hinauf und dann weiter bis zu Bäumli. Die Schneemassen bildeten für ihn überhaupt kein Hindernis. Schon nach dem ersten Durchgang war eine breite Spur in den Schnee getreten, in der man ganz gut hätte laufen können. Als der Zauberer viermal hin und her gegangen war, verband die Häuser ein breiter, glatter Weg, der sogar mit einem Wagen befahrbar gewesen wäre. Dann kam der Rodelhügel an die Reihe. Das war ein Schauspiel für sich, denn der Zauberer bewerkstelligte diese Arbeit auf folgende Weise: Langsam stapfte er den Hügel hinauf, legte sich oben hin und kullerte dann, auf der Seite liegend, wie ein großer, schwerer Stein hinunter. Die Kinder spürten den Boden unter ihren Füßen beben, so gewaltig kullerte der Zauberer hinab. Es sah so aus, als hätte er großes Vergnügen daran.

Aufgeschreckt von dem Getöse und Gestampfte erschienen alle Inselbewohner in ihren Haustüren. Sie winkten sich gegenseitig zu und riefen Grüße. Als sie entdeckten, dass es wieder einen Weg zwischen den Häusern gab, liefen sie los, um sich zu begrüßen. Sie hatten sich ja mehrere Tage nicht gesehen.

Inzwischen war der Zauberer mit seiner Arbeit fertig. Als Zeichen dafür streckte er den Rüssel hoch in die Luft und schmetterte einen kräftigen Trompetenton in die Stille der verschneiten Insel. Dann verwandelte er sich zurück und begrüßte seinerseits diejenigen, die er ein paar Tage nicht gesehen hatte. Die Kinder holten sogleich ihre Schlitten. Endlich hatten sie wieder den notwendigen Platz, den Kinder zum Herumtoben brauchen.

Die Weihnachtszeit kam heran, die Zeit der Heimlichkeiten und Überraschungen. Sie hatten beschlossen, den Heiligen Abend gemeinsam zu verbringen. Das sollte im Schloss geschehen, da nur dort der Platz dafür ausreichte. Jeder bastelte in aller Stille und Heimlichkeit an kleinen Geschenken. Bäumli hatte an der Werkstatttür ein Schild angebracht, auf dem stand: Eintritt streng verboten! Hinter der Tür hörte man ihn laut herum klopfen. Mehr war über sein Tun nicht herauszubekommen. Frau Bäumli erhielt jetzt besonders oft Besuch von den Kindern. Ihre Küche war erfüllt von den Düften der Weihnachtsbäckerei, die überall auf der Welt die Kinder um diese Zeit anlocken.

Bald war der große Tag gekommen. Schon am Morgen begannen alle mit den Vorbereitungen für das Fest. Nur der König saß, wie immer bei solchen Gelegenheiten, gelangweilt auf seinem

Thron und gab nur überflüssige Anweisungen. Wahrscheinlich war er schon zu alt, um sich doch noch zu ändern. Die Prinzessin dagegen war bemüht, den anderen nach Kräften zu helfen. Bäumli spazierte mit den Wasserschuhen in den Wald, um einen Weihnachtsbaum zu fällen. Er suchte eine ganze Weile, denn der Baum sollte nicht zu groß und doch schön gewachsen sein. Endlich hatte er ihn gefunden, geschlagen und ins Schloss gebracht. Dort steckte er ihn in einen selbstgebauten Weihnachtsbaumständer und überließ ihn den Kindern, die den Baum unbedingt selber schmücken wollten. Sie kramten in allen möglichen und unmöglichen Ecken der Häuser, um geeigneten Baumschmuck zu finden. Richtige Weihnachtskugeln gab es auf der Insel leider nicht. Und so sehr sie auch suchten, es ließ sich nichts Geeignetes finden. Glücklicherweise kam Professor Quasi die rettende Idee. Er hatte wirklich für jedes Problem eine Lösung parat, eine Eigenschaft, die den guten Erfinder eben auszeichnet.

„Wir sind vielleicht blöde", rief er, wobei er sich mit der Hand an die Stirn tippte. „Wir suchen hier herum, wo doch auf der Insel Baumschmuck zu finden ist, mit dem man alle Tannenbäume hier behängen könnte!"

Die Kinder sahen sich an: „Woran denkst du, Quasi?"

„Ich denke an die Schatztruhen unseres Königs. Da sind so viele Ketten, Ringe und Geschmeide drin, dass wir nicht nur alle Tannenbäume, sondern den gesamten Wald damit schmücken könnten."

Da schob sich die Prinzessin in den Vordergrund. „Das übernehme ich. Ich werde meinen Vater schon dazu überreden, dass er uns etwas von dem Zeug herausrückt. Wartet hier, ich bin gleich zurück." Schon sprang sie davon, offensichtlich glücklich darüber, auch einmal durch ihren Einsatz etwas beitragen zu können. Kurz darauf kehrte sie von dem Gespräch mit ihrem Vater zurück: „Wir bekommen, was wir brauchen. Mein Vater hat nichts dagegen, wenn wir uns etwas von seinen Schätzen ausborgen."

Zusammen öffneten sie die schweren Deckel der Holztruhen, die Bäumli gebaut hatte und suchten heraus, was sie als Baumschmuck für geeignet hielten. Glücklich zogen sie dann mit den glitzernden Kostbarkeiten zum Schloss und behängten den Baum. Puck hatte noch einige Kerzen aus den Beständen vom Schiff organisiert, so dass die Dekoration des Baumes vollends gelang.

Eine besonders schwierige Aufgabe hatten Balloni und Kapitän Quo Vadis übernommen. Sie waren gleich am Morgen mit dem Ballon gestartet, um über dem Meer zu fischen. Eine besonders lange Leine, die mit dem Ballon verbunden war, sollte ihn in Inselnähe halten. Balloni steuerte sein Fahrzeug so, dass es nur wenige Meter über der Wasseroberfläche schwebte. Sie warfen mehrere Angeln aus und warteten. Es dauerte gar nicht lange, da waren einige größere Brocken aus dem Wasser gezogen. Nach einer Stunde hatten sie genug Fisch für die Feiertage gefangen, sogar noch etwas mehr. Dann war es höchste Zeit, dass sie an Land zurückkehrten und die steif gefrorenen Glieder am Kamin wieder erwärmten. Frau Bäumli und Tante Magermilch begannen nach der Rückkehr der beiden Fischer sogleich mit der Zubereitung des Fanges.

Schon war der Abend heran. Jeder zog sein bestes Kleidungsstück an, um dem festlichen Anlass zu entsprechen. Genüsslich verspeisten sie den Fang der beiden Ballonfischer, der wirklich köstlich zubereitet war. Balloni und Quo Vadis zitterten immer noch ein bisschen, so hatten sie sich ausgekühlt. Glücklicherweise besaß der Kapitän noch große Mengen Rum, so dass er auch für eine innere Erwärmung sorgen konnte. Nach dem Essen fand die Bescherung statt. Bäumli stand von der Tafel auf und ging hinaus. Kurze Zeit danach klopfte es kräftig gegen die Tür. Da keiner so recht wusste, was zu tun war, rief Quo Vadis mit seiner kräftigen Stimme: „Herein!“

Die Tür öffnete sich, und der Weihnachtsmann trat ein. Genauer gesagt, es war natürlich Bäumli, der sich als solcher verkleidet hatte. Jeder sah das sofort, doch keiner ließ sich etwas anmerken. Alle taten so, als wäre das wirklich der Weihnachtsmann. Sogar die Kinder spielten mit, obwohl keines von ihnen mehr an ihn glaubte.

Bäumli tapste besonders theatralisch herein und ließ einen prall gefüllten Sack auf den Boden plumpsen. In diesem Moment kam dann doch etwas Spannung auf, denn offensichtlich waren da die Geschenke drin, die es nun gleich geben sollte.

Bäumli sprach mit verstellter Stimme: „Von weit komme ich her und bringe euch die Gaben zum Weihnachtsfest. Doch halt, was ist das? Ich sehe die Kerzen gar nicht brennen."

In der Tat. Sie hatten vergessen, die Kerzen an ihrem Weihnachtsbaum anzuzünden. Bäumli war das eben aufgefallen, als er mit einem verstohlenen Blick den Wuchs des Baumes noch einmal überprüfte. Balloni sprang auf, eilte zum Baum und entzündete die Kerzen.

Da geschah etwas Wunderbares. Die tausend mal tausend Edelsteine, klein wie Wassertropfen, die in den Ketten und Geschmeiden verarbeitet waren, funkelten und glitzerten, dass es eine unbeschreibliche Pracht war. Jeder war von diesem Anblick gefangen. Bäumli versuchte, nachdem er sich an dieser Schönheit sattgesehen hatte, die Aufmerksamkeit der Weihnachtsgesellschaft wieder auf sich und die Geschenke zu lenken. Er schnürte den Sack auf und griff hinein. Nach und nach holte er kleine, hübsch verpackte Geschenke hervor und rief den Namen desjenigen auf, für den es bestimmt war. Der Spaß, der dabei aufkam, wuchs von Geschenk zu Geschenk. Der Aufgerufene, egal, ob alt oder jung, musste vor zum Weihnachtsmann treten und ein Lied singen oder ein Gedicht aufsagen. Worauf ihm dann das Geschenk überreicht wurde. Die meisten Geschenke bekamen natürlich die Kinder und es waren Sachen dabei, von denen sie schon lange geträumt hatten.

Später am Abend, als alle Geschenke ausgepackt und ausgiebig besichtigt worden waren, gab es noch reichlich von Frau Bäumlis

Weihnachtsgebäck, dazu heißen Tee oder Kaffee. Quo Vadis goss sich heimlich einen kräftigen Schluck Rum in seinen Tee.

Der schöne Abend ging viel zu schnell vorbei. Bald war es Mitternacht und eine angenehm wohlige Müdigkeit machte sich unter den vom Weihnachtsfest berauschten Inselbewohnern breit. Draußen begann es zu schneien. Es sah fast so aus, als müsste sich der Zauberer bald wieder in einen Elefanten verwandeln.

18 Abschied

Ein neues Jahr war gekommen. Sie hatten es mit einer zünftigen Silvesterfeier begrüßt und sogar ein richtiges kleines Feuerwerk mit den alten Leuchtraketen von Quo Vadis' Schiff auf den mitternächtlichen Himmel gezaubert.

Seitdem waren schon wieder viele Wochen vergangen. Der Winter neigte sich langsam seinem Ende entgegen. Die Temperatur kletterte am Tage schon auf weit über Null. Überall tropfte es von den Bäumen und Büschen, denn nun taute der Schnee. Es bildeten sich kleine Rinnsale, die der Schwerkraft folgend überall herabflossen, bis zum Meer. Jeden Tag waren die Strahlen der Sonne ein wenig kräftiger, und bald konnte man auf der Insel kein Krümelchen Weißes mehr finden. Von Süden wehte ein warmer Wind, der die tropfnasse Insel im Handumdrehen wie mit einem großen Frottiertuch abtrocknete. Schon spross und blühte es in allen Ecken und Winkeln und die Wiese leuchtete in frischem Grün. Die Inselbewohner waren über diese Veränderungen hocherfreut. Bäumli und Quo Vadis richteten ihre Veranden her, putzten hier und reparierten dort etwas, stellten die Möbel heraus und ließen sich dann selber nieder, um für eine halbe Stunde die Frühlingsluft zu genießen.

Nur einer konnte sich über diese Veränderungen nicht so recht freuen, und das war Puck. Die Tante war mit ihrem Zauberkunststück soweit fortgeschritten, dass nun täglich mit einem endgültigen Erfolg zu rechnen war. Auch der Zauberer zuckte mit den Schultern: „Es geht schneller voran, als ich dachte. Noch zwei, höchstens drei Wochen und deine Tante beherrscht das Zauberkunststück noch besser, als ich das kann."

„Zwei Wochen, höchstens drei...", wiederholte Puck leise, „dann kann ich ja gleich beginnen, meine Sachen zu packen."

Betrübt lief er davon, um ein wenig ungestört auf den Klippen der Steilküste verweilen und nachdenken zu können. Vif entdeckte ihn und gesellte sich zu ihm. Puck war froh, jemanden zum Sprechen zu haben. „Noch höchstens drei Wochen, dann muss ich die Insel verlassen, Vif. Ich kann dir gar nicht beschreiben, wie ich mich fühle!", jammerte er.

„Ich kann mir schon vorstellen, wie dir zumute ist", sagte sie, „aber denk doch mal, wie alles gekommen wäre, wenn uns der Zauberer nicht geholfen hätte. Entweder säßest du jetzt auf der Insel für alle Zeiten fest und deine Tante und deine Eltern hätten durch dein Verschwinden nun den größten Kummer. Oder du wärest schon lange wieder zurückgekehrt, denn dass du immer noch hier bist und trotzdem alles wieder ins Lot gekommen ist, hast du ebenfalls dem Zauberer zu verdanken. Nun ist die Zeit eben abgelaufen. Der Frühling ist da und deine Eltern werden bald aus dem Weltraum zurückkehren. Außerdem hast du dir doch etwas vorgenommen, hast Pläne geschmiedet und genau überlegt, was du tun wirst."

„Das stimmt ja alles", lenkte Puck ein und lächelte, „es fällt mir nur so schwer, von hier weg zu müssen, wo ich nicht einmal weiß, wann ich zurückkommen kann."

„Das liegt doch ganz an dir", sagte Vif, „je schneller du deine Doktorarbeit fertig stellst, umso schneller kannst du wieder hier sein."

„Das ist es ja eben, ich verspüre keine Lust mehr, irgendwelche Doktorarbeiten zu schreiben. Da bleibe ich doch lieber gleich bei euch und erspare mir das Ganze."

Vif runzelte die Stirn: „Das wird dir deine Tante nicht erlauben können, sie muss dich schon wieder mit zurückbringen. Denk doch an deine Eltern. Sie freuen sich auf dich und wollen dich in ihre Arme schließen, wenn sie aus dem Weltall zurückkommen."

„Das können sie auch hier tun. Sie brauchen nur eine Reise in die Vergangenheit zu unternehmen und schon können sie mich in ihre Arme schließen."

„Das ist nicht dasselbe", widersprach Vif. Sie überlegte, mit welchem Argument sie Puck den unausweichlichen Abschied doch erleichtern konnte. Sie war ein kluges Mädchen und nach kurzem Nachdenken hatte sie einen guten Einfall: „Weißt du, Puck, ich hatte sehr darauf gehofft, mit deiner Hilfe eines Tages unsere Zeit noch einmal besuchen zu können. Wenn du gar ein Professor werden könntest, wäre es kein Problem für dich, Gäste aus der Vergangenheit mitzubringen. Dem Professor Quasi könnte das den größten Spaß seines Lebens bringen. Stell dir nur vor, du nimmst ihn in deine Zeit mit und zeigst ihm, was alles aus seinen Erfindungen geworden ist. Quo Vadis und der Zauberer wären bestimmt nicht abgeneigt, die Reise mitzumachen. Wir könnten alle zusammen eine Seereise unternehmen und nachschauen, was aus der Insel nach sechshundert Jahren geworden ist, ob unsere Seilbahn gar noch steht."

Offenbar hatte Vif mit diesen Gedanken ins Schwarze getroffen, denn Puck war wie verwandelt: „Als Professor besitze ich auch eine Privatrakete, wir könnten dann sogar einen Ausflug in den Weltraum unternehmen. Die modernen Formen der Piraterie sind sicher sehr interessant für unseren Kapitän. Vielleicht dürfen wir auch einen Überfall auf einen unbemannten Raumtransporter unternehmen, um zu prüfen, ob die Verstellungstaktik von Quo Vadis auch im Weltraum funktioniert. Immerhin wäre ich dann Spezialist für solche Dinge und hätte von Berufs wegen eine Berechtigung dazu", spann Puck den Faden weiter, so als wäre die Sache schon perfekt. Auf jeden Fall war das wieder der alte Puck.

„So gefällst du mir schon viel besser", gestand Vif und klopfte ihm auf die Schulter. „Du gehörst ja weiterhin zu uns, auch wenn du uns erst mal verlassen musst. Du bist so eine Art Verbindungsmann zur Zukunft. Ohne dich können wir jedenfalls nicht dorthin."

„Jetzt ist mir wieder alles klar", sagte Puck erleichtert.

„Der Professor ist mir ja fast schon sicher, bei dem guten Material, das ich gesammelt habe. Es muss nur richtig ausgewertet werden und zu den Erscheinungen der Weltraumpiraterie in Bezug gesetzt werden. Ich weiß schon, wie ich das mache ... Eigentlich kann ich es mir bei diesen Gedanken gar nicht wünschen, noch länger auf der Insel bleiben zu müssen."

Die Zeit des Aufbruchs und des Abschieds war also gekommen. Als Erster sollte Balloni die Insel wieder verlassen. Er hatte einige Probefahrten mit seinem Ballon unternommen, um den Zustand und die Funktionsfähigkeit zu prüfen. Das Fahrzeug hatte die lange Ruhezeit und die Beanspruchungen durch den Winter gut überstanden.

Professor Quasi wich dem Ballonfahrer nicht mehr von der Seite. Er war sogar mehrmals mit Balloni in den Himmel aufgestiegen und hatte sich bei diesen Fahrten als gute Hilfskraft hervorgetan. Zu zweit ließ sich der Ballon eben viel besser bedienen. Da schlug Balloni Quasi vor, ihn bei seiner Rückreise zum Festland zu begleiten und zu Hause an der Vervollkommnung des Ballons mitzuarbeiten. Diesem Angebot konnte Quasi nicht widerstehen, und freudig überrascht willigte er ein. Von dieser Neuigkeit musste der Professor natürlich gleich den anderen Inselbewohnern berichten. Für Puck war die Mitteilung eine Bestätigung dafür, dass das Leben nicht nur aus den Freuden ihres Inseldaseins bestand, sondern dass es auch Aufgaben gab, die fern von der Insel erfüllt werden mussten.

„Treffen wir uns in einem Jahr wieder hier?", fragte Puck den Professor. „Auch ich muss die Insel bald verlassen und zu Hause ein paar wichtige Dinge erledigen. Vielleicht, wenn alles klappt, habe ich dann eine riesengroße Überraschung für dich. Doch jetzt ist das noch ein Geheimnis."

„Gut, Puck", stimmte Quasi zu, „übermorgen wollen wir losfahren. Genau in einem Jahr werde ich gewissermaßen wieder hier sein. Dann kann ich dir berichten, wie es uns ergangen ist."

Kapitän Quo Vadis war durch die baldige Abfahrt der beiden in besondere Aufregung versetzt worden. Schon übermorgen sollte sein Manuskript auf das Festland befördert werden.

Im Prinzip war alles fertig, doch immer wieder hatte er das Gefühl, etwas vergessen oder nicht richtig beschrieben zu haben. Da ihm dieses Gefühl große Pein verursachte, studierte er mit Kasimir das gesamte Manuskript noch einmal durch. Diese Arbeit war in der kurzen Zeit fast nicht zu schaffen. Deshalb arbeiteten sie die ganze Nacht, lasen Kapitel für Kapitel, verbesserten und änderten hier und dort etwas, bis schließlich doch das Gefühl bei Quo Vadis aufkam, nun sei alles richtig. Jetzt stand auch fest, dass die wunderbaren Zeichnungen von Ballonis Hand, die er in großen Mengen angefertigt hatte, die Sache wirklich abrundeten und sehr bereicherten.

Am Abend vor der Abfahrt der beiden Ballonfahrer feierten sie ein kleines Fest. Der junge Frühling zeigte sich von seiner schönsten Seite. Es war eine Freude, wieder in warme Luft eingehüllt zu sein und den ganzen Tag im Freien verbringen zu können. Darum richteten sie Bäumlis Veranda her und saßen dort bis in die späte Nacht. Die beiden Hauptpersonen, Balloni und Professor Quasi, hatten sich sehr früh von den anderen verabschiedet und waren schlafen gegangen. Immerhin stand ihnen in den nächsten Wochen eine sehr schwierige Aufgabe bevor, für die sie frisch und ausgeruht sein mussten. Dafür hatten alle Verständnis. Schließlich war Quo Vadis die dritte Hauptperson, denn es galt ja auch, die Fertigstellung seines Romans zu feiern. Der Kapitän blieb der Runde erhalten und er sorgte mit seinem geselligen Charakter dafür, dass die Stimmung nur noch besser wurde, je weiter die Stunde voranschritt.

Am nächsten Morgen versammelte sich die Feierrunde noch sehr müde und verschlafen am Ballon. Quasi und Balloni hatten bereits in aller Frühe bei Frau Bäumli in der Küche gefrühstückt und ihren Reiseproviant entgegengenommen.

Anschließend verstauten sie alles im Reisekorb des Ballons und trafen noch einige andere Startvorbereitungen. Eine endlose Abschiedszeremonie begann, Hände wurden geschüttelt, man fiel sich um den Hals, wechselte gute Wünsche, sprach sich Mut zu und wünschte Erfolg.

Endlich bestiegen die beiden den Korb. Quo Vadis reichte Balloni eine von Bäumli gefertigte wasserdichte Holzschatulle, in der das Manuskript und die Zeichnungen verstaut waren, gab ihm noch einmal die Hand und wünschte eine gute Reise.

In diesem Moment trat der König an den Korb und flüsterte Balloni eine Bitte in sein Ohr: „Tun Sie mir den Gefallen und finden Sie meine Frau, die Königin Mirsika. Bringen Sie sie her, denn sie fehlt mir sehr.“ Das Gesicht des Königs verriet, wie ernst es ihm damit war. Er hielt dem Ballonfahrer einen Beutel mit Gold entgegen. „Bitte nehmen Sie, das ist für Ihre Unkosten.“ Dann schüttelte er ihm die Hand, wünschte gute Reise und trat vom Ballon zurück.

Langsam stieg der Ballon in die Höhe. Die zurückgebliebenen winkten mit allem, was ihnen gerade in die Hände kam, Hüte, Mützen, Tücher und Schals. Puck rief Quasi zu: „Vergiss nicht, in einem Jahr, hier! „Dann rannte er zusammen mit Vif zu Quo Vadis’ Haus. Sie kletterten die Strickleiter zum Dachboden hinauf, dann weiter durch die Dachluke bis zum Mastkorb. Der Ballon hatte sich schon ein ganzes Stück von der Insel entfernt, doch durch das Fernrohr von Quo Vadis konnten sie die beiden noch genau erkennen. Sie winkten ihnen mit einem großen bunten Tuch. Die beiden Ballonfahrer winkten zurück.

Nach einer halben Stunde war der Ballon selbst mit dem Fernrohr nur noch als ein kleiner, schwarzer Punkt zu erkennen. Der warme Südwind, der schon seit einigen Tagen über die Insel strich, trieb das Fahrzeug offenbar gut voran. Es war viel schneller als jedes Schiff. Dennoch würde die Überfahrt zum Festland drei bis vier Wochen dauern, so weit war die Insel davon entfernt.

In den folgenden Tagen herrschte gedrückte Stimmung. Dieser Abschied fiel den Inselbewohnern doch sehr schwer. Sie lebten schließlich wie eine große Familie zusammen und hatten sich sehr aneinander gewöhnt. Da verwundert es nicht, wenn die beiden ihnen jetzt fehlten.

Quo Vadis hatte ein persönliches Problem zu bewältigen. Er fühlte sich durch die Abreise Ballonis seiner Arbeit beraubt, denn das Manuskript war fertig und auf dem Wege zu einem Verleger. Sie hatte ihn ausgefüllt und beschäftigt, auch wenn alles im Prinzip schon lange fertiggestellt war. Er konnte sich trotzdem jeden Tag neu damit befassen. Das war nun vorbei. Er fühlte sich unglücklich und langweilte sich fast ein wenig, ein Zustand, den er bis dahin noch nicht kannte. Einen tatenlosen, beschaulichen Lebensabend verbringen, so, wie er es sich ausgemalt hatte, dazu war er anscheinend doch nicht in der Lage. Jedenfalls war das nicht so von einem Tag auf den anderen zu machen. Er brauchte etwas Zeit, um sich daran gewöhnen zu können.

Eine neue Aufgabe finden, dachte er sich, und wäre sie auch noch so klein und unbedeutend, das könnte die Lösung sein. Leider besaß der Kapitän kein handwerkliches Geschick. Dann wäre es einfach gewesen, sich mit Bäumli in der Werkstatt die Zeit zu vertreiben. Dennoch ging der Kapitän in diesem Moment zu Bäumli. Vielleicht wusste der einen Rat, was man beginnen konnte.

Quo Vadis traf den Holznarren hinter seiner Werkstatt im Freien arbeitend an. Bäumli werkelte an einem bootsähnlichen, großen Gebilde herum, das den Kapitän irgendwie an sein altes Schiff erinnerte, obwohl es im Verhältnis zu diesem zehnmal kleiner war.

„Es sollte eine Überraschung für Sie werden, Kapitän, doch da Sie es nun gesehen haben, könnten Sie mir eigentlich helfen. Ich habe vieles nicht mehr so genau in Erinnerung und es soll doch dem Vorbild möglichst ähnlich werden. Übrigens dachte ich mir, dass wir ein Segelboot, groß genug für uns alle, gut gebrauchen könnten. Einen Kapitän dafür haben wir ja, der bei unseren Ausflugsfahrten das Kommando übernimmt. Außerdem gibt es noch einen anderen Grund. Ich habe noch nie ein Boot gebaut. so dass es reizvoll für mich war, es einmal zu versuchen. Ich dachte mir, es ist eine gute Idee, Ihr altes Segelschiff als Vorbild zu verwenden, auch wenn das hier viel kleiner ausfällt."

Der Kapitän war glücklich und außer sich vor Freude. Das war eine Sache so richtig nach seinem Geschmack. Er konnte Bäumli nach Kräften helfen und hatte gleich die Tätigkeit gefunden, nach der er suchte. Die beiden Männer setzten sich auf einen Holzstapel und betrachteten das begonnene Werk.

„Ich staune immer wieder", sagte der Kapitän zu Bäumli, „wo nehmen Sie nur die Kraft und den Ansporn her, um solche großen und schwierigen Aufgaben anzufangen und zu bewältigen?"

Bäumli zuckte mit den Schultern: „Man muss sich eben etwas zutrauen, möglichst immer ein kleines bisschen mehr, als man glaubt wirklich leisten zu können. Es geht ja dann meistens doch irgendwie. Nur so kann man vorankommen und über sich hinauswachsen, verstehen Sie? Wichtig ist nur, dass man überhaupt etwas tut. Natürlich muss man eine Beziehung zu dem besitzen, womit man sich beschäftigt. Das ist die Grundvoraussetzung. Man muss etwas tun, damit etwas zurückbleibt in der Zeit. Etwas, was morgen auch noch eine Bedeutung hat und einen Nutzen bringt. Sehen Sie, repariert man einen kaputten Stuhl, muss man ihn nicht wegwerfen, sondern man kann ihn auch im nächsten Jahr noch benutzen. Baut man sogar ein Haus, hat man gleich für das ganze Leben ein Dach über dem Kopf und weiß, wohin man gehört. Schreibt man gar ein

Buch, so wie sie das getan haben, kann sogar die nächste Generation darin lesen. Wichtig ist nur, dass man etwas tut, das man Spuren hinterlässt von seinem Dasein, gute Spuren, die nicht so schnell vergehen. Die Welt ist voll davon. Überall begegnen wir ihnen, können einen Nutzen aus ihnen ziehen, auch dann noch, wenn schon gar nicht mehr zu erkennen ist, wer die Spuren eigentlich hinterlassen hat."

„Das leuchtet mir ein", gestand der Kapitän. Bäumli war eben nicht nur ein guter Handwerker. Er machte sich auch Gedanken über die Dinge, die um ihn herum vorgingen. „Machen wir uns also daran", sagte Quo Vadis zu Bäumli, „ein Boot nach dem Vorbild meines alten Schiffes zu bauen. Zeichnen wir eine neue Spur, die von unserem Dasein einst berichten wird, egal, wer noch einmal einen Nutzen davon hat."

Nun war es soweit. Der Tante gelang die Verwandlung dreimal hintereinander. Der Zauberer bestätigte ihr, dass sie das Zauberkunststück nun perfekt beherrschte. Sie dankte dem Zauberer für die vielen Unterrichtsstunden, die er ihr gegeben hatte und fragte, welchen Lohn er bekäme. Doch der Zauberer lehnte ab. Es sei nicht seine Art, Kapital aus seinem Können zu schlagen. Für ihn war die Sache erledigt.

Die Tante war nun sehr stolz und freute sich schrecklich, diese Fähigkeit zu besitzen. Sie würde ihr mit Sicherheit zu Hause großen Ruhm einbringen. Darum wollte sie keine Zeit mehr verlieren und möglichst schnell wieder zurückkehren. Doch da merkte sie, wie sehr sie sich an die friedliche Stille der Insel und das beschauliche Leben der Inselbewohner gewöhnt hatte. Es schien ihr plötzlich unmöglich, gleich in der nächsten Stunde die Insel und damit die Vergangenheit wieder zu verlassen, was sie eigentlich vorgehabt hatte. Sie nahm sich Zeit, um ein wenig auf der Insel herumzuspazieren. Sie besichtigte die Seilbahn, besuchte Bäumli und Quo Vadis in ihren Häusern, ließ sich umherführen und alles zeigen. Als Puck ihr über den Weg lief, nutzte sie die Gelegenheit, um ihn auf die Abreise vorzubereiten. Sie hatte längst bemerkt, dass er ein Teil der Insel geworden war und dass der Abschied von diesem Ort sehr schmerzlich für ihn werden würde. Deshalb gab sie sich und Puck noch drei Tage, um sich an den Gedanken gewöhnen zu können.

Abschied macht bekanntlich traurig. Ein wenig traurig waren sie auch, doch Puck versicherte immer wieder, dass er in einem Jahr zurückkommen werde. Das sei versprochen. Was konnten sie also anderes tun, als ein schönes und unvergleichliches Abschiedsfest zu feiern. Frau Bäumli stellte wieder einmal ihre großen Kochkünste unter Beweis und zauberte die köstlichsten Speisen. Nach der Schlemmerei fuhren sie gemeinsam hinunter zum Strand. Es war ihnen angenehm, nach dem guten und reichlichen Essen noch ein wenig Bewegung zu haben. Sie suchten alles auffindbare Brennholz zusammen und türmten es zu einem großen Lagerfeuer auf. Dort saßen sie bis in die späte Nacht, sangen viele Lieder und lauschten den Erzählungen von Bäumli und Quo Vadis. Auch der König trug ein wenig zu dieser Unterhaltung bei. Doch jeder schöne Abend geht einmal zu Ende, und so war es auch mit diesem.

Der nächste Tag war der Tag der Abreise. Sie frühstückten alle zusammen auf Bäumlis Veranda. Anschließend, so hatte es die Tante festgelegt, würden sie abreisen. Schon mahnte sie, dass es nun an der Zeit sei. Puck wurde beauftragt seine Sachen zu holen. So stieg er zum letzten Mal zu seiner Dachkammer hinauf.

Jetzt nur nicht traurig werden, dachte er, in einem Jahr bin ich wieder hier, dann sieht die Sache anders aus. Dann bin ich erwachsen, habe meinen Professor und kann machen was ich will.

Die Tante war inzwischen ins Schloss hinaufgeeilt und hatte ihre Sachen zusammengepackt. Die Zeitkugel lag unversehrt in ihrem Plastikkoffer. Sie nahm sie in die Hand und eilte mit den übrigen Sachen zurück zu Bäumlis Veranda. Alle warteten geduldig darauf, was nun geschehen würde. Bäumli wusste aus eigenem Erleben, wie die Sache funktionierte, doch darüber sprach er nicht. Er war gekommen, um für immer hier zu bleiben.

Die Tante ging ein Stück vor die Veranda auf die Wiese. Dort vergrößerte sie die Zeitkugel. Das über mannshohe Ding lag wie eine störende Zutat inmitten des saftigen Grüns. Neugierig betrachteten der König, die Prinzessin, der Zauberer und der Kapitän das Ungetüm. Sie warfen einen verstohlenen Blick ins Innere. Dort waren zwei bequeme Sessel mit Kopfstützen und Sicherheitsgurten zu erkennen. Davor, auf einem schwarzen Schaltpult, flimmerten hundert kleine Lämpchen umgeben von einigen Hebeln und Knöpfen. Hinter den Sitzen befand sich ein Behälter für das Gepäck der Reisenden. In diesem Behälter schlummerte noch eine riesengroße Überraschung. Puck beeilte sich, sie ans Tageslicht zu befördern. Die Überraschung war, wie konnte es anders sein, das alte Exemplar von Quo Vadis' Seeräuberroman, das Puck einst aus dem Bücherschrank der Tante entwendet hatte.

„Darf ich das haben?", fragte Puck seine Tante. „Ich möchte es dem Kapitän als Abschiedsgeschenk überreichen."

Die Tante hatte nichts dagegen, sie mahnte jedoch zur Eile, das Reisefieber hatte sie gepackt. Freudig schleppte Puck das schwere, dicke Buch auf die Veranda und ließ es vor Quo Vadis auf den Tisch plumpsen.

„Das, Kapitän, ist für dich. Ich habe es von zu Hause mitgebracht. Dem Buch verdanken wir nämlich unser Zusammentreffen. Dass wir so eine lange und tolle Zeit miteinander haben sollten, hätte ich nie gedacht. Nun hast du also ein Exemplar, noch bevor es gedruckt ist, und zwar ein sechshundert Jahre altes. Ich wundere mich selber, wie so was möglich ist."

Der Kapitän verstand nicht sogleich, wovon Puck überhaupt sprach. Da besah er sich den Gegenstand auf dem Tisch etwas genauer und rollte dann mit den Augen. Man sah ihm richtig an, was in diesem Moment alles durch seinen Kopf ging. „Ist das zu fassen“, sagte er nur, „ist das zu fassen! Mein Buch, fix und fertig und sechshundert Jahre alt!“

Mit zitternden Händen ergriff er es und blätterte es auf. Die anderen umringten ihn und betrachteten verblüfft die Seiten, auf denen sie so manche Zeichnung von Balloni wiedererkannten.

„Damit haben Sie alle Rekorde gebrochen“, sagte Bäumli anerkennend zum Kapitän. „Ihre Spuren reichen sogar sechshundert Jahre in die Zukunft, und Ihr Name ist nicht vergessen. Man kommt sogar von dort, um Sie zu besuchen.“

Sie waren alle so erstaunt über Pucks Geschenk, dass sie gar nicht bemerkten, wie Tante Magermilch und Puck sich davonschlichen, in die Zeitkugel einstiegen und die Luke verschlossen. Sie sahen nicht, wie die Zeitkugel sich verfärbte, gläsern wurde und ein wenig vibrierte, bis sie sich lautlos in den Himmel erhob und dort verschwand, denn ab ging die Post, sechshundert Jahre voran in der Zeit.

2. TEIL – 2019

Wie der Krieg aus der Welt geschafft wurde

1 Ein Jahr ist keine Ewigkeit

Da saßen wir nun mit diesem flauen Gefühl in der Magengegend, mein Enkel Dastin und ich. Genau vor einem Jahr war es gewesen, als Puck und Tante Magermilch vom Himmel herab gefallen waren mit ihrer Zeitkugel, direkt vor mein Gartenhäuschen. Der Hund? Ja, der war auch wieder dabei. Er, oder besser gesagt sie – Nelly –, saß neben mir auf dem Ledersofa, und sie hatte schon wieder diesen Ausdruck im Gesicht, der ihre Vorahnung verriet. „In einem Jahr sehen wir uns wieder, hier“, hatte er uns versprochen, dieser Puck. Nie waren mir Zweifel gekommen, dass es wirklich passieren würde.

Ein Jahr ist seitdem vergangen. Ich hatte gearbeitet, ich hatte mich abgeschuftet und war wahnsinnig fleißig gewesen. Ein Buch zu schreiben ist nicht gerade eine leichte Aufgabe. Auch wenn dir die Geschichte komplett geliefert wird, hast du noch lange nicht die richtigen Worte, um sie zu erzählen. Das ist überhaupt die größte Schwierigkeit beim Schreiben, die richtigen Worte zu finden, die alles genau und richtig wiedergeben. Manchmal, glaube ich, sind Maler viel besser dran. Sie malen einfach auf, was sie mitteilen möchten. Aber so eine Geschichte von A bis Z aufmalen, das geht eben auch nicht. Vielleicht von beidem etwas? Schließlich gibt es Illustrationen, um Geschichten mit Bildern zu ergänzen.

Ich war ja auch gar nicht darauf vorbereitet, eine Geschichte aufschreiben zu müssen. Mein Beruf ist der eines Designers. Das ist auch nicht immer leicht. Doch ich hatte diesen Beruf gelernt und ich konnte in einer langjährigen Praxis viele Erfahrungen sammeln. Beharrlichkeit führt zum Ziel. Das gilt eben für jede Tätigkeit, in der man sich versucht. Nur so hatte ich es geschafft.

Die Geschichte ist fertig, besser gesagt Pucks Geschichte von der Insel, auf der sich all seine Wünsche erfüllten. Ich bin jetzt sehr stolz auf mich, muss ich gestehen. Ich hatte mir geschworen, du schreibst das Buch, für Puck, für dich, für Dastin und für alle, die davon hören wollen, und ich habe es geschafft.

Natürlich war dann nicht viel passiert. Ich meine, kein Mensch hatte mir geglaubt, als ich behauptete, alles selber erlebt zu haben. Egal. Damit durfte ich wohl auch nicht rechnen. Doch der Puck und seine Geschichte, die hatten mein Leben verändert, total umgekrempelt. Nichts war mehr mit Design nach meinem Zusammentreffen mit dem Zukünftigen. Mein Leben war ausgefüllt mit Schreiben, Tag für Tag, sechs Stunden und mehr. Nachdenken, schreiben, lesen, verwerfen, neu schreiben, wirklich ein hartes Stück Arbeit.

Puck war mir ans Herz gewachsen in diesem Jahr. Er war immer bei mir, ich habe an seinem Leben teilgenommen, habe es nachgelebt. Dieser kleine Puck aus der Zukunft, der so verwegen war, seine Tante zu einer Zeitreise zu überreden, um mit einem Seeräuberkapitän in der Vergangenheit zusammenzutreffen. Ihr kennt ja die Geschichte, habt sie hoffentlich gelesen. Es hat mich gewurmt, wenn ich ehrlich bin, dass keiner mir glaubte, uns glaubte. Nur mein Enkelkind war dabei gewesen, war Zeuge. Aber jeder glaubt Unglaubliches eben nur dann, wenn er es mit eigenen Augen gesehen, mit eigenen Ohren gehört oder erlebt hat. Dabei wäre ich so gerne berühmt geworden als der Mann, der Kontakt hatte zur Zukunft, einer fernen und noch völlig unbekannten Zeit.

Es reifte der Gedanke in mir, den Puck zu fragen, ach was, ihn zu betteln, ihn anzuflehen, mit mir zu kommen irgendwohin in die Öffentlichkeit, um zu beweisen, dass ich nicht log. Was würde das ändern?, fragte ich mich immer wieder, was würde das ändern? Nichts! Aber es würde beweisen, dass alles stimmte und der Wahrheit entsprach. Alle sollten mir glauben.

Hätte ich doch nie diesen Egoismus entwickelt, was für eine verrückte neue Geschichte wäre dann nicht passiert und wäre uns erspart geblieben. Aber nein, ich habe es so gewollt.

Und deshalb begann es jetzt, in diesem Moment, denn das Pfeifen lag in der Luft, war wieder zu hören. Dastin blieb erstaunlich gelassen, aber der Hund sprang panisch zu mir auf den Schoß. Ich beruhigte ihn sofort, denn ich war ja darauf vorbereitet, hatte diesen Moment herbeigesehnt, gefleht und gebettelt, dass er wirklich kommen würde, er, der Puck.

Alles lief so ab, wie bereits einmal erlebt und gesehen. Als die Zeitkugel endlich vor unseren Füßen im Grase lag und vor Hitze dampfte, wusste ich ganz genau, was jetzt gleich geschehen würde, bis es wirklich endlich geschah. Eine Luke öffnete sich und Puck sprang heraus. Wir begrüßten uns herzlich. Meine Frau, die bisher neugierig im Haus gesessen hatte, brachte uns ein paar Köstlichkeiten zum Mittagessen ins Gartenhaus, Spaghetti mit Tomatensauce, danach frische Erdbeeren mit Eis und Schlagsahne, einen großen Schokoladenpudding für jeden und zwei Six-Packs Cola. Diese Auswahl wurde von den Kindern begeistert aufgenommen, denn meine Frau kannte sich aus. Nelly bekam einen saftigen Knochen vom Metzger, ich meine vom Schwein, den ich beim Metzger besorgt hatte.

Nach der Cola begannen wir, uns gegenseitig zu berichten. „Du zuerst“, schlug ich Puck vor. Der ließ sich nicht lange bitten und legte los.

„Als wir endlich wieder in unsere Zeit zurückgekehrt waren, ging alles sehr schnell. In der Zeitzentrale erhielten wir unsere Sachen zurück, jene, die zum 18. Jahrhundert passten, durften wir zur Erinnerung behalten. Dann drifteten wir zur Wohnung meiner Tante.

Am nächsten Tag kamen meine Eltern von ihrer Reise zur Milchstraße zurück. Ich gab der Tante zum Abschied die Hand und dankte ihr für die schöne Reise in die Vergangenheit. Doch sie wehrte ab und meinte, sie wäre diejenige, die zu danken hätte. Dann umarmte sie mich und drückte mich heftig an ihren großen Busen, wobei ich gleich wieder an die Magermilch erinnert wurde und sofort unangenehme Gefühle in mir aufstiegen. Doch dieses Kapitel war für mich ein für alle Mal überstanden und sie war die glücklichste Frau im 24. Jahrhundert, denn sie besaß jetzt die Fähigkeit, sich in die Kuh der richtigen Rasse verwandeln zu können.

Immerhin ließ sich damit die Magermilchforschung entscheidend voranbringen. Sie gab Kurse, in denen sie ihre Zauberkunst vermittelte. Die waren so begehrt, dass die Leute horrende Summen nur für einen Platz auf der Warteliste bezahlten. Deren Versammlungen glichen schon bald riesigen Viehauftrieben, denn viele Anhänger verstanden sich sehr schnell Dank der Arbeit meiner Tante auf die Verwandlungskunst. Selbstverständlich bekam die Tante für ihre Leistungen einen Ehrenprofessortitel verliehen. Es lag der Tante fern, sich durch ihre Fähigkeiten zu bereichern. Sie leitete pflichtbewusst das Geld, das sie mit den Kursen verdiente, in die Kassen der Magermilchgesellschaft weiter. Nur ab und zu zweigte sie etwas ab und kaufte sich neue alte Bücher, neue gab es ja nicht mehr. Sie liebte Bücher jetzt noch viel mehr als je zuvor. Lesen gelernt hatte sie allerdings immer noch nicht. Es fehlte ihr einfach die Zeit dafür.

Gleich nach der Rückkehr in ihre Wohnung hatte sie einen riesengroßen Ärger mit den Hütern bekommen. Die sind so eine Art Polizei bei uns. Die überbrachten ihr eine Kündigung für die Wohnung, da sie angeblich die Frechheit besaß, eine Kuh mit hineinzunehmen. Man hatte sie am Fenster gesehen und da sie bekannt dafür war, mit Milch und Kühen etwas zu tun zu haben, machte dieses Gerücht schnell die Runde. Als sich dann herausstellte, dass sie die Kuh war, die gesehen wurde, erhielt sie strenge Auflagen, dergleichen Schabernack in ihrer Wohnung gefälligst zu unterlassen.

Heute, da sie bekannt, ja berühmt ist, nicht nur in Magermilchkreisen, gilt dieses Verbot nicht mehr. Die Tante nahm sogar noch eine zweite Wohnung neben der ihren, um Platz für die Kurse zu haben. Hier war jetzt oft nicht nur eine Kuh, sondern eine ganze Herde davon zu beobachten. Der Boden war extra mit Schalldämmplatten ausgelegt worden, damit die Mieter darunter ungestört blieben."

„Mir ging es", setzte Puck seinen Bericht fort, „endlich einmal richtig gut, dort bei mir zu Hause in meiner Zeit. Meine Eltern hatten für ein Jahr Urlaub genommen, um danach wieder eine neue Reise anzutreten, für zwei oder drei Jahre. Was ich machen möchte, hatten sie mich gefragt, eine Seereise vielleicht? Noch vor einem Jahr hätte ich einen Luftsprung gemacht, doch jetzt sah das anders aus. Ich berichtete meinen Eltern von meinen Plänen, endlich erwachsen zu werden. Ihr wisst ja bereits, wie das bei uns geht und welche Vorteile das mit sich bringt. Ich gab meinen Eltern zu verstehen, dass ich sehr gerne endlich selbstständig leben wollte, mit einem Beruf, eigener Wohnung, frei und ungebunden. Ich teilte ihnen mit, dass es mein fester Wille war, spätestens dann, wenn sie wieder fort reisen mussten, erwachsen geworden zu sein. Meine Eltern waren richtig glücklich darüber und stolz auf ihren Sohn. Schließlich hatten sie dann nicht mehr das Problem, mich zu den Verwandten abschieben zu müssen. Sie versprachen mir, mich bei meinem Vorhaben zu unterstützen.

Ich arbeitete von dieser Stunde an verbissen an meinem Ziel. Tag für Tag saß ich vor dem Hausbildungsservice und lernte alle erforderlichen Lektionen, die ich für die Prüfung zum Erwachsenwerden beherrschen musste. Mein Vater war mir eine große Hilfe. Als Biologe und Chemiker versteht er von Altertumskunde nicht gerade viel, aber seine Hilfe bestand auch mehr in praktischen Verrichtungen, wie dem Abfragen der gelernten Lektionen zum Beispiel. Meine Mutter", erzählte Puck, „ist eine Künstlerin. Sie malt Bilder, fertigt Zeichnungen und formt Plastiken, genauso, wie das Menschen in allen Jahrhunderten getan haben, mit Pinsel und Farbe, Bleistift und Ton. Sie hat dennoch eine Anstellung bei der Forschungsgesellschaft bekommen, für die auch mein Vater arbeitet. Sie hat die Aufgabe übernommen, die Forschungen und Entdeckungen meines Vaters auf den fremden Planeten mit ihren Mitteln zu dokumentieren. Mich hat das schon immer sehr interessiert. Ich bewundere es, mit welchem großen Können sie unglaublich genaue Zeichnungen von Pflanzen, Tieren oder Fundstücken auf den fremden Planeten und später auch im Raumschiff angefertigt. Sie hat mir ebenfalls bei meiner Ausbildung zum Historiker geholfen, indem sie mir Malen und vor allem Zeichnen beibrachte, denn ein Historiker muss das können.

Als ich dann endlich den Doktortitel erlangt hatte, ließ ich nicht locker und nahm auch gleich noch den Professor-Service in Angriff. Dabei hatte ich ein leichtes Spiel, denn meine Studien über Quo Vadis waren die Grundlage für meine Abhandlung über die Piraterie im achtzehnten Jahrhundert, die dann als Bezugsquelle diente bei der Analyse der modernen Weltraumpiraterie, übrigens doch ein großes Problem im 24. Jahrhundert, ähnlich dem im 18.

Außerdem gilt Quo Vadis bei uns als eine historische Person, so dass meine Bild- und Tonaufnahmen und digitalschriftlichen Aufzeichnungen dem Archiv des Hausbildungsservice sehr willkommen waren. Ich gestaltete drei Hausbildungsservicefolgen daraus und bekam den Professor-Service-Titel dafür, was verbunden ist mit einer Steuerbefreiung und dem Anspruch auf eine Privatrakete. Aber alleine in die Vergangenheit reisen zu dürfen, das war mir das Allerwichtigste und das darf ich jetzt."

„Ja und nun", schloss er seinen Bericht ab, „bin ich auf der Reise zurück zur Insel, zu Vif, Bäumli, Frau Bäumli, Quo Vadis, König Kasimir, der Prinzessin Petra und Veni Vidi Vici, dem Tierverwandlungskünstler. Und wenn alles geklappt hat, treffe ich auch Professor Quasi und Balloni wieder. Aber genug von mir, jetzt erzählst du", erteilte er mir das Wort.

Auf diesen Moment hatte ich gewartet und begann: „Auch ich bin nicht untätig gewesen. Ich habe eine Überraschung für dich, Puck. Hier ist sie. Es ist das Buch mit deiner Geschichte, die du mir erzählt hast bei unserem ersten Zusammentreffen vor einem Jahr. Erinnerst du dich?"

Und ob sich Puck erinnern konnte.

„Ich denke, ich habe alles ganz gut wiedergegeben und hoffe, möglichst oft die richtigen Worte gefunden zu haben. Nach langem Suchen habe ich sogar einen Verlag dafür gefunden “, sagte ich.

Da kam mein Enkel ins Spiel: „Opa hat sogar richtig gute Arbeit geleistet, du wirst die Geschichte ja lesen.“

Tolles Enkelkind, dachte ich bei mir.

„Ach, Puck“, wechselte ich an dieser Stelle das Thema. „Ich hätte noch eine Frage an dich, mehr eine Bitte. Ich muss sie loswerden, bevor du uns wieder verlässt.“

„Leg los“, ermutigte er mich.

„Ich wäre so gerne ein berühmter Mann und möchte in die Geschichte eingehen als der erste Mensch, der mit einem Zeitreisenden zusammengetroffen ist und davon auch erfahren hat.“

„Ja und“, fragte Puck, „wo ist das Problem?“

„Das Problem ist, wir müssten an die Öffentlichkeit gehen und beweisen, dass es dich wirklich gibt, und dass du wirklich aus der Zukunft zu uns gekommen bist.“

„Wenn es dir hilft? Ich hätte kein Problem damit, obwohl es streng verboten ist, sich in der Vergangenheit zu erkennen zu geben. Wenn alles klappt, bringe ich auch noch ein paar von meinen Leuten aus der Vergangenheit von der Insel mit, wenn die Lust haben mitzukommen.“

Ich war begeistert. Damit hatte ich nicht gerechnet, dass er so einfach und schnell zusagen würde.

„Gut“, sagte er noch, „treffen wir uns wieder, hier an dieser Stelle. Sagen wir in genau zehn Tagen?“

2 Zehn Tage sind nicht lang

Es sollte tatsächlich nur eine Woche und 3 Tage bis zu unserem Wiedersehen dauern und Puck würde tatsächlich mit mir an die Öffentlichkeit gehen. Ich konnte es immer noch nicht glauben.

Nach unserem Abschied brachte ich Dastin zurück nach Hamburg, wo mein Sohn Philipp und meine Schwiegertochter Mandy wohnten, die Eltern von Dastin.

Ich hatte jetzt ein ziemlich großes Problem zu bewältigen. Es bestand darin, in einer Woche einen möglichst medienwirksamen Auftritt vorzubereiten, denn immerhin wollte ich berühmt, wenn nicht sogar weltberühmt werden. Das musste entsprechend eingefädelt werden. In diesem Moment kam mir der richtige Einfall. Ich hatte einen Studienkollegen ausfindig gemacht, der schon lange in Hamburg wohnte und in der Werbebranche tätig war. Er könnte mir mit seinen Verbindungen bestimmt helfen, einen entsprechenden Fernsehauftritt zu organisieren, in nur einer Woche, vermutete ich.

Ich rief ihn an. Glücklicherweise hatte er etwas Zeit und schon saßen wir uns gegenüber. Er stellte mir seine Frau vor, eine, die ich noch nicht kannte. Wir berichteten uns aus den letzten dreißig Jahren, die wir uns nicht gesehen hatten. Dann kam ich zum Thema.

„Du willst also mit einem Trick versuchen, dein Buch mit einem Schlage bekannt zu machen?“, unterstellte er mir und ich begriff, dass auch er die Sache mit Puck nicht glauben konnte.

„Ich werde dir und allen anderen beweisen, dass ich Recht habe. Was hältst du davon, in einer Woche mitzukommen, eine Kamera im Gepäck, um die Ankunft meines kleinen Freundes aus dem 24. Jahrhundert mit zu filmen?“

Er glaubte mir zwar immer noch kein Wort, doch dann war er tatsächlich bereit mitzukommen. „Solltest du wirklich Recht haben, lässt sich ein Fernsehauftritt von einem Tag auf den anderen organisieren, das kannst du mir glauben. Ich habe gleich einen Termin, wir telefonieren“, verabschiedete er mich.

In der Wohnung meines Sohnes, wo der kleine Dastin schon auf mich wartete, setzte ich mich erst einmal hin, um zu verschnaufen.

Eine Woche Ruhe, dann könnte eine sehr anstrengende Zeit für dich beginnen, sagte ich mir. Ich werde euch allen beweisen, dass ich Recht habe.

„Opa, ich möchte so gerne in die Speicherstadt zur Modellwelt."

Da fiel mir ein, ich war ja Opa und hatte Pflichten. „Zieh dich an, wir gehen gleich."

Am Abend des Tages wartete Philipp mit einer Überraschung auf, die uns Großen ein unvergleichliches Erlebnis bescheren sollte. Er hielt vier Eintrittskarten in die Höhe und fragte, „Ratet mal, wofür die sind?"

„Ohnsorg-Theater", platzte ich heraus, ohne nachgedacht zu haben.

„Die sind für ein Tina Konzert heute Abend in der Color Line Arena."

In den nächsten Tagen folgten eine Hafenrundfahrt, zwei Kinobesuche und ein langer Rundgang durch Hagenbecks Tierpark, immer mein Enkel im Schlepptau. Später sollten mir meine neu gewonnenen Ortskenntnisse von Hamburg sehr nützlich werden, denn es brach nach dieser Woche tatsächlich eine sehr anstrengende und sehr aufregende Zeit für uns alle an.

Am anderen Ende der Welt, genauer gesagt dreihundert Jahre früher, geschah etwas völlig anderes, klar. Puck war zu seinen Leuten auf die Insel zurückgekehrt. Kaum war er auf der Wiese vor Quo Vadis Haus gelandet, kamen alle Inselbewohner heran gelaufen, um ihn zu begrüßen. Man kann sich vorstellen, wie herzlich der Empfang war und wie viele Freudentränen vergossen wurden. Sogar der einst so verwegene Kapitän konnte nicht verhindern, dass seinen Augen ein paar davon entwichen. Alle waren gekommen, umringten Puck und redeten aufgeregt durcheinander, so viel Neues hatten sie sich zu berichten.

„Ich schlage vor, wir setzen uns auf meine Veranda. Kaffee, Kuchen und Kakao für alle sind gleich fertig“, lud Bäumli ein. Gerne folgte man seinem Vorschlag und ließ sich nieder. Puck schaute sich noch einmal um. Alle waren da, nur Professor Quasi, Balloni und der Zauberer fehlten. Vif bemerkte Pucks suchende Blicke und erklärte ihm, dass sie noch nicht gekommen wären. Der Zauberer hatte allerdings bei seinem letzten Besuch vor einem Monat gemeint, dass sie ganz bestimmt kämen. Dank einer neuen Erfindung, die sie beide gemacht hatten, konnten sie jetzt den Weg zur Insel ganz alleine, ohne die Hilfe des Zauberers, zurücklegen. Puck musste also geduldig sein.

Noch eine andere Beobachtung gefiel ihm sehr gut. Der König und seine Tochter Petra hatten sich in diesem vergangenen Jahr offensichtlich völlig in die Inselgemeinschaft eingefügt. Es war überhaupt nichts mehr von ihrer abgehobenen Lebensart zu spüren. Die Prinzessin wich Vif fast nie von der Seite. Die Mädchen schienen sehr gute Freundinnen geworden zu sein, denn auch Vif legte oft ihren Arm um sie und zeigte auch durch andere Gesten eine große Vertrautheit mit der Prinzessin.

Ihr Vater, der König Kasimir, hatte einen neuen Lebensinhalt für sich entdeckt. Da er sehr gerne gute Sachen verspeiste, Frau Bäumli aber deren aufwändige Zubereitung nicht mehr alleine bewältigen konnte, freundete er sich mit ihr an. Er wich den lieben langen Tag nicht mehr von ihrer Seite und lernte kochen. Frau Bäumli freute sich natürlich sehr über sein Interesse und nach und nach brachte sie ihm alles bei, was sie konnte. Doch der König war tatsächlich ein kreativer Mensch, jedenfalls beim Kochen, so dass er bald zu kombinieren, zu kreieren und ganz neu zu erfinden begann, was eine unglaubliche Küche hervorbrachte.

Für seine Goldschätze hatte er jetzt gar keine Zeit mehr. Da sie nur viel Platz raubten, überall dort, wo sie in den Holzkisten von Bäumli lagerten, schlug er selber vor, die Schätze in die riesengroße

Höhle im Innern der Insel, die Professor Quasi einst erkundet hatte, umzulagern. Alle halfen, das Edelmetall durch die Öffnung oben in die Tiefe herabzulassen, eimerweise, und unten dann wieder in die Kisten zu füllen, die man vorher durch den Eingang am Strand in die Höhle getragen hatte. Dort stand es trocken und geschützt, und schon nach kurzer Zeit dachte keiner mehr an diesen gewaltigen Schatz.

Dem König war sein viel zu großes Schloss endlich zum Lebensmittelpunkt geworden, jetzt mit einer neuen Küche, von Bäumli gebaut und ausgestattet. Das Speisezimmer glich einem noblen Restaurant. Eine lange Tafel bot Platz für alle Inselbewohner. Er war der Koch, absoluter Herrscher in diesem Reich. Zu ihm kamen sie jetzt, wenn es um das Essen ging, um sehr gutes Essen. Frau Bäumli war völlig entlastet von ihrer alten Aufgabe als Hausfrau. Sie half nur hin und wieder mit, wenn es, wie heute, ein Festessen aus Anlass der Rückkehr Pucks auszurichten galt.

Diese neue Entwicklung war ihr sehr willkommen, denn eine andere Arbeit interessierte sie schon immer sehr, der sie sich jetzt voll und ganz hingab. Durch ihre Verbindung zum 24. Jahrhundert, die im wöchentlichen Besuch von Wollibär bestand, hatte sie die Möglichkeit, alle notwendigen Dinge zu bestellen. Das waren Stoffe, Garne, Knöpfe, Haken, Ösen und Reißverschlüsse, Kreide, Elle, Scheren, Nadeln und eine Nähmaschine mit Fußantrieb, die Wollibär in einem Antiquitätengeschäft erstanden hatte, denn Strom gab es auf der Insel ja nicht. Damit ausgestattet, begann sie für die Inselbewohner Kleidungsstücke zu entwerfen und zu nähen. Sie achtete darauf, dass der Betreffende eigene Wünsche und Vorschläge einfließen ließ, denn das Kleidungsstück sollte ihm nicht nur gut passen, sondern auch gut gefallen. Nach und nach kleidete sie alle neu ein, und es gelang ihr sogar, dabei einen ganz eigenen Stil zu entwickeln.

Bäumli frotzelte: „Schaut, da kommt unsere Modedesignerin.“ In Wirklichkeit war er sehr stolz auf seine Frau und ihre Kleidung trug er für sein Leben gern. Das alles war sehr dringend notwendig gewesen, denn die alten Kleider der Inselbewohner waren in einem erbärmlichen Zustand, Lumpen eben. Etwas Neues war hier auf der Insel nicht zu bekommen, bis jetzt.

Quo Vadis für seinen Teil lebte sehr geruhsam. Sein Bäuchlein hatte sich um einige Zentimeter vergrößert. Dennoch war er flink auf seinen Beinen und geschickt mit den Händen geblieben. Seine kleine Santa Esmaralda, die er mit Bäumli zusammen gebaut hatte, trug ihn oft bei kleinen Ausfahrten über die Wellen rund um die Insel. Doch er war nie sehr weit hinausgefahren, nie außer Sichtweite. Dazu hatte er keinen Grund. Hier war sein zu Hause und hier würde er für den Rest seiner Tage bleiben. Dass Puck jetzt wieder in die Dachkammer einzog, freute ihn sehr. Der Puck war schon lange so etwas wie eine Ersatzfamilie, ein Sohn, ein Enkelkind, alles in einer Person für ihn geworden, und deshalb liebte er diesen Jungen über alles.

Puck erklärte, dass er eine riesengroße Überraschung für sie alle hätte. Dann erzählte er von der Rückreise in seine Zeit, damals vor einem Jahr, und von dem Pech mit dem Kurzschluss, der ihnen einen Zwischenstopp im 21. Jahrhundert aufgezwungen hatte.

Puck erzählte ihnen, wie ich ihnen geholfen hatte und auch davon, dass er mir zum Dank von seinen Erlebnissen im 18. Jahrhundert erzählte.

„Ich kann es selber noch nicht fassen, aber der freundliche Mann hat ein Buch daraus gemacht, wovon ich jetzt eines besitze. Habt ihr Lust, daraus zu hören?“

Keine Frage, das war für alle hochinteressant. Quo Vadis erklärte sich bereit, ab sofort am Abend nach dem Essen daraus vorzulesen. Gesagt, getan. Am zweiten Tag fieberten sie schon am Morgen darauf, dass es endlich wieder Abend sein würde und der Kapitän endlich die Lesung fortsetzte.

Offensichtlich hatte ich alle Geschehnisse sehr gut beschrieben und die richtigen Worte gefunden, denn alle waren hin und weg, wie ich später erfuhr.

Am dritten Tag dann endlich erblickte Puck, der schon des Öfteren zum Ausguck im Dach hinaufgeklettert war, ein längliches, ulkiges Ding am Himmel, noch ziemlich weit entfernt. Es näherte sich aber mit großer Geschwindigkeit, denn kaum, dass er wieder unten war, schwebte es schon über seinem Kopf. Jetzt stand es still und er konnte die Details des neuen Luftfahrzeuges genau erkennen.

Der zigarrenförmige Ballon trug einen großen, bequemen und lang gestreckten Korb, der vorne eine Luftschraube besaß und hinten ein ruderblattartiges Gebilde. Professor Quasi und Balloni beugten sich weit über den Rand des Korbes und winkten herunter. Die Inselbewohner hatten sich bereits komplett versammelt und sahen ebenfalls gespannt hinauf zu den beiden in ihrem seltsamen Luftfahrzeug.

Als es endlich gelandet und verankert war, bemerkten sie die Anwesenheit einer dritten Person im Korb. Das konnte nur die Königin Mirsika sein, Kasimirs Frau, Mutter der Prinzessin. In der Tat, so war es, denn die Familie fiel sich überglücklich um den Hals, noch über den Rand des Korbes hinweg. Der König war außer sich vor Freude. Er herzte und liebkoste sie, als wäre er ein jung verliebter Mann. Dann stellte er ihr alle Inselbewohner vor, einen nach dem anderen, die ihrerseits die Königin herzlich willkommen hießen.

Puck staunte über seinen Freund, als er von Balloni hörte, dass der Professor maßgeblichen Anteil an der neuen Erfindung, dem Luftschiff, gehabt hatte.

„Na Erfinder, wie fühlst du dich?“, fragte ihn Puck.

„Sehr gut, besser könnte es gar nicht sein.“

„Ich habe eine Überraschung für dich“, kündigte Puck ihm an. „Das heißt eigentlich zwei, nein drei! Die Erste ist, ich bin jetzt Professor-Service und darf mich Historiker Puck nennen.“

„Gratuliere, Puck“, schoss es aus Quasis Mund heraus. „Hast es also tatsächlich geschafft.“

„Ja. Doch das Beste ist, ich darf sogar Besuch aus der Vergangenheit mitbringen. Was hältst du von einer Reise in das 24. Jahrhundert?"

Professor Quasi wurde bleich. „Das... das... das kann ich nicht glauben", stotterte er. „Ich glaube das nicht."

„Du kannst mir ruhig vertrauen. Ich habe sogar Anspruch auf eine Privatrakete. Damit können wir zum Mond fliegen oder weiter weg, wenn du willst."

„Ich glaube das einfach nicht", begann Quasi erneut, dann setzte er sich hin, holte tief Luft, riss die Hände in die Höhe, sprang gleichzeitig wieder auf und schrie dann ein lautes Hurra in die stille Abendluft der Insel.

„Du hast die dritte Überraschung noch nicht gehört. Wir werden im 21. Jahrhundert zwischenlanden, denn dort lebt ein Mann, dem ich unsere Inselgeschichte erzählt habe und der ein Buch darüber schrieb. Hier ist es, du wirst begeistert sein. Alle unsere Erlebnisse kannst du noch einmal nachlesen."

Nach dem ganzen Jubel und Trubel saßen sie endlich an der langen Tafel im Königsschloss und gaben sich dem herrlichen Essen hin, dessen Zutaten übrigens wie immer aus der Speisekammer von Frau Bäumli stammten, immer noch heimlich geliefert aus dem 24. Jahrhundert von Wollibär, dem jüngeren Bruder Bäumlis.

Gerade war das Festmahl in vollem Gange, als jemand derb gegen die Tür des königlichen Schlosses pochte. Alle bekamen einen mächtigen Schreck und unterbrachen schlagartig ihre Gespräche.

„Wer kann das sein?", rief Quo Vadis offensichtlich nicht sehr beeindruckt und ging auch gleich zur Tür, um nachzuschauen. Dann bekam er selber einen gewaltigen Schreck, denn draußen vor der Tür stand ein riesengroßer brauner Bär hoch erhoben auf seinen Hinterbeinen, die Tatzen in die Luft gestreckt. Doch der Kapitän schaltete schnell.

„Fast hast du mich hereingelegt, Veni Vidi Vici, alter Junge". Er trat an den Bären heran und fiel ihm um den Hals, oder besser gesagt um den Bauch, denn der Bär war viel zu groß dafür. Ein Raunen ging durch das Schloss. Doch der Bär begann zu schrumpfen und der Tierverwandlungskünstler wurde von allen erkannt.

Damit war der Abend noch um eine Attraktion reicher, denn wie sich herausstellte, war der Zauberer im vergangenen Jahr zu einer Art Fortbildungslehrgang gewesen und hatte eine neue Kunst erlernt. Jetzt konnte er nicht nur sich selber, sondern auch andere Personen in Tiere verwandeln.

Das war ein Gaudi, denn jeder durfte sich ein Tier aussuchen, in das er schnurstracks verwandelt wurde. Vif wollte, dass er sie in ein hübsches kleines Pony mit blonder Mähne verwandelte. Glücklicherweise waren alle nach dem Essen hinaus vor das Schloss gegangen, so dass Platz war auch für sehr große Tierwünsche. Quo Vadis wollte ein Seelöwe werden, Puck ein Tiger, Frau Bäumli eine Giraffe, der König ein Nilpferd, die Königin eine Antilope, Bäumli ein Adler, der gleich abhob und majestätisch ein paar Runden über der Insel drehte. Die Prinzessin wünschte sich einen Pfau und Balloni schließlich wollte ein großer grauer Wolf sein. Glücklicherweise erfüllte der Zauberer die Wünsche nacheinander, denn sonst hätte es doch einige Komplikationen gegeben.

Zur Krönung des Abends las Quo Vadis dann das letzte Kapitel meines Buches vor, bis zu dem Moment, wo Puck ihm sein Buch, sechshundert Jahre alt, überreichte. Das war das Stichwort für Balloni, denn kaum hatte der Kapitän seine Lesung unter großem Beifall beendet, berichtete er:

„Es ist alles so gekommen, wie ich es vorausgesagt hatte. Dein Buch, Kapitän, ist ein Bestseller geworden. Du hast genau den Nerv der Zeit damit getroffen. Alle sind nämlich heiß darauf, von solchen Abenteuern, wie etwa dem Leben eines Seeräuberkapitäns, zu erfahren und Einblicke zu bekommen, die ihnen bisher verwehrt geblieben sind. Der Verkauf der Bücher hat so viel Geld eingebracht, dass es schon heute in jeder größeren Hafenstadt auf der

Welt ein Q.V. Seemannsaltersheim gibt, mit allem Notwendigen ausgestattet, oft der einzige Rettungsring vor Armut, Verelendung und Obdachlosigkeit für die alten Seemänner. Ich habe in deinem Namen eine Stiftung ins Leben gerufen, die alles verwaltet und am Laufen hält. Dank der immer noch sprudelnden Quelle der Buchverkäufe in vielen Ländern der Welt ist immer genug Geld vorhanden."

Quo Vadis bekam bei diesem Bericht ein wunderbares Gefühl. Stolz, Zufriedenheit und eine unglaubliche Wärme durchströmten seinen Körper, so angenehm zu spüren, wie das sonst keine andere Sache auf der Welt bewirkt.

„Danke, Balloni, danke! Das war die beste Nachricht, die du mir bringen konntest. Ich hoffe sehr, du warst nicht zu bescheiden, dir etwas von dem Geld für deine Erfindungen zu nehmen."

„War nicht notwendig", sagte Balloni nur. „Wir konnten mit dem Geld von unserem König alles bezahlen und haben immer noch die Hälfte übrig."

Das war für den König das Stichwort, denn er sagte zum Ballonfahrer gewandt: „Du hast einen Teil von mir zurückgebracht. 30 Jahre haben wir als König und Königin zusammengelebt, da ist man eine Einheit. Nimm dir von meinen Schätzen in der Höhle immer so viel, wie du brauchst. Das gilt für dein ganzes Leben. Nimm und sei nicht bescheiden, ich habe jetzt alles, was ich brauche. Eine Frau, eine Tochter, ein Schloss und ein Königreich, meine Küche."

Das Fest beendeten die Inselbewohner mit einem kleinen Feuerwerk, eigentlich waren es Leuchtraketen, die die beiden Ballonfahrer mit sich geführt hatten und nun nicht mehr brauchten. Balloni achtete darauf, dass die Raketen seinem Luftschiff nicht zu nahe kamen, denn ein Volltreffer hätte eine Katastrophe ausgelöst.

Am nächsten Tag fragte Puck jeden einzelnen Inselbewohner danach, ob er Lust zu einer Zeitreise ins 24. Jahrhundert hätte. Quo Vadis, Veni Vidi Vici und alle Kinder wollten mit von der Partie sein. Alle anderen blieben lieber zurück. Herr und Frau Bäumli hatten keine Einwände, dass ihre Tochter mitflog, und so war es auch bei der Prinzessin. Professor Quasi war sein eigener Herr, er brauchte niemanden um Erlaubnis zu fragen.

Puck erklärte ihnen, dass es aber morgen sein müsste, denn die Reise zu mir ins 21. Jahrhundert dauerte 3 Tage und wir waren fest verabredet. Sie hatten also nur noch wenig Zeit, um ein paar gemeinsame Stunden auf der Insel zu verleben und natürlich fuhren alle mit der Seilbahn, die wie am ersten Tag funktionierte, hinunter zum Südstrand. Dort stand auch die Kutsche, die wiederzusehen Pucks Herz genauso erfreute wie die rasante Abfahrt in der offenen Gondel mit viel mehr Gegengewicht im Ballastkorb, so wie die Kinder das früher schon immer gerne taten.

Das Wetter war gut, das Wasser warm, die Stimmung hervorragend, nichts stand einem wunderschönen gemeinsamen Inseltag im Wege.

Gegen Mittag lieferten Kasimir und Frau Bäumli einen köstlichen Gemüseeintopf, den sie in einem Kupferkessel herantransportierten. Die Kinder entfachten ein Feuer und erhitzten den Eintopf erneut. Der König hatte sich selbst übertroffen, die Speise mundete allen dermaßen gut, dass jeder mindestens drei Teller voll davon verschlang. Nach dem Essen verzogen sich die beiden Alten, der König und der Kapitän, zu einem Nickerchen in die Kutsche. Bevor sie in Orpheus Reich hinüberwechselten, äußerte der König eine Bitte: „Wenn du in die Zukunft reist mit dem Puck, hast du dort vielleicht mal Zeit, um dich umzuhören, was aus meinem Königreich und meinem Königsschloss geworden ist."

Der Kapitän versprach, sich darum zu kümmern. „Ich werde mir die neuesten Karten besorgen und nachschauen, wie dein Land genannt wird im 21. Jahrhundert. Dann kann ich dort nachfragen lassen, ob es dein Schloss noch gibt. Einverstanden?"

Der König war sehr zufrieden. Er vertraute dem Kapitän dann an, dass in einem fast vergessenen Raum des Schlosses, der hinter dicken Mauern lag, geheimnisvolle Dinge vor sich gingen. Die gestalteten sich so, dass Gegenstände aus dem Schloss verschwanden und dann dort wieder auftauchten. Ein Grund für dieses Geschehen war nicht erkennbar. Als der König die überstürzte Flucht vor seinem erzürnten Volk antreten musste, hatte sicher niemand mehr die Sache beobachtet, denn niemand wusste etwas davon. Dann flüsterte er dem Kapitän noch etwas ins Ohr, so geheim war die Sache mit diesen unerklärlichen Vorgängen in seinem Schloss. Der Kapitän rollte mit den Augen und versprach, sich darum zu kümmern. Dann schlummerten sie beide ein, Arm in Arm. Das war ein Bild, wie man es sich schöner nicht vorstellen kann.

Am Abend saßen sie alle vor dem hölzernen Schloss des Königs versammelt, um Abschied zu nehmen.

„Eine Insel ohne unsere Kinder wird so sein wie das Leben auf einem öden Planeten", bemerkte Frau Bäumli.

„Passt nur gut auf euch auf, Kinder, das Leben in der Zukunft ist im Prinzip auch nicht viel anders als unseres hier, nur gibt es dort viel Unbekanntes für euch, das euch Angst machen und eure Fähigkeiten überfordern könnte", riet Bäumli. Im Geheimen dachte er daran, seinen Bruder zu bitten, ein Auge auf die Zeitreisenden in Pucks Zeitkugel zu haben, aber der Kapitän und der Zauberer zerstreuten seine sorgenvollen Gedanken.

3 Nun sind sie da!

Ecki, mein Studienkollege aus Hamburg, hatte Wort gehalten und war mit uns mitgekommen. Wir richteten uns in meinem Gartenhäuschen ein und tranken gemütlich unseren mitgebrachten Kaffee. Nelly lag vor uns am Boden und döste. Ich dachte mir, wenn alles gut läuft, hast du bald so viel Geld, dass du alles bezahlen kannst, ein neues Auto, vielleicht ein neues Haus? Natürlich ging es mir nicht um das Geld. Deswegen hatte ich die ganze Aktion nicht eingefädelt. Ich wollte Ruhm, ich wollte, dass man meinen Namen kennt, mein Bild, hier und auf der ganzen Welt. Mehr wollte ich eigentlich nicht.

Ecki hielt seine Kamera bereit, aber so richtig konnte er mir immer noch nicht glauben. Als dann das Pfeifen begann und der Hund sich zwischen uns auf das Ledersofa flüchtete, ließ er das Gerät vor Schreck auf den Boden fallen, so dass wir später wieder keine Aufnahmen von der Landung der Zeitkugel hatten.

Dastin behielt den Himmel genau im Auge. Als sich dort endlich die Zeitkugel zeigte, langsam hernieder sank, landete, eine Weile so da lag und vor sich hin dampfte, ging er langsam heran. Auch wir drei auf dem Ledersofa erhoben uns und gingen näher an die Kugel heran. Die Luke öffnete sich und ganz langsam und etwas unbeholfen stiegen zwei alte Männer aus, die sich gegenseitig dabei halfen. Im ersten Moment dachte ich, das kann unmöglich die richtige Zeitkugel sein. Aber dann sprangen vier junge Hunde heraus, was Nelly nun völlig verwirrte. Die Alten kamen auf uns zu. Der eine streckte uns seine Hand entgegen und stellte sich vor: „Quo Vadis, Seeräuberkapitän a.D."

Noch bevor wir Zeit hatten, den Gruß zu erwidern, kam seine Frage: „Wer ist denn nun der Verfasser dieser wundervollen Geschichte von den Inselbewohnern?"

„Ich", sagte ich kleinlaut, hob meinen Finger und starrte so überrascht und perplex auf den Mann, dass der denken musste, ich sei sehr, sehr schüchtern.

Inzwischen hatte sich Nelly mit den vier jungen Hunden angefreundet. Sie führte sich auf wie eine Mutter, schwänzelte besorgt und bemüht um die Hundekinderschar herum. Aber dann fielen uns und Nelly beinahe die Augen aus dem Kopf. Die Hunde begannen zu wachsen, wurden größer, immer größer, bis schließlich vier ausgewachsene Kinder vor uns standen. Ich erkannte Puck jetzt sofort und mir wurde alles klar. Die anderen drei waren Vif, Petra und Quasi, der andere Alte konnte nur der Zauberer sein. Wir machten uns bekannt.

Ich erklärte Ecki die Zusammenhänge, der war aber mit seinen Gedanken schon ganz wo anders und hörte gar nicht richtig zu.

Das Wetter war gut, also blieben wir im Garten. Puck erzählte uns von der neuen Fähigkeit des Zauberers. Der Zauber hielt aber nur für eine halbe, höchstens für eine ganze Stunde an, dann musste er erneuert werden oder der Verwandelte verwandelte sich zurück in einen Menschen, der er vorher gewesen war. Nebenwirkungen waren nicht bekannt. Doch es gab eine. Die, die in ein Tier ihrer Wahl verwandelt worden waren, hatten hinterher ein viel größeres Verständnis diesem gegenüber. Das war aber logisch, denn was man am eigenen Leib verspürt hat, überzeugt und verschafft Einblicke, die anders nicht zu bekommen sind.

Später hatte ich sogar Gelegenheit, das selber zu erleben, denn als ich kurze Zeit in einen Artgenossen meines Hundes verwandelt worden war, sah ich ihn und er mich mit völlig neuen Augen.

„Wir mussten uns während des Fluges in kleine Lebewesen verwandeln lassen, da sonst der Platz in der Zeitkugel nicht ausgereicht hätte. Wir entschieden uns für Hunde, schon um Nelly eine Freude zu machen“, erklärte Puck.

„Das ist euch wirklich gelungen“, bestätigte ich ihm.

Gegen Mittag lieferte meine Frau wieder ein tolles Essen. Ecki hatte schon ein paarmal telefoniert. Er war dabei, einen Fernsehauftritt für uns zu organisieren. Am Nachmittag wollten wir nach Hamburg zurück fahren und bei meinem Sohn, der eine große Wohnung besaß, Quartier beziehen. Doch nun machte ich mir schon Sorgen, denn mit sechs Gästen hatte ich ja nicht gerechnet. Auch die Autofahrt war in unserem fünfsitzigen Fahrzeug so nicht möglich. Der Zauberer schien meine Gedanken erraten zu haben. „Machen sie sich keine Sorgen. Ich werde alle in Hunde verwandeln, dann haben wir Platz, außer uns beiden natürlich, denn sie müssen das Fahrzeug bedienen und ich muss die Zauberarbeit leisten." Ecki wehrte ab. „Ich fahre!" Da musste ich wohl oder übel in den sauren Apfel beißen und mich in einen Hund verwandeln lassen. Immerhin gab es ja auch die Möglichkeit, in eine Maus oder in einen Käfer verwandelt zu werden. Nein, dann schon lieber in einen Hund.

Nelly war außer sich vor Freude, ihre Hundekinder wieder zu haben, doch dieser dicke alte Hund, der nach Herrchen roch, der war ihr gar nicht geheuer. Ebenso der andere Alte, eigentlich ein Seeräuberkapitän, der jetzt also einen Seeräuberhund abgab.

Am Abend waren wir dann in unserem Quartier in Hamburg eingetroffen. Mein Sohn Philipp und Schwiegertochter Mandy warteten schon auf uns. Wir hatten sie telefonisch von unserer baldigen und zahlreichen Ankunft informiert. Gespannt empfingen sie uns und unseren sensationellen Besuch aus Vergangenheit und Zukunft. Außerdem wartete noch ein vornehm gekleideter Herr auf uns vom Fernsehen. Ecki hatte es dank einer sehr geschickten Vermittlung und klugen Argumentation geschafft, dass der Chef von Tagesnews, der wichtigsten Nachrichtensendung des 1. DF, selber gekommen war, um sich von der Sache ein Bild zu machen. Wir gingen mit ihm in ein Nebenzimmer und stellten ihm unsere Hauptperson, den Puck, vor. Er bekam erklärt, was wir von ihm wollten, uns erwarteten und wünschten.

„Ist schon klar", sagte Puck. „Ich bin bereit, den Beweis anzutreten, dass alles in dem Buch meines Freundes der Wahrheit entspricht. Ich werde dafür, was mir streng verboten ist, meine Zeitkugel vergrößern, ihre Funktion erklären und auch sonst alle Fragen über meine Zeit, die mir gestellt werden, beantworten. Ich werde keine Lottozahlen, keine Fußballergebnisse oder andere Dinge voraussagen, die in näherer Zukunft liegen, sondern nur über mein 24. Jahrhundert berichten. Das sind meine Bedingungen. Falls Sie mir ein Honorar zahlen wollen, ich bekomme als Professor-Service das Neunfache eines Doktors, dann bitte ein Drittel an die so gastfreundliche Familie meines Freundes hier, ein Drittel an ein Tierheim, denn ich habe von deinem Hund von der großen Not dort gehört. Ein Drittel möchte ich obdachlosen Menschen, die hier in der Stadt leben, zukommen lassen."

„Einverstanden", sagte der Mann vom Fernsehen. „Du und dein Freund kommen morgen Abend in die Spätausgabe unserer Sendung um 22.00 Uhr, die wir eine halbe Stunde mit einer Sondersendung verlängern können. Um 20.00 Uhr werden wir die Zuschauer schon auf unsere Sondersendung aufmerksam machen. Aus Erfahrung wissen wir, dass das die höchsten Einschaltquoten hervorruft. Übrigens, um ein sehr gutes Honorar brauchst du dir keine Sorgen zu machen. Das Fernsehen hat für solche spektakulären Beiträge, wie der deine zu werden verspricht, schon sehr viel Geld gezahlt. Doch nun brauche ich einen Beweis", sagte er, denn er glaubte uns kein Wort.

Da aus Eckis Aufnahmen nichts geworden war, gingen wir mit ihm auf den Dachgarten. Dort war Platz genug, um die Zeitkugel zu vergrößern. Puck lud den Fernsehmann ein, darin Platz zu nehmen. Nach einer halben Stunde hatte er sich alle Schalter zeigen und die Prozedur der Zeitreise erklären lassen, so dass er vollends von der Richtigkeit unserer Angaben überzeugt war.

„Sie werden morgen Abend gegen 21.00 Uhr von einer Limousine abgeholt. Ich vermute, Sie begleiten ihren Freund ins Studio?", fragte er mich, worauf ich nickte. Ecki und der Fernsehmann verabschiedeten sich von uns. Sie hatten noch ein paar Dinge zu besprechen und vorzubereiten.

„Pass gut auf deine Zeitkugel auf", rief Ecki dem Puck noch zu, der sie gleich wieder mit der Fernbedienung verkleinerte und in seiner Hosentasche mit Hochsicherheitsverschluss verstaute.

An diesem Abend waren die Kinder schnell in ihre Betten geschlüpft und wir Erwachsenen folgten ihnen bald nach, denn der Tag mit seinen vielen Ereignissen hatte alle ganz schön geschlaucht. Mir ging es nicht viel anders. Aber ich schlief glücklich und zufrieden ein wie lange nicht, denn alles war eingetroffen, was ich mir vorgenommen und mir gewünscht hatte.

Am nächsten Morgen versammelten wir uns zu einer gemütlichen Frühstücksrunde in der Wohnküche. Wir plauderten munter und teilweise auch verschlafen drauflos und durcheinander oder beantworteten die zahlreichen Fragen unserer Gäste über unsere Zeit. Für sie alle, außer dem Puck, war es ja die Zukunft, eine ferne Zukunft vom 18. Jahrhundert aus betrachtet, so dass sie die meisten Dinge, und die waren nicht nur technischer Natur, mit großem Staunen registrierten. Phil hatte sich einen Tag Urlaub genommen und einen Kleinbus gemietet, mit dem er uns Hamburg und Umgebung zeigen wollte. Einen ganzen Tag hatten wir ja Zeit dafür.

Doch noch saßen wir am Tisch und gaben uns dem fürstlichen Frühstück hin, das meine Schwiegertochter Mandy uns aufgetischt hatte. Ich nutzte die Gelegenheit und verwickelte Puck in ein Gespräch. Mein Sinn war darauf gerichtet, mir Material für eine Fortsetzung seiner Geschichte zu sichern. Dabei kam heraus, dass die Insulaner am Tag nach dem Fernsehauftritt ihre Reise bereits fortsetzen wollten mit dem Ziel 24. Jahrhundert.

Ich knüpfte an diese Information sofort eine Bitte an: „Wenn ihr auf der Rückreise seid, kannst du dann wieder bei mir Zwischenstation machen? Du kennst doch mein Gartenhäuschen. Ich gebe dir einen Schlüssel, du gehst hinein, wenn ihr gelandet seid und rufst mich an?“

„Warum nicht?“, fragte Puck zurück. Das war seine Art „Ja“ zu sagen. Er war mir ein wirklicher Freund geworden, das bestätigte sich mir immer wieder.

„Ich kann dir gerne berichten, was wir alles angestellt haben werden. Vielleicht reichen unsere Erlebnisse aus, ein neues Buch zu beginnen."

„Genau das wollte ich dir vorschlagen. Die Leute werden meine Bücher ja bald viel lieber mögen, wenn wir ihnen bewiesen haben, dass jedes Wort wahr ist und eben nicht freie Erfindung."

Dann winkte mich der Kapitän heran. Er hatte offensichtlich eine spezielle Sache auf dem Herzen, so dass ich mich bei Puck entschuldigte. „Unser König", begann er, „hat mich gebeten, mal nachzuforschen, was aus seinem Königreich und aus seinem Schloss geworden ist. Wir müssen uns also Zugang zu Karten und Atlanten verschaffen um geschichtliche Dinge nachlesen zu können. Wir brauchen eine Bibliothek, aber eine sehr gute."

„Kein Problem. Die Uni Hamburg hat sicher eine hervorragende Bibliothek, wo wir alles finden werden, was Sie suchen."

„Das wäre prima. Ich habe es dem König versprochen."

Um zehn Uhr fuhr Philipp den Bus vor und wir starteten froh und gut gelaunt unseren Ausflug. Philipp hatte sich einen Plan zurechtgelegt, um unseren Besuchern möglichst viel von Hamburg zu zeigen. Ich bat ihn, den Kapitän und mich an der Staatsbibliothek auf dem Uni-Gelände Rotherbaum abzusetzen und uns später wieder einzusammeln.

Wir betraten die heiligen Hallen, in denen nur geflüstert werden durfte, was dem Ort etwas sehr Würdevolles verlieh.

„Wonach suchen wir eigentlich?", wollte ich wissen, um einen Anhaltspunkt zu haben.

„Am besten erst mal eine Weltkarte, damit ich mich orientieren kann. Ich war zwar noch niemals dort, weiß aber, wo das Reich des Königs zu finden ist und wo sein Schloss."

So begannen wir also, uns voran zu arbeiten. Der Kapitän verfeinerte nach und nach seine Ortsangaben, bis wir schließlich fündig wurden. Der Fall war geklärt. Dann hatte ich eine Eingebung und fragte die Bibliothekarin nach einem Buch eines gewissen Quo Vadis, Seeräuberkapitän aus dem 18. Jahrhundert. Nach kurzem Suchen legte sie es uns vor. Dazu hatte sie extra weiße Handschuhe angezogen. „Können Sie aber nicht ausleihen, ist zu wertvoll, 1 Million schätze ich."

Hätte sie erfahren, dass der Autor dieses Buches vor ihr stand, ich glaube, sie wäre ohnmächtig umgefallen. Dem Kapitän klappte die Kinnlade herunter und Schweiß trat auf seine Stirn.

Ich bedankte mich bei der Frau, hakte den Kapitän unter und lotste ihn ins Freie. Draußen fächelte ich dem Kapitän etwas Luft zu, dann riefen wir Philipp an, damit er uns wieder aufsammelte. Da sie gerade die Landungsbrücken besichtigten, würde es noch etwas dauern. Wir spazierten einfach los, Philipp würde uns schon entdecken. Bei diesem Spaziergang hatten der wieder hergestellte Kapitän und ich folgendes Gespräch: „Wissen Sie, sagte er, „das ist schon eigenartig. Ich bin jetzt hier bei Ihnen im 21. Jahrhundert, obwohl ich eigentlich schon längst tot bin. Es kommt aber noch besser. Ich werde schon bald weiter reisen bis ins 24. Jahrhundert. Ist das nicht verrückt?"

Ich wusste genau, was er meinte. „Finde ich auch", gestand ich ihm. „Mit der Zeit ist das ja so eine Sache. Man lebt in der Gegenwart. Aber die ist so unglaublich schnell vergangen. Eben war es noch Zukunft gewesen und ehe man sich versieht, ist alles schon Vergangenheit. Also selbst wenn Sie in die Zukunft reisen, ändert sich für Sie daran überhaupt nichts. Sie leben auch dort in dieser wahnsinnig kurzen Zeitspanne zwischen Vergangenheit und Zukunft, die so klein ist, dass keiner sie messen kann. Und dennoch gibt es sie, sonst hätten wir keine Zeit zum Leben. Ihre Gegenwart nehmen sie sozusagen mit, wenn Sie vor oder zurück in der Zeit reisen."

„Sie haben schon Recht", sagte er. „Und trotzdem ist mir die ganze Sache nicht geheuer. Was, wenn die Zeit plötzlich aufhört, verbraucht ist oder rückwärts läuft?

„Halte ich für unwahrscheinlich. Zeit wird es immer geben. Raum und Zeit. Die sind beide notwendig für Bewegung, also auch für Leben. Ohne Raum und Zeit keine Bewegung. Sicher liegt darin auch das Geheimnis, das uns Zeitreisen ermöglicht. Die richtige Technik ist die eine Seite, die andere eine gehörige Portion Physik. Aber dann, denke ich, gehört auch noch eine dritte Größe dazu, die ich als eine Art Magie bezeichnen möchte. Ich weiß nicht, wie ich das sonst benennen kann."

Wir waren so versunken in unser Gespräch, dass wir mächtig erschraken, als neben uns ein Auto mit quietschenden Bremsen hielt. Philipp hatte uns also gefunden. Auf seinem Plan stand als Nächstes der Museumshafen auf dem Programm. Damit hatte er insbesondere dem Kapitän eine Überraschung bereiten wollen, denn dort lag seit einiger Zeit ein Nachbau der Santa Esmeralda.

4 Unser Fernsehauftritt

Meine und Pucks Leute wollten sich gemeinsam in Philipps Wohnzimmer unseren Fernsehauftritt ansehen. Philipp hatte extra einen Beamer besorgt, damit er ein großes Fernsehbild an die Wand werfen konnte. Heimlich schmunzelte Puck über diese antiquierte Technik, ließ sich aber nichts anmerken. Außerdem hatte Philipp den Auftrag von mir erhalten, die Sendung mitzuschneiden.

Wie es der Fernsehmann angekündigt hatte, kam um 21 Uhr ein Wagen vorgefahren, um Puck und mich abzuholen. Ecki saß bereits darin. Nach kurzer Fahrt erreichten wir die Fernsehstudios. Dort nahmen uns sehr bemühte Mitarbeiter in Empfang und führten uns sogleich in das Aufnahmestudio. Man gab uns einige Anweisungen und Tipps, denn wir waren es ja nicht gewohnt, uns vor einer Kamera zu produzieren. Dem Puck wurde sogar eine Journalistin zugeteilt, die Erfahrung mit Kinderauftritten im Fernsehen hatte. Sie versuchte, Puck die Aufregung zu nehmen, doch er war die Ruhe selbst. Ich hätte so eine Spezialbehandlung viel besser gebrauchen können.

Nachdem man uns mit Mikrofonen ausgestattet, unsere glänzenden Nasen und Stirnen mit Puder betupft und die Haare gerichtet hatte, waren wir fein genug, um einem Millionenpublikum gezeigt zu werden. Ich hatte mein Buch in der Hand, um es an passender Stelle in die Kamera zu halten. Puck tastete seine Hosentasche ab, wo Zeitkugel und Fernbedienung sicher verwahrt waren.

Dann ging es auch schon los. Sie setzten uns auf ein breites Sofa. Uns gegenüber stand der Moderator hinter einem Tisch und verlas die Nachrichten. Nach einer halben Stunde waren wir endlich dran. Der Moderator moderierte: „Nach diesen trüben Wetteraussichten kommen wir jetzt zu unserem Spezial. Ich begrüße bei uns im Studio Herrn Rogge, bekannt geworden durch sein Buch „Auf der Insel der erfüllten Wünsche“. Mit ihm gekommen ist sein kleiner Held Puck, ein Junge aus dem 24. Jahrhundert. Ja, Sie haben richtig gehört, meine Damen und Herren.“

In diesem Moment kam er hinter seinem Tisch hervor und auf uns zu. Die Kamera schwenkte und mit ausgestrecktem Arm trat er an uns heran. „Wir haben Besuch aus der Zukunft. Herzlich willkommen im Deutschen Fernsehen, Puck.“

„Historiker Puck, Professor-Service“, ergänzte Puck völlig ungerührt seine Vorstellung.

„Du bist schon einmal Gast in unserer Zeit gewesen, vor einem Jahr, um genau zu sein. Ist das richtig?“

„Ja“, erzählte Puck völlig ungeniert dem Moderator. „Wir waren damals auf der Rückreise vom 18. Jahrhundert in unser 24., als meine Tante Magermilch und ich eine technische Panne mit unserer Zeitkugel hatten. Zufällig trafen wir Herrn Rogge, der uns half, unsere Zeitkugel wieder flott zu machen. Zum Dank erzählte ich ihm von meinen Erlebnissen. Er hat alles aufgeschrieben.“

Ich spürte, dass ich jetzt gleich an der Reihe war und hielt deshalb mein Buch vor die Brust. Das war ungeschickt, zugegeben, aber sehr wirkungsvoll. Tatsächlich sprach mich der Moderator an und die Kamera schwenkte auf mich und mein Buch.

„Herr Rogge", wandte sich der Moderator an mich. „Der Puck, Professor-Service", korrigierte er sich selbst, „hat Ihnen also die Story zu ihrem Buch geliefert. Kamen Ihnen damals keine Zweifel an der Identität des Jungen? Ich meine, Sie haben das Buch herausgebracht und alles ganz offen beschrieben. Warum, glauben Sie, gab es damals keine erwähnenswerten Reaktionen auf diese Sensation?"

„Ganz einfach", sagte ich, „weil ich meinen Lesern einen echten Beweis schuldig geblieben bin, bis heute. Mein Freund Puck hat sich bereit erklärt, obwohl ihm das verständlicher Weise streng verboten ist, hier und heute den Beweis zu erbringen, dass er aus der Zukunft kommt."

Der Moderator übernahm wieder die Gesprächsführung und wandte sich an Puck: „Ich glaube, es interessiert die gesamte Menschheit, wenn tatsächlich etwas Wahres daran ist. Du hast uns etwas mitgebracht, lieber Puck, das beweisen soll, dass du tatsächlich ein Besucher aus dem 24. Jahrhundert bist. Ist das richtig?"

„Ja, habe ich", sagte Puck, „meine Zeitkugel."

„Du behauptest also, dass du hier, wie du da sitzt, deine Zeitkugel dabei hast, mit der du jeder Zeit in das 24. Jahrhundert zurück reisen kannst?"

„Voraus reisen. Aber ja, habe ich. Sie ist verkleinert und befindet sich gerade in meiner Hosentasche." Er deutete mit seinem Zeigefinger auf zwei Beulen in seiner Hose im Taschenbereich. Die Kamera nahm das groß auf.

„Ich sehe zwei Beulen", sagte der Moderator und bekam einen roten Kopf.

„Die andere stammt von der Fernbedienung, die man braucht, um sie vergrößern zu können oder zu verkleinern."

Jetzt kam der Moderator zur Sache: „Du behauptest also, in deiner Tasche da eine Zeitkugel und eine Fernbedienung zu haben, mit der du sie vergrößern, quasi betriebsbereit machen und dann in der Zeit damit reisen kannst?“

„Ja, habe ich.“

„Bist du bereit, uns das jetzt und hier vorzuführen?“

„Klar“, sagte Puck trocken und fingerte beide Gegenstände heraus. Gleichzeitig gingen hinter den Kulissen, für das Fernsehpublikum nicht einsehbar, irgendwelche Dinge vor sich. Personen schlichen vorbei, Handys klingelten, Fotos wurden gemacht. Ich bemerkte eine gewisse Unruhe auch beim Moderator, aber ein Profi wie er überspielte sie gekonnt. „Dann bitten wir dich, jetzt für uns zum Beweis deine Zeitkugel zu vergrößern.“

Puck trat in die Mitte des Studios, legte die kleine Zeitkugel auf den Boden und betätigte die Fernbedienung. Daraufhin vergrößerte sie sich. Er öffnete die Luke, worauf ein Kameramann mit einer Schulterkamera herantrat und in das Innere hinein hielt. Gleichzeitig ging ein Raunen durch das Studio, denn alle waren jetzt doch sehr erstaunt über das, was zu sehen war.

In diesem Moment der allgemeinen Fassungslosigkeit sprangen fünf, sechs Männer in grauen Anzügen auf die Bühne des Geschehens, blitzschnell, ohne auf irgendetwas oder irgendwen zu achten, geradewegs auf den Puck zu. Im Herannahen riefen sie:

„Geheimdienst, wir müssen dich und deine Zeitkugel mitnehmen.“

Diese Botschaft aus den Mündern der Männer, die sich ihm schon bis auf einen Meter genähert hatten, signalisierte Puck allerhöchste Gefahr, worauf er noch schneller reagierte. Er stieß den Kameramann zur Seite, der immer noch das Innere der Zeitkugel aufnahm, jetzt aber schwankte, wegen des Gewichtes auf seiner Schulter. Dadurch schlug er vor die Füße der Geheimdienstleute lang hin, was Puck geistesgegenwärtig dahingehend ausnutzte, dass er den liegenden Kameramann als Trittstufe benutzte und mit einem Sprung in der Kugel verschwand. Im Springen noch zog er die Luke mit sich, so dass sie fast zeitgleich mit seiner Landung im Innern zuschlug. Die Geheimdienstleute bemerkten ihren Fehler sofort und versuchten mit ihren Händen die Luke wieder aufzubekommen, was ihnen aber nicht gelang. Kurz darauf erfolgte der Start. Wir wissen bereits, dass Landung und Start auch von einem Innenraum aus erfolgen können. Eigentlich passierte dann nicht mehr viel. Die Zeitkugel wurde immer glasiger, bis sie ganz verschwand und die Geheimdienstleute ins Leere griffen.

„Das war es also“, sagte der Moderator in die Kamera, der sich als Erster wieder in den Griff bekam. Als Zweiter bekam sich Ecki in den Griff, denn er zog mich heftig am Ärmel und flüsterte mir zu: „Komm, wir verschwinden auch.“

Alle anderen waren viel zu sehr mit sich und ihren Emotionen beschäftigt, so dass sie unseren Abgang gar nicht bemerkten. Unten auf der Straße schnappten wir uns das Taxi, mit dem gerade ein Fahrgast angekommen war und fuhren los.

„Nach Hause können wir aber nicht, der Geheimdienst hat doch schnell heraus, wo dein Sohn wohnt“, sagte Ecki. Da hatte ich einen Geistesblitz und rief mit meinem Handy zu Hause an. Mein Sohn meldete sich.

„Ihr müsst die Wohnung verlassen, sofort, alle. Bitte keine Fragen, ihr habt ja gesehen was passiert ist. Da fällt mir ein, so viele Leute fallen auf, da kommt ihr nicht weit. Ich habe eine Idee. Bitte gib mir den Zauberer. Ja, hallo, Veni Vidi Vici? Bitte fragen Sie nicht, verwandeln Sie bitte alle in ... in ...“ mir fiel nichts ein.“

„Bienen?“, fragte die Stimme am anderen Ende.

„Ja, Bienen ist gut. Und bitte versteckt euch ..., vielleicht hört jemand mit, versteckt euch dort, wo eine Biene so groß ist wie ein Mensch. Die Kinder werden schon wissen, was ich meine. Wir kommen morgen dorthin. Jetzt aber los. Fliegt gleich aus einem Fenster der Wohnung.“

Ich legte auf, ohne auf eine Antwort zu warten.

„Ganz schöner Mist“, sagte ich zu Ecki. „Dass so etwas passiert, hätte ich nie gedacht. Du sicher auch nicht. Aber es hätte uns klar sein müssen, dass der Geheimdienst ein Interesse an unserem Gast besitzt. Sie hätten wenigstens bis nach der Sendung warten können. Aber was hätte das geändert? Nichts! Besser so, denn Puck ist ihnen ja entwischt.“

In diesem Moment machte der Taxifahrer eine Vollbremsung, denn mitten auf der Fahrbahn lag vor uns Pucks Zeitkugel. Wir warfen dem Taxifahrer einen Zwanziger nach vorne und sprangen aus dem Taxi. Gerade öffnete sich die Luke und Puck stieg aus. Schnell verkleinerte er die Kugel, denn einige Passanten wurden schon aufmerksam.

Wir gingen einfach weiter. Ecki hatte dort in der Nähe eine kleine Wohnung für wichtige Gäste gemietet, die im Moment aber leer stand. Noch waren wir aber nicht da. Wir hatten die Kragen unserer Jacken vors Gesicht geschlagen, um nicht erkannt zu werden. Um diese Tageszeit war nur noch wenig los auf den Gehsteigen. Nur der Autoverkehr flutete noch einigermaßen stark. Hin und wieder raste ein Polizeiwagen mit eingeschalteter Sirene an uns vorbei. Ein Zeichen für uns, dass große Aufregung in der Stadt, wahrscheinlich im ganzen Land, herrschte.

„Du, Puck, es tut mir wahnsinnig Leid, denn ich hätte wissen müssen, dass so etwas passiert“, sagte ich ehrlich bestürzt. Inzwischen saßen wir auf einem bequemen Sofa in besagter kleiner Wohnung Eckis.

„Ich wäre nie darauf gekommen, dass der Geheimdienst etwas von dir will. Aber jetzt, wenn ich genau darüber nachdenke, wird es mir klar. Wahrscheinlich stecken auch das Militär und die Regierung dahinter. Die Möglichkeit, in die Zukunft zu reisen, eröffnet diesen Kreisen ungeahnte Möglichkeiten für irgendwelche Gemeinheiten gegen den Feind. Nicht nur Ottonormalverbraucher, der sich gerne die Lottozahlen für die nächste Ziehung aus der Zukunft holen würde, ist sehr daran interessiert. Ich begreife nur nicht, warum sie es vor laufenden Kameras getan haben, vor den Augen der Leute?"

„Wer weiß, vielleicht haben sie selber nicht daran geglaubt, bis zu dem Moment, als Puck die Kugel vergrößerte. Sie hatten Angst, auf einen Schwindel reinzufallen und sich zu blamieren", warf Ecki ein.

„Ein Schwindel im Fernsehen? So etwas gibt es nicht", entrüstete ich mich.

„Wie dem auch sei, es war mein Fehler", sagte Puck, „ich hätte einfach das Verbot der Zeitzentrale beachten müssen, dann wäre das nicht passiert. Es gibt bestimmt auch noch eine andere Möglichkeit, die Wahrheit deiner Geschichte zu beweisen. Wir sind nur noch nicht darauf gekommen. Geheimdienste und Militär, auch so etwas wie eine Regierung, kenne ich nur noch vom Hörensagen und aus dem Geschichtsunterricht des Hausbildungsservice. Bei uns ist das alles längst abgeschafft worden. Nur so eine Art Polizei, die sich die Hüter nennen, gibt es noch. Die kommen und helfen dir, wenn du Streit hast mit jemand anderem und urteilen und richten gleich an Ort und Stelle."

„Das klingt wirklich fabelhaft in unseren Ohren. Welch ein Segen für die Leute, keine Regierung, kein Militär!" Ecki kam richtig ins Schwärmen.

„Aber eines haben wir geschafft", fiel mir in diesem Moment ein, „wir haben genau das bewiesen, was ich bewiesen haben wollte. Den Leuten ist jetzt doch klar, dass du tatsächlich aus der Zukunft bist und ich in meinem Buch die Wahrheit geschrieben habe. Solch eine Aktion vor laufenden Kameras macht man doch nur, wenn etwas dran ist an unserer Geschichte. Sie haben uns also ungewollt geholfen, indem sie mit ihrer Aktion unsere Behauptungen noch untermauert haben. Wir haben einen hohen Preis dafür bezahlt, aber gewonnen. Morgen kommen wir alle zusammen und ihr könnt gleich eure Reise fortsetzen. Niemand wird mehr etwas von euch zu sehen bekommen, und wir werden denen schon schnell klarmachen, dass wir dich für kein Geld der Welt zurückholen können."

Sie waren zufrieden, denn ich hatte Recht. Es war spät geworden, und wir beschlossen schlafen zu gehen. Ecki führte noch ein paar Telefonate, dann ging auch er in die Waagerechte.

Am nächsten Morgen riss mich ein Stimmengewirr aus dem Schlaf. Als ich die Augen endlich offen hatte, sah ich Ecki vor einem kleinen Fernseher sitzen und aufmerksam das Programm betrachten.

„Die bringen euren Auftritt von gestern Abend immer und immer wieder. Der scheint wirklich als eine Sensation zu gelten, die sich schon auf der ganzen Welt verbreitet hat. Dazwischen diskutiert eine Expertenkommission über den Vorfall. Es gibt zwei Lager. Die einen halten alles für einen Schwindel, die anderen sind von seinem Wahrheitsgehalt völlig überzeugt und zeigen sich fasziniert. Sie lassen durchblicken, dass eine groß angelegte Suchaktion gestartet wurde. Die wollen unbedingt mit jedem reden, der Kontakt mit Puck hatte, auch mit mir. Sie haben unsere Namen genannt und Bilder gezeigt und uns aufgefordert uns zu melden."

„Das werden wir auch, wenn Puck mit seinen Leuten abgereist ist", sagte ich bestimmt, denn nun war ich wach.

„Ich habe ein paar Dinge heraus gekramt, die uns helfen werden, unser Aussehen grundlegend zu verändern", sagte Ecki. „Puck ist am besten gar nicht als ein Kind zu erkennen. Ich dachte mir, da ich relativ klein bin, nehme ich ihn auf die Schultern und wir tarnen uns als eine Person."

Der Gedanke war gut. Nach dem Frühstück, das Ecki in Windeseile vom Nachbarn besorgt hatte, begannen wir mit unserer Maskerade. Ich erhielt die Kleider einer Frau, Ecki und Puck wollten zusammen zum Mann dieser Frau werden. Das war in Ordnung, da sie mich sowieso überragten. In diesem Moment begann uns die Sache Spaß zu machen. Wir hatten ja eine gute Ausgangsposition. Wir brauchten nur unbehelligt in die Modellwelt in der Speicherstadt zu gelangen und Puck mit den anderen Zeitreisenden wieder zu vereinen.

Ecki kannte den Chef der Modellwelt sehr gut, so dass er sich getraute, den Mann einzuweihen und um ein ruhiges Plätzchen für uns zu bitten. Der quartierte uns in einem kleinen Lagerraum ein, in dem Regale mit Putzmitteln standen, aber auch Klappstühle und ein Telefon vorhanden waren. Der Raum hatte ein kleines Fenster, gerade so groß, dass eine Möwe hindurch gepasst hätte. Aber man konnte wenigstens lüften, denn die Putzmittel sonderten doch einen starken Geruch ab, der in der Nase zwickte und Kopfschmerzen verursachte. Auf seiner Tür war mit großen Buchstaben das Wort BESENKAMMER gemalt worden.

Der Fußmarsch hierher bis in diesen Raum hatte reibungslos geklappt. Die Ausstellung hatte gerade geöffnet, so dass wir uns unter die ersten Besucher mischen konnten und so gar nicht weiter auffielen. Unser Gastgeber begrüßte uns persönlich. Puck wurde von ihm besonders herzlich und überschwänglich willkommen geheißen: „Ich kann gar nicht glauben, dass du aus der Zukunft kommst. Für mich bringst du die einmalige Möglichkeit mit, etwas darüber zu erfahren, wie die Welt in 300 Jahren aussieht. Als ich von deinem Besuch erfuhr, kam mir sofort die Idee, eine neue Abteilung Future-World zu planen."

„Sie meinen ein Modell von meiner Zeit?", Puck war begeistert. Sie zogen sich in die hinterste Ecke zurück, und Puck erzählte dem Mann in der Kürze der Zeit alles, was ihm einfiel.

„Ich werde jetzt versuchen, mit den anderen Kontakt aufzunehmen", sagte Ecki und ließ uns im Lager allein zurück, um in der Ausstellung nach Bienen Ausschau zu halten.

Auf den Gleisen waren etliche Züge unterwegs, Schnellzüge, Bummelzüge, Güterzüge, Züge, Züge, Züge. Auch auf den Straßen war reger Fahrzeugverkehr und das alles im Maßstab 1:87. Ein unbeschreibliches Gewimmel inmitten von Gebäuden und Landschaften aller Art wurde den Besuchern geboten. Die Erbauer der Modellwelt hatten ganze Arbeit geleistet.

Da! Ecki hatte eine Biene entdeckt, die vorn auf einer Schnellzuglok saß und die rasante Fahrt über die Anlage offensichtlich sehr genoss. Sie legte immer wieder ihre Flügel an, die im Fahrtwind flatterten und sich öffnen wollten. Da, noch eine! Ecki sah jetzt mindestens drei oder vier Bienen auf einem Güterzug sitzen, der doch wesentlich geruhsamer seine Runden drehte. Das müssen sie sein. Er hielt sich ein Blatt Papier vor die Brust, auf dem er schon vorher das Wort BESENKAMMER!!! geschrieben hatte. Daraufhin schwirrten die Bienen in eine andere Richtung davon, wahrscheinlich zum Zauberer, damit der sie gleich wieder zurückverwandeln konnte. Nacheinander trafen dann unsere und Pucks Leute in der Besenkammer ein. Meine Frau kam mit Nelly: „Du, stell dir vor, dem Zauberer ist es gelungen, unseren Hund in eine Biene zu verwandeln, glücklicherweise, denn sonst hätte ich ihn alleine in der Wohnung zurücklassen müssen.“

Ich schüttelte ungläubig den Kopf, mein Hund eine Biene?

Alle waren jetzt da, nur der Kapitän erschien nicht. Philipp berichtete, dass er ihn zuletzt dabei gesehen hatte, wie er mit einem Schiffsmodell gefahren war, doch mehr wusste er auch nicht. Der Zauberer entschloss sich, als nach einer halben Stunde immer noch kein Lebenszeichen vom Kapitän gekommen war, nach seinem Freund zu suchen. Wir mahnten ihn zur Eile und schon schwirrte er ab.

Puck, der von der Modellwelt kaum etwas gesehen hatte, löcherte mich so lange, bis ich schließlich einen Schnellrundgang mit ihm unternahm. Die Gänge hatten sich mittlerweile so gefüllt, dass wir, ein Opa mit seinem Enkel, zwischen den anderen Opas mit ihren Enkeln gar nicht auffielen.

Puck war begeistert und zog mich von einem Raum in den anderen. Er war in diesem Moment wieder zum Kind geworden und staunte nur ob dieser Wunderwelt im Modellmaßstab. Ich konnte ihm das nicht verwehren, schon in Anbetracht dessen nicht, was er alles für mich getan und auf sich genommen hatte.

Er war gerade wieder ein paar Meter voraus, als sich blitzschnell ein Mann mit langem Bart und dunkler Sonnenbrille an meiner Seite einfand und mir zuflüsterte: „Wenn dir an dem kleinen Puck etwas liegt, dann machst du jetzt keine Dummheiten und tust genau das, was ich dir sage."

Ich bekam einen gewaltigen Schreck und dachte schon, Mist, das ist der Geheimdienst. Doch gleichzeitig sah ich, dass das Kindermädchen vom Fernsehen an Puck herantrat, genau die, die ich mir im Studio an meine Seite wünschte, dass sie vertrauensvoll ihre Hand auf seine Schulter legte und schließlich mit ihm verschwand. Der Mann an meiner Seite drängte mich in einen Gang bis vor eine Toilette, die wir dann betraten. Er schubste mich in eine Kabine und befahl mir barsch: „Setzen!" Als ich saß, erhielt ich meine Anweisungen: „Wir wissen, dass dieser Seeräuberkapitän hier zu Besuch ist und dieser Zauberer von der Insel auch, also tun Sie, was verlangt wird."

Er drückte mir einen Umschlag in die Hand, dann zog er mir ein schwarzes Tuch über den Kopf und befahl: „Zähle bis tausend, dann kannst du gehen!"

Er verließ die Kabine.

Schöne Scheiße, dachte ich. Doch, wo ich schon mal hier bin und zählen soll, dann lasse ich den Dingen eben ihren Lauf.

In der Zwischenzeit suchte der Zauberer nach dem Kapitän. Der hatte sich an einem ICE fest gekrallt und sauste mit einem Affenzahn durch die Anlage. Das war so richtig nach seinem Geschmack. Kann man sich das vorstellen, dieses Gefühl, eine Biene zu sein? Es bereitete ihm einen Hochgenuss. Er probierte alle Fahrzeuge aus, die ihm in die Quere kamen. Erst waren die Züge dran, dann die Schiffe im Hafenbecken, dann wieder fuhr er Auto, Bus und auch mit der Feuerwehr. Wenn er vom Herumtoben ganz außer Atem war, verschnaufte er an einem ruhigen Plätzchen, irgendwo auf einem Häuserdach, auf einer Parkbank oder im Liegestuhl im Freibad. Er hatte so viel Spaß, dass er alles andere ganz vergaß. Glücklicherweise war der Zauber endlich im Schwinden. Als er das bemerkte, verließ er die Modellanlage und begab sich in eine ruhige Ecke des Raumes, um Mensch zu werden. Wieder ganz hergestellt, versuchte er sich zu orientieren und Ausschau zu halten nach den anderen. In diesem Moment entdeckte ihn der Zauberer. Der zog ihn wortlos mit sich fort in Richtung der Besenkammer. „Komm, lieber Freund, die anderen warten schon."

Wir trafen vor der Tür aufeinander. Nachdem ich bis 599 gekommen war, hatte ich es nicht länger ausgehalten. Schummeln wird erlaubt sein in dieser Situation. Ich zog sie schnell hinein. In meiner Hand befand sich immer noch der Briefumschlag, den man mir für Quo Vadis mitgegeben hatte.

5 Puck wird entführt

„Ich befürchte", sagte ich, „wir haben ein neues Problem – Puck ist entführt worden. Doch die Entführer scheinen nicht vom Geheimdienst zu sein. Was die Kidnapper von uns wollen, werden wir sicher gleich aus diesem Brief hier erfahren", sagte ich und gab ihn dem Kapitän. Der riss ihn sofort auf, sichtlich genervt und gereizt ob dieser neuen Entwicklung.

Im Brief stand geschrieben: „Wir wissen aus sicherer Quelle, dass Sie, der Seeräuberkapitän, genannt Quo Vadis, aus dem 18.

Jahrhundert sind und zusammen mit dem Zeitreisenden Puck zu uns gekommen sind. Wir fordern Sie auf, beim Leben des Knaben, uns den Goldschatz auszuhändigen." Dem Kapitän kam nur ein kurzes „Verbrecher" über die Lippen, dann las er weiter: „Wir wissen ebenfalls aus sicherer Quelle, dass der Goldschatz sich immer noch auf dieser ominösen Insel der erfüllten Wünsche befinden muss, die keiner kennt. Wir fordern Sie auf, Gold, Silber, Edelsteine und überhaupt alles bis zum 31. August zu einem Treffpunkt zu bringen, der Ihnen noch mitgeteilt wird. Dann, und nur dann lassen wir zu, dass Sie zusammen mit dem Jungen unsere Zeit wieder verlassen. Wir haben ihn gut versteckt, kein Geheimdienst der Welt kann ihn finden, also suchen auch Sie nicht nach ihm."

Die Entführer

Damit war alles klar, es ging also um das Gold, ganz normale materielle Gier, und wir waren die Opfer. Aber wer, fragte ich mich, war die Informationsquelle für die Entführer, woher konnten sie all das wissen? Gut, mein Buch gab einige Informationen. Hatte Puck die Kenntnisse geliefert? Wohl kaum, er war ja gerade eben erst entführt worden. Ich grübelte weiter, denn die Antworten auf diese Fragen waren doch sehr wichtig. Dann schoss es mir ein, der Fernsehmann, der zu uns in Philipps Wohnung gekommen war, nur der konnte es sein. Und Ecki? Ecki hatte alles organisiert, die Informationen weitergegeben, vielleicht mehr als notwendig war?

„Ecki, hast du damit zu tun?", fragte ich ihn geradewegs heraus.

„Ja, habe ich."

Wir waren entsetzt.

„Es ist aber nicht so, wie ihr jetzt vielleicht denkt, ich werde erpresst. Sie haben meine Frau, diese Schweine. Der Fernsehfritze ist ein geldgieriger Mistkerl, Verzeihung, aber er hat sofort seine Millionenchance gewittert und zusammen mit dieser Frau, seine Freundin nehme ich an, die Sache ausgeheckt. Was hättest du getan, wenn es um deine Frau ginge?“

„Was machen wir nun?“, fragte ich, ratlos geworden. „Nicht mal die Polizei dürfen wir einschalten, da können wir auch gleich zum Geheimdienst.“

„Zu welchem?“

„Zu welchem? Ja, du hast die Auswahl, inzwischen sind die Geheimdienste der ganzen Welt mobilisiert worden, wie ich den neuesten Nachrichten entnehmen konnte. Alle Staaten wollen den Puck und seine Zeitkugel, denn die ist die Lösung für viele Probleme, die sie haben, wenn nicht für alle. Mit anderen Worten, wir müssen uns selber helfen, uns und dem Puck und meiner Frau“, sagte Ecki.

„Armer Kerl, arme Frau, hoffentlich behandeln sie die beiden anständig. Die Zeitkugel werden sie ihm abgenommen haben. Aber damit können sie nichts anfangen, denn Puck gab mir die Fernbedienung.“

„Du hast die Fernbedienung?“, fragte Ecki erstaunt.

„Ja, er gab sie mir schon gestern Abend bei dir, zur Sicherheit für uns beide, wie er sagte. Ich fand das einleuchtend. Sicher kennt er noch einen Trick, wie er die Zeitkugel auch ohne die Fernbedienung in Betrieb nehmen kann. Immerhin können die Entführer ohne sie wenig damit anfangen und konzentrieren sich deshalb auf den Goldschatz.“

Der Besitzer der Modellwelt, der voll auf unserer Seite stand, zeigte sich überaus gastfreundlich. Er führte uns in einen großen, abseits gelegenen Lagerraum. Hier sollten wir vorerst bleiben dürfen, bis sich unsere Lage übersichtlicher gestaltete und wir einen Plan gefasst hatten.

Der gute Mann hatte eine Tafel aus Platten und Böcken improvisiert, auf der einige Speisen und Getränke für uns aufgebaut waren. Überall standen Gästebetten, damit wir uns auch setzen oder legen konnten. Wir nahmen Platz an der Tafel, aßen und tranken und berieten uns dann, was zu tun war.

Ecki schlug vor, unsere Handys einzuschalten und sie dann zu opfern, um den Geheimdienst auf falsche Fährten zu locken. Ein Handy sollte auf einen Frachter, ein zweites zum Flughafen in das Gepäck eines Passagiers und ein drittes zum Hauptbahnhof unter den Sitz eines ICE. Ein Mitarbeiter der Modellwelt würde das für uns erledigen.

„Wenn wir telefonieren müssen, benutzen wir das Festnetz hier im Speicher", sagte Ecki.

Das war geklärt. Nun war der Goldschatz an der Reihe.

„Kapitän, glauben Sie hier von Hamburg aus die Insel finden zu können? Und glauben Sie, der Schatz befindet sich immer noch dort?"

„Ja, da bin ich fest von überzeugt und es ist kein Problem für mich, von hier aus zur Insel zu finden. Doch wir brauchen ein sehr großes Schiff, denn ich denke, vorsichtig geschätzt handelt es sich um mindestens 100 Tonnen Gewicht."

„So viel? Erstaunlich!", warf ich ein.

„Allerdings brauchen wir ja nur einen kleinen Teil an die Entführer aushändigen. Die wissen doch gar nicht, welchen Umfang der Schatz tatsächlich hat. Für euch neu, der Schatz wurde von uns komplett in die Höhle auf der Insel umgelagert. Dort kann ihn niemand einfach so entdecken. Das müsste schon ein sehr großer Zufall sein."

„Phantastisch", sagte ich, „dann gibt es nur noch das Problem mit dem Schiff."

Da meldete sich mein Sohn zu Wort, der auf einer kleinen Spezialwerft in Hamburg arbeitete: „Ich hätte da etwas auf Lager", sagte er. „Wir haben vor kurzem im Auftrag eines Forschungsinstitutes ein supermodernes Unterseeboot gebaut. Es ist fix und fertig, nur dem Institut sind die Mittel gekürzt worden und nun liegt es am Kai, weil sie es nicht bezahlen können. Es ist nicht so groß, aber schnell, konstruiert für jedes Meer und jeden Ozean auf dieser Welt und es hat einen Laderaum für schweres Gerät. Da wir das nicht brauchen, haben wir Platz für den Piratenschatz. Es kostet jetzt nur noch 10 Millionen."

„10 Millionen", wiederholte ich, „wenn wir die nur hätten. Ich gäbe sie gern, um den Puck zu retten."

„Du hast sie nicht, aber du könntest sie bekommen, auf ganz legale Weise", sagte Ecki.

„Ich?", stammelte ich, „du spinnst doch."

„Denk doch nur daran, was passiert ist gestern im Fernsehen, zur besten Sendezeit. Die Millionen Zuschauer, die dich gesehen haben, werden sich doch jetzt dein Buch kaufen und dich mit einem Schlage zum Millionär machen. Es wird dir gehen wie dieser Rowling mit ihrem Potter, du weißt schon."

„Das ist doch ganz etwas anderes, reine Erfindung und sehr gut geschrieben. Damit kann ich mich doch nicht vergleichen."

„Sei nicht so bescheiden, ruf deinen Verlag an, bitte um einen Barscheck über 10, nein besser 12 Millionen. Biete ihnen Teil 2 an, den du schreiben wirst, wenn das alles hier vorbei ist."

„Du hast Recht. Das ist ja einfach genial, so könnten wir es machen. Aber 12 Millionen sind so unglaublich viel Geld, glaubst du wirklich, dass der Verlag so viel ausspuckt?"

„Du wirst dich wundern was alles geht, wenn du erst einmal im Fernsehen warst. Die spucken noch viel mehr aus, wenn du ihnen die Filmrechte in Aussicht stellst. Übrigens könnte der Geheimdienst jedes Interesse an uns verlieren, wenn jeder lesen kann, was wirklich passiert ist. Sobald Puck mit seinen Leuten unsere Zeit wieder verlassen hat, steht es dir doch frei, das zu tun. Es ist sogar deine Pflicht. Das Unterseeboot verkaufen wir wieder. Wenn erst bekannt wird, das Quo Vadis damit gefahren ist, ein Mensch aus dem 18. Jahrhundert, dann bekommst du das 10-fache dafür."

„So verrückt sind wir schon?“ Ich rief also meinen Verlag an und verhandelte wie besprochen. Mann, bekamen die heiße Ohren: „Wir suchen Sie schon überall, wollten Kontakt zu Ihnen aufnehmen, ist aber bisher nicht gelungen ...“ Bla, bla, bla. „Wir verzeichnen einen sprunghaften Anstieg der Nachfrage nach Ihrem Buch ...“ usw.

Ich sagte frei heraus: „12 Millionen und Sie bekommen Teil 2 Ende des Jahres exklusiv.“

„Kein Problem, so machen wir es. Wann und wo?“

„Ich schicke einen Boten zu Ihnen.“ Das war alles.

Der Zauberer erklärte sich bereit, in eine Möwe verwandelt zum Verlag zu fliegen und sich dort den Scheck aushändigen zu lassen. Ich stattete ihn mit einer Vollmacht aus, die er quer im Schnabel trug.

„Gut, das hätten wir. Philipp, du kümmerst dich um das U-Boot. Ruf deinen Chef an und kläre alles mit ihm. Sie sollen es startklar machen für heute Abend 18 Uhr, vollgetankt und mit ausreichend Proviant versehen für eine große Fahrt und es uns dann zu den Landungsbrücken liefern. Wir senden einen Boten zu ihm mit einem Scheck. Übrigens, kommst du mit dem Boot auch klar?“

„Ich denke schon. Ich habe alle Probefahrten mitgemacht.“

„Gut, dann ist das auch geklärt. Das Beste ist, wir fahren alle mit. Ehrlich gesagt, ich habe zu einer U-Bootreise doch etwas mehr Lust, als hier in diesem Lager die Hände in den Schoß zu legen und mich zu verstecken.“

Wir waren genug Leute, um das Gold auf der Insel zum Boot zu transportieren, denn diese Arbeit würde uns keiner abnehmen können. Meine Frau, der Hund, Philipp mit Frau und Kind, mein Enkelkind, Vif, die Prinzessin, Professor Quasi, Quo Vadis und ich, das war die Mannschaft. Ecki zog es vor, in Hamburg zu bleiben und auf die Rückkehr seiner Frau zu warten. So hatten wir hier einen zuverlässigen Verbindungsmann und Nachrichtenquelle. Der

Zauberer schloss sich ihm an, um hier zu helfen. Er wollte als Möwe nach Puck und nach Eckis Frau suchen, so dass keine Gefahr vonseiten des Geheimdienstes für ihn bestand. Über Satellitentelefon konnten wir miteinander in Verbindung bleiben und der Zauberer sollte uns folgen, falls wir seine Hilfe benötigten. Als Seeschwalbe konnte er uns sehr schnell überall hin nachkommen.

Wir sind wirklich gut, dachte ich, so könnte es funktionieren. Ganz stolz war ich auf meinen Sohn. Das Ding mit dem U-Boot war eine tolle Idee und wirklich die beste Möglichkeit, uns ungesehen die Elbe entlang aus Hamburg davonzumachen. Hoffentlich konnte er wirklich gut mit dem Boot umgehen, denn so eine Fahrt in der Elbe bei dem Schiffsverkehr verlangte bestimmt ein großes Können.

„Du machst dir unnütz Sorgen, Micha“, sagte er zu mir, denn er hatte meinen besorgten Gesichtsausdruck bemerkt und meine Gedanken erraten. „Es besitzt ein radarunterstütztes Autopilotsystem, damit kommst du durch ein Nadelöhr. Das Boot sucht sich quasi selber seinen Weg, du musst nur auf die richtigen Knöpfe drücken, und ich weiß, welche das sind.“

Professor Quasi hatte den Ausführungen meines Sohnes aufmerksam zugehört. Er war überhaupt während der ganzen Zeit, seit wir uns persönlich kannten, außergewöhnlich ruhig gewesen. Das konnte nur an den vielen tausend neuen Eindrücken liegen, die ein Erfinder wie er erst einmal verarbeiten musste. Doch das schien ihm sehr gut zu gelingen. „Wir fahren also mit einem Boot, das untertauchen kann?“

„So ist es“, bestätigte Phil. Schon kurz danach waren die beiden in eine lange Unterhaltung vertieft, bei der mein Phil dem Professor auf seine vielen, vielen Fragen antwortete. Von da ab wich der Junge ihm nicht mehr von der Seite.

Ich nutzte die Wartezeit bis zur Rückkehr des Zauberers dazu, mir ein paar Blatt Papier und einen Stift zu besorgen und begann, mir stichpunktartig das Geschehen zu notieren. Ich wollte später einfach ein paar Anhaltspunkte haben, wenn ich mich an die Arbeit machte, den 2. Teil zu schreiben.

Die zwei Mädchen, Vif und Petra, waren in eine Unterhaltung vertieft, in der es, wie konnte es anders sein, um Klamotten, Jungens und Musik ging. Sie hatten sich ein kleines Radio organisiert, den Jugendsender eingestellt, auf dem den ganzen Tag die neuesten Musikprodukte rauf und runter gespielt wurden. Dastin erklärte den beiden, welche Gruppen gerade welche Hits in den Charts hatten. Dastin konnte zu jeder Gruppe etwas sagen, was die beiden sehr beeindruckte. Dann ging es um Mode, die neuesten Spiele und natürlich auch um Harry Potter. Dastin hatte immer einen Band dabei. Das interessierte die beiden sehr und Dastin begann, ihnen vorzulesen. Er erklärte ihnen die Geschichte um H. P., fasziniert hörten Petra und Vif ihm zu.

Dann endlich kam der Zauberer zurück; das heißt, eine Möwe flatterte zum Fenster herein und ließ einen Scheck über 12 Millionen aus ihrem Schnabel auf den Boden fallen. Dann verwandelte sie sich in unseren Zauberer.

„Hat also geklappt“, schloss ich. „Wie war der Flug?“

„Viel Luftverkehr um diese Zeit“, antwortete er spaßig.

„Wir müssen Sie bitten, gleich weiterzufliegen und den Scheck zur Werft zu bringen.“

Philipp schrieb noch ein paar Zeilen dazu, in denen er darum bat, 2 Millionen in bar auf dem Boot zu deponieren. Schon verwandelte sich der Zauberer wieder und schwang sich aus dem Fenster. Perfekt, dachte ich, eine weiße Möwe unter Tausenden, besser kann man sich nicht tarnen. Da fiel mir ein, wir mussten ja bald zu den Landungsbrücken, um unser U-Boot in Empfang zu nehmen. Da kam eigentlich auch nur ein Flug als Möwe für uns in Frage. Wie gut, dass wir den Zauberer hatten und er unser Freund ist. Der Mann war einfach unbezahlbar. Die Geheimdienstleute werden so einen wichtigen Ort wie die Landungsbrücken genau im

Auge haben, da dort die Schiffe in alle Himmelsrichtungen ein- und auslaufen.

Die Zeit rückte voran. Veni Vidi Vici war bald zurück und vermeldete Erfolg. Was für ein Abenteuer stand uns allen bevor, wie schnell und wie sehr hatte sich unser Leben verändert! An ihren Gesichtern und an ihrem Schweigen erkannte ich, dass alle gleich gearteten Gedanken nachhingen. Unser ganzes Leben war mit einem Schlage auf den Kopf gestellt. Da konnte einem schon schwindlig werden. Ich kniff mich des Öfteren in den Arm um zu prüfen, ob ich nicht den Gaukeleien eines Traumes aufgesessen war. Doch jedes Mal registrierte ich mit Genugtuung, dass es weh tat. Mehr Beweise brauchte ich nicht, denn aus so einem Traum erwachen zu müssen, wäre mehr als grausam gewesen.

Um Dreiviertelsechs flogen wir los, nachdem der Zauberer uns einer nach dem anderen in Möwen verwandelt hatte, elf an der Zahl, denn Ecki und er selber blieben zurück. Sogar der Hund wurde in eine Möwe verwandelt. Ich bekam fast einen Lachkrampf, als er versuchte, zu bellen, und dann nur ein heiseres Krächzen aus seinem Schnabel ertönte, wie bei einer Möwe eben.

Die kurze Strecke über das Wasser zu den Landungsbrücken war schnell zurückgelegt. An den Landungsbrücken setzten wir uns alle nebeneinander auf ein Geländer, so wie es Möwen eben machen und begannen ein Gelächter. Dabei peilten wir die Lage. Wie erwartet, wimmelte es hier von Geheimdienstleuten. Es war hier im Gemisch mit den vielen Touristen wie am Bahnhof zur Hauptreisezeit. Genau um 6 Uhr tauchte ein gelbes Unterseeboot etwas abseits von den vielen anderen Booten und Schiffen auf. Das sahen natürlich auch unsere Geheimdienstleute. Doch da sich nicht mehr tat, als dass sich elf Möwen von einem Geländer erhoben und zu dem Boot, das nun ganz und gar aufgetaucht war, hinüberflogen und sich dort erneut niederließen, war keiner von ihnen misstrauisch geworden. Bald achteten sie gar nicht mehr darauf und so sahen sie nicht, dass sich eine Luke auftat, in der nacheinander die elf Möwen verschwanden, als wäre es die natürlichste Sache auf der Welt, dass Möwen in ein U-Boot steigen.

Im Innern angekommen dauerte es auch gar nicht lange, bis der Zauber wich und die richtigen Personen, nämlich wir, wieder zum Vorschein kamen. Philipp übernahm das Kommando vom Überbringer. Der musste noch ein Stück bis Blankenese mitfahren, wo ein anderes Boot auf ihn wartete.

Unser Boot hieß übrigens „Seehecht“, was mir viel zu unpoetisch klang. Es war ja jetzt mein Unterseeboot, so dass ich eine Umbenennung vornahm. Doch einen Namen zu finden war gar nicht so einfach. So wählte ich schließlich den Namen meiner Frau Sabine, machte jedoch Seebine daraus. Der Name blieb bis heute erhalten und es hat uns in den vielen Jahren treue Dienste geleistet. Wenn wir es nicht brauchten, und das war doch relativ oft, verlieh ich es kostenlos an das Forschungsinstitut, das das Boot einst bestellt hatte und dann nicht bezahlen konnte. Doch das ist ein anderes Kapitel.

Philipp hatte die Sache wirklich fest im Griff. Die Sache, das war ein etwa 20 Meter langes Kunststoffgebilde, deshalb sehr leicht und stabil und vom Radar nicht zu orten. An Bord war Platz für 18 Seeleute, also Kabinen, Sanitäranlagen, Kombüse mit Proviant, Kleidung, Mannschaftsmesse, Offiziersmesse, Maschinenraum mit zwei 1000 PS Diesel-Elektromotoren, Beibooten, Taucherausrüstung, kleinem Kran und so weiter und so weiter. Nicht zu vergessen war der große Laderaum, der nach unten eine Klappe hatte, aus der unter Wasser ein kleines 2-Mann-U-Boot hinaus und herein konnte.

Das Boot ist sauschnell, erklärte uns Philipp, über Wasser sogar so schnell, dass man Wasserski laufen kann, wenn man will. Er war dabei, Professor Quasi und den Kapitän Quo Vadis in alle Geheimnisse des Bootes einzuweisen, so dass die drei sich bald bei der Steuerung des Bootes abwechseln konnten. Außerdem hatte es auch noch einen Autopiloten. Bald aber war es nur noch der Professor Quasi, der das Steuer hielt. Er schien dafür geboren zu sein, ein Unterseeboot zu führen. Später hatte er so viele Erfahrungen gesammelt, dass er Philipps Werft eine ganze Reihe von sehr sinnvollen Verbesserungen vorschlagen konnte, die das Boot noch perfekter machen würden.

Unsere Frauen, also die meine und Philipps, Sabine und Mandy, eroberten die Kombüse. Um sieben gab es Abendbrot, unser erstes auf See, besser gesagt unter See. Wir waren schon weit weg von Hamburg, als wir das erste Mal auftauchten. Der Kapitän war daran gewöhnt, sich am Sternenhimmel zu orientieren. Als er den Durchblick hatte, gab er Philipp Auskunft, in welche Richtung die Reise ging.

6 Eine Seefahrt, die ist lustig

Vif war mit ihren Gedanken oft bei Puck. Wie es ihm wohl ging? Hoffentlich sind sie gut zu ihm, dachte sie. Tatsächlich waren die Entführer keine Barbaren, nur geldgierig eben. Das soll heißen, dass keine Gefahr für das Leben von Puck bestand. Er war in ein Zimmer in der Kellerwohnung einer großen alten Villa eingesperrt, das nur kleine, von innen und außen verblendete Fenster besaß. Sonst musste er aber auf keinen Komfort verzichten. Ein Fernsehgerät, Bücher, CDs und viele Filme standen für ihn in den Regalen herum. Langeweile konnte also nicht aufkommen. Offensichtlich war das hier das Zimmer eines Sohnes der Entführer gewesen, der ausgezogen war und alle Dinge, die ihm nun nichts mehr bedeuteten, zurückgelassen hatte. Sicher beobachteten ihn seine Entführer mit irgendwelchen Überwachungskameras. Puck war sogar von einem vermummten Mann darüber in Kenntnis gesetzt worden, was das Ziel seiner Entführung war und bis wann das Ultimatum lief.

Die Zeitkugel hatte er ihm natürlich abgenommen, denn in der Tat, Puck verstand es, sie auch ohne Fernbedienung zu benutzen. Alles war also nur eine Frage der Zeit, so viel war ihm klar. Angst hatte er jedenfalls nicht und verfluchen tat er mich auch nicht wegen dieser Sache, die ich ihm eingebrockt hatte. Nur, eingesperrt zu sein, das konnte er fast nicht ertragen. Die Bücher verschlang er, da er ja des Lesens kundig war. Hin und wieder stellte er sich auch den Fernseher ein, der ihn an den Hausbildungsservice erinnerte, obwohl das Programm vom Niveau her Meilen weit davon entfernt war.

Sein Thema wurde in den Nachrichten gar nicht mehr behandelt, es ging aber oft um mein Buch und den 2. Teil meines Buches, den der Verlag noch gar nicht hatte und doch schon damit angab. Die offizielle Version war, alles ist nur Schwindel, ein Marketing-Gag von mir, um den Verkauf des Buches anzuheizen. Dennoch hatte ein unbeschreiblicher Run auf das Buch eingesetzt. Es gab auch Diskussionsrunden im Fernsehen darüber, wie es wäre, wenn tatsächlich ein Besucher aus der Zukunft unter uns weilte.

Was sollte man den fragen, was von ihm erbitten, was ihm mitgeben. Mal diskutierten Politiker, mal Sicherheitsleute und Militär, mal Wissenschaftler und Philosophen, mal Künstler und Schriftsteller, dann auch Leute wie du und ich, und die, so fand Puck, hatten das beste Gespür dafür, was das Richtige war. Neben diesem für die Menschen sehr wichtigen Thema gab es noch viele andere, die die Welt beherrschten. Da war ein Krieg, genauer gesagt, es waren mehrere Kriege, die tobten und von denen keiner so richtig wusste, wozu eigentlich.

Dann gab es eine Reihe von Sendungen, die eine bevorstehende Klimakatastrophe zum Thema hatten, deren Ursachen, Folgen und notwendigen Maßnahmen. Alles war erkannt, analysiert, die Folgen drastisch dargestellt, aber bei den Maßnahmen lagen die Dinge im Argen.

Viele Sendungen beschäftigten sich mit furchtbaren Krankheiten, die die Menschen immer noch plagten, aber auch mit den vielen Fortschritten, die in der Medizin erreicht wurden.

Dann gab es noch ein ganz anderes Thema. Es ging um eine Frau, eine Schriftstellerin, die mit ihren Büchern die Menschen auf der ganzen Welt verzauberte. Damit hatte sie mehr Geld verdient, als eine Königin hier besaß. Das war schon unglaublich, wie wichtig es den Menschen war, Ablenkung von ihren Problemen zu bekommen. Er hatte sogar das Glück, zwei Bände des Harry Potter im Bücherregal zu finden und im Fernsehen lief zufällig auch noch ein Film nach solch einem Buch. Puck bekam schnell heraus, wer dieser Potter war und was diese Phantasiefigur bei den Menschen bezwecken sollte. Puck hatte gewaltig mehr Durchblick bei der Analyse des Potter-Phänomens, schon auf Grund des Umstandes, der Menschheit in 300 Jahren anzugehören, die doch ein ganzes Stück weiter war in ihrer Entwicklung. Schließlich war er auch Historiker und hatte sich sozusagen von Berufs wegen einen ganz anderen Blick auf die Dinge zugelegt.

Potter war völlig ungeeignet dafür, irgendetwas von den wirklichen Problemen der Menschheit zu ändern, oder in den Köpfen der Jugend vielleicht ein neues Denken zu erzeugen, die ja in erster Linie angesprochen werden sollte. Zugegeben, der Potter hatte großen Unterhaltungswert. Er ist eine sympathische, einnehmende Figur. Man hätte mit ihm reden sollen und ihn bitten, mit seinen Zauberkräften mehr Gutes in der realen Welt zu bewirken und die bösen Geister hier zu bekämpfen.

Wir sehen also, Puck nahm alles sehr gelassen und war bemüht, das Beste aus seiner Lage zu machen. Er fand genug Ablenkung, um über seine missliche Lage hinweg zu kommen. Die Leute, die ihm das antaten, sollten ihre Quittung noch bekommen. Verbrechen lohnt sich nicht, danach lebte man im 24. Jahrhundert schon ganz und gar. Deshalb gab es auch keine Gerichte, keine Gefängnisse und keine Verbrechen, Fehltritte schon, es waren ja immer noch Menschen. Die Hüter klärten solche Angelegenheiten und schafften mit einer großen Palette von Erziehungsmaßnahmen sofortige Abhilfe. Außerdem war sich Puck absolut sicher, dass es dem Kapitän gelungen war, ein Schiff zu kapern, um damit zur Insel zu fahren. Dass es ein U-Boot war, sehr komfortabel und von mir bezahlt durch die Einkünfte aus dem Verkauf seiner Geschichte, erfuhr er erst später.

Bei uns verlief alles glatt. Die Motoren schnurrten wie ein Uhrwerk und nach Phils Voraussage würden wir in gut einer Woche auf der Insel sein. Der Kapitän hatte sich die genaue Position noch zu Hause von Balloni geben lassen, denn er selber hatte die Insel ja noch nie verlassen oder war gezielt zu ihr hingereist. Die elektronischen Karten auf dem Bildschirm der Kommandozentrale riefen sein ganzes Interesse hervor. Darauf erschien immer genau die Karte von der Gegend, in der sie sich gerade befanden. Er ließ sie sich ausdrucken und machte dann einige Eintragungen darauf, Kreuze, Zahlen und noch ein paar Zeichen, die keiner verstand. Als sich schon ein beträchtlicher Stapel von Ausdrucken mit den Kritzeleien des Kapitäns angesammelt hatte, konnte Phil es nicht länger aushalten und fragte.

„Ganz einfach“, sagte der Kapitän, „ich zeichne euch die Lage von gesunkenen Seglern ein und zwar solche, bei denen es sich lohnen könnte, mal nachzuschauen, was sie geladen hatten. In meinen vielen Jahren auf See habe ich so manches gesehen, erlebt und gehört. Ich weiß deshalb, wo mir eine Beute durch den Untergang eines Schiffes durch die Lappen gegangen ist. Wenn man die bergen könnte! Ich schätze, dass ist 100 Mal so viel Gold und Geld, wie wir auf der Insel haben, vorsichtig geschätzt.“

„Können wir“, sagte Phil zum großen Erstaunen des Kapitäns. „Ein Boot wie das unsere ist ideal dafür, nur haben wir jetzt nicht die Zeit.“

„Das ist schon klar“, sagte der Kapitän, „aber später wirst du sie haben.“

„Soll das heißen, sie überlassen mir die Pläne, Kapitän?“

„Das soll es heißen. Dafür, dass du mich auf so aufregende Art und Weise zur Insel bringst und mir hilfst, den Puck zu retten, gebe ich sie dir.“

Philipp begriff erst nicht so richtig, welche Bedeutung die Sache für ihn, für uns alle hatte. Doch dann war ihm klar, dass er der reichste Mann auf der Welt sein würde, materiell gesehen.

So gingen die Tage schnell dahin, aber noch war die Reise nicht geschafft.

Die zwei Mädchen waren unser Sonnenschein. Sie sangen im Duett, erfreuten uns mit ihren hellen und klaren Stimmen, denn sie hatten die Karaoke-Funktion der Musikanlage an Bord entdeckt. Dastin hatte es in die Hand genommen, den beiden anderen zu zeigen, wie die Musiktitel mit ihrem Gesang vervollständigt werden konnten.

Professor Quasi war mittlerweile zum zweiten U-Boot-Kommandanten aufgestiegen, so sehr tat er sich mit seinen Fähigkeiten hervor. Unsere Frauen, Sabine und Mandy, zauberten in der kleinen Kombüse herrliche Mahlzeiten für uns alle.

In dem U-Boot war es relativ eng, so dass gerade die Kinder sehr unter den fehlenden Bewegungsmöglichkeiten litten. Deshalb stoppte Philipp mindestens zweimal am Tag die Fahrt für eine gute halbe Stunde. Dann durfte jeder ein Bad nehmen in dem klaren und sehr warmen Wasser. Beim Schwimmen wurde mir immer ganz mulmig, wenn ich daran dachte, welche Tiefe hier das Wasser haben musste, vielleicht mehrere tausend Meter bis zum Grund? Doch schon setzten wir die Fahrt fort, so dass ich diese Gedanken gar nicht erst vertiefen konnte.

Wir fuhren den größten Teil der Strecke über Wasser, da das Boot so viel schneller fahren konnte und wesentlich weniger Energie verbrauchte. Natürlich mussten wir ständig auf der Hut vor anderen Wasserfahrzeugen und Flugzeugen sein. Deshalb stand immer einer von uns auf der Außenbrücke mit einem Fernglas in der Hand, um den Horizont abzusuchen.

Doch in diesem Moment erschien dort ein ganz anderes Problem, und das kam rasend schnell auf uns zu. Quo Vadis verstand aus eigenem Erleben die Zeichen zu deuten, die er erblickte und warnte uns sofort vor der herannahenden Gefahr. Philipp hatte unterdessen auf dem Radar das ganze Ausmaß eines heran nahenden Unwetters ermittelt. Umgehend versetzte er das U-Boot in eine Tauchfahrt, um die Gefahr für uns abzumildern. Der Kapitän hatte viel erlebt, aber das Ding, das da direkt auf uns zukam, machte sogar ihm eine Menge Angst. In der Tat, es handelte sich um einen Wirbelsturm, der so eine gewaltige Kraft besaß, dass er das Wasser bis in eine Tiefe von tausend Metern aufwühlte und bald einen offenen Trichter mit derselben Tiefe erzeugte. Philipp musste also möglichst sehr tief und sehr schnell abtauchen, um dem zu entgehen.

Dann überschlugen sich die Ereignisse. Wir spürten plötzlich eine enorme Beschleunigung, wie in einem Sportwagen, der in drei Sekunden von Null auf 100 beschleunigt. Der äußere Rand des Trichters hatte uns erreicht und zog uns nach oben. Die Messgeräte zeigten sehr schnell eine Tauchtiefe von + 3000 Metern an, was nur bedeuten konnte, dass wir in eben diese Höhe hinauf gewirbelt wurden. Tatsächlich hatte es uns voll erwischt und zusammen mit vielen anderen Wasserfahrzeugen, Bojen, Netzen und Massen von kleinen, mittleren und auch sehr großen Fischen wurden wir in einem gewaltigen Kreis von mehreren tausend Metern herum geschleudert. Glücklicherweise konnten wir uns alle, bevor die Sache so richtig anfing Fahrt aufzunehmen, auf unsere Sitze retten und die Gurte anlegen. Als nach geraumer Zeit die Kräfte des Wirbels nicht mehr ausreichten, das schwere Boot in der Luft zu halten, stürzten wir ab.

Nun kann man sich leicht vorstellen, was passiert, wenn ein zigarrenförmiger Gegenstand vom Himmel fällt. Er tut das den aerodynamischen Gesetzen folgend senkrecht, entlang seiner Längsachse. Genau das taten wir, krachten kopfüber wie der Wasserspringer vom 10-Meter-Turm in das Wasser zurück, durch seine Reibung etwas abgebremst. Es war unser Glück, in solch einem Fahrzeug zu sitzen, das obendrein für sehr große Wassertiefen gebaut war, also außerordentlich stabil. Philipp, der den Tiefenmesser wieder im Blick hatte, gewann seine Zuversicht zurück. 1000, 2500, 4000, 5000, 5500, 6000 Meter Tauchtiefe. Dann 6500, 6750, 7000, erst jetzt wurde es langsamer 7400, 7500, 7600, 7650, 7675, 7700 und endlich bei 7777 Metern gab es einen heftigen Stoß. Wir steckten im Boden. Zu unserem großen Glück hatte sich niemand verletzt, unsere Nasen registrierten die Gerüche von vollen Hosen, aber das war jetzt Nebensache, wir hatten überlebt. Es hatte uns in den Boden gerammt, aber dieser Boden musste sehr weich sein, Sand, kein Felsen. Phil befreite sich von den Gurten und kletterte zum Kommandostand. Er schaltete die Außenscheinwerfer ein und öffnete das Panoramafenster. Nichts, keine Sicht! Das konnte nur bedeuten, dass es das Boot in voller Länge in den Boden gerammt hatte.

„Wir stecken fest, wie ein Zäpfchen im Hintern“, sagte der Kapitän. Hoffentlich meinte er damit nicht, dass wir im Arsch waren. Unsere Batterien besaßen einen hohen Ladestrom, so dass wir noch Wochen in dieser Lage hätten überleben können. Aber um heraus zu kommen, musste Philipp die Diesel starten, die er sicherheitshalber abgeschaltet hatte, was schon etwas mehr Energie benötigte. Aber es blieb uns keine Wahl. Wir mussten es versuchen, wenn wir jemals hier wieder herauskommen wollten. Langsam fuhr er ihre Leistung im Rückwärtsgang hoch, langsam, schneller, immer schneller. Wir wurden durchgeschüttelt, aber das Fahrzeug rührte sich nicht von der Stelle. Endlich hatte er die Höchstgeschwindigkeit erreicht und plötzlich katapultierte es uns rückwärts nach oben.

„Überstanden“, war das kurze Resümee meines Sohnes, der die erste wirklich große Bewährungstaufe als U-Boot-Kommandant mit Bravour bestanden hatte. „Gratulation, mein Sohn“, sagte ich, stolz und sehr erleichtert.

Wir tauchten auf und führten eine ausführliche Inspektion des Bootes durch, innen und außen. Das Ergebnis war, es gab keine Schäden, alles in Ordnung. Dann erkundeten wir unsere Position und erlebten eine riesengroße Überraschung. Der Wirbelsturm hatte uns ganz dicht an die Insel herangebracht, sie sollte sogar schon zu sehen sein. Und tatsächlich, Quo Vadis setzte das Fernglas an die Augen und sagte: „Da ist sie!“

Wir waren überrascht, glücklich und erschöpft, eine große Last war von unseren Schultern genommen worden. Wir ankerten das Boot, räumten gemeinsam etwas auf, die Frauen kümmerten sich wie immer ums Essen. Uns knurrte der Magen schon sehr heftig und der Appetit kehrte auch wieder zurück. Schon bald rief Dastin alle zusammen, auf dass sie sich um den Tisch der Mannschaftsmesse versammeln sollten.

Puck am anderen Ende der Welt wusste nichts von unseren Abenteuern. Es war schon eine Weile her, dass er sein Abendessen „genossen“ hatte. Eine neue Beschäftigung zog ihn ganz in seinen Bann. Die Entführer hatten ihm Zeichenpapier, Stifte und auch Farben und Pinsel bereit gelegt. Wahrscheinlich dachten sie, Kinder, die malen und zeichnen, beruhigen sich selber und machen dann weniger Probleme. Puck machte also Gebrauch von diesem Angebot. Er zeichnete und malte Bilder von seiner Zeit, alle Dinge von zu Hause, so wie er sie in Erinnerung hatte, Städte, Landschaften, Menschen, Gegenstände. Diese Bilder wollte er dem Mann von der Modellwelt geben, damit der eine Vorlage hatte für den Bau der neuen Abteilung Future-World. Er pinnte die fertigen Arbeiten an die Wand. Es sah gleich viel freundlicher in seinem fensterlosen Gefängnis aus. Da beim Malen besonders große Stille entstand, vernahm er ein ganz leises, fast kaum wahrzunehmendes Singen. Es musste noch jemanden geben, der hier eingesperrt war.

Puck war entschlossen, eine Nachricht oder ein Signal nach draußen zu geben, das jemand sehen und Hilfe herbeiholen konnte. Aber wie, womit? Der Zufall kam ihm zu Hilfe, denn in einer Ecke des Raumes befand sich eine Doppelecke, was darauf hindeutete, dass es sich um einen Schornsteinzug handelte. Puck untersuchte die Sache und wurde fündig. Kurz über dem Fußboden fand er eine metallene Klappe, die mit Tapete überklebt war, weil sie nicht mehr gebraucht wurde. Puck zog das Papier vorsichtig ab und öffnete die Klappe. Dabei rieselte etwas Ruß aus der Öffnung und ein Geruch von kaltem Rauch verbreitete sich. Sie war zu klein für Puck, aber groß genug, um mal einen Spiegel hineinzuhalten. Puck sah zu seinem großen Erstaunen den Himmel im Spiegel. Dann war ihm klar, der Schornstein ist für den Rauch beim Feuermachen. Hier musste mal ein Ofen gestanden haben. Er kannte das alles von der Insel. Also konnte er hier unten irgendetwas verbrennen und oben am Dach würde Rauch die Esse verlassen. Er sah sich nach Materialien um, die in Frage kämen. Gummi schien ihm am besten geeignet zu sein, der macht dicken schwarzen Rauch. Mit elektrischem Strom aus der Steckdose erzeugte er die notwendige Hitze und brachte den Gummi zum Brennen. Hier soll nicht näher darauf eingegangen werden, wie er das machte, um niemanden auf dumme Gedanken zu bringen. Also Kinder, bitte nicht nachmachen.

Puck hoffte darauf, dass irgendjemand aufmerksam wurde und der Sache nachging, auch wenn es die Feuerwehr sein sollte. Dass er genau den richtigen Gedanken gehabt hatte, zeigte sich schnell. Nach wenigen Minuten hörte er die Stimme des Zauberers. Der hatte die im Sommer sehr auffälligen Rauchzeichen bemerkt. Zufällig war er gerade dabei, das Villenviertel, in dem Puck sich befand, Straßenzug für Straßenzug abzufliegen. „Ich werde dich in einen Käfer verwandeln, dann kannst du im Kamin hinauf krabbeln.“ Gesagt, getan. Wenig später war Puck beim Zauberer oben auf dem Dach.

„Da fällt mir ein, Veni, es scheint noch einen Gefangenen im Hause zu geben. Ich glaube, es war in meinem Raum gegenüber.“

Gemeinsam ermittelten sie den Schornstein, der dazugehören musste. Veni verwandelte den Puck in einen kleinen Affen, der behände in den Schornstein hinabstieg und unten mit geschickten Händen die Klappe öffnete. Dort erblickte er Eckis Frau, die schon ahnte, dass Rettung kam. In einen Käfer verwandelt, erreichte auch sie die Freiheit.

„Es ist sehr wichtig für uns, die Zeitkugel zurück zu bekommen, Veni. Ich glaube zwar nicht, dass sie hier im Haus ist, aber ich darf die Möglichkeit nicht außer Acht lassen.“

„Gut“, sagte der Zauberer, „suchen wir gemeinsam.“ Er verwandelte sich und die beiden anderen in kleine Affen, die flink hinunter geklettert waren und in der nächsten Stunde das Haus auf den Kopf stellten. Doch die Suche blieb erfolglos.

Zusammen flogen sie, nun in Möwen verwandelt, zurück zum Hauptquartier in der Modellwelt. Während des Fluges berichtete der Zauberer den beiden, was in der Zwischenzeit alles vorgefallen war. Dann wurde Ecki benachrichtigt, der wenig später glücklich seine Frau in die Arme schloss. Gemeinsam berieten sie, wie der Zauberer zusammen mit dem Puck zur Insel kommen konnte.

„Ich schlage euch vor, ein Flugzeug zu chartern. Es kann euch sehr schnell in die Nähe der Insel bringen. Dort braucht ihr eigentlich nur noch herauszuspringen und schon seid ihr da“, schlug Ecki vor. „Natürlich muss der Zauberer euch zwei in Vögel verwandeln, damit ihr eine weiche Landung habt.“

Doch der Pilot sah das ein wenig anders und so versprachen sie ihm, den Sprung nur mit einem Fallschirm durchzuführen. Er konnte sich absolut nicht vorstellen, dass es solchen Zauber gab.

Um den Mann nicht weiter zu beunruhigen, willigten sie ein und zogen sich die Fallschirme an. Dann flogen sie los.

Wir U-Boot-Reisenden erhielten diese überaus guten Nachrichten von Ecki über das Satellitentelefon. Dann rechneten wir uns aus, wann mit der Ankunft von Puck und dem Zauberer hier bei uns zu rechnen sein würde. Die Stunden verbrachten wir in sicherer Tiefe, faul in unseren Kojen liegend, schlafend, lesend oder einer Musik lauschend. Soweit war alles klar. Unsere Welt schien wieder in Ordnung.

7 Eine Insel voller Überraschungen

Als der Pilot nach einer günstigen Position für den Absprung der beiden Passagiere suchte, tauchte gerade inmitten der anvisierten Fläche ein U-Boot auf. Geistesgegenwärtig drosselte der Pilot die Geschwindigkeit und gab den beiden das Signal zum Absprung. Sie hatten also gar keine Zeit, noch Bedenken anzumelden. Immerhin waren sie noch nie aus einem Flugzeug gesprungen, geschweige denn, je mit so einem Ding geflogen. Doch mutig wie sie waren, stürzten sie sich aus der kleinen Tür, flogen ein Stück ganz frei, um wenig später den Ruck des sich öffnenden Fallschirms zu spüren.

Phil war mit dem U-Boot inzwischen vollständig aufgetaucht und hatte den schweren Verschlussdeckel geöffnet. Nun stand er breitbeinig obenauf, entdeckte die Fallschirmspringer am Himmel und winkte. Wir folgten Phil auf das Deck und nahmen ebenfalls die kleinen farbigen Punkte in Augenschein. Als sie endlich ins Wasser tauchten, fuhren Professor Quasi und ich die Strecke bis zu ihnen mit dem inzwischen bereit gemachten Zodiac.

Der Pilot überflog noch einmal unser U-Boot und grüßte zum Abschied mit einer pendelnden Bewegung der Tragflächen, dann war er fort. Die riesengroße Wiedersehensfreude, die uns alle befiel, wird man sich gut vorstellen können.

Durch unsere doch sehr auffälligen Handlungen angelockt, erschien ein Schwimmer an unserem Boot. Zuerst erschraken wir sehr, doch was sollte er uns anhaben, so nass und nur mit einer Badehose bekleidet. Offensichtlich hatte er alles von der Insel aus beobachtet und war dann auf die Idee gekommen zu uns zu schwimmen. Er grüßte freundlich und redete sofort auf uns ein: „Sind sie gerade angekommen? Ich bin schon seit zwei Wochen hier, mit meiner Frau. Doch die geht nicht gerne ins Wasser, liegt lieber in der Sonne. Haben Sie gebucht? Ich befürchte, sonst werden Sie wenig Glück haben noch eine freie Hütte zu bekommen. Macht ja nichts, Sie können auf dem U-Boot schlafen. Würde mir auch besser gefallen, wegen der Wellenbewegung. Der Chef ist morgen wieder da, dann können Sie ihn ja selber fragen, ob noch was frei ist."

Wir erfuhren noch viel mehr, der Mann war ein wandelndes Auskunftsbüro. Dieser Chef, wie er den Betreiber der Ferieninsel nannte, sei ein Geschäftsmann vom Festland. Er hätte die Insel vor ein paar Jahren zu einem sehr erfolgreichen Ferienzentrum gemacht. Es sei aber nicht so ein Ferienzentrum wie sie heute überall zu finden sind. Jeder Gast bekommt sein eigenes Haus ganz aus Holz. Innen ist es mit allem Komfort ausgestattet, super modern, fast futuristisch, von außen aber ein bescheidenes unscheinbares Holzhaus. Mit einer Seilbahn könne man hinunter zum herrlichen Südstrand fahren und baden gehen. Dort sei auch das Inselcenter, wo alles zu finden war, was ein Urlauber braucht, Gastronomie, Supermarkt, medizinische Einrichtungen, Post und Andenkenladen, kleine Boutiquen usw. Dort befindet sich auch das Büro vom Chef. Einmal in der Woche wäre er persönlich da, um nach dem Rechten zu sehen, sich Lob und Beschwerden seiner Gäste anzuhören.

Die Leute kämen vom Festland, würden mit Schiffen herangebracht, oder kämen manchmal auch mit eigenen Booten. Die kleine Insel wäre nur schwer zu finden. Deshalb kam es vor, dass die Leute vergeblich danach suchten und bei einem zweiten Versuch dann mit dem organisierten Zubringer gebracht werden müssten.

„Im Innern der Insel“, wusste er uns noch zu berichten, „befindet sich das „Heiligtum“, wie der Chef eine kleine Siedlung von drei uralten Häusern nennt, die von ihm gehegt und gepflegt werden und zu besichtigen sind. Aber keiner interessiert sich dafür. Sie gehörten angeblich ein paar Inselbewohnern, die vor dreihundert Jahren hier lebten. Man sagt, es waren ein Seeräuberkapitän, ein Holznarr mit seiner Familie, ein König mit Königin und Tochter und noch ein paar andere Personen. Wer sie waren, weiß keiner so genau. Der Insel soll ein Geheimnis anhaften. Jedem, der sich hier aufhält, dem werden alle Wünsche erfüllt. Deshalb sind die Reisen hierher so begehrt. Die gesalzenen Preise gefallen keinem, da muss man durch. Ich hatte im Lotto gewonnen, nachdem ich das letzte Mal hier gewesen bin. Nun kann ich mir diesen Urlaub öfter leisten. Mal sehen, was mir diesmal Gutes passiert.“

Der Bericht des Mannes war in der Tat eine Überraschung für uns. Zu einem Feriendomizil war unsere Insel also geworden. Wer hätte das gedacht.

Im Center meldeten wir uns an und erhielten tatsächlich noch ein freies Haus für acht Personen. Philipp und Mandy beschlossen, an Bord des U-Bootes zu nächtigen, so dass der Platz für uns ausreichte. Diesen geheimnisvollen Chef wollten wir unbedingt kennen lernen. Seine Sekretärin gab uns einen Termin für den nächsten Tag.

Wir bezogen unser Ferienhaus nach einer Fahrt mit einer super modernen Seilbahn die Steilküste hinauf. Das Ferienhaus war ganz im Stile der alten, von Bäumli gebauten Häuser errichtet. Im Innern allerdings empfing uns sagenhafter Komfort und Luxus, der aus einer anderen Zeit zu kommen schien, einer moderneren. Die Einrichtung war so perfekt gestaltet, schön und praktisch, man konnte das kaum erfassen. Nur Puck schien von all dem unberührt, fast so, als wäre er an derart perfekt ausgestattete Wohnräume gewöhnt.

Es gab weit über hundert Häuser, kleine und größere, die über die ganze Insel verteilt waren und von entsprechend vielen Gästen bewohnt wurden, von denen man aber kaum etwas merkte. Entweder waren sie beim Bade am traumhaften Südstrand, bei einem Ausflug auf dem Meer oder irgendwo auf einer Wanderung auf der Insel, die mit einem komfortablen Wegenetz überzogen worden war. Oder sie saßen einfach nur in ihrem Haus und nutzen die Verwöhn-Angebote dort, Fitnessraum, Panoramafernseher, Traumbadezimmer mit riesengroßer Badewanne für die ganze Familie, oder sie lagen auf einem Massagewasserbett mit Traumanimator für besonders schönes und erholsames Träumen.

Nachdem wir eingezogen waren und die Einrichtung ausgiebig besichtigt hatten, entschlossen wir uns zu einem Spaziergang. An einer Weggabelung wies ein Schild auf „Das Heiligtum" hin, dem wir neugierig folgten. Endlich erreichten wir den Ort. Meine Reisegesellschaft traute ihren Augen nicht. Alle Gebäude standen immer noch an ihrem Platz, sehr gut erhalten und erstklassig restauriert. Auf Knopfdruck wurde den Besuchern über unsichtbare Lautsprecher die Geschichte der Häuser und ihrer Bewohner erzählt. Meinen Leuten schossen Tränen in die Augen, denn sie waren ja diese Bewohner, die vor dreihundert Jahren hier lebten. Quo Vadis schlug sich vor den Kopf. Er hatte große Mühe, das alles zu verstehen und einzuordnen, denn eigentlich war er ja schon lange tot. Und tatsächlich gab es hinter den Häusern ein paar Gräber. Das vom Kapitän war auch dabei, doch er getraute sich nicht, auf das Datum am Grabstein zu sehen. Ganz dicht neben dem seinen war noch ein zweites Grab. Auf dem Grabstein stand Anita, ein Name, den keiner von uns kannte.

Zum Abendbrot versammelten wir uns auf der Veranda unseres Hauses und verspeisten die Köstlichkeiten, die für uns in der Küche unseres Ferienhauses bereitgestellt worden waren. Dann berieten wir darüber, wie es mit der Ausführung unserer Mission weitergehen sollte. Ein großes Problem bestand in der Bergung des 30-Tonnen-Goldschatzes aus der Höhle.

„Das schaffen wir schon", meldete sich Quasi zu Wort. „Vielleicht sollten wir erst einmal nachsehen, ob das Gold überhaupt noch da ist. Falls ihr euch erinnern könnt, ich habe damals vor dreihundert Jahren die Höhle erforscht und einen Ausgang am Strand entdeckt. Es ist mir, als wäre das erst vor einem Jahr gewesen", sagte er scherzhaft. „Da gehen wir morgen rein und schauen nach."

„Ich denke schon, dass alles noch an seinem Platze ist", sagte der Kapitän. „Allerdings bin ich der Meinung, wir sollten keine Perlen vor die Säue werfen, das meine ich wörtlich. Wir werden die Zeitkugel wiederbekommen, aber es wird uns nur ein paar Kilogramm von dem Gold kosten, so wahr, wie ich Kapitän Quo Vadis heiße."

„Wie willst du das denn machen?", fragte Puck.

„Wir verstellen uns ein wenig, genauer gesagt, wir verstellen das Gold. Die Kisten werden bis zum Rand mit Seegras gefüllt. Ganz oben nur streuen wir in einer dünnen Schicht etwas von dem Gold darauf. Die werden von dem Wenigen, das sie zu sehen kriegen, schon so geblendet sein. Dafür werde ich sorgen."

„Sehr gute Idee", sagte ich, „das heißt also, die Arbeit mit der Goldschlepperei hält sich in Grenzen? Da bin ich aber froh." Dieser Teil unserer Mission war also geklärt.

Nach dem Abendbrot fuhren wir Großen zum Inselcenter hinunter, um im Restaurant noch ein paar kühle Bierchen zu zischen. Die Kinder zogen es vor, die Angebote im Ferienhaus wie den Panoramabildschirm zu nutzen.

Das Inselcenter war ein mehrstöckiges Gebäude, außen unscheinbar und im Stile der anderen Gebäude, aber im Innern hochmodern und sehr einladend. Das untere Geschoss mit Bierlokal und Bar lag unter dem Wasser. Eine verglaste Wand bot einen

Ausblick auf die phantastische Unterwasserwelt der Insel, die in helles Scheinwerferlicht getaucht war und viele Fische vor die Scheiben lockte. Im Lokal spielte eine Band eine Mischung aus Rock, Pop und Jazz, so dass für jeden etwas dabei war. Nach einigen Songs trat der Gitarrist der Gruppe an das Mikrofon: „Wir begrüßen die berühmte Sängerin Tina in unserem Lokal, die seit ein paar Tagen Urlaub macht hier bei uns auf der Insel."

Ein Scheinwerfer schwenkte auf die Eingangstür, durch die in diesem Moment eine elegant gekleidete ältere Dame im Minirock den Raum betrat. Das Publikum applaudierte stürmisch. Wir alle kannten Tina, hatten wir doch gerade in Hamburg ein Konzert mit ihr erlebt.

„Hallo Tina", redete der Gitarrist sie an, „bevor Sie an einem unserer Tische Platz nehmen, machen Sie uns die Freude und singen Sie für uns ein, zwei ihrer Lieder."

Das Lokal bebte vor Begeisterung, denn so unvermittelt in den Genuss eines Tina-Konzertes zu kommen, das war schon eine riesengroße Überraschung. Tina ließ sich nicht lange bitten und betrat die kleine Bühne. Sie gab den Musikern die Hand und redete ein paar Worte mit ihnen. Dann ging es los. Ich muss schon sagen, diese Frau hat wirklich eine gewaltige Röhre. Wir waren wie immer restlos begeistert. Unser Kapitän, der Auftritte und solche Klänge noch gar nicht kannte, war restlos hin und weg. Wir versprachen ihm, an Bord unseres U-Bootes noch mehr von dieser Musik vorzuspielen.

Am späten Abend, nachdem wir Männer noch so manches Bier getrunken hatten, gingen wir endlich nach Hause. Phil und Mandy fuhren mit dem Zodiac hinaus zum Boot, um dort die Nacht zu verbringen.

Am nächsten Morgen zogen wir los, um die Höhle zu erkunden. Wir spazierten gemütlich den Strand entlang bis zu der Stelle, wo Quasi von innen her einen Ausgang fand. Doch die Umgebung war so zugewachsen, dass wir ohne ein Buschmesser nicht an den Eingang herankommen konnten.

„Wartet hier auf mich“, sagte der Zauberer. „Ich verwandle mich in eine Maus und schaue eben mal nach.“

Wir banden der Maus eine kleine Taschenlampe auf den Rücken und schon war sie im Gestrüpp verschwunden. Wir lagerten am Wasser, um keine unnötige Aufmerksamkeit auf uns zu ziehen. Die Kinder badeten, und der Hund stand mit den Beinen im Wasser und schaute ihnen zu.

Nach einer Weile kam der Zauberer zurück. „Alles in Ordnung, das Gold ist immer noch an seinem Platz, etwas eingestaubt, das Silber angelaufen, aber sonst alles OK.“

Gleich in der kommenden Nacht wollten wir uns an die Bergung der Schätze machen, aber bestimmt nur so viel wie notwendig war, um das Seegras in drei, vier Kisten damit zu bedecken. Um den Eingang nicht zu verraten, wollten wir alle als Mäuse das Gold bis vor die Höhle tragen, dann aber als Menschen zum Zodiac und damit zum U-Boot.

Am Nachmittag war unser Termin beim Chef, dem rätselhaften Betreiber der Inselferienanlage. Den ganzen Tag hatten wir keine Schiffsbewegung und kein Flugzeug registriert, und doch hieß es plötzlich, er ist da und wir können ihn sprechen. Als wir sein Büro betraten, trauten wir unseren Augen nicht. Der Mann, der da vor uns saß, war Bäumli. Jedenfalls sah er ihm zum Verwechseln ähnlich. Er schien aber nicht zu wissen, wer wir waren. Überall auf den Regalen um ihn herum saßen Teddybären, kleine, große, ganz große. Es mussten wohl hunderte sein.

„Könnte es sein“, fragte Quo Vadis zögernd, „dass sie mit einem gewissen Bäumli verwandt sind, der hier vor dreihundert Jahren lebte?“

„Schließen sie die Türen“, bat er uns, dann gab er uns eine Erklärung: „Ich bin Wollibär, der jüngere Bruder von Bäumli. Wir haben uns nie kennen gelernt, obwohl ich einmal in der Woche im 18. Jahrhundert auf der Insel vorbeischaue, um Lebensmittel zu liefern. Mein Bruder und meine Schwägerin haben euch nichts davon erzählt, denn niemand soll wissen, dass sie aus der Zukunft sind. Immerhin wurde durch den ständigen Zuwachs von Personen auf der Insel der Bedarf an Essen immer größer. Das sind ganz schöne Mengen, die täglich verspeist werden. Dass das alles auch bezahlt werden muss, daran denkt keiner. Ich musste mir also etwas einfallen lassen, um das Geld zu verdienen.

Da ich um die besondere Wirkung wusste, die von der Insel auf die Menschen ausgeht, machte ich mir das zu Nutze. Ich habe also hier in eurer Zeit – damit wandte er sich an mich und die meinen – die herrenlose Insel aufgesucht, das Ferienzentrum geplant und mit der Hilfe von ein paar guten Zimmerleuten die Häuser gebaut. Die Inneneinrichtung besorgte ich mir in meiner Zeit und installierte sie dann selber in den fertigen Häusern, um Geld zu sparen. Dann besorgte ich mir Personal und Gäste. Meist waren das Leute aus dem 24. Jahrhundert. Ich fliege hier in eurer Zeit einmal in der Woche zum Festland und kaufe mit dem verdienten Geld im Supermarkt die vielen Dinge ein, die meine Schwägerin bestellt. Übrigens wurden mir inzwischen auch alle meine Wünsche erfüllt. Früher war ich bei der Reinigungstruppe, die die Zeitkugeln sauber zu halten hat. Heute bin ich der Chef und helfe, neue Modelle zu entwickeln und zu testen. Aber nun erzählt, wie kommt es, dass ich euch hier treffe?"

Wir stellten uns vor, einer nach dem anderen, und informierten Wollibär über den Grund unseres Besuches.

„Verstehe", sagte Wollibär. „Es ist eine Frage der Zeit, bis der Geheimdienst herausbekommen hat, dass die Insel in ihrem Buch wirklich existiert. Sie werden zwar eine Weile danach suchen müssen, denn sie ist immer noch auf keiner Karte verzeichnet. Aber die Sattelitentechnik wird sie auf die Spur bringen, da bin ich mir sicher. Ihr solltet euch auf keinen Fall mit dem U-Boot an der Wasseroberfläche zeigen. Ich werde meine Leute instruieren, dass sie uns jede Auffälligkeit melden, fremde Schiffe, Flugzeuge, Personen und so. Und du Puck", er sah den Jungen sehr ernst an, „du verstehst jetzt hoffentlich, warum es Zeitreisenden untersagt ist, sich in der Vergangenheit zu erkennen zu geben."

„Habe verstanden", sagte Puck kleinlaut.

Ich nahm ihn in Schutz, denn eigentlich war ich der Verursacher des Dilemmas, in dem wir steckten. Dann informierten wir Wollibär davon, dass im Innern der Insel ein gewaltiger Goldschatz versteckt ist. Doch Wollibär wusste bereits davon.

„Wir schlagen Ihnen vor, die Insel damit zu kaufen, von wem auch immer. Dann ist sie legaler Besitz des Königs, sein neues eigenes Königreich sozusagen und vererbbar."

„Sehr gut, das ist die beste Möglichkeit, um die Insel für alle Zeiten in unseren rechtlichen Besitz zu bringen. Ich kenne ein paar gute Anwälte hier, die sollen sich mit diesem Problem befassen. Notfalls reise ich zurück in die Zeit, in der ein Kauf am günstigsten erscheint, um Gold zu sparen."

„Wir klären die Angelegenheit mit dem König, sobald wir wieder zurück sind", sagte der Kapitän.

„Das machen wir zusammen", sagte Wollibär, „ich habe ja jetzt keine Veranlassung mehr, mich zu verstecken, wenn ich auf der Insel bin, ich meine bei euch im 18. Jahrhundert."

„Wir bringen das Gold auch wieder zurück, was wir jetzt mitnehmen müssen, um Pucks Zeitkugel zurückzubekommen", sagte ich.

„Die müssen sie unbedingt zurückbekommen. In falschen Händen wäre sie eine unberechenbare Gefahr für uns, und Puck muss dann mit einer empfindlichen Strafe rechnen. Lebenslängliches Zeitreiseverbot, Aberkennung aller Titel, das wären die Konsequenzen für ihn, aber das weiß er ja am besten."

„Verstehe", sagte ich. „Wir werden alles tun, um sie zurückzubekommen, verantwortlich dafür bin ich allein."

„Gut", sagte Wollibär. „Wir hören voneinander. Aber jetzt muss ich noch ein paar Arbeiten erledigen, bis ich weiterreise ins 18. Jahrhundert zu meinem Bruder und meiner Schwägerin."

„Wir danken Ihnen für alles und wünschen eine gute Reise."

In der Nacht machten wir uns endlich an die Arbeit, trugen so viel von dem Goldschatz aus der Höhle, wie notwendig war. An Bord des U-Bootes füllten wir dann ein paar Kisten mit Seegras, das wir zuvor im Wäschetrockner bearbeitet hatten, und legten dann das Gold obenauf. Das Ergebnis war perfekt.

Gegen Morgen zogen dicke Wolken auf. Bald war der Himmel durchgängig so bedeckt, dass unsere Aktivitäten von keinem Satelliten der Welt hätten beobachtet werden können. Wir nutzten den Deckmantel aus Wolken aus und entfernten uns mit großer Geschwindigkeit in Überwasserfahrt weg von der Insel in Richtung des Treffpunktes mit den Entführern.

Bevor Philipp dann endlich den Tauchvorgang einleitete, telefonierten wir mit Ecki und gaben die Botschaft durch: „Klunker an Bord, Übergabe nur auf See möglich, genauen Treffpunkt verabreden, Gruß, Reisegruppe Rogge."

8 Ein wenig Geografie oder unsere U-Boot-Reise zum Schloss des Königs

Wir brauchten nicht lange auf eine Antwort von Ecki zu warten.

Die Übergabe unserer Zeitkugel gegen das Gold des Königs sollte in genau zwei Wochen am Rande des Atlantiks zwischen Frankreich und England geschehen, genauer gesagt, vor den Ufern der Insel Alderney. Ecki wünschte uns viel Glück für unsere Mission. Dann sprach er mir eine Gratulation aus zu meinem Buch, mit dem ich offenbar alle Rekorde gebrochen hatte. „Es verkauft sich wie warme Semmeln in den Morgenstunden, weltweit. Du wirst mehrfacher Millionär, wie ich das sehe. Dein Verlag sucht nach dir. Es geht um die Vergabe der Film- und Verwertungsrechte. Sie zahlen dir jede Summe. Soll ich etwas von dir ausrichten?“

„Sage Ihnen, sie haben alle Vollmachten. Auch die Arbeit am 2. Teil geht gut voran, bin gerade dabei ihn zu erleben.“

Ich legte auf. Geschäftliche Dinge waren mir schon immer ein Graus, aber die Sache mit den Millionen hörte sich gut an. Noch hatte ich sie nicht, und da ich noch nie viel besessen hatte und ein von Grund auf misstrauischer Mensch bin, was Geldsachen betrifft, verschob ich meine Freude auf später, bis ich sie wirklich hatte.

Der Kapitän studierte zusammen mit Phil gleich nach Eckis Anruf die Karten, um alle Details unserer Reise festzulegen. Sie hatten schnell heraus, dass von unserer gegenwärtigen Position im Indischen Ozean bis zu unserem Treffen mit den Entführern im Kanal eine Woche oder weniger Reisezeit notwendig war.

„Was machen wir mit der restlichen Zeit?“, fragte ich. Der Kapitän studierte noch einmal die Karten, drehte und wendete sie, vermaß und berechnete, bis er schließlich verkündete: „Wir fahren zum Königsschloss.“

Wir sahen uns an, denn das Schloss lag nach unseren Hamburger Ermittlungen 30 km vom Wasser entfernt. Doch dann erzählte er uns von seinem Plan.

„Erinnert ihr euch daran, was uns der König damals über seine Flucht berichtet hatte? Seine Kutsche war in ein Gewässer gefallen und so war er schließlich bis in das offene Meer gelangt. Ich habe den Weg, den er mit seiner Kutsche getrieben worden war, einfach rückwärts verfolgt und bin zu dem Ergebnis gekommen, dass wir mit dem U-Boot bis vor die Tore des Schlosses fahren können. Der Weg ist folgender.“ Er breitete die Karten vor uns aus. Sein Finger tippte auf eine Stelle mitten im Indischen Ozean, südöstlich von Madagaskar. Damit bezeichnete er unsere gegenwärtige Position. Dann rutschte sein Finger weiter in Richtung Arabisches Meer zum

Golf von Aden bis in das Rote Meer. Von dort ging es weiter durch den Suezkanal, den er noch nicht kannte, weil der erst 1869 eröffnet wurde. Die Reise des Fingers ging weiter in das östliche Mittelmeer, an Kreta vorbei, Sizilien, Sardinien und den Balearen durch die Straße von Gibraltar hindurch. Dann bog er um Kap Vincente und Kap Finistere herum, durch den Golf von Biscaya, an der Küste der Bretagne entlang, an unserem Treffpunkt oberhalb der Kanalinseln vorbei und schließlich durch den Kanal und die Straße von Dover hindurch.

„Jetzt kommt der kürzeste, aber auch der spannendste Teil unserer Reise", sagte er dann, „doch ich denke, wenn der König mit seiner sperrigen Kutsche dort überall durchgekommen ist, können wir das auch."

Phil meldete Bedenken an, doch nach einem genaueren Studium der Karten kam er zum selben Schluss: „Das können wir auch."

„Ich schätze, in den verbleibenden Tagen schaffen wir die Strecke locker", sagte der Kapitän. „Dann haben wir immer noch ausreichend Zeit, um das Schloss mal genauer unter die Lupe zu nehmen."

Ich war sofort dafür, dass wir die Reise zum Königsschloss unternahmen, weil sie eine ganze Menge Stoff für meine Geschichte über Pucks Besuch bei uns liefern könnte. Doch ich hatte die Rechnung ohne unsere Frauen gemacht, denn die legten wegen unserer ununterbrochenen Seefahrerei und der überall auf uns wartenden Gefahren sofort erheblichen Protest ein. Unser Kapitän hatte die rettende Idee. Er schlug vor, die Damen, wie er sich ausdrückte, in London an Land zu setzen, damit sie sich dort ein paar schöne Tage machen konnten. Als ich ihnen eine gut gefüllte Reisekasse in Aussicht stellte, wurde unser Vorschlag akzeptiert. Philipp versprach, ihnen ein Sattelitentelefon mitzugeben, mit dem sie uns überall und jederzeit erreichen konnten.

An dieser Stelle tippte sich meine Frau an die Stirn. „Ich habe doch eine Kollegin in London, mit der ich schon ein paar Mal per

E-Mail Kontakt hatte. Sie besitzt eine sehr angesagte Galerie in der Innenstadt. Ich rufe sie gleich an und frage, ob sie Zeit für uns hat."

Meine Frau drückte die Knöpfe auf dem Telefon und bekam eine Verbindung. Kurz darauf verkündete sie: „Fahrt ruhig nach Amsterdam, wir sind eingeladen zu einem Besuch in London."

Wir fuhren große Strecken über Wasser. Dadurch kamen wir gut voran. Die Passage durch den Suezkanal war für unseren Kapitän eine sehr aufregende Angelegenheit. Er kannte die Gewässer davor und dahinter, aber diese 190 km lange Durchfahrt erschien ihm wie eine Sensation.

In Port Said bunkerten wir Treibstoff und ergänzten unsere Vorräte. Dann fuhren wir Nonstop bis London, vorbei an der Insel Alderney, wo bald das Treffen mit den Entführern stattfinden sollte. Wahrscheinlich waren die gerade von Hamburg aus hierher auf dem Weg. Um das bestellte Gold abtransportieren zu können, hatten sie bestimmt keine schnelle Jacht genommen, sondern nur einen lahmen Kutter.

Während der gesamten Reise verzeichnete der Kapitän fleißig alle gesunkenen Schiffe, soweit sie ihm bekannt waren. Er hatte es auf einige hundert gebracht. An Phil gewandt sagte er: „Wenn du die alle aufsuchst und die Schätze an Bord heraufholst, bist du der reichste Mann auf der Welt."

In der Tat, genau so würde es sein. Phil begriff erst nach und nach, welches großzügige Geschenk der Kapitän ihm machte. Er hatte nie sehr viel Geld besessen. Mit 38 Jahren ist das eben so, es sei denn, das Elternhaus ist reich und man wird reich geboren. Aber sein wirklicher Reichtum waren sein Können und die Begabung, technische Herausforderungen zu meistern. In seiner Firma war er mit der Entwicklung eines neuartigen U-Bootes beschäftigt, das Schwimmen, tauchen, auf dem Grund oder an Land auf Raupenketten fahren und auch mittels zusammenklappbarer Rotorblätter wie ein Hubschrauber fliegen konnte. Der Bau war aus finanziellen Gründen immer wieder verschoben worden. Jetzt sah die Sache anders aus.

In London brachten wir die Damen, Sabine, Mandy, Vif, Petra und den kleine Dastin mit Hündin Nelly in unserem Zodiak an Land. Phil bunkerte Kraftstoff, Quo Vadis und Professor Quasi blieben bei ihm an Bord. Puck, der Zauberer und ich gingen mit den Frauen an Land, um den Damen, in die sie sich nach etlichen Einkäufen und einem Friseurbesuch verwandelt hatten, bei der Quartiernahme behilflich zu sein. Als das erledigt war, verabschiedeten wir uns voneinander und gingen dann auch einkaufen, um unseren Proviant wieder aufzufüllen. Wir suchten nach vitaminreicher, gesunder Kost. Auf einem großen Markt bekamen wir alles, was wir suchten. Es gab nur frische Ware, Obst, Gemüse, Geflügel, Meeresfrüchte und so weiter. Dann nahmen wir ein Taxi, verluden unseren Einkauf auf das Zodiac und fuhren los in Richtung des U-Bootes, das etwas Abseits abgetaucht in der Themse auf uns wartete.

Da brach es über uns herein.

Irgendjemand musste uns erkannt und es den Behörden gemeldet haben. Von allen Seiten hielten Boote auf uns zu und kreisten uns ein, bis es kein Entrinnen mehr gab. Ein Mann in Uniform setze eine Flüstertüte vor den Mund und gab uns Anweisungen: „Heben Sie die Hände. Ich will Ihre Hände sehen. Sie sind festgenommen. Wir kommen jetzt rüber und verhaften Sie. Bleiben Sie still stehen und halten Sie Ihre Hände in die Höhe."

Wir schauten uns an. Das war wirklich eine Überraschung. Puck hatte den richtigen Gedanken: „Machst du uns zu Fischen, Veni Vidi Vici?" Der Zauberer nickte kurz. „Auf drei! Eins, zwei, drei." Wir sprangen über Bord und ließen uns sinken. Der Zauber wirkte sofort. Wir waren in Fische verwandelt worden und tauchten ab. Ich gab mit meiner Schwanzflosse die Richtung an, in der ich das U-Boot vermutete.

Über dem Wasser spielten sich haarsträubende Szenen ab. Die Militärs und Geheimdienstleute standen kurz vor dem Nervenzusammenbruch, so hatte sie unsere Aktion verblüfft. Da uns gleich einige Männer in Taucheranzügen folgten, aber keiner von ihnen eine Verhaftung vornehmen konnte, weil da nur Fische schwammen, waren sie der Verzweiflung nahe, bekamen Schreikrämpfe und einige von ihnen weinten sogar.

Wir schwammen schnurstracks zum U-Boot, das in sicherer Entfernung auf uns wartete. Der Zauber ließ schon wieder nach, so dass wir als Menschen das U-Boot erklommen.

„Wo habt ihr den Proviant?“, fragten die Zurückgebliebenen.

„Der ist verhaftet.“

Wir berichteten ihnen dann genau, was vorgefallen war. Philipp schlug vor, auf Tauchfahrt zu gehen und mit dem Sehrohr nachzuschauen, was aus unserem Zodiac nebst dem Proviant geworden war. Wir entdeckten es völlig herrenlos auf dem Wasser treibend. Von anderen Booten war nichts mehr zu sehen. Wir tauchten auf und brachten unseren Besitz an Bord. Dabei beeilten wir uns sehr, denn es konnte sich um eine Falle handeln. Doch nichts geschah. Unbehelligt gingen wir auf große Fahrt hinein in die Nordsee, vorsichtshalber erst einmal in maximaler Tauchtiefe. Unsere Frauen, die sich als Damen getarnt hatten, blieben unbehelligt, erfuhren wir durchs Telefon.

Wir waren gut. Wir waren unschlagbar. Jeder trug mit seinen Fähigkeiten etwas bei. Das war das ganze Geheimnis unseres Erfolges.

Ich stellte mich zu Philipp an den Kommandostand und legte den Arm um meinen Sohn. Ich war glücklich, denn da kam einiges zusammen, was diesen rauschartigen Zustand bewirkte. Der Stolz auf meinen Sohn, der alles so bravourös meisterte, unsere spannende Fahrt mit einem U-Boot, die vielen Gewässer und Länder, die wir bereisten; und dann jetzt dieser Reichtum, der uns ins Haus stand, ihm, mir, uns allen. Ungeahnte Möglichkeiten eröffneten sich. Doch der Ruhm, den mein Buch, meine Bücher über die Bekanntschaft mit einem Zukünftigen mir einbringen würden, so viel Glück, das war kaum auszuhalten.

Früher, als ich nur so viel hatte, dass ich gerade zurechtkam, da dachte ich: Wenn du mal sehr viel Geld hast, bekannt und berühmt, wirst du nur Gutes tun. Du wirst anderen helfen, selbstlos bleiben, bescheiden, gut, ja weise. Du wirst dir selber nur so viel nehmen und verbrauchen, dass du sorglos leben kannst. Die Überschüsse wirst du für gute Zwecke verwenden, für andere Menschen, für die Umwelt, die Tiere, die Natur, für sonst was.

„Was stellen wir an mit dem vielen Geld?“, fragte ich meinen Sohn. Puck, der neben uns stand, schien schon lange eine Antwort auf diese Frage für uns bereit zu haben, und er ergriff das Wort: „Als ich gefangen war, mich in den Händen der Kidnapper befand, nutzte ich alle Möglichkeiten, mich bei euch ‚umzusehen‘. Ich hatte ein Fernsehgerät, in dem mir sehr vieles berichtet wurde über die Verhältnisse und die Bedingungen für die Menschen hier am Beginn des 21. Jahrhunderts. Der Abstand zu meiner Zeit beträgt 300 Jahre. Das ist wenig, aber auch sehr viel, je nachdem, wie man es betrachtet. Ich weiß, wie meine Zeit ist, und ich habe jetzt einen ganz guten Eindruck davon, wie die eure einzuschätzen ist. Ehrlich gesagt, beide Zeiten verhalten sich wie Tag und Nacht.

Eure Zeit ist einfach grauenhaft. Es zeigen sich keine Perspektiven, keine Hoffnung, nichts hat Bestand, alles zerfällt. Überall, wohin man schaut, wird den Menschen eine heile Welt vorgegaukelt, werden sie verführt und betrogen. Sobald man noch genauer hinschaut, hinter die Kulissen blickt, stellt man fest, wie katastrophal es um euch steht. Seit 150 Jahren läuft eine technische Revolution, die ständig ihre Geschwindigkeit erhöht. Mit der gleichen Geschwindigkeit scheinen eure Fähigkeiten abzunehmen, mit diesen Möglichkeiten etwas Sinnvolles anzufangen. Ich meine, bei uns ist das Gleichgewicht längst wieder hergestellt. Das ist ein Zeichen dafür, dass es den Menschen vor uns irgendwann gelungen sein muss, diese Entwicklung zu stoppen. Dennoch sind die Schäden jetzt schon so groß, dass sie bis zu uns zu spüren sind. Die Wunden, die ihr heute der Erde beibringt, können erst zu heilen beginnen, wenn Schluss damit ist. Die Erde ist krank, sie leidet, und ihr schlagt immer noch mit voller Wucht auf sie ein. Es sind schwere Wunden, das kann ich euch sagen. Eigentlich gibt es heute nur eine einzige große Aufgabe für die Menschheit, gemeinsam, mit allen zur Verfügung stehenden Kräften eine Wende herbeizuführen, eine totale Revolution anzuzetteln, die alles, aber auch alles, was schief läuft, wieder gerade biegt.

Das sollte euch zu dem Thema einfallen, was machen wir mit dem vielen Geld. Ihr müsst eure technischen Möglichkeiten dafür benutzen, die wichtigsten Probleme zu erkennen und Lösungswege zur Entrümpelung des Raumschiffs Erde zu suchen. Analyse nennt man das. Ihr werdet feststellen, dass die Kriege, die die Menschen gegeneinander führen, das größte Übel sind. Alles Kriegsgerät muss zerschlagen und die Produktion von neuem muss verhindert werden. Die frei werdenden Kapazitäten und Kräfte werden dann sowieso gebraucht, um die nächsten Probleme anzupacken.

Die Liste ist lang: sauberes Trinkwasser für alle, Folgen der Klimaveränderung, Überbevölkerung, Hunger, Armut und Reichtum, Krankheiten, Gewalt und Hass, Gesellschaftsformen, Wirtschaft, Arbeit, Energie und Geld. Ein neuer Glaube muss sich entwickeln, denn die Menschen wollen an etwas glauben.

Was braucht der Mensch noch, um ein erfülltes, zufriedenes Leben zu führen? Er braucht Orientierungshilfen, wenn er herausfinden will, wo sein Platz ist. Er muss lernen, was es bedeutet ein Mensch zu sein, ein Mensch, der alle Möglichkeiten hat, die Welt zu zerstören, genauso, wie er alle Möglichkeiten hat, sie zu einem Paradies zu machen für alle."

Puck sah, welchen Eindruck er mit seinem Vortrag auf uns gemacht hatte, wie nachdenklich wir geworden waren und wie stumm. Er zeigte uns ein schuldbewusstes Lächeln, als wollte er uns sagen, ich will hier nicht den Klugscheißer heraushängen lassen, nur weil ich aus der Zukunft bin. Dann ließ er uns stehen und ging zu Quasi zum Kommandostand.

9 Das Königsschloss oder eine sensationelle Entdeckung

Pucks Ausführungen hatten uns in der Tat in allergrößte Nachdenklichkeit versetzt. Der Rausch war verflogen und ich spürte plötzlich die ungeheure Verantwortung, die durch unseren materiellen Reichtum entstanden war. Doch gleichzeitig erkannte ich jetzt die unglaublichen Möglichkeiten, die sich uns allen öffneten.

Puck hatte Recht, an dieser Stelle sollten wir unserer Geschichte eine Wendung geben, ein Abenteuer von höherer Bedeutung suchen.

An erster Stelle aber, noch weit vor allem anderen stand meine Pflicht, wieder in den Besitz der Zeitkugel zu kommen, damit Puck und seine Gäste ihre Zeitreise fortsetzen konnten, unbehelligt von den Menschen unserer Zeit. Ich nahm mir vor, nicht der Verlockung zu erliegen, mit ihnen in die Zukunft zu reisen. Das schien mir unmöglich. Mein Platz war hier, Puck hatte mir die Augen geöffnet, und ich erkannte jetzt deutlich die Aufgaben, die auf mich warteten. Ich bat den Kapitän, der ja auch des Bücherschreibens kundig war, die Fortsetzung der Geschichte zu übernehmen. Sein skeptischer Blick verriet mir seine Zweifel, dieser Aufgabe gewachsen zu sein.

„Stellen Sie sich vor, Kapitän, welche Wirkung das bei meinen Lesern haben wird, wenn der Kapitän aus der Vergangenheit selber einen Bericht abgibt über seine Reise in die Zukunft. Ich kann Sie nicht begleiten und alles selber aufschreiben, das werden Sie verstehen."

Der Kapitän überlegte noch eine ganze Weile. Doch ich sah ihm an, wie er sich langsam mit dem Gedanken anfreundete, zum Chronisten seiner Reise in die Zukunft zu werden. Endlich willigte er ein und ich war gerettet, hatte den dritten Teil der Geschichte für meine Leser gesichert und konnte mich auf den brillanten Schreibstil des Kapitäns freuen, den ich bereits aus seinem Erstling kannte.

Die Überfahrt von London zum Festland ging relativ schnell. Doch der schwierigste Teil der Reise stand noch bevor. Wir konnten nur deshalb zum Königsschloss mitten in der Stadt gelangen, da sie von großen und kleinen Kanälen durchzogen war. Wir nahmen die Karte auf unserem Bildschirm, um uns zu orientieren. Bald war ein reger Verkehr vieler Boote und Schiffe oben auf dem Wasser zu verzeichnen. An den steineingefassten Ufern der Kanäle lagen viele Hausboote vor Anker, die ein zusätzliches Hindernis für uns bildeten. Doch Philipp manövrierte uns sicher da durch bis direkt vor das Königsschloss, wo wir auf dem Grund des Kanals zu liegen kamen.

Wir informierten uns auf dem Bildschirm unserer Kommandozentrale über alle wissenswerten Details. Dabei erfuhren wir, dass das Schloss nach längeren Renovierungsarbeiten kürzlich wieder der Öffentlichkeit zugänglich gemacht wurde. Dadurch würde es kein Problem sein, als Touristen in das Schloss zu kommen. Zur Tarnung kleideten wir uns wie eine amerikanische Reisegruppe, weil wir uns so wahrscheinlich am unauffälligsten in der Öffentlichkeit bewegen konnten.

Quo Vadis hatte von Kasimir eine genaue Beschreibung aller Räumlichkeiten bekommen. Er wusste genau, wie sie in das geheime Innere des Schlosses gelangen konnten, dorthin, wo die Dinge geschehen waren, die den König so beunruhigt hatten. Alles lief wie am Schnürchen. Unsere Verkleidung war perfekt gewählt, denn zwischen den anderen amerikanischen Touristen fielen wir überhaupt nicht auf. Wir kauften uns Tickets für die Schlossbesichtigung und schlossen uns einer Gruppe an. Gegen Ende der Besichtigung kamen wir endlich in den richtigen Raum. Es war ein kleiner, aber besonders reich geschmückter Saal, der einst als Gerichtssaal benutzt wurde.

„Achtung, hier sind wir richtig", flüsterte der Kapitän. „Es gibt eine Stelle in der Wand, die als Drehtür funktioniert, sobald jemand auf die zehnte Bodenfliese rechts, fünf links, zwei zurück und vier vor, tritt und dann die Stelle an der Wand leicht nach innen drückt."

Als unsere Gruppe endlich weitertrottete dem Ausgang entgegen, blieben wir zurück und versuchten die Tür zu finden. Doch die Suche gestaltete sich schwieriger als gedacht. Offensichtlich war bei den Renovierungsarbeiten etwas an der Mechanik im Fußboden beschädigt worden. Wir konzentrierten uns auf die Wand. Schon nahte die nächste Gruppe, angekündigt von der lauten Stimme ihres Führers.

Wir werden Flöhe, sagte V.V.V. In Sekundenschnelle verkleinerte sich unsere Gestalt. Die neue Besuchergruppe hätte keinen Moment früher in dem Saal erscheinen dürfen. Als Flöhe verständigten wir uns mit einer Art Zeichensprache, da Flöhe nur husten, aber nicht reden können. Ein kleiner Spalt erwies sich dann als der richtige Weg, durch den wir uns hindurch zwängten bis in den Raum dahinter. Schon war der Zauber verflogen und wir erhielten unsere menschliche Gestalt zurück. Hier roch die Luft etwas muffig und abgestanden, doch Puck, der frisch gebackene Historiker, zog den Duft der Geschichte genussvoll ein.

„Licht, wir brauchen Licht." Alle tasteten nach ihren vorsorglich mitgeführten Taschenlampen und schalteten sie ein. Direkt vor uns lagen zwei Eingänge zu zwei schmalen Gängen. Über dem ersten erkannten wir ein Wappen aus Metall, über dem zweiten eine Gestalt aus Stein, die uns unverschämt angrinste.

„Figur oder Wappen?“, fragte der Kapitän. Wir stimmten ab. Puck, Professor Quasi und der Zauberer waren für den Gang mit der Figur, mein Sohn, Quo Vadis und ich waren für den mit dem Wappen. Unentschieden.

„Dann nehmen wir diesen“, sagte der Kapitän und leuchtete mit seiner Taschenlampe auf den Eingang eines dritten, von uns bisher nicht bemerkten Ganges, über dem ein Schiff aus Holz angebracht war.

So geschah es dann. Der anfangs staubtrockene Gang wurde nach jeder Biegung etwas feuchter. Außerdem bemerkten wir, dass es stetig bergab ging, tiefer und tiefer. Endlich dann, wir hatten es schon fast aufgegeben, irgendwann an ein Ziel zu gelangen, eröffnete sich vor uns ein riesengroßer Raum. Seine Ausmaße konnten wir mit unseren kleinen Leuchten nicht ausmachen. Vorsichtig, um nichts umzuwerfen, traten wir bis in seine Mitte. Überall standen einfache Abstelltische, vollgestellt mit Gerätschaften, Regalen mit Büchern, Ständern mit Karten und Modellen von Gebäuden und Schiffen. In der Mitte stand ein großer wuchtiger Schreibtisch, der übersät war mit handschriftlichen Aufzeichnungen, Büchern und Karten, davor ein riesiger einladender Arbeitssessel im Stile des Schlosses selber. Neben diesem Schreibtisch stand ein weiterer, eher einem Labortisch vergleichbarer Tisch, mit einer Unzahl von Sonnengrüßern überhäuft. Inmitten der restlos beladenen Tischfläche stand eine sehr modern anmutende Arbeitsleuchte wie ein Wesen aus einer fremden Welt.

„Das Modell kenne ich“, sagte Puck und schon hatte er eine bestimmte Stelle an der Leuchte berührt, worauf der ganze Raum von hellstem Tageslicht durchflutet wurde.

Wir sahen uns an, dann schauten wir auf Puck und dann auf die Dinge um uns herum. Das warf eine Reihe von Fragen auf, die zwingend nach Antworten verlangten. Was war das für ein Raum? Wer hatte die Leuchte, die aus Pucks Zeit stammte, hier auf den

Schreibtisch gestellt? Und was hatte derjenige gesucht und eventuell auch gefunden?

Irgendwo hier in diesem Raum mussten die Antworten auf unsere Fragen versteckt sein. Oder lagen sie offen herum, und wir waren einfach zu blöd, sie zu erkennen? Wir untersuchten die vielen Dinge noch genauer. Offensichtlich hatte man sie im Schloss entwendet und hier zusammengetragen, um einem Geheimnis auf die Spur zu kommen. Der König selber hatte vor dreihundert Jahren die Gegenstände hier gefunden. Er konnte sich keinen Reim darauf machen, beließ alles so wie vorgefunden und auch die Tischleuchte ließ er stehen.

„Es muss um ATLANTIS gehen“, sagte der Kapitän dann endlich, dem die Hinweise auf die versunkene Stadt als Erstem auffielen. Auf dieses Stichwort hin wurden die Bilder endlich klarer für uns, die wir aus den vorhandenen Dingen empfingen. Wir zählten 1+1 zusammen oder besser gesagt, der Kapitän tat das, denn er war ja derjenige, der sich auf den Weltmeeren sein Leben lang herumgetrieben hatte und fast jeden Ort dort kannte. Von ATLANTIS hatte er natürlich gehört und auch von den unglaublichen Schätzen, die es dort geben sollte. Aber weil die Stadt als gesunken galt und ihm kein Tauchboot für eine Suche zur Verfügung stand, interessierte ihn die Sache nicht.

„Eindeutig, hier muss es sein“, sagte der Kapitän mit erregter Stimme zu uns, nachdem er erstaunlich lange und konzentriert auf eine Karte gestarrt hatte. Mit dem Finger zeigte er auf eine Stelle südlich vor den Färöer-Inseln im Atlantik.

In diesem Moment war uns noch gar nicht bewusst, was für eine Sensation das wäre, sollte unsere Entdeckung tatsächlich der Wahrheit entsprechen. Theoretisch wussten wir von diesem Moment an, wo sich ATLANTIS befand. Mit dem U-Boot waren wir sogar in der Lage, am angegebenen Ort danach zu suchen.

„Und was machen wir noch hier?“, fragte der Kapitän.

„Halt, halt“, sagte ich. „Wir müssen jetzt einen kühlen Kopf behalten und die Sache zu Ende denken. Es geschah bereits vor dreihundert Jahren, dass jemand ATLANTIS wiederfand. Da dieser jemand, nennen wir ihn Mister X, erst in 300 Jahren leben wird, das beweist uns die Leuchte, kann es sich also nur um einen Zeitreisenden handeln, dem wir hier auf die Spur gekommen sind. Liege ich da richtig?“

Alle nickten.

„Gut, denken wir weiter. Weiß irgendjemand davon, dass ATLANTIS wiederentdeckt worden ist? Nein? Ich auch nicht“, fügte ich an. „Was schließen wir daraus? Mister X hat Atlantis im 18. Jahrhundert entdeckt. Sicher hat er auch vor dieser Zeit danach gesucht, bestimmt auch in der Zeit, als Atlantis noch nicht versunken war. Doch die Suche war erst hier im Schloss des Königs erfolgreich verlaufen. Er hat es entdeckt und dann womöglich wie ein Grabräuber ganz im Geheimen mit der Technik aus dem 24. Jahrhundert die Schätze geborgen. Wenn wir also an die Schätze herankommen wollen, die er gestohlen hat, müssen wir im 24. Jahrhundert nach ihm suchen. Richtig?“

„Denke schon“, sagte Puck und alle stimmten ihm zu.

„Also“, fuhr ich fort, „überprüfen wir, ob sich ATLANTIS tatsächlich dort befindet, wo wir und Mister X es vermuten. Hatte er Erfolg, werden sich in ATLANTIS auch Spuren seiner Schatzsuche finden lassen und vielleicht auch Spuren, die uns seine Identität verraten.“

„So machen wir's“, beendete der Kapitän meine Ausführungen. „Dieser Mister X kann sich frisch machen, wenn er glaubt, er kann die Schätze von Atlantis für sich behalten.“

Professor Quasi stopfte eine Handvoll Sonnengrüßer in seine Hosentasche, schnappte sich die Arbeitsleuchte, ging voraus und beleuchtete uns den Gang auf dem gesamten Rückweg mit hellstem Tageslicht.

Um die Sache abzukürzen, wir gingen wie wir kamen, als Flöhe und dann als amerikanische Touristen. Ein kleiner Zwischenfall ereignete sich noch, von dem ich berichten möchte, weil er so über alle Maßen komisch war. Gerade in dem Moment, als wir das Schloss wieder verließen, machte ein Wachmann seinem Berufsstand alle Ehre, er war wach. Als er uns sah, brüllte er hinter uns her: Das sind sie, haltet sie fest, sie dürfen nicht entkommen.

Die verdutzten anderen amerikanischen Touristen schauten sich verwundert um. Sie wussten natürlich nicht, wer oder was gemeint war. Wir wussten die Zeichen zu deuten, behielten aber die Ruhe und verließen genau so verwundert drein blickend wie alle anderen das Schloss. Doch der Wachmann setzte uns nach. Offensichtlich war er instruiert worden, uns um jeden Preis zu schnappen.

Der Geheimdienst hatte in allen Schlössern die Anweisung gegeben, besonders wachsam zu sein und nach uns Ausschau zu halten. Offensichtlich hatten sie meinem Buch die wichtige Information vom Vorhandensein eines Königsschlosses entnommen. Da ich keinen genauen Hinweis auf den Standort geben konnte, weil ich selber keine Ahnung davon hatte, blieb dem Geheimdienst keine andere Wahl, als eben alle Schlösser in die Suche einzubeziehen.

Unser Wachmann schien einer von der hartnäckigen Sorte zu sein. In der Eile hatte er allerdings vergessen, einen Alarm auszulösen. Nur er allein war uns, laut schimpfend und gestikulierend, auf den Fersen geblieben. Wir nahmen am Kanalrand Aufstellung, um möglichst gleichzeitig im Moment unserer Verwandlung in Fische ins Wasser zu springen. Unser Zauberer leistete wie immer zuverlässige Arbeit, so dass uns unser Abgang in Perfektion gelang. Unser Wachmann sprang in Ausübung seiner Pflicht hinterher.

Fatal war, dass er eine Kettenreaktion von großen und mittleren Katastrophen auslöste. Ein schnelles Motorboot nahte in diesem Moment heran, dem er direkt vor den Bug gesprungen war. Dem Raser gelang es in allerletzter Sekunde sein Steuer herumzureißen, denn sonst hätte er den Mann überfahren. Allerdings geriet dadurch das pfeilspitze Boot völlig außer Kontrolle. Es rammte einen großen alten Schleppkahn, der dort verankert lag, durchbohrte seine Seitenwand und blieb stecken. Den Mann schleuderte es in hohem Bogen durch die Luft mitten in eine Gruppe von dicken, alten Amerikanerinnen hinein, die mit ihren massigen Körpern den Aufprall abfingen, so dass niemand verletzt wurde. Die verkeilten Boote begannen zu sinken. Durch die komprimierte Luft im Laderaum wurden die Luken des Schleppkahns aufgedrückt und die gesamte Ladung verselbstständigte sich. Glücklicherweise bestand sie aus Holzpantoffeln, die schon bald flächendeckend die Wasseroberfläche des Kanals bedeckten. Die umher stehenden amerikanischen Touristen hielten das Geschehen für eine Werbeaktion eines Pantoffelherstellers, umsäumten dicht gedrängt den Kanal und applaudierten. Unser Wachmann schwamm mittendrin und dachte natürlich, dass ihm der Beifall galt. Stolz winkte er zwischen all den Pantoffeln der jubelnden Menge zu. Wir hatten uns als Fische den ganzen Vorfall aus sicherer Entfernung angesehen, blubberten vor uns hin und tauchten dann ab zu unserem U-Boot.

Während der Fahrt nach ATLANTIS bat Puck mich um ein Gespräch. Offensichtlich hatte er eine wichtige Idee, die er mir unbedingt gleich mitteilen wollte.

„Ich möchte dir einen Vorschlag machen“, sagte er zu mir. „Ich wüsste eine Aufgabe für dich, hätte einen Plan. Dass er funktionieren wird, kann ich dir heute schon bestätigen.“

„Leg los“, forderte ich ihn auf, gespannt darauf, worum es ging.

„Das größte Übel auf der Welt ist der Krieg, den Menschen gegeneinander führen. Das wirst du mir bestätigen. Keiner sollte das Leid und Elend akzeptieren, das durch diesen Mord und Totschlag für die Betroffenen entsteht. Da man für Geld bekanntlich alles bekommen kann, sollte es doch möglich sein, alle Waffen auf der Welt zu kaufen, alte und neue, damit es dann keine mehr gibt. Du wirst bald so unvorstellbar reich sein, dass du dir einfach Gedanken machen musst, was du am sinnvollsten damit anfangen könntest. Ich schlage dir vor, eine Flotte von Schiffen mit geschultem Personal zu entsenden, die überall auf der Welt das Kriegsgerät einsammelt, das du gekauft hast. Es sollte dann unbrauchbar gemacht oder einer neuen friedlichen Verwendung zuführt werden. Alle werden sich darum reißen, so an dein Geld zu kommen, meinst du nicht auch?

Du wirst eine Bedingung an dieses Geschäft knüpfen müssen. Das Geld darf nur dafür verwendet werden, das Leben der Menschen zu verbessern, es in Schulen, Krankenhäuser, Wohnungen und Arbeitsplätze zu investieren, überall dort, wo es wirklich gebraucht wird. Auf diese Weise kannst du zwei Fliegen mit einer Klappe schlagen. Den Leuten geht es besser, Kriege werden überflüssig und unwahrscheinlich. Gleichzeitig musst du natürlich alle Rüstungsfabriken erwerben und stilllegen lassen, damit kein Nachschub erfolgen kann. Oder du musst sie erhalten und dort andere Dinge produzieren lassen als Waffen. Alles ist eine Frage des Geldes und all das kann doch nur mit Geld geregelt werden, mit richtig verwendetem Geld wohlgemerkt. Überall auf der Welt sollen gleich gute Bedingungen entstehen, für ein Leben in Frieden und im Einklang mit der Natur.

Das zu ermöglichen, sollte dein Ziel sein, und es wird dir gelingen. Denn ich kann dir berichten, dass all die Dinge tatsächlich geregelt worden sind. Geregelt bedeutet ja, es sind Regeln aufgestellt worden, die jeder beachtet hat. Nur deshalb war es möglich, alles zu verändern und zum Besseren zu wenden. Nur die Erfindungswut des Menschen haben wir bei uns immer noch nicht im Griff. Aber es wird fieberhaft daran gearbeitet. In virtuellen Modellen soll es möglich werden, vorab jede Erfindung auf ihre Auswirkungen hin zu testen, herauszufinden, welchen Nutzen sie bringt oder welchen Schaden sie bewirken kann. Du erinnerst dich doch an die Sache mit dem Winter bei uns im 24. Jahrhundert, den man abschaffte. Solche Erfindungen meine ich."

Warum eigentlich nicht? Puck hatte mit seiner sehr naiv anmutenden Idee doch irgendwie ins Schwarze getroffen und uns allen sehr geholfen. Denn genau so könnte es gehen, hätte das mit dem vielen Geld einen wahren Sinn. Nur so bestand überhaupt eine Chance für die Menschen, sich der Waffenarsenale zu entledigen, sie für viel Geld wieder zu verkaufen und damit den Weg frei zu haben für eine Veränderung.

Allein in meiner Kajüte machte ich mir Notizen über unser Gespräch. Noch spät in der Nacht sammelte ich Einfälle, was man noch tun könnte. Wir ankerten schon eine ganze Weile an der Stelle, wo wir ATLANTIS vermuteten. Meine Mannschaft war längst im Bett und lud schlafend die Batterien für den neuen Tag.

10 Erziehung der Ungezogenen und Quasis größte Erfindung

Wir erkundeten das Gebiet bei einer Tauchfahrt. Tatsächlich erkannten wir in einer Tiefe von 100 Metern die Struktur einer Stadt. Wir fuhren das Gelände ab und registrierten seine Ausdehnung auf unseren Karten. Mehr konnten wir in diesem Moment nicht tun. Für eine genauere Untersuchung fehlte uns die Zeit. Dass diese sehr lohnenswert sein würde, wussten wir aus dem Internet. Riesige Mengen Gold und Silber hatten die Bewohner einst zusammengetragen und die Wahrscheinlichkeit war groß, es immer noch hier zu finden. Allerdings bestand die Gefahr, dass dieser Mister X uns zuvorgekommen war. Dennoch waren wir sehr zufrieden. Immerhin war uns eine Entdeckung gelungen, deren Bedeutung gar nicht hoch genug einzuschätzen war.

Aber jetzt mussten wir erst einmal diesen Kleingeistern die Zeitkugel wieder abjagen, damit Puck und seine Leute ihre Reise in die Zukunft endlich fortsetzen konnten. Ein ganzes Stück weit südlicher, genauer gesagt in 50 Grad nördlicher Breite und 2 Grad westlicher Länge ankerten wir und warteten ab. Das taten wir aber in der Tiefe, auf dem Meeresgrund. Über uns positionierten wir einen Zodiac, bemannten es mit zwei aufgeblasenen Taucheranzügen und installierten eine ferngesteuerte Kamera. Unsere Gummikameraden dekorierten wir je mit einer prächtigen Goldkette als Erkennungszeichen, die in der Sonne glitzerten.

In den Gewässern war reger Schiffsverkehr, so dass wir erst im letzten Moment ein etwa zehn Meter langes Segelboot als das Fahrzeug der Banditen ausmachen konnten. Offensichtlich hatten sie geplant, die Beute gleich mit unserem Lieferfahrzeug zu übernehmen. Sie näherten sich vorsichtig unserem Zodiac. Ihre gierigen Blicke fielen wie beabsichtigt auf den Schmuck. Wir erkannten auf unserem Bildschirm die Frau vom Fernsehen und den Sprecher von Tagesnews. Quo Vadis zeigte sich enttäuscht, denn das waren keine Gegner für ihn. Philipp tauchte mit Volldampf auf und zwar so, dass wir genau unter dem Segelboot an die Wasseroberfläche kamen. Das Boot lag dann wie ein gestrandeter Fisch auf unserem Deck, seine Besatzung irgendwo durchgeschüttelt in der Kajüte. Philipp sauste mit seiner Ladung in Richtung des nahen Strandes. Kurz davor bremste er ab, so dass das Segelboot mit einem gewaltigen Satz auf das flache Ufer geschleudert wurde. Hier übernahmen wir die beiden völlig verdatterten Entführer, die unverletzt geblieben waren, aber die Hosen gestrichen voll hatten.

An Bord unseres U-Bootes sperrten wir sie erst einmal ein, zur Strafe mit vollen Hosen, und ließen sie zunächst über ihr weiteres Schicksal im Ungewissen. Dann suchten wir auf ihrem Boot nach der Zeitkugel, konnten sie aber nicht finden. Zurück im U-Boot tauchten wir ab. Das Segelboot der beiden ließen wir am Strand zurück. Dort hatten sich schon einige Leute versammelt, von dem Spektakel unserer Aktion angelockt.

Nach einer Stunde nahmen wir uns die Entführer vor, zuerst durften sie duschen und ihre Hosen wechseln.

„Also meine Herrschaften“, fragte ich dann mit strengem Ton, „Wo ist die Zeitkugel?“ Ich war sauer und fest entschlossen, das böse Spiel der beiden zu beenden. Kleinlaut gaben sie zu, das Teil an Land gelassen und dort versteckt zu haben.

„Wo genau?“, fragte ich barsch.

„In unserem Haus haben wir sie versteckt.“

„Wo genau?“

„Sie liegt in einer Obstschale auf dem Tisch im Wohnzimmer inmitten von künstlichem Obst. Sie ist als eine Zitrone getarnt.“

„Na also, geht doch“, hörte ich meine wieder entspannte Stimme sagen, „da haben sie aber mit Zitronen gehandelt“, bemerkte ich und sperrte die beiden wieder im Arrestraum des U-Bootes ein. Wir telefonierten sofort mit Ecki und gaben ihm diese wichtigen Informationen durch. Puck schnappte sich das Mikro und bat darum, seine Zeichnungen, die er während seines unfreiwilligen Aufenthaltes in seinem Zimmer angefertigt und an die Wände gepinnt hatte, mitzubringen. Er wollte sie dem Chef der Modellwelt übergeben als Vorlage für den Bau einer neuen Abteilung Future-World.

Nach dem Telefonat fragte mich Quo Vadis, was ich mit dem Verbrecherpaar zu tun gedenke, auspeitschen, Kiel holen?

„Nichts dergleichen“, sagte ich streng. „Schließlich leben wir im 21.Jahrhundert und haben bessere Methoden Verbrecher zu erziehen.“

„Wir machen wieder gute Menschen aus ihnen“, schlug ich vor. „Die beiden sind nicht dumm und nicht wirklich schlecht, nur etwas gierig. Das gibt uns eine Möglichkeit. Sie sollen eine Chance bekommen, wieder auf den rechten Weg zu gelangen. Die Gesellschaft hat so einen größeren Nutzen davon.“

Der Kapitän schlackerte mit den Ohren. So etwas hatte er noch nie gehört. „Erziehen? Die gehören in ein Loch gesperrt.“

Das Gespräch führten wir absichtlich vor der Tür unserer Gefangenen, damit sie im Bilde waren über die Spanne der Strafmöglichkeiten, die sie von uns zu erwarten hatten.

Ein paar Räume weiter war Professor Quasi gerade dabei, die Erfindung seines Lebens zu machen. Von Philipp waren ihm zuvor die notwendigen Grundkenntnisse über Elektrizität vermittelt worden, die für so eine Erfindung die Voraussetzungen bildeten. Er hatte zwei und zwei zusammenaddiert, hatte sein Hirn kurz in seiner vollen Kapazität benutzt, sein Genie dazu geschaltet und heraus kam eine der größten Erfindungen, die neben dem Buchdruck, dem Ottomotor und der Geschirrspülmaschine je von Menschen gemacht worden waren. Er erfand den Akku, jene Möglichkeit, Strom, Energie in einem Gefäß zu speichern. Das gab es zwar schon, doch er dachte weiter, experimentierte mit den Sonnengrüßern, denn er zog die Möglichkeit in Betracht, diese sonderbaren und wunderbaren Steine nicht nur als Speicher, sondern auch als Erzeuger von Elektroenergie zu benutzen. Seine Erfindung, die er in diesem Moment machte, war ihm kurz vorher in einer fertigen Anwendung begegnet, die aus dem 24. Jahrhundert stammte. Die geheimnisvolle Arbeitsleuchte stand vor ihm auf einem Tisch oder besser gesagt, es waren deren Einzelteile, in die er sie zerlegt hatte. In ihrem Innern hatte er zwei kleine Kammern entdeckt, die je mit einem Sonnengrüßer gefüllt waren. Der eine positiv, der andere negativ geladen, genauso, wie er dank seiner neuen Kenntnisse an die Sache herangegangen war.

„Wir müssen noch einmal nach ATLANTIS“, forderte er, nachdem er uns alle von seiner Entdeckung unterrichtet hatte. „Ich glaube, ich bin einer Sensation auf der Spur, die geradewegs in die versunkene Stadt führt.“

Puck griff seinen Freund bei der Schulter und drückte ihn auf einen freien Sitz. „Du hast es also getan, hast deine Erfindung gemacht, die heute bei uns zu unserer Welt gehört. Eine Sache, die wahrscheinlich die größte und wichtigste Entdeckung des Menschen darstellt."

„Ja, Puck, ich habe sie eben erfunden."

„Bitte sag uns alles", bat ich Puck, denn ich ahnte, dass er mit einer weiteren Sensation aufwarten würde.

„Es gibt gewisse Dinge bei uns", begann er, „von denen dürfen wir auf keinen Fall in der Vergangenheit etwas berichten, um den Lauf der Geschichte nicht zu verändern. Das Verbot, uns als Zukünftige in der Vergangenheit zu erkennen zu geben, steht an erster Stelle. An zweiter steht die Erfindung, dass sich mit zwei unterschiedlich geladenen Sonnengrüßern hervorragende Akkus herstellen lassen und dass wir mit dieser Entdeckung alle Energieprobleme des Menschen ein für alle Mal gelöst haben, da diese Akkus kraft der Sonnenenergie ihren Strom selber herstellen können. Ein Akku reicht zum Beispiel aus, um die Zeitkugel für die Dauer einer Reise mit Strom zu versorgen. Allerdings, wenn ein Kurzschluss entsteht, ist auch sie bald entladen."

Ich war platt. Das allerdings war wirklich eine Sensation. Mit dem Wissen um die Kraft der Sonnengrüßer war sehr, sehr, sehr viel Geld zu verdienen. Das war mir sofort klar, den praktischen Nutzen für uns alle noch gar nicht berücksichtigend.

„Allerdings sind sie ausgesprochen selten und schwer zu finden. Das stellte doch ein erhebliches Problem dar. Immerhin gab es ja eine Theorie, besser eine Legende über die Steine. Wir erinnern uns an den Vortrag, den uns Quasi damals hielt. Demnach wandern alle Sonnengrüßer auf der Welt auf eine bestimmte Stelle, einen Ort zu, um irgendwann in Vereinigung so eine Kraft zu besitzen, die die Erde zerstören kann."

Quasi meldete sich wieder zu Wort: „Das versuche ich euch doch gerade klar zu machen. ATLANTIS ist der Ort, jetzt eben die versunkene Stadt ATLANTIS. Wer Atlantis findet, der hat auch die Stelle gefunden, dem alle Sonnengrüßer zustreben, gestern heute und morgen."

„Sollte das wirklich der Fall sein, Quasi", sagte Puck, „dann haben wir mit unserer Entdeckung sogar etwas Großartiges für die Leute bei uns geleistet. Die Sonnengrüßer sind rar, wir könnten noch viel mehr davon gebrauchen, damit wirklich alle bei uns in den vollen Genuss unserer Erfindung kommen können. Die Kinder bei uns erhalten erst dann ein Exemplar, wenn sie erwachsen geworden sind, Zeitreisen und Weltraumflüge unternehmen dürfen. So ist das."

Wir änderten unseren Kurs und fuhren zurück nach ATLANTIS. Die unglaublichen Erlebnisse und Erfahrungen der letzten Stunden und Tage hatten meine Phantasie derart beflügelt, ich schien dadurch förmlich über mich hinauszuwachsen. Ich holte unsere Gefangenen aus dem Arrestraum und ließ sie durch das Panoramafenster auf das versunkene Atlantis blicken.

„Ich habe große Pläne mit euch", sagte ich absichtlich in einem versöhnlichen Ton. „Das öffentlich-rechtliche Fernsehen muss eine Schlüsselposition beim Informationsumschlag einnehmen. Alle meine Aktivitäten in Zusammenhang mit meinem Projekt „Insel der erfüllten Wünsche", zu der unsere Erde wieder werden soll, müssen breiten Raum in den Sendungen finden. Euch zwei habe ich ausgewählt, als Schnittstelle zwischen meinem geplanten Unternehmen und dem Sender zu fungieren. Die Welt steht vor einer Revolution und Sie werden daran teilnehmen als meine Sprachrohre, Berichterstatter und Informanten für die ganze Welt. Ist das soweit klar?"

Sie hatten kapiert, dass die versunkene Stadt da vor ihren Augen ATLANTIS war. Doch von all dem anderen, von dem ich sprach, verstanden sie nichts. Da wartete ein schweres Stück Arbeit auf mich.

11 Die Versammlung der Steine

Endlich hatten wir mehr Zeit, uns mit der Erkundung der versunkenen Stadt zu befassen. In ihrer Mitte, im Zentrum, vermuteten wir die einstige Zentrale der Macht. In sicherer Position auf einem offenen Platz zwischen mächtigen Gebäuden ankerten wir das Boot in einer Tiefe von 90 Metern. Mit einem zweiten, viel kleineren U-Boot wollten wir auf Erkundungsfahrt gehen. Allerdings hatte es nur für zwei Personen Platz. Wir einigten uns darauf, dass Philipp und Professor Quasi die Erkundungsfahrt übernehmen sollten. Wir anderen wollten am Bildschirm in der Kommandozentrale das Geschehen beobachten.

Nach kurzer Fahrt erreichten sie eines der großen Gebäude, dessen Zustand erstaunlich gut war. Seine großen reich verzierten Metalltore standen weit offen und Fische schwammen raus und rein. Philipp entschloss sich, einen Taucheranzug überzustreifen und bei einem Tauchgang das Innere des Gebäudes zu untersuchen. Wir rieten davon ab. Das Risiko war viel zu groß, alleine so eine Expedition vorzunehmen.

„Mir wird schon nichts passieren“, beschwichtigte er uns. „Ich habe die neueste Tauchtechnik zur Verfügung und weiß, was ich tue.“

Schließlich gab ich ihm meinen Segen. Philipp hatte eine Kamera und eine starke Leuchte an seinem Taucherhelm befestigt, so dass wir jederzeit verfolgen konnten, was vor sich ging.

Kurz darauf wussten wir, was für ein Volltreffer uns gelungen war, denn das Gebäude schien eine Art Lager zu sein. Philipp war schon bald auf unglaubliche Mengen Gold und Silber gestoßen, die als ziegelsteingroße Barren zu exakten Stapeln aufgetürmt worden waren.

Philipp beschloss, die Strecke zu uns im U-Boot im Taucheranzug zurückzulegen. Quasi steuerte mit dem Mini-U-Boot hinterher. Auf halber Strecke hielt er plötzlich inne und machte Zeichen in

Richtung auf eine Stelle auf dem Fußboden des großen Platzes. Wir erkannten jetzt auch, dass die Oberfläche aus siebartig gelochten Platten bestand, auf denen vereinzelt Sonnengrüßer herumlagen. Ab und zu fiel einer von ihnen in so ein Loch. Dann entdeckte er eine Stelle, an der eine solche Platte ganz und gar beseitigt worden war, um an die Steine dahinter heranzukommen. Hier hindurch konnten wir alle sehen, dass unter dem Platz tatsächlich ein gewaltiges Lager für Sonnengrüßer angelegt worden war. Oder handelte sich wirklich um den geheimnisvollen Versammlungsort der Steine? Dann entdeckte er noch weitere Spuren und Hinweise darauf, dass jemand hier sein Unwesen trieb und Sonnengrüßer abtransportierte.

Unser Dastin hatte eine gute Idee. Er liebte Tiersendungen über alles. Dort hatte er gesehen, wie Forscher mit automatischen, selbstauslösenden Kameras seltenen und scheuen Tieren nachstellen. Auf diese Weise erhielten sie sensationelle Aufnahmen von bereits ausgestorben geglaubten Tieren.

Wir informierten Quasi im Mini-U-Boot über Sprechfunk von unserer Idee. Der Zauberer wollte sich in einen Kraken verwandeln und mit seinen vielen Armen das notwendige technische Gerät an Ort und Stelle bringen und aufstellen. Das war sogar so modern, dass uns über Funk sofort und überall entsprechende Bilder übermittelt werden würden, sobald die Sensoren ein entsprechendes Ziel erkannten.

Philipp bekam einen gewaltigen Schreck, als er den Kraken erblickte. Doch im selben Moment entdeckte er die technischen Geräte, die er mit seinen Armen trug. Das war klar der Zauberer und er verstand, was da vor sich ging.

Das Gold und Silber ließen wir an Ort und Stelle, denn weder wir noch Mister X konnten es im Moment gebrauchen. Aber eine Hand voll Sonnengrüßer nahmen wir mit. Quasi bastelte später damit herum. Bald gab es keinen elektrischen Verbraucher mehr in unserem U-Boot, der nicht aus Sonnengrüßer-Akkus gespeist wurde. Sogar das U-Boot selber fuhr damit. Das war eine Revolution, die bald alle Bereiche ergreifen würde.

Philipp startete die Motoren und brachte uns zur Insel Helgoland. Nach Hamburg zurückzukehren, das trauten wir uns denn doch nicht. Die Stadt war bestimmt immer noch fest in der Hand der Geheimdienste. Erst wenn Puck und seine Leute weiter gereist sein würden, konnte uns das egal sein.

Wir informierten Ecki über unseren neuen Standort. Die Zeitkugel sollte er uns in einem Päckchen an die Adresse unserer Ferienwohnungen senden, die wir unauffällig in Dreiergruppen bezogen hatten.

Unseren Frauen ging es gut. Sie hatten herrliche Tage in London verlebt und waren im Moment dabei, die Umgebung der Stadt zu erkunden.

Unsere Gefangenen ließen wir vorsichtshalber auf dem U-Boot zurück, das auf dem Grund vor Helgoland lag. Ich suchte sie täglich auf, schwimmend und tauchend von Helgoland aus. Bei meinen Besuchen machte ich ihnen klar, was für ein Glück sie hatten, dass sie an mich geraten waren.

Da ich sie auserwählt hatte, im Fernsehen die Welt über unsere Entdeckungen und Veränderungsabsichten zu informieren, war ihnen eine große Karriere gewiss. Das verstanden sie und versprachen, meine treu ergebenen Mitarbeiter an der Fernsehfront zu werden. Sie hatten die Aufgabe, die Bewegung „Insel der erfüllten Wünsche“ in Gang zu bringen. Die Zuschauer vor den Fernsehgeräten sollten von unseren Ideen etwas erfahren und über die Notwendigkeit der geplanten Veränderungen informiert werden, um zu aktiven Mitgliedern unserer Bewegung zu werden. Schon bald äußerten sie eigene Ideen, mit welchen Mitteln sie das bewerkstelligen wollten. Nach vielen Gesprächen konnte ich mir sicher sein, die beiden voll und ganz für die neue große Aufgabe gewonnen zu haben.

Auf Helgoland gefiel es uns gut. Viel war hier nicht los, aber um Vergnügen zu finden, waren wir nicht gekommen. Doch dann entdeckten wir Plakate, die von einem Open-Air-Konzert von Tina hier auf der Insel kündeten. Da wir diese famose Sängerin sehr verehrten, Fans von ihr waren, besorgten wir uns Karten für das Konzert. Besonders unser Kapitän, der solche Musik erst durch uns kennen gelernt hatte, brannte regelrecht darauf, diese Frau wieder singen zu hören und tanzen zu sehen. Sie hatte es ihm angetan, er war wie wir ein Fan geworden.

Am nächsten Tag erreichten uns zwei Päckchen aus Hamburg. Das erste war klein, quadratisch und leicht, das zweite groß und flach. Sie enthielten die Zeitkugel und eine Mappe voller Zeichnungen. „Die gehören mir“, sagte Puck und blätterte seine Werke durch. Wie stolz wäre seine Mutter auf ihren Sohn gewesen, denn die Bilder waren sehr schön und sehr informativ. Offensichtlich hatte Puck das Talent seiner Mutter geerbt.

Puck hatte seine Zeitkugel also zurück. Im Prinzip hätte er mit den anderen sofort auf die Reise gehen können. Allerdings waren die Mädchen Vif und Petra noch in London. Doch das stellte kein Problem dar. Er brauchte dort nur zwischenzulanden und die beiden an Bord zu nehmen.

„Wir werden nach dem Konzert aufbrechen“, sagte er bestimmt. Er wusste, wie sehr sich der Kapitän auf dieses Ereignis freute. Puck hatte mit seinen Zeichnungen einen angenehmen Zeitvertreib zurückerhalten. In einem Schreibwarengeschäft auf der Insel kaufte ich ihm neues Zeichenmaterial, so dass er gleich damit beginnen konnte, noch mehr Zeichnungen anzufertigen.

„Mach doch was für mein neues Buch“, schlug ich ihm vor.

„Gute Idee, ich werde zeichnen, wie wir mit dem Unterseeboot ATLANTIS entdeckten.“

Da kam mir eine Idee, denn meine Gedanken waren immer wieder damit beschäftigt mir Möglichkeiten auszudenken, das notwendige Geld für meine Pläne zu beschaffen. Die Waffenaufkäufe würden mich so unverschämt viel Geld kosten, dass mir jede Einnahme recht war. Zwar war die Sache mit den Sonnengrüßer-Akkus die vielversprechendste Möglichkeit, das Geld zu verdienen, aber trotzdem sah ich mich ständig nach neuen Quellen um.

„Was hältst du davon, deine Werke für die Geldbeschaffung einzusetzen?"

„Wie soll das gehen?", fragte er neugierig.

„Versteh doch, deine Bilder sind die teuersten, die je auf der Welt gemalt und gezeichnet wurden."

„Ich verstehe das nicht, die Bilder eines Jungen?"

„Nicht die Bilder eines Jungen, sondern die des Historikers Puck aus dem 24. Jahrhundert. Meine Frau hat als Galeristin doch alle Möglichkeiten, die Bilder zu vermarkten."

„Verstehe", sagte Puck, „du willst sie zu Geld machen."

„Klar, wir werden es gut anlegen. Für deinen Modellweltmann machen wir gute Kopien, damit kann er genau so viel anfangen wie mit den Originalen. Auch er wird Geld benötigen, um die Modellwelt weiter auszubauen. Das geben wir ihm schon."

„Du hast Recht", sagte Puck, „so habe ich die Sache noch gar nicht betrachtet."

Puck zeichnete wie ein Besessener, um unsere Kassen mit seinen Bildern füllen zu helfen.

Dann kam der Tag, an dem das Konzert stattfinden sollte. Wir machten uns fein, einem Rockkonzert angemessen. Für den Kapitän hatten wir im Secondhandshop eine alte Kapitänsuniform erstanden, die ihm ausgezeichnet stand. Er sah aus wie ein waschechter Kapitän, was er ja auch war, aber einer von der verwegenen Sorte.

Auf dem Weg zum Konzert zog er die Blicke der Damenwelt auf sich. Das war für ihn eine ganz neue Erfahrung. So richtig wohl fühlte er sich nicht. Nie hatte er mit Frauen engeren Kontakt gehabt. Die waren immer fremde und rätselhafte Wesen für ihn gewesen. Verliebt zu sein in eine Frau, so einen Zustand kannte er nicht. Doch zu diesem Konzert ging er mit einem sonderbaren Gefühl im Bauch, das ihn sehr beunruhigte und das sich während des Konzertes noch verstärkte. Am Schluss stand für ihn fest, diese Frau musste er kennen lernen, möglichst gleich und sofort.

Er bahnte sich den Weg zur Bühne, drängte alle Leute bei Seite und erklomm die Bühne. Tina reagierte wie ein Profi, nahm ihn an die Hand und zog ihn mit sich mitten auf die Bühne. Dort zog sie ihn eng an sich heran und schlang eines ihrer Beine um den Kapitän. Das Publikum johlte und kreischte und unserem Kapitän wurde kalt und heiß. Er war nicht wiederzuerkennen, starrte Tina unentwegt an und schien wie hypnotisiert. Was für ein Paar stand da vor uns auf der Bühne, er in schneidiger Uniform, die Mütze lässig schief auf dem Kopf, sie im schwarzen Minikleid mit rhythmisch zuckendem Körper, eingehüllt in künstlichen Nebel und laute Klänge, sehr sexy die beiden, wenn ihr wisst was ich meine. Begeistert klatschten wir ihnen Beifall, während sie sich tief verbeugten. Das Konzert war zu Ende, doch es begann eine aufregende Nacht. Wir waren in das Hotel der Künstlerin eingeladen worden, wo die Aftershowparty stattfand.

Tina war fast ständig unterwegs, immer wieder an einen anderen Tisch eingeladen. Sie war der Mittelpunkt des Abends und mit der Disziplin des Profis kam sie ihrer Aufgabe nach. Unser Kapitän litt gewaltige Qualen. So gerne hätte er seine Tina neben sich auf dem Stuhl, aber der Wunsch wollte sich nicht erfüllen. Schließlich war sie verschwunden und die Party ging langsam ihrem Ende entgegen.

„Wir versuchen es morgen“, sagte ich zum Kapitän. „Wir können sie ja in den nächsten Tagen zu einer U-Bootfahrt einladen, dann hast du sie ganz für dich allein.“

Dieser Gedanke gefiel dem Kapitän außerordentlich, so dass er sich bereitwillig mit uns auf den Heimweg begab. Bald lag er in seinem Bett und träumte aufregende Sachen von seiner Tina.

Tatsächlich sollte sich die Abreise der sechs noch um einige Tage verschieben. Am frühen Morgen übergab der Kapitän an der Rezeption in Tinas Hotel einen Brief, in dem er seine Liebe gestand. Er versprach ihr, sie reich und glücklich zu machen und noch so Sachen, die ein Mann einer Frau verspricht, um sie zu beeindrucken. Er lud sie zu einer Bootsfahrt ein und gab die Adresse unserer Ferienwohnung für die Antwort an.

Die kam dann auch. Sie entschuldigte sich, die Einladung nicht annehmen zu können, da sie am Abend ein Konzert in Hamburg hatte. Sie würde aber in zwei Tagen zurück sein und sich bei ihm melden. Der Kapitän war drauf und dran, ihr nach Hamburg nachzureisen, doch es gelang uns, ihn davon abzubringen. Mit einem Discman und etlichen Tina-Scheiben ausgestattet zog er sich auf unsere Veranda zurück und versuchte auf diese Weise seiner Tina nahe zu sein.

Wir begaben uns an Bord des U-Bootes, und ich sprach mit den Fernsehleuten. Sie hatten endgültig begriffen, dass sie nicht mal mit einem blauen Auge aus der Sache herausgekommen waren, mehr noch, dass sie kurz davor standen, eine riesengroße Karriere zu machen, vielleicht sogar in die Fernsehgeschichte eingehen würden. Ich versorgte sie mit den neuesten Informationen über unsere Entdeckung, dass mit Hilfe von Sonnengrüßern alle Energieprobleme der Menschheit der Vergangenheit angehören würden.

Meine Überraschung war perfekt, als sie mir ein wirklich gutes Konzept für ein Fernsehformat präsentierten. Es bildete eine Mischung aus Unterhaltung und Wissensvermittlung, die in anschaulich gestalteten Dokumentationen verpackt werden sollten. Die Zuschauer bekamen die Möglichkeit, zum aktiven Partner zu werden, indem sie in das Geschehen eingreifen, Fragen und Meinungen äußern konnten. Auf diese Weise würde ein lehrreiches, sehr unterhaltsames und in meinem Sinn produktives Fernsehen entstehen und das war genau das, was ich wollte.

Ich sagte ihnen zu, bei allen Geldproblemen zu helfen. Ich kannte die unverschämten Gebühren, die der Staat für sein Fernsehen verlangte. Ich kannte die ewig gleichen Krimiproduktionen, für deren Produktion das Geld verschwendet wird, anstatt es für die Aufklärung der Massen auf die bevorstehende Revolution zu verwenden. Sie versprachen mir, die Intendanten der Sender umzustimmen, neue Wege der Fernsehgestaltung zu beschreiten.

Da ich nun keinen Grund mehr sah, die beiden noch länger an Bord zu behalten, wollte ich sie in Helgoland an Land setzen. Zu meiner Überraschung schlugen sie mir vor, hier an Bord an meiner Seite die erste Dokumentation fertig zu stellen, einschließlich Life-Aufnahmen und Interviews mit allen Personen hier an Bord. Dieses Material sollte für einen überzeugenden Start des neuen Fernsehens sorgen, gespickt mit sensationellen Aufnahmen von ATLANTIS. Das würde dem Sender Rekordeinschaltquoten bescheren, denn die waren immer noch das beste Argument für ein Sendekonzept.

Ich willigte ein, stattete die beiden mit der notwendigen Technik aus, auch wenn die an Bord vorhandene nicht ganz dem neuesten Stand entsprach. Wir wollten eine Reportage drehen und kein Spielfilm, deshalb sollte es gehen.

Ich probte für mein Interview: „Ein Gemeinschaftswerk der Völker ist immer besser, als wenn jeder alleine wurschtelt. Die Aufgaben sind so gewaltig, dass jeder, wirklich jeder eine Arbeit daran finden wird. Es müssen fünf Milliarden Menschen mit Sonnengrüßer-Akkus ausgerüstet werden. Jeder soll einen bekommen, kostenlos und nur für seinen Gebrauch. Das versetzt uns in die Lage, gleiche Bedingungen für alle zu schaffen, sozialen Frieden herzustellen. Allein mit den Akkus können die Menschen nichts anfangen. Es müssen die Geräte entwickelt werden, Fernseher, Kühlschränke, Heizkörper, Fahrräder, Boote, Autos und sogar Flugzeuge, in die die Akkus eingesetzt werden können, um sie zu betreiben.

Alle Dinge, die nicht mehr gebraucht werden, müssen zurückgebaut und recycelt werden. Atomkraftwerke, Kohlekraftwerke, ja sogar Gezeiten-, Wind- und Wasserkraftwerke könnten überflüssig werden. Stromleitungen, ganze Netze, über und unter der Erde würden nicht mehr gebraucht. Gewaltige Materialmengen fielen an, könnten zurückgewonnen werden und für die Herstellung von Bewässerungsanlagen auf der ganzen Welt benutzt werden, für neue Bahnstrecken, künstliche Inseln im Meer. Gewaltige Aufgaben werden das sein, wirklich ein neues Zeitalter wird beginnen nach dieser Revolution. Die Natur wird im Mittelpunkt stehen, unser Planet als unsere Heimat. Neue Gedanken werden die Kunst beflügeln. Neue Bilder werden gemalt, neue Bücher geschrieben und neue Musik komponiert. Ein Leben der erfüllten Wünsche wird das werden, immer auf der Hut, alte Fehler nicht zu wiederholen, so wird es ein."

Was für ein Rausch war das, was für Träume.

12 Mister X wird enttarnt
Aufbruch der Zeitreisenden

Ein durchdringendes Signal von der Kommandozentrale holte mich zurück. Philipp wusste sofort, worum es ging. Jemand hatte den Kontakt unserer Kamera in ATLANTIS ausgelöst. Er schaltete die Bildschirme ein und versuchte, die Kameraeinstellung zu verbessern. Leider war es da unten sehr dunkel, doch als die Person im Taucheranzug, die bis eben noch undeutlich zu erkennen war, eine mitgebrachte Lichtquelle einschaltete, war die Sache klar. Der verblüffte Kapitän stammelte: „Das ist ja Tina?!"

In der Tat, alle erkannten sie jetzt genau, weil sie einen Helm trug, geformt wie eine große Glaskugel, die ihren ganzen Kopf zeigte. Ihr Taucheranzug umformte eng ihre tolle Figur. Seine schimmernde, silberne Farbe gab ihm das Aussehen eines Raumanzuges, und Tina sah damit aus wie eine Astronautin. Ein Transportroboter bewegte sich vor ihr her, nahm ständig Sonnengrüßer mit seinen Greifarmen auf und stopfte sie durch eine Öffnung in seinen Körper. Tina schwamm sehr elegant, der Kapitän konnte keine Sekunde seine Augen vom Bildschirm nehmen, so sehr faszinierte ihn ihr Anblick. Die Tina auf dem Bildschirm allerdings hatte jetzt ganz andere Dinge im Kopf. Dem Abtransport der Sonnengrüßer galt ihre ganze Fürsorge und Aufmerksamkeit. Abtransport, dieses Wort warf Fragen auf: Womit? Wohin? Wozu?

Im selben Moment bekamen wir die Antworten, denn Tina kramte aus einer umgehängten Tasche zwei Gegenstände heraus. Einen davon legte sie vor sich auf den Boden, den anderen behielt sie in der Hand. Jetzt war uns alles klar. Sie besaß eine Zeitkugel, war gerade dabei, sie zu vergrößern. Kaum befand sich die Kugel in betriebsbereitem Zustand, schwebte der Transportroboter herbei und verschwand in einer Öffnung der Zeitkugel. Dann war Tina an der Reihe. Elegant schlüpfte sie hinein. Das war alles. Die Kugel entschwand unseren Blicken.

Wir konnten es kaum glauben, Tina war unser Mister X. Sie würde die Sonnengrüßer im 24. Jahrhundert verkaufen und gewiss viel Geld damit verdienen. Also führte sie ein Doppelleben, hier in dieser Zeit als Sängerin und dann noch irgendwann in der Zukunft als wer weiß was?

Der Kapitän war faszinierter von dieser Frau denn je. Er spürte so viel Lust und Entschlossenheit in sich wachsen, den Spuren von Tina zu folgen. Immerhin bestanden gute Aussichten, sie zu finden. Die Zeitzentrale hatte immer einen Überblick, wo sich die Kugeln befanden und wer damit unterwegs war. Schließlich kannten sie den Chef des Unternehmens, Wollibär, den jüngeren Bruder Bäumlis. Der würde bestimmt helfen, Tina in der Zukunft aufzuspüren. Dann konnten sie sich gleich bei ihm erkundigen, ob er erfolgreich damit gewesen war, die Insel zu kaufen und so in den Besitz des Königs zu bringen.

Wir nahmen Kurs auf die Insel Helgoland. Während der kurzen Fahrt dorthin wurde wenig gesprochen, denn jedem war klar, dass die Stunde des Abschieds bald gekommen war. Unsere Frauen flogen mit einer gecharterten kleinen Propellermaschine von London zu uns. Helgoland besitzt einen Flugplatz, auf dem sie landen konnten.

Wir ankerten ein paar hundert Meter von der Insel entfernt und fuhren mit dem Zodiac an Land. Am Flughafen holten wir unsere Frauen vom Flieger ab. Mein Fernsehteam war mit seinen Aufnahmearbeiten erst einmal fertig. Jetzt wollten sie so schnell wie möglich zum Sender, um das Material für eine Sendung vorzubereiten. Wir bezahlten ihnen den Flieger und gaben ihnen auch noch Geld für die Bergung ihres Segelbootes am Strand von Alderney.

„Was haltet ihr davon, wenn wir uns ein ruhiges Plätzchen am Strand suchen, uns ein köstliches Mahl bereiten und unseren Abschied etwas feierlich gestalten?"

Mein Vorschlag wurde begeistert aufgenommen. Quo Vadis und Puck fuhren mit dem Zodiac hinaus und versuchten, mit einigen Angeln ein paar leckere Bissen aus dem Wasser zu ziehen. Alle anderen sammelten Holz, trugen es zum Lagerplatz und trafen noch andere Vorbereitungen.

Bald brutzelten über einem gemütlich knisternden Feuer einige goldgelbe Fischfilets in einer riesengroßen Pfanne, die an einem Dreibein hing. Der köstliche Duft signalisierte unseren Nasen die bevorstehenden Gaumenfreuden, und das Wasser lief uns schon im Munde zusammen.

Gerade in diesem Moment brach es über uns herein. Bewaffnete Männer stürmten von allen Seiten auf uns zu, die eben noch als Strauch, Gebüsch oder Abfallbehälter getarnt in der Gegend gestanden hatten. Mit lauten Befehlen forderten sie uns auf, sofort die Hände zu heben und keine Dummheiten zu machen. Unglücklicherweise war V.V.V. mit meiner Frau zusammen ein Stück am Strand entlang spaziert, sie befanden sich noch zu weit weg für eine Zauberei. Dazu kam, dass auch sie von bewaffneten Männern umringt wurden. Doch der Zauberer reagierte blitzschnell, verwandelte sich und meine Frau in wenigen Sekunden in zwei pfeilschnelle Windhunde, die im Zickzack um die Männer herum davonliefen, in unsere Richtung. Hier bei uns verwandelte er die Männer ohne jede Vorwarnung in Schildkröten, die wir ganz einfach auf den Rücken drehen konnten und dann als überlegene Sieger dastanden. Mehr als mit ihren Beinen in der Luft herum zu rudern, konnten sie jetzt nicht mehr tun.

Das Kommando, das es im Moment nicht mehr gab, bestand aus dreißig Leuten. Wir mussten aber damit rechnen, dass die Aktion von Ferne beobachtet worden war und bald Verstärkung kam. Wir beeilten uns also, ein paar Brocken von dem Fischfilet hinunterzuschlingen, denn besonders unsere Zeitreisenden Quo Vadis, V.V.V., Professor Quasi, Puck, Petra und Vif konnten die Stärkung gut gebrauchen, denn während der Reise gab es nur Nahrung aus der Tube. Puck hatte inzwischen die Zeitkugel vergrößert. Dann verwandelte der Zauberer die Kinder in junge Hunde, was unsere Nelly wieder völlig aus der Fassung brachte. Die beiden Alten stiegen ein. Meine Kinder halfen ihnen, die Hunde in die Kugel zu verfrachten.

„Wir werden euch vermissen", sagte ich. Meine Frau, Dastin, Phil und Mandy hatten genau diesen Gesichtsausdruck angenommen, der das noch viel besser zum Ausdruck brachte. „Wir werden euch vermissen, aber wir werden euch wiedersehen!" An Puck gerichtet, der jetzt ein kleiner Hund war, sagte ich noch: „Denk dran, wenn du wieder einmal da bist, egal wann, geh in das Gartenhaus und ruf mich an. Ich werde kommen, so schnell ich kann." Er wedelte mit dem Schwanz.

An Quo Vadis gerichtet sagte ich: „Alles aufschreiben, Kapitän. Ich bin es meinen Lesern schuldig. Die erwarten eine Fortsetzung von mir."

„Mache ich doch gerne. Hauptsache ich finde Tina wieder. Falls sie hier wieder auftaucht um Konzerte zu geben, müssen Sie mich unbedingt verständigen."

„Besorgen Sie sich doch einfach das Veranstaltungsprogramm in der Zukunft, dann wissen Sie es noch schneller als ich."

„Guter Gedanke", sagte er. Wir gaben uns die Hände.

Einige von den Schildkröten zappelten mittlerweile mit menschlichen Armen und Beinen in der Luft. Das war ein sicheres Zeichen dafür, dass der Zauber langsam nachließ und wir uns beeilen mussten. Also verabschiedeten wir uns jetzt in großer Eile. Dann sahen wir noch zu, wie sich die Zeitkugel langsam verfärbte, gläsern wurde und in den Lüften unseren Blicken entschwand.

Wir waren wieder allein, stürmten zum Zodiac und fuhren mit Highspeed zum U-Boot. Am Strand standen bereits die ersten Männer wieder auf ihren Beinen und sprachen über ihre Walkie-Talkies mit ihrer Einsatzzentrale. Schon kreuzten ein paar Schnellboote vor uns auf und am Himmel zeigten sich Hubschrauber. Im letzten Augenblick bestiegen wir unser U-Boot, bargen das Zodiac und tauchten ab.

Die Gefahr bestand, auch unter Wasser attackiert zu werden. Deshalb legten wir uns erst einmal auf den Grund, schalteten alle Geräte ab und stellten uns tot. Da aber auch nach zwei Stunden nichts mehr geschah, fuhren wir ganz langsam und vorsichtig dicht über dem Grund entlang in Richtung Heimat.

Über Funk informierten wir Ecki von unserer baldigen Rückkehr und baten um ein getarntes Fahrzeug, das uns zur Modellwelt bringen konnte. Der Zauberer konnte nun nicht mehr helfen. In Hamburg wollten wir unsere Rückkehr in normale Verhältnisse langsam angehen. Ich plante, in meinem neuen Buch die Öffentlichkeit umfassend und in unterhaltender Form über das Geschehen zu informieren, um vor allem auch den Geheimdiensten eine endgültige Abfuhr zu erteilen.

Ich nutzte die letzten ruhigen Stunden an Bord dazu, meine Notizen zu sichten und zu ordnen, die ich angefertigt hatte, um bald den Teil 2 von „Auf der Insel der erfüllten Wünsche“ daraus zu machen. Dabei bemerkte ich, dass bereits etwas mehr als nur Notizen entstanden waren, so dass ich es in relativ kurzer Zeit würde schaffen können, das Buch zu schreiben. Entspannt zog ich mich in meine Koje zurück, um ein kleines Schläfchen zu machen.

Da entdeckte ich zwei kleine Päckchen auf dem Kopfkissen, sorgfältig eingewickelt in schönes Geschenkpapier. Ich riss das Erste auf und fand ein Buch darin. Bei genauem Hinsehen erkannte ich meinen Teil 2 fertig gedruckt, gebunden und herausgegeben. Ich setze mich auf den Boden, denn meine Beine versagten mir ihren Dienst. Nelly sprang herbei und liebkoste mich mit ihrer feuchten Schnauze.

Dann wagte ich, das zweite Päckchen aufzumachen. Gut, dass ich schon saß, denn es enthielt Teil 3, von Quo Vadis geschrieben, fix und fertig gedruckt und gebunden. Auf einer innen liegenden Karte las ich die Zeilen:

„Lieber Michael, ich hoffe, die Überraschung ist mir gelungen. Ich war kurz mal in der Zukunft, als ich die Zeitkugel wieder hatte, und kaufte die Bücher. Das ist zwar streng verboten, aber ich dachte mir, was kann schon passieren? Um dir die Arbeit zu sparen, habe ich ein Exemplar von Teil 2 an Ecki geschickt für den Verlag. Wenn du nach Hamburg zurückkehrst, wird dein neues Buch schon auf dem Markt sein. Deine Vorhaben sind unterstützenswert, deshalb habe ich es gemacht. Du sollst erfolgreich sein im Kampf gegen Dummheit, Geiz und Gier, damit bald eine Zukunft beginnt, eine Zeit der erfüllten Wünsche, und zwar für alle Menschen. Gruß, Dein Puck“

Ich war platt, Blattgold ist noch dick dagegen. Dann nahm ich all meinen Mut zusammen und begann zu lesen.

Phil durchfuhr die Zufahrt zum Hamburger Hafen in Unterwasserfahrt, doch in Höhe der Landungsbrücken konnte er es nicht länger aushalten, tauchte auf und öffnete die Luke vom Turm. Da brach es über uns herein...

Ganz Hamburg schien auf den Beinen zu sein, um uns willkommen zu heißen. Tausende große und kleine Boote und Schiffe umringten uns. Es war ein Wunder, dass wir beim Auftauchen nicht mit einem von ihnen kollidiert sind. Die Menschen winkten uns zu und riefen Willkommensgrüße. Am Ufer spielten mindestens drei Blaskapellen, die sich in größerem Abstand positioniert hatten, so dass uns deren Töne als Gemisch erreichten. Sogar der Himmel war gefüllt mit allerlei Fluggerät und Schwärme von Friedenstauben zogen über uns hinweg. Ich kann mich nicht erinnern, so einen großen Bahnhof zum Empfang einer Person je erlebt zu haben. Deshalb konnte ich immer noch nicht glauben, dass all das für mich gedacht war. Ich stellte mich auf die höchste Stelle unseres Bootes und reckte die Hände in die Luft. Unvorstellbar, was da geschah. Tausend mal tausend Kehlen riefen Hoch, Hoch, Hoch und Bravo, Bravo. Jetzt war mir endlich klar, die meinten wirklich mich.

Eine Motorjacht machte längsseits an unserem U-Boot fest. Ecki stieg als Erster herüber, begrüßte und beglückwünschte uns, gefolgt von einem Kamerateam, dem Bürgermeister, der Kanzlerin und noch einigen Leuten, die ich nicht kannte. Auf dem Deck wurde es eng. Doch ich hatte genug Hände, die mir entgegen gestreckt wurden, um mich festzuhalten. Da erkannte ich auch meine Fernsehleute. „Haben wir nicht ganze Arbeit geleistet?“, fragten sie mich. „Heute Abend gibt es eine Sondersendung und Sie werden die Hauptperson sein.“

„Komm, wir tauchen wieder ab“, rief ich zu Phil. Er verstand den Spaß und rief zurück: „Kein Sprit mehr, sorry.“

Endlich wurden wir auf die Jacht verfrachtet, wo doch bedeutend mehr Platz zur Verfügung stand. Kellner verteilten Sektgläser, dann nahm der Bürgermeister hinter einem Mikrofon Aufstellung, klopfte daran und begann dann eine Rede:

„Lieber Michael Rogge, wir freuen uns außerordentlich, dass Sie hier von unserer schönen Stadt Hamburg aus eine neue Zeit, ein neues Denken und Handeln, ach was sage ich, eine globale Wende einleiten, eine Wende, auf die jeder gewartet hat, aber keiner das Geschick und den Mut aufbrachte und das Glück sie einzuleiten. Wir versprechen Ihnen, so wie wir heute hier stehen, Sie mit allen Kräften zu unterstützen und Ihre Sache zu der unseren zu machen. Hamburg soll als Ausgangspunkt für die größte Revolution aller Zeiten in die Geschichte der Menschheit eingehen, so wie Sie als Person das tun werden. Darum genug der Worte, lassen Sie uns gemeinsam damit beginnen die Welt zu verändern."

Ein ohrenbetäubender Lärm von Schiffstuten, Sirenen, menschlichen Stimmen, Autohupen, Nebelhörnern und Fußballtröten brach über uns herein. Uns allen lief ein Schauer über den Rücken.

13 Rückkehr zu normalen Verhältnissen

Nach drei Tagen hatten wir das Schlimmste überstanden, das heißt, die eigentliche Arbeit begann. Meine Fernsehleute hatten wirklich Hervorragendes geleistet. Die Verbreitung meiner Pläne über den Bildschirm erwies sich als der effektivste Weg, die Leute zu informieren, zu überzeugen und zum Mitmachen zu bewegen. Das war die große Kunst, eine wirkliche Massenbewegung in Gang zu setzen. Ein paar wenige konnten nicht viel ausrichten, aber eine Mehrheit von überzeugten Menschen, das war die Macht, die wir mobilisieren wollten.

Als der amerikanische Präsident den Kontakt zur deutschen Regierung aufnahm und Informationen über Wahrheit oder Unwahrheit der Geschehnisse von Hamburg erbat, wussten wir, dass tatsächlich etwas in Gang gekommen war. Auch der russische, der französische, der polnische, der belgische, der englische und der südafrikanische Präsident fragten an. Unsere Regierung ergriff die

Gelegenheit und lud zu einem Weltgipfel ein. Dort sollte ich die Gelegenheit erhalten, mein Angebot, „Geld für Waffen" allen Staaten, Völkern und Nationen vorzustellen und zu unterbreiten.

In der Zwischenzeit wurde ein Erfolg dieses Planes tatsächlich von Tag zu Tag realistischer, da unglaubliche Geldmengen als Spenden für das Projekt aus der ganzen Welt bei mir eingingen. Dazu kam die Bergung der Schätze von ATLANTIS, ich spreche jetzt nicht von den unglaublichen Mengen von Sonnengrüßern. Allein die Goldmengen dort würden reichen, alle Straßen auf der Welt mit einer 1cm dicken Schicht zu überziehen, rechnete eine Mathematikerin aus Bremen aus.

Erste Geräte für die Sonnengrüßer-Akkus, kurz SGA genannt, kamen auf den Markt. Die Entwicklung von Fahrzeugen, also Booten, Flugzeugen und Autos lief auf Hochtouren, denn der Mensch wollte auf seine Mobilität nicht verzichten. Einfacher war die Umstellung aller Heizungen oder Klimaanlagen auf Akkustrom, je nachdem, was gefragt war. Meine SGA lieferten die notwendige Power. Da ich alle Rechte an den SGA besaß, war es mir freigestellt, jedem Erdenbewohner ein eigenes Exemplar zu schenken, denn jeder sollte in den Genuss von Quasis Erfindung kommen können.

Alle Rekorde brach mein Verlag, nachdem ich ihm die Rechte am dritten Teil versprach, um den ich Quo Vadis gebeten hatte. Da ich schon in seinem Besitz war, eröffnete ich meinem Verlag bei einem Geheimtreffen diese Tatsache, händigte das Exemplar sogar aus, um den Preis noch mehr in die Höhe zu treiben. Vorher lag er bei mir zu Hause und war nur bedrucktes Papier, jetzt war er zu barem Geld geworden und nur darauf kam es mir an, auf Geld für das ehrgeizigste Projekt, das je einer in Angriff genommen hatte, nämlich alle Waffenarsenale für immer und ewig von dieser Erde zu verbannen.

Ein wenig stolz war ich schon auf mein Verhandlungsgeschick, denn immerhin bot der Verlag eine 1 mit 12 Nullen. Diesen Betrag konnte ich gar nicht anders ausgeben, als ein paar von den schrecklichsten Waffen dafür zu erstehen. Atombomben hatte ich besonders gern. Waren erst einmal alle in meinem Besitz, würde es schon wesentlich sicherer zugehen auf dieser Welt. Vieles von dem Kriegsgerät, konnte nach entsprechendem Umbau einer zivilen Nutzung zugeführt werden, denn es handelte sich um stabiles und solides Material. Mit SGA betrieben waren Panzer, LKW und Schlachtschiffe besonders begehrte Fahrzeuge. Das brachte enorme Mengen des ausgegeben Geldes wieder zurück. Der Rest an Kriegsmaterial wurde eingeschmolzen und dann zu Wasserrohren verarbeitet, die für die Bewässerung von Trockengebieten benötigt wurden. Es gab für alles eine sinnvolle Verwendung. Allein die Unmengen von Uniformen, Stiefeln, Zelten, Betten und Decken, Feldtelefonen, Kochgeschirren, Feldspaten, Ferngläsern und Kompassen reichte aus, um die Bevölkerung in den ärmsten Ländern mit dem Elementarsten zu versorgen und den Menschen dort das Gefühl zu vermitteln, dass es aufwärts ging auf dem Planeten, und zwar überall.

Viel Geld ging dafür drauf, den Fabrikanten für Waffen- und Kriegsgerät ihre Produktionsstätten abzukaufen. Da sie bei ihren Preisvorstellungen nicht zimperlich waren, wurden riesengroße Geldmengen benötigt. Einige entschlossen sich auch von selbst, eine zivile Produktion zu beginnen. Aber bald war es uns gelungen, durch die Arbeit unserer Freunde beim Fernsehen so einen Druck in der Bevölkerung gegen die Kriegsfabrikanten und ihre Rüstungslobby aufzubauen, dass diese bald keinen anderen Ausweg mehr sahen, als ihre Produktionsinhalte zu ändern. Die Arbeiter spielten einfach nicht mehr mit, liefen ihnen davon und suchten sich Arbeit als Gärtner oder Wasserbauingenieur.

Doch gewaltige Anstrengungen standen uns noch bevor, um den Planeten tatsächlich nachhaltig zu entrümpeln. Ecki war zum Hauptgeschäftsführer meines Konzerns ernannt worden und hatte bald mehr als dreihundert Geschäftsführer der verschiedenen Bereiche im Konzern zu beaufsichtigen. Da das aber alles Leute waren, die wussten, was zu tun ist, hielten sich die Belastungen für ihn in Grenzen.

Ich lebte zurückgelehnt, genoss meine Rente und war die meiste Zeit abgetaucht mit meinen Lieben irgendwo im Atlantik oder im Pazifik oder im Mittelmeer.

Übrigens hatte meine Frau ein eigenes Projekt begonnen, um immer wieder benötigtes Geld zu verdienen. Als Galeristin reiste sie um die Welt und vermarktete die zahlreichen Zeichnungen von Puck. Als der Bestand erheblich schrumpfte, nahm sie das Angebot unseres Enkelkindes an, für Nachschub zu sorgen. Es ist ja für einen guten Zweck, sagte sie sich, und verkaufte weiter zu Höchstpreisen die Zeichnungen eines zukünftigen Kindes.

Wie das so ist, für ein Leben wie im Urlaub war ich nicht geboren. Ich brauchte neue Aufgaben, neue Projekte. Doch es fehlte mir die richtige Idee. Teil 3 hatte ich an Quo Vadis delegiert, und besser als er hätte ich ihn nicht schreiben können. Vielleicht würde ich mich doch entschließen, einmal mit Puck in der Zeit zu reisen, wer weiß?

Nun werdet ihr fragen, wann denn Teil 3 zu haben sein wird? Bald, habt Vertrauen. Ich konnte ihn ja schon lesen. Darum verrate ich euch, was die da erleben in der Zukunft zusammen mit Puck, das ist so verrückt und unglaublich, ihr habt allen Grund, riesig gespannt zu sein.

Übrigens bin ich jetzt auch öfter in der Modellwelt zu finden. Der Chef hat mich gebeten, den Bau von Future-World zu beaufsichtigen, selber gestaltend einzugreifen und sozusagen als der engste Vertraute von Puck für ein originalgetreues Abbild zu sorgen, immerhin war ich auch Designer. Frühstück mache ich dann immer auf dem U-Boot, das unten im Kanal angebunden ist. Nelly wacht darauf. Besucht mich doch mal. Ich freue mich immer sehr, wenn ich meine Leser persönlich kennen lernen kann. Also bis bald in der Modellwelt Hamburg, Speicherstadt.

. TEIL – 2319

Mädchen können das

1 Reiseimpressionen

Es war verdammt eng und unbequem in dieser Zeitkugel, das muss ich schon sagen. Ihre Erbauer sollten sich mal in Kasimirs Kutsche setzen. So möchte man reisen.

Zwei Tage waren wir bereits unterwegs, im Zeitsprung vom 21. in das 24. Jahrhundert. Die Rechnerei mit den Jahrhunderten bereitete mir immer noch großes Kopfzerbrechen. Jedes Jahr mit einer siebzehn davor, also 1700 bis 1799, gehört zum achtzehnten Jahrhundert. Aus dem komme ich, der Kapitän. Dreihundert Jahre weiter folgen die Jahre 2000 bis 2099, die zum 21. Jahrhundert gehören, aus dem Michael Rogge kommt und der mich überredet hatte, einen Bericht von dieser Reise anzufertigen. Wieder dreihundert Jahre weiter folgen die Jahre 2300 bis 2399, womit wir uns endlich in Pucks Zeit befinden, dem 24. Jahrhundert. Nach zwei Tagen Quälerei müssten wir uns jetzt im 23. Jahrhundert befinden. Es galt also, noch einen Reisetag für die letzten 100 Jahre unserer Zeitreise zu überstehen.

Ich gebe zu, dass ich von Anfang an in einen Zustand höchsten Unbehagens versetzt war. Veni Vidi Vici, unser Zauberer, saß neben mir und schlief. Er schien die Unglaublichkeiten unserer Reise viel besser zu verkraften. Dabei hatte er eine wichtige Aufgabe zu erfüllen. Regelmäßig musste er seine Formeln aufsagen, damit die jungen Hunde auf unseren Schößen, die in Wirklichkeit unsere Kinder Puck, Quasi, Vif und Petra waren, Hunde blieben. Das war schon sehr anstrengend für den alten Mann. Hätte er versagt, entstünde schlagartig eine bedrohliche Enge für uns alle, denn in der Zeitkugel war tatsächlich nur Platz für zwei erwachsene Personen und maximal noch für vier kleine Hunde. Ich wachte also darüber, dass er regelmäßig seine Zauberformel aufsagte.

Unsere Hunde-Kinder-Kinder hatten keine Sorgen. Sie schliefen die meiste Zeit, und nur zu den Mahlzeiten, die wir alle in flüssiger Form und als Tabletten zu uns nahmen, wurden sie geweckt.

Hin und wieder führte ich mit dem Zauberer auch ein kleines Gespräch, oder er mit mir.

„Ich habe darüber nachgedacht, wie ich meine Zauberei noch vervollkommnen könnte“, sagte er zu mir. „Einer von mir verwandelten Person zu erlauben, selber die Länge seiner Verwandlung bestimmen zu können, wäre schon ein Zugewinn, wenn man unsere Situation hier betrachtet. Doch eine endgültige Verwandlung scheint mir ausgeschlossen. Es sei denn, ich behalte die Möglichkeit, den Verwandelten irgendwann doch wieder in seine ursprüngliche Gestalt zurück zu verwandeln. Mir ist noch nicht ganz klar, wie ich mich entscheiden werde. Ich habe gelernt, mich in jedes Tier zu verwandeln. Dann lernte ich, andere Menschen in Tiere zu verwandeln. Bliebe nur noch die Verwandlung von Tieren in Menschen.“

Ich war den Ausführungen meines Freundes aufmerksam gefolgt. Doch jetzt wurde mir seine Zauberei doch ein wenig unheimlich. Wie sollte ein Mensch aussehen, der ein Floh war, ein Tiger oder gar ein Elefant?

Der Zauberer war längst wieder eingeschlafen. Er überließ mich meinen Gedanken und der Enge der Zeitkugel. Wieder kreisten meine Gedanken um die mir zugedachte Aufgabe. Zu blöd, dachte ich, den Reiseberichterstatter machen zu müssen. Ich hatte mich aufs Glatteis locken lassen, und nun stand ich da und konnte keinen Halt finden. Einen Retter in der Not hielt ich in den Händen, mein kleines schwarzes Notizbuch, in das ich von Zeit zu Zeit ein paar Zeilen kritzelte. Ein zweiter kleiner Retter steckte in der Innentasche meiner Jacke. Es war mein Flachmann, gefüllt mit bestem Jamaika-Rum. Nur getraute ich mich nicht, hier in dieser Enge Gebrauch davon zu machen. Es hätte bedeutet, dem dicht neben mir sitzenden Zauberer und den auf unseren Schößen schlafenden Kindern meine Alkoholfahne ins Gesicht blasen zu müssen. Nur deshalb verzichtete ich darauf.

Meine Gedanken kreisten noch um eine zweite Sache, besser gesagt um eine Person. Es entstanden Gefühle in mir, wenn ich an sie dachte, die kaum zu beschreiben waren. Etwa wie eine Flotte von hundert Schiffen unter vollen Segeln in einem heftigen Sturm in meinem Bauch, so fühlte sich das an. Jeder, der sich mal verliebt hat, wird das kennen. Es war wunderbar, einfach unerträglich und herrlich. Tina, oh Tina, flüsterten meine Lippen. Mein Herz schlug wie wild. Die Hände wurden mir feucht und meine Brille wäre beschlagen, wenn ich eine gehabt hätte. Dabei versuchte ich, klare Gedanken zu fassen, denn ich brauchte einen Plan, um Tina zu finden. Aber das war schwer, um nicht zu sagen fast unmöglich, denn mein Zustand war weit entfernt von klaren Gedanken. Nur mein Vertrauen in Puck, die Aussicht auf seine Hilfe, gaben mir etwas Zuversicht und Hoffnung auf Erfolg.

Endlich hatten wir die Reise in das 24. Jahrhundert überstanden. Unsere Landung erfolgte präzise zur vorgesehenen Zeit in einem Dock der Zeitzentrale. Die Einstiegsluke öffnete sich und freundliche Menschen halfen uns die Kugel zu verlassen. Die Kinder erhielten ihre menschliche Gestalt zurück. Puck bemühte sich sofort, ein guter Gastgeber zu sein und erklärte uns den Sinn einer medizinischen Untersuchung, die dann folgte.

Sechshundert Jahre sind ein großer Zeitabstand. Man musste immer damit rechnen, dass irgendeine ansteckende Krankheit mit an Bord war und in das 24. Jahrhundert eingeschleppt wurde. Glücklicherweise waren bei der Untersuchung keine Nadeln oder Messer mit im Spiel. Die hochmoderne Technik führte den Gesundheits-Check sehr schnell und präzise durch, und vor allem verlief er völlig schmerzlos. In der Zwischenzeit hatte man unsere

Kleider gereinigt und desinfiziert, so dass wir frisch und gesund in das 24. Jahrhundert entlassen wurden.

Puck erklärte uns den Umgang mit den Spezialschuhen, die wir für die Dauer unseres Aufenthaltes geliehen bekamen. Sie ermöglichten uns, an der einzigen und allgegenwärtigen Fortbewegungsart des Driftens teilzunehmen. Auf allen Wegen, auf Stein, Gras oder Sand, sogar auf Wasser, glitten die Leute in geringer Höhe über den jeweiligen Untergrund in jede gewünschte Richtung, schnell oder langsam, so wie man es wollte. Sensoren verhinderten Zusammenstöße oder Stürze. Auf diese Weise ließen sich alle Wege, die zu absolvieren waren, sicher und völlig geräuschlos zurücklegen. Selbstverständlich konnte man auch ganz normal mit den Schuhen laufen. Quasi fühlte sich an seine Wasserschuhe erinnert, aber das hier war noch weitaus raffinierter.

Für entfernte Ziele wurden kleine flugzeugähnliche Gefährte benutzt, die man Buran nannte. Sie hatten Platz für vier bis sechs Personen und waren geeignet für Flüge in jeder Höhe, also knapp über dem Boden, aber auch in den Orbit oder weiter bis zum Mond. Jeder, der Doktor oder Professor war, konnte sich jederzeit ein Buran ausleihen, auf der Welt umherreisen oder einen Abstecher zum Mond unternehmen.

Wir drifteten von der Zeitzentrale los. Puck forderte uns auf, ihm dicht zu folgen. Er hatte vor, uns auf dem Weg zu seiner Wohnung ein paar Eindrücke von seiner Stadt zu vermitteln. Meine Aufregung war kaum zu bändigen, ich besichtigte gerade eine hypermoderne Stadt, die 600 Jahre nach meiner Zeit gebaut worden war.

Die Kinder nahmen alles sehr gelassen, und unser Zauberer war wie immer die Ruhe selbst. Endlich stoppten wir vor einem großen, wabenartig gestalteten Gebäude.

„Hier wohne ich“, sagte Puck uns zur Erklärung.

Etwas später saßen wir in bequemen Sitzgelegenheiten und hielten jeder ein Glas mit einem blauen Getränk in der Hand, das herrlich nach frischen Erdbeeren schmeckte, und prosteten uns zu.

„Meine Wohnung ist nur klein. Deshalb habe ich für die Zeit eures Besuches zwei Gästewaben bestellt“, sagte Puck. „Die werden von außen angeklickt und sind durch einen Zugang von meiner Wohnung aus zu erreichen. Ich habe mir gedacht, Vif und Petra bewohnen die eine, der Zauberer und der Kapitän die andere. Quasi bleibt bei mir. So haben wir alle unser eigenes Bad und ausreichend Platz zum Schlafen. Essen können wir in einem der vielen Hausrestaurants, dort ist es preiswert und gut.“

Ich staunte darüber, wie umsichtig unser Puck sich um unser persönliches Wohl bemühte. Er war eben ein Freund, dem etwas an uns lag.

„Habt ihr es bemerkt?“, fragte er dann. „Überall in den Geräten, die wir benutzen, stecken unsere Sonnengrüßer und dienen als Energiequelle. Noch bevor ich hier weg bin, gab es nur wenige von diesen Akkus, weil nur wenige Sonnengrüßer von den Menschen gefunden worden waren. Dank unserer Aktivitäten im 21. Jahrhundert und dem Fund des Versammlungsortes der Steine in Atlantis haben wir jetzt ausreichend viele Exemplare zur Verfügung.“ Puck klopfte jedem von uns auf die Schulter zum Zeichen für seine Dankbarkeit. „Quasi du bist der Größte.“

„Niemand wird je davon erfahren, dass wir den Lauf der Dinge beschleunigt haben. Es wird immer ein Geheimnis bleiben, von dem nur wir etwas wissen. Hier kann sich bestimmt keiner mehr vorstellen, wie groß die Energieprobleme damals waren. Noch vor dreihundert Jahren waren die Menschen darauf angewiesen, ihren ständig wachsenden Energiebedarf mit Atomkraftwerken, Öl, Kohle und Gas, aber auch mit Sonne, Wind und Wasserkraft zu decken. Akkus kannte man nur als schwere, teure und wenig ergiebige Stromspeicher. Das hat sich alles schlagartig mit unseren

Sonnengrüßern geändert. Wie viele Belastungen blieben uns und unserer Umwelt seitdem erspart."

Er hatte völlig Recht. Noch zu meiner Zeit kamen wir beim Antrieb unserer Schiffe mit Wind und Segeln aus. Doch schon wenig später verheizte man Unmengen von Kohle, um mit gewaltigen Dampfmaschinen die Propeller der Schiffe in Bewegung zu versetzen. Die wurden schon bald durch haushohe Dieselmotoren ersetzt, mit riesigen Mengen Schweröl betrieben, verbrannt zu Ruß und Rauch. Der Dreck und das Gift, die entstanden, hätten fast zu einer Katastrophe geführt. Im allerletzten Moment kam die Rettung in Form der Sonnengrüßer, die alle bisherigen Methoden der Energiegewinnung erübrigten. Erst heute im 24. Jahrhundert erholt sich die Umwelt wieder von dieser Zeit, sind Land, Luft und Wasser wieder so rein, wie sie es im 18. Jahrhundert noch waren, lernte ich von Puck.

Doch im Moment hatte ich ein persönliches Problem, das noch viel schwerer wog. „Mir wäre wohler, wenn wir schon einen Plan hätten, Tina zu finden", sagte ich. „Ich mache mir Sorgen, wir könnten es nicht schaffen."

„Ich habe schon darüber nachgedacht", sagte Puck. „Da sie eine Zeitkugel benutzt hat, muss sie der Zeitzentrale bekannt sein. Zwar sind solche Informationen nicht so ohne weiteres zu bekommen, doch wir kennen den Chef. Wenn wir ihm erzählen, wie wichtig es für dich ist, Kapitän, Tina zu finden, dann wird er sicher ein Auge zudrücken und uns helfen."

„Hat jemand Hunger?", fragte Puck ganz unvermittelt in die Runde. Alle Finger schnellten nach oben, und somit war klar, jetzt gehen wir etwas essen.

„Doch bevor wir die Wohnung verlassen, gebe ich jedem ein Nonplusultra, kurz NPU, denn wie der Name schon sagt: es gibt nichts Besseres. Das NPU wird um das Handgelenk getragen, legt es also bitte gleich an. Wozu es gut ist und was ihr alles damit machen könnt, erzähle ich euch gleich beim Abendessen."

Wir verließen die Wohnung und fuhren mit einem gläsernen Fahrstuhl an der Außenseite des Gebäudes ganz nach oben. Hier befand sich eines der vielen Restaurants des riesigen Hauses. Es war jedoch das einzige mit einem Ausblick fast über die ganze Stadt.

Nach dem reichlichen und sehr schmackhaften Essen saßen wir etwas müde und erschöpft auf unseren Stühlen und blickten gedankenversunken durch riesige Glasfenster nach draußen. Die hell erleuchtete Stadt lag inzwischen in abendliches Licht getaucht und bot einen unbeschreiblichen Anblick. Puck sah in unsere verzauberten Gesichter. Um uns etwas über seine Zeit zu erzählen begann er:

„Unsere Städte sind noch neu, hoch modern und ungemütlich. Aber es gibt eine Menge Einrichtungen, die darüber hinweghelfen sollen. Dieses Restaurant zum Beispiel, oder Kinos, Theater, Sportstätten, Vergnügungszentren und die Zeitzentrale machen uns das Leben angenehm und bringen Zerstreuung. Die alten Städte, wie sie noch vor dreihundert Jahren bekannt waren, hat man irgendwann aufgeben müssen. Sie waren so marode, unpraktisch und alt geworden, dass keiner mehr darin leben mochte. Es wurden ganz einfach neue und dem aktuellen technischen Stand entsprechende Städte gebaut, in die die Menschen nach und nach umgesiedelt wurden. Die alten abzureißen wäre viel zu aufwendig gewesen und zu teuer geworden. Man überließ sie einfach sich selbst und dem natürlichen Verfall. Heute weiß keiner mehr wo New York war, Paris, Moskau oder Berlin. Da ist einfach Gras darüber gewachsen.

Die alten Städte wurden alle eingescannt und können von Interessierten virtuell besucht und besichtigt werden. Unsere neuen unabhängigen und freien Städte, von denen es tausende gibt, liegen meist in einem Abstand von dreihundert Kilometern voneinander entfernt, sind kreisrund angelegt mit einem Durchmesser von dreißig Kilometern und tragen als Namen Zahlen und Buchstaben.

Aber die Leute gaben ihren Städten Spitznamen. Diese hier heißt *Stadt des ewigen Sommers.* Vor ein paar Jahren hatte hier nämlich jemand die Mittel erfunden, mit denen man das ganze Jahr über Sommer machen konnte. Aber das wisst ihr ja schon. Um jede Stadt herum, die alle etwa eine Einwohnerzahl von 300.000 besitzen, befindet sich ein zehn Kilometer breiter kultivierter grüner Gürtel für Landwirtschaft und Erholung. Danach folgt nur noch unberührte wilde Natur. Die gehört den anderen Bewohnern der Erde, den Tieren und Pflanzen.

Zwischen den Städten gibt es keine Straßen- oder Schienenverbindungen. In der Stadt wird gedriftet und will man nach außerhalb oder in eine andere Stadt, benutzt man ein Buran. So einfach ist das. Unser guter alter Mond ist inzwischen zum einzigen Industriestandort geworden. Dort ist die Schwerkraft viel geringer, so dass sich alles viel leichter herstellen lässt. Auf der Erde gibt es keine Produktionsstätten mehr, und das ist gut so. Außerdem gibt es auf dem Mond noch mehrere Weltraumbahnhöfe für die Abwicklung des intergalaktischen Reiseverkehrs. Wir werden das alles noch besichtigen. Ich bin selber gespannt, was in der Zwischenzeit an neuen Bauwerken und Einrichtungen auf dem Mond dazugekommen ist, denn er ist eine ständige große Baustelle."

Alle hatten Pucks Ausführungen aufmerksam verfolgt. Klar, dass wir noch eine Menge Fragen auf dem Herzen hatten und noch viel Zeit benötigten, das alles zu verstehen.

„Sag mal Puck, wofür sind denn nun diese NPU?", fragte Professor Quasi.

„Das hätte ich fast vergessen", gestand Puck. Er atmete tief durch und fuhr mit seinen Ausführungen fort. „Die NPU sind sehr wichtig für euch, solange ihr hier seid. Sie funktionieren praktisch von allein. Jeder kann mit jedem sprechen, und zwar über jede Distanz. Es gibt keine Knöpfe und Schalter, weil sie mit Sprache gesteuert werden. Sagt eurem NPU ganz einfach was ihr wollt, es wird alles tun, so wie ihr es wollt. Seid ihr in der Stadt unterwegs und habt euch verlaufen, fragt euer NPU nach dem Weg. Wollt ihr etwas essen oder trinken, geht in ein Restaurant, bestellt euch was ihr wollt und bezahlt mit eurem NPU die Rechnung. Bargeld haben wir sowieso nicht mehr. Das NPU macht Fotos, Filme oder bringt euch musikalische Unterhaltung. Habe ich noch etwas vergessen?"

Am Nebentisch saß ein Mann, der die ganze Zeit schon unsere bunte Gesellschaft aufmerksam beobachtet und belauscht hatte und sich jetzt in das Gespräch einmischte: „Du hast vergessen, dass man mit dem NPU eine Verbindung zum Hausbildungsservice herstellen kann und sich somit überall auf der Welt und im Weltraum Zugang zum gesamten Wissen der Menschheit verschaffen kann."

„Sie haben recht, das ist überhaupt die wichtigste Funktion", musste Puck einräumen.

Der Mann vom Nebentisch erhob sich und stellte sich vor: „Mein Name ist KLDO 226, Sie können auch Blitz zu mir sagen. Ich bin Reporter bei den NEUEN NACHRICHTEN, die Sie übrigens auch auf Ihrem NPU lesen können. Wie ich vermute, sind sie alle Gäste aus einer anderen Zeit?"

„Da haben sie Recht", erklärte ihm Puck. „Sie sehen hier meine Freunde aus dem 18. Jahrhundert, Kapitän Quo Vadis, Tierverwandlungskünstler Veni Vidi Vici und die Kinder Vif, Prinzessin Petra und Erfinder Professor Quasi. Ich heiße Puck und bin Historiker."

„Sehr angenehm", sagte Blitz. „Darf ich mich zu ihnen setzen und sie auf ein Getränk einladen?"

„Warum nicht, wir haben keine Geheimnisse und wenn sie uns jetzt interviewen wollen, dann fragen Sie uns ihre Fragen."

Auf diese Einladung schien Blitz nur gewartet zu haben. Blitzschnell feuerte er ein Fragengewitter ab, ganz gekonnt und gezielt, so dass er schon nach einer halben Stunde alle Informationen aus uns heraus gekitzelt hatte, die ihm für eine interessante Story geeignet erschienen.

Am späten Abend, die Damen Vif und Petra hatten sich schon vor einer Stunde in ihre Gästewabe zurückgezogen, saßen wir Männer noch gemütlich in der Runde. Puck stellte uns seine Planung für die nächsten Tage vor. Gleich morgen wollte er sich mit seinen Eltern in Verbindung setzen. Die hatten dank der Aufzeichnungen von Michael Rogge von unserem Zusammentreffen auf der Insel der erfüllten Wünsche gelesen. Pucks Tante Magermilch wohnte im selben Haus, die würde uns über kurz oder lang sowieso über den Weg laufen, meinte Puck. Dann folgten nach seinem Plan eine ausgiebige Stadtbesichtigung, ein Ausflug zur Insel, ein Besuch des Mondes und eventuell auch eine Reise zum Mars. Doch auch im 24. Jahrhundert galt immer noch die alte Regel: Erstens kommt es anders und zweitens als man denkt.

Blitz hatte durch einen sehr detailreichen Artikel über uns dafür gesorgt, dass jeder in der Stadt von uns Notiz nehmen konnte, sobald er von seinem NPU Gebrauch machte.

2 Eine furchtbare Entdeckung

Vif und Petra hatten in ihrer Gästewabe eine angenehme Nacht verbracht. Am Morgen allerdings stellten sie fest, dass sie keine Mädchen mehr waren. Eine winzige Veränderung an ihren Körpern bestätigte ihnen, dass sie nun zu den Jungen gehörten. Dabei fühlten sie sich ganz normal, so als ob alles seine Richtigkeit hätte. Dennoch waren sie sehr beunruhigt und versuchten mit dem NPU Puck zu erreichen. Der meldete sich sofort und versprach, gleich nach ihnen zu sehen. Es dauerte dann doch eine halbe Stunde, bis er kam. Tante Magermilch begleitete ihn, denn sie schien etwas besser über die Gründe dieser sonderbaren Vorgänge informiert zu sein.

„Wir haben hier ein riesengroßes Problem. Da noch alles geheim ist, konnte Puck nichts davon wissen. Selbst die Zeitzentrale ist noch nicht informiert. Es tut mir furchtbar leid für euch. Bei uns werden keine Mädchen mehr geboren, es kommen nur noch Jungs auf die Welt. Das bedeutet im Endeffekt, dass die Menschheit aussterben wird. Wo es keine Mädchen gibt können keine Frauen heranwachsen, die sich dann in Männer verlieben und Kinder mit ihnen bekommen. So ist das nun mal.

Bis jetzt gibt es keine Hoffnung, die Situation doch noch in den Griff zu bekommen. Aber wir arbeiten mit Hochdruck daran, denn alles hängt davon ab. Ich wurde, dank meiner Verdienste in der Magermilchforschung, in eine Gruppe von Wissenschaftlern aufgenommen, die fieberhaft an einer Lösung arbeitet. Darunter ist auch der Verursacher des Dilemmas, denn ohne sein Geständnis wäre man sicher nie hinter die wahren Gründe für diese Katastrophe gekommen. Wir werden heute oder morgen die ganze Welt über die traurige Nachricht informieren, deshalb kann ich schon jetzt so offen mit euch sprechen."

„Werden denn die beiden …", Puck schluckte, „… jetzt für immer Jungs bleiben müssen?"

„Ich befürchte ja. Doch genau werden wir das wissen, wenn du sie zurückbringst in die Vergangenheit."

Die Mädchenjungs gaben sich gelassen. Je mehr sich ihre Körper umstellten, umso mehr gefiel es ihnen, dieses typische Jungsgefühl zu verspüren, im Stehen zu pullern und im hohen Bogen zu spucken.

In diesem Moment traten der Zauberer und Professor Quasi in den Raum. Sie hatten sich schon gewundert, von den anderen nichts mehr zu hören. Der Zauberer war hocherfreut, seinen emsigsten Lehrling, der die Tante einst gewesen war, wiederzusehen. Dann berichtete er.

„Unser Kapitän hat schon ganz zeitig sein Bett verlassen und sich aus dem Zimmer geschlichen. Ich nehme an, seine Abenteuerlust ist wie immer schuld. Er wird draußen herumgeistern und die Gegend unsicher machen."

„Er hat ja sein NPU dabei. Sollte er in Schwierigkeiten kommen, wird er sich schon melden“, meinte Puck.

Dann setzte die Tante ihre Erklärungen für die unglaublichen Vorgänge fort.

„Der Verursacher ist ein Mann, der eigentlich hätte wissen müssen, auf welch gefährliches Spiel er sich einlässt. Nachdem seine Frau ihm die siebte Tochter gebar, brach für ihn eine Welt zusammen. Er hatte sich so sehr einen Sohn gewünscht, endlich einen Sohn, doch der Wunsch blieb ihm verwehrt. Da unser Mann ein hochrangiger Wissenschaftler ist, mehr noch, ein Genie in seinem Fach, fiel dem Unglückseligen nichts anderes ein, als mit den Mitteln der Chemie etwas nachzuhelfen. In seinem Labor entwickelte er einen Stoff, ein Gas, um genau zu sein, mit dem sich die gewünschte Wirkung auf einfachstem Wege herstellen ließ. Eine kleine Brise davon in der Nase seiner schwangeren Frau bescherte ihm schon nach kurzer Zeit ein achtes Kind, und das war ein Sohn. Soweit so gut.

Eine etwas tollpatschige Mitarbeiterin hantierte mit dem gut verstöpselten Glaskolben so ungeschickt, dass er auf die Erde fiel und zerbrach. Das Gas konnte entweichen und durch ein geöffnetes Fenster nach draußen gelangen. Der Wissenschaftler wusste zu diesem Zeitpunkt noch nicht, dass damit eine globale Verbreitung des Gases eingeleitet worden war. Die enorme Verdünnung durch die Luft tat der erwähnten Wirkung des Gases keinen Abbruch. Bald war klar, als Ergebnis wurden auf der ganzen Welt nur noch Jungen geboren. Frauen blieben Frauen, aber alle Mädchen verwandelten sich in Jungen, wie wir es am Beispiel von Vif und Petra erlebten.“

Der Zauberer hatte besonders aufmerksam zugehört, blieb aber stumm. Dennoch sah man ihm an, dass ihm so einiges durch seinen Kopf ging.

„Ich werde ein wenig nach draußen gehen und mir die Beine vertreten. Vielleicht fällt mir dort etwas ein, das uns weiterbringen könnte, “sagte er und verschwand.

Die anderen beschlossen, erst einmal zu frühstücken. Gemeinsam fuhren sie mit dem gläsernen Fahrstuhl zum Restaurant hinauf. Als Dauergäste erhielten Puck und Tante Magermilch einen guten Rabatt, so dass es keinen vernünftigen Grund gab, hier nicht einzukehren. Siehe da, auch der emsige Reporter Blitz saß schon am Tisch und frühstückte genüsslich. Freundlich entrichtete er seinen morgendlichen Gruß an die muntere Gesellschaft, die er ja bereits kannte.

„Haben Sie meinen Artikel schon gelesen, in dem ich über ihre Ankunft hier bei uns berichte?"

„Haben wir noch nicht, holen wir aber nach", sagte die Tante zu ihm. In diesem Moment kam ihr etwas in den Sinn und gleich zeigte sie sich nicht mehr so kurz angebunden bei dem Gespräch mit ihm.

„Wir zwei sollten uns nach dem Frühstück einmal ganz in Ruhe zusammensetzen und uns über eine sehr heikle und noch geheime Angelegenheit unterhalten. Ich brauche ihre Mitarbeit als Reporter und Journalist bei der Verbreitung einer unangenehmen und sehr traurigen Nachricht, die die ganze Menschheit betrifft."

In der Zwischenzeit hatten sie das Frühstück beendet und waren in Pucks Wohnung zurückgekehrt. Dort erreichte Puck eine weitere schlechte Nachricht, die ihn persönlich betraf.

Man teilte ihm mit, dass seine Eltern zusammen mit fünf anderen Wissenschaftlern während einer Mission im Weltraum entführt worden waren. Puck wurde aufgefordert, so schnell wie möglich zur Weltraumbehörde auf den Mond zu kommen, dort könne man ihm Einblicke in die Einzelheiten verschaffen.

Puck war sofort klar, dass er als guter Sohn seinen Eltern zu Hilfe eilen musste. Eine bessere Begleitung als mich, den Kapitän, und Professor Quasi konnte er sich in diesem Moment gar nicht vorstellen. Quasi, der neben mir saß und alles mitbekommen hatte, stimmte sofort zu.

Ich war schon am frühen Morgen aus dem Haus gegangen und hatte in der Zwischenzeit ganz andere Erlebnisse. Doch mit dem NPU sollte mich Puck überall erreichen können, und so kam es dann auch…

3 Tina

Was für eine Nacht. Ich hatte keine Sekunde geschlafen. Meine Gedanken kreisten unentwegt um diesen einen Umstand, du bist hier im 24. Jahrhundert, sechshundert Jahre weit weg von zu Hause, um nach einer Frau zu suchen.

Als endlich der Morgen heraufdämmerte, hielt ich es nicht länger aus in meinem zugegeben sehr bequemen Bett. Ich schlüpfte in meine Klamotten, zog die Spezialschuhe über und schlich mich, stets darauf bedacht, meinen Mitschläfer Veni Vidi Vici nicht zu stören, aus der Wohnung.

Nachdem ich mein NPU gebeten hatte, mir den Weg nach draußen zu beschreiben, gelangte ich ohne Zwischenfälle auf die Straße. Zu dieser frühen Stunde war noch kein Mensch unterwegs. Ich lief also los, verirren konnte ich mich nicht, mein NPU würde das verhindern.

Mit kräftigen Zügen sog ich die Morgenluft in meine Lungen, die mir ungewöhnlich klar und rein vorkam, verglichen mit der im 21. Jahrhundert. Ich machte gymnastikartige Bewegungen, um meine alten Knochen in Schwung zu bringen. Dann driftete ich ein ganzes Stück mit großer Geschwindigkeit einen breiten Weg entlang, das unbeschreibliche Gefühl dieser mir bis dahin völlig unbekannten Fortbewegungsart genießend. Dann setzte ich mich auf eine Bank in einer parkähnlichen Anlage und beobachtete mehrere Wasserfontänen, die vor mir aus einem kleinen künstlichen See in den Himmel spritzten und dabei fortwährend die Farbe wechselten.

Jetzt meldete sich mein Magen und ich bat mein NPU, mir den Weg zu einem guten Frühstück zu zeigen. Gerade begann ich der Wegbeschreibung zu folgen, als ganz unvermittelt ein Buran neben mir herabschwebte und anhielt. Sein Fahrer forderte mich mit einem Handzeichen auf einzusteigen. Ich sah genauer hin und erkannte den Fahrer, der eine Fahrerin war, nämlich Tina.

Wir schwebten in geringer Höhe zwischen den Häusern hindurch hinaus aus der Stadt. Bald kam das Fahrzeug auf einer grünen Wiese zum Stehen. Ich hatte die ganze Zeit über kein Wort gesagt und nicht gewagt, Tina auch nur anzusehen. Ich war wie versteinert.

„Ich bin nicht Tina, auch wenn du das gerne hättest", sagte sie dann unvermittelt zu mir und sah mir in die Augen.

„Nicht?", mehr bekam ich nicht heraus, während ich ihr ebenfalls in die Augen blickte. Aber das half mir nicht. Ich hatte mich in diese Frau verliebt, auch wenn sie nicht Tina hieß, wie sie eben behauptete.

„Aber wer bist du dann?", wollte ich wissen.

„Ich bin Tinas Zwillingsschwester Anita!"

„Wie konntest du mich finden? Schließlich bin ich hier noch nicht auffällig geworden, Tina, … äh Anita."

„Bist du doch. Der Artikel von Blitz hat mich aufmerksam gemacht. Da ich beim Frühstück gerne in der Zeitung seine Artikel lese und zwei und zwei zusammenzählen kann, wurde mir klar, dass du nach mir suchst. Mein NPU stellte einen Kontakt her zu deinem. Da war es kein Problem, dich ausfindig zu machen. Ich bin gleich in mein Buran gestiegen, um dich aufzuspüren. Aber ich bin nicht Tina, Tina lebt im 21. Jahrhundert, ist eine verdammt gute und erfolgreiche Sängerin und verheiratet mit einem Mann, den sie liebt. Schlag dir das also aus dem Kopf, mein Kapitän. Aber wenn dein Herz auch für eine haargenaue Kopie von Tina schlagen könnte, bist du bei mir richtig", sagte sie, schlang ihre Arme um meinen Hals und küsste mich auf den Mund.

Ich nahm all meinen Mut zusammen und küsste zurück. Ihr könnt euch nicht vorstellen, was für ein Unwetter da gerade in meinem Körper tobte.

Verliebte haben sich viel zu erzählen. Wer selber einmal verliebt war, wird das kennen. Für Außenstehende ist da vieles nicht so interessant. Deshalb werde ich mich auf das Wesentliche beschränken und euch nicht langweilen mit unserem privaten Kram.

„Ein Frühstück wäre jetzt sehr schön", gestand ich meiner Geliebten, denn mich plagte inzwischen ein gewaltiger Hunger.

„Fliegen wir zu mir oder zu dir?"

„Zu dir."

Anita setzte den Buran in Bewegung und flog uns zu ihrer Wohnung. Ein üppiges Frühstück stand bereits auf dem Tisch, als wir die Wohnung betraten. Während unserer kurzen Anreise hatte ein Lieferservice zuverlässig seine Arbeit getan. Das Essen war ein Hochgenuss. Das lag aber zum überwiegenden Teil daran, dass sie neben mir saß und die Speisen mit mir teilte. Dann begann sie zu erzählen:

„Vor mehreren tausend Jahren waren wir, die Zwillinge Tina und Anita, die Herrscherinnen des Inselreiches Atlantis. Als Doppelköniginnen galten wir als sehr mächtig und unbesiegbar. Keine fremde Macht hatte es je versucht, sich uns in den Weg zu stellen. Also führten wir ein glückliches Leben, von niemandem bedroht.

Dann geschah ein großes Unglück. Keiner von uns hätte je damit gerechnet. Die Insel versank urplötzlich und mit lautem Getöse im Meer und mit ihr all das, was uns lieb und teuer war. Nun wirst du dich fragen, wie das geschehen konnte und wie wir davon kommen konnten. Unsere Rettung verdankten wir einem Zeitreisenden aus dem 24. Jahrhundert.

Ein gewisser Historiker Puck hat uns durch seine kluge Kombinationsgabe und durch seinen großen Mut ein furchtbares Ende erspart. Wirklich im letzten Moment tauchte er mit seiner Zeitkugel auf und wir konnten uns gerade noch hineinzwängen und davonfliegen, kurz bevor die Insel endgültig versank. Er lud uns ein, mit ihm in seine Zeit kommen. Uns stand also eine lange und sehr unbequeme Reise in der engen Zeitkugel bevor. Doch immerhin, wir waren gerettet. Weil wir immer noch ganz ratlos waren und unsere Erlebnisse zu verarbeiten versuchten, gab Puck uns eine Erklärung für den Untergang unseres Reiches.

Er wusste aus zuverlässiger Quelle, dass sogenannte Sonnengrüßer, kleine braune Steine, der Grund dafür waren. (Wir erinnern uns an die „Sonnengrüßer-Legende“ im 1.Teil des Buches) Diese hatten sich von allen unbemerkt in einer schier unglaublichen Menge unter dem Fußboden des großen Platzes im Centrum von Atlantis angesammelt. Weil die Oberfläche aus siebartig gelochten gusseisernen Platten bestand, konnten sie hindurch. Für Puck war schon lange klar, dass es sich um den unbekannten Versammlungsort der Steine handelte, dem sie alle zustrebten.

Tatsächlich war der Zeitpunkt fast erreicht, an dem sie komplett versammelt gewesen wären. Nur ein einziger Stein fehlte noch. Wäre auch er an sein Ziel gelangt, dann hätte das das Ende der Welt bedeutet. Die enorme Kraft der mit Sonnenenergie geladenen Steine bewirkte immerhin den Untergang von Atlantis. Daran war nichts mehr zu ändern. Noch ein Stein mehr, und die ganze Welt wäre geborsten.“

Als die drei mit ihrer Zeitkugel gerade das 20. Jahrhundert durchflogen, bat Tina um einen Zwischenstopp. Sie war die ganze Zeit schon, so zwischen dem 5. und 17. Jahrhundert, immerhin 12 Tage der Reise, ganz still geblieben. Dann im 20. Jahrhundert kam sie mit der Sprache heraus.

„Wir sind jetzt Königinnen ohne ein Reich, also gar keine Königinnen mehr. Niemand wird uns helfen, wieder welche zu werden. Ohne Atlantis reicht es nur zu Tina und Anita. Glaube mir liebe

Schwester, ich möchte alles versuchen, ein neues Leben und eine neue Aufgabe zu finden, wieder jemand zu werden. Aber ich möchte es alleine tun. Wir haben unser ganzes Leben lang immer alles geteilt, waren immer zusammen und konnten nie mal unseren eigenen Neigungen nachgehen. Jetzt wäre eine gute Gelegenheit dafür."

„Ich verstehe, was du sagen willst", erwiderte Anita. „Tu was du tun musst. Ich reise mit Puck in das 24. Jahrhundert und werde dort versuchen, ein neues Leben zu finden. Bleib du ruhig hier, ich denke, das 20. Jahrhundert kann so schlecht nicht sein. Wir brauchen uns ja nicht aus den Augen verlieren. Ich nehme eine Zeitkugel und komme dich besuchen, jeden Monat wenn du willst."

Die Schwestern umarmten sich. Tina hüpfte aus der Kugel hinein in das 20. Jahrhundert, dann setzten Puck und Anita die Reise fort.

„Tina hat es geschafft", setzte Anita ihren Bericht fort. „Schon nach kurzer Zeit war sie mit den richtigen Leuten zusammengetroffen, die ihr weiterhalfen. Sie bildete eine Begabung aus, die ihr angeboren war und mit der sie sehr viele Leute begeistern konnte, ihre Stimme. Sie wurde zur Queen des Rock, eine Musikrichtung, die man auch heute noch kennt und liebt.

Ich landete mit Puck im 24. Jahrhundert, richtete mich dort ein, machte meinen Doktor und später sogar meinen Professor. Puck traf ich sehr lange nicht, der hatte andere Interessen und war wohl ständig auf Reisen. Die ganze Zeit war ich erfüllt von der Sorge, es könnten sich doch noch alle Steine in Atlantis einfinden und den Weltuntergang herbeiführen.

Ich hatte mich nie dafür interessiert, wo sich unser Atlantis eigentlich befand. Ein Besuch mit meiner Zeitkugel wäre jederzeit möglich gewesen, auch Unterwasser, aber ohne genaue Koordinaten war da nichts zu machen.

Doch dann kam mir eine Idee. Tina war gerade nach Amsterdam gereist, um dort drei Konzerte zu geben. Ich fand den Gedanken gar nicht so dumm, in dem alten Schloss der Stadt nach dem Standort von Atlantis zu forschen. In der Nacht landete ich mit meiner Zeitkugel in der großen Bibliothek des Gebäudes. Dort entdeckte ich tatsächlich eine Menge sehr alter Unterlagen, Karten und Bücher, die zu dem Thema etwas zu sagen hatten. Die brachte ich in einen scheinbar vergessenen Raum tief im Keller des Schlosses, um sie ungestört auch am Tage studieren zu können. Ich musste ja immer darauf bedacht sein, nicht gesehen zu werden. Man hätte mich sofort für Tina gehalten. Keiner wusste doch von der Existenz einer Zwillingsschwester.

Dann endlich hatte ich heraus, wo Atlantis zu finden war. Nach einem Besuch bei Tina tauchte ich zu unserer alten Heimat Atlantis ab, um eine Ladung Sonnengrüßer zu bergen und in meine Zeitkugel zu verladen. Das war mein Beitrag für die Sicherheit der Welt, denn ich wusste ja um die Gefahr, die von sehr vielen Steinen an einem Ort ausgeht. Erst etwas später hörte ich dann von der Erfindung eines Professor Quasi, die Steine als Akkus zu verwenden, die als Energiequelle für sämtliche elektrischen Verbraucher benutzt werden konnten. Da hatte also noch jemand die Lage von Atlantis herausbekommen und sorgte nun für eine Verteilung der Steine. Für mich war damit das Thema Atlantis ein für allemal erledigt. Ich bin nie wieder dorthin zurückgekehrt, selbst hier im 24. Jahrhundert nicht. Der Schmerz über diesen Verlust ist immer noch zu groß."

Ich nahm ihre Hand und sah ihr in die Augen. Dann sagte ich: „Sei nicht mehr traurig, liebe Anita, jetzt hast du ja mich. Ich möchte mit dir in mein Haus im 18. Jahrhundert einziehen, auf die Insel mit Familie Bäumli, dem König und seiner Frau, dem Zauberer und mit Puck und den Kindern. Und eine Zeitkugel sollten wir mitnehmen für uns zwei, damit wir Tina besuchen können."

„Wie hast du Puck eigentlich kennen gelernt?", wollte sie wissen.

„Er kam zu mir ins 18. Jahrhundert auf mein Seeräuberschiff, um Studien zu betreiben. Dann waren wir Gestrandete auf einer kleinen Insel im Nirgendwo und lebten fast ein ganzes Jahr lang zusammen in meinem Haus, das Bäumli uns baute. Später hatten wir, zusammen mit noch anderen Leuten, eine sehr aufregende Zeit im 21. Jahrhundert. Ich war dabei, als wir deine Aktivitäten im versunkenen Atlantis beobachteten. Damals wurde mir klar, wie sehr ich in dich verliebt war. Du kannst alles nachlesen in den Berichten, die dieser Michael Rogge aus dem 21. Jahrhundert verfasst hat. Jetzt habe ich die Aufgabe des Berichterstatters übernommen."

Da fiel mir ein, dass ich noch eine ganze Menge nachzutragen hatte in mein kleines schwarzes Notizbuch. Doch dazu kam ich nicht, denn in diesem Moment meldete sich mein NPU, oder besser gesagt, es war die Stimme von Puck, die sagte: „Kapitän, wir haben ein Problem, ich brauche deine Hilfe. Bitte komm so schnell du kannst in meine Wohnung!"

„Verstehe", sagte ich, obwohl ich nichts verstand. Ich spürte nur, dass etwas Ernstes vorgefallen sein musste. „Ich komme mein Freund. Anita, die du ja kennst, wird auch dabei sein. Wir gehören jetzt zusammen."

„Hast du deinen Irrtum also bemerkt? Tina war gar nicht die, die du wolltest. Sicher hat Anita dir auch die Geschichte vom Untergang von Atlantis erzählt, und wie ich kam, um die beiden zu retten. Ich hab das alles für mich behalten, es hätte euch nur verwirrt und nichts verändert. Es ist ja alles so gekommen, wie es kommen sollte. Also wir sehen uns hoffentlich gleich?"

Wenig später saßen wir in Pucks Wohnung, um uns seinen Bericht anzuhören. Quasi saß schon da und begrüßte uns freudig.

„Das ist der berühmte Erfinder Prof. Quasi aus dem 18. Jahrhundert, der die Sonnengrüßer-Akkus erfand", stellte ich Quasi meiner Anita vor.

Dann war Puck an der Reihe. „Man hat mir mitgeteilt, dass meine Eltern zusammen mit fünf anderen Wissenschaftlern entführt worden sind. Ich soll mich auf den Mond begeben und persönlich bei der Weltraumbehörde melden. Dort soll ich nähere Informationen erhalten. Auf jeden Fall werde ich mich in ein Raumschiff setzen und nach ihnen suchen. Das werden die schon verstehen."

„Wir sind dabei", sagten Anita und Quo Vadis ganz spontan, eine Zusage, auf die Puck sehr gehofft hatte.

Die Mädchenjungs sollten in der Zwischenzeit in die Obhut von Tante Magermilch gegeben werden. Sollte uns bei unserer Mission im Weltraum etwas passieren, war die Tante dafür verantwortlich, dass die beiden und der Zauberer zurück in das 18. Jahrhundert auf die Insel gebracht werden würden.

Der Zauberer war übrigens noch nicht wieder aufgetaucht. Lediglich eine kurze Nachricht an die Tante hatte er abgesetzt, in der er mitteilte, gute Gedanken hinsichtlich des Mädchenproblems empfangen zu haben.

4 Zum Mond und noch viel weiter

Anita stellte uns ihren Buran für die Reise zum Mond zur Verfügung. Von dort würden wir mit einer größeren und schnelleren Rakete weiterfliegen.

Während der kurzen Reise zum Mond wollte Puck noch ein paar Informationen über die Mission der Reise seiner Eltern einholen, soweit diese mit dem Hausbildungsservice zu bekommen waren.

Die Forschungsreise fand tatsächlich durch einen längeren Beitrag Beachtung. Puck fand heraus, dass die Erforschung einer erst kürzlich entdeckten Planetengruppe im Sternbild des Taurus das Ziel war. Die war etwa 65 Lichtjahre von uns entfernt, konnte also mit einem modernen Raumschiff in einer vertretbaren Zeit erreicht werden. Diese Planetengruppe war deshalb so interessant, weil dort intelligentes Leben vermutet wurde. Wenigstens ein Planet könnte von den Bedingungen her der Erde sehr ähnlich sein.

Der Flug zum Mond mit dem Buran verlief vollautomatisch entlang eines Leitstrahles und war deshalb eher mit einer normalen Fahrt mit der Straßenbahn vergleichbar. Immerhin arbeitete etwa ein Fünftel der Erdbevölkerung auf dem Erdtrabanten. Eine tägliche An- und Abreise war für sie deshalb kein Problem.

Der Mond war in den letzten 100 Jahren zu einem riesigen industriellen Komplex ausgebaut worden. Alles, was die Menschheit benötigte, wurde auf dem Mond hergestellt. Ausnahme waren Lebensmittel jeder Art. Aber auch hier hatte sich eine grundlegende Wandlung vollzogen. Jede Art von Tieren war vom Speiseplan der Menschen gestrichen worden. Viele neue und äußerst gesunde Lebensmittel entstanden in den Labors der Hersteller, die den guten Geschmack der Originale weit übertrafen. Krankheiten wurden immer seltener, die stellten sich erst bei älteren Menschen ein, so ab dem Alter von 150 Jahren.

Doch zurück zum Mond. Der war nicht nur zu einem Produktionsstandort für die Menschen geworden, viel wichtiger war seine Funktion als Weltraumbahnhof. Immerhin hielt sich ein Drittel der Weltbevölkerung ständig im Weltraum auf, in alle Himmelsrichtungen verstreut. Diese Reisetätigkeit zu koordinieren, zu kontrollieren und sicher zu gestalten war Aufgabe der obersten Weltraumbehörde, einem sehr wichtigen und mächtigen Organ.

Nach der Landung parkten wir den Buran in einer Art Tiefgarage. Ein Mitarbeiter der Weltraumbehörde nahm uns in Empfang und führte uns durch ein unterirdisches Labyrinth von breiten hellen Gängen bis vor die Tür des Zuständigen Abteilungsleiters für unvorhersehbare Zwischenfälle, kurz AUZ. Der war wirklich ein netter Mann. Freundlich und zuvorkommend begrüßte er uns und bot uns Getränke an. Im Hintergrund, das sahen wir erst jetzt, saß bereits ein Gast, Bäumlis Bruder Wollibär, der Chef der Zeitzentrale. Als wir uns begrüßt hatten, ergriff AUZ das Wort.

„Die Lage ist folgende, wir wissen so gut wie nichts. Was wir wissen, ist nur, dass es zu einer Entführung deiner Eltern zusammen mit fünf Besatzungsmitgliedern gekommen sein muss. Bevor der Kontakt zu ihrem Raumschiff abbrach, so konnten wir rekonstruieren, hat ein sogenanntes Müllschiff angedockt. Diese Müllschiffe sind unbemannt und arbeiten vollautomatisch. Auf Bestellung kommen sie angeflogen und übernehmen jede Art von Müll, Technikschrott und anorganischen Abfällen, um den dann in speziellen ebenfalls vollautomatisch arbeitenden Aufbereitungsanlagen abzuliefern. Von denen gibt es tausende überall im All verteilt, wie es tausende Müllschiffe gibt. Diese zugegeben sehr teure Form der Müllentsorgung im All gibt es schon lange. Davor wurde aller Unrat einfach ins All verklappt oder auf den besuchten Himmelskörpern zurückgelassen. Als der Reiseverkehr im All immer mehr zunahm, war diese saloppe Art der Müllentsorgung nicht länger vertretbar.

Das Müllschiff hat also angedockt. Doch dann sind beide Schiffe von unserem Radar verschwunden, haben sich scheinbar in Luft aufgelöst, haben kein Signal mehr gesendet, als wären sie geplündert und zerlegt worden. Wir können uns keinen Reim darauf machen. Nur eines ist uns bekannt, der Ort, wo das ganze geschehen ist. Es wäre also von Nutzen, dorthin zu fliegen und sich die Sache mal aus nächster Nähe anzuschauen. Ich gehe davon aus, Puck, dass du das sowieso vorhattest. Deshalb schlage ich vor, eine offizielle Mission daraus zu machen, die du leitest. Das hätte den Vorteil, dass du die Crew nach deiner Wahl zusammenstellen kannst. Außerdem erhältst du die beste und modernste Ausrüstung. Außerdem gibt es noch eine Zeitkugel der neuesten Generation obendrauf, damit du in gefährlichen Situationen Zeitsprünge im Nahbereich unternehmen kannst. Der Chef der Zeitzentrale ist extra hierhergekommen, um dich einzuweisen."

Das war das Stichwort für Wollibär: „Ja, Puck, so ist es. Doch zunächst möchte ich euch liebe Grüße von meinem Bruder Bäumli aus dem 18. Jahrhundert übermitteln. Er bat mich, euch nach Kräften zu unterstützen. Deshalb habe ich eine Neuentwicklung dabei, die euch helfen soll, alle gefährlichen Situationen zu bestehen. Doch mit der guten alten Zeitkugel hat das nichts mehr zu tun, wie AUZ irrtümlich behauptete. Die gesamte Crew erhält Spezialanzüge, sogenannte Bodys. Die sind aus hauchdünnem Gewebe und werden auf der Haut, noch unter der Unterwäsche, getragen. Sie ermöglichen dem Träger, kurze Zeitsprünge vor und zurück vom Ausgangspunkt aus gesehen zu absolvieren. Ein Beispiel: du bist dabei, dir dein Frühstücksbrötchen vorzubereiten, nimmst ein Messer und schneidest es mit dem Brotmesser auf. Autsch, du warst unvorsichtig und schneidest dir in die Hand. Doch welches Glück, du hast ja deinen Body an und kannst kurz zurück zu dem Moment, in dem du das Messer noch nicht in der Hand hattest. Du kannst also einen zweiten Versuch machen und hoffen, dass du diesmal geschickter bist.

Eine andere Möglichkeit besteht in einer rückwirkenden Sicht auf den Ausgang deines Versuches, ein Brötchen aufzuschneiden. Den machst du vor deiner Aktion. Stellst du fest, dass du dich geschnitten hast, gehst du zurück zum Ausgangpunkt und kannst dann entscheiden, ob du es besser lässt, oder ob du jemand anderen darum bittest, dein Brötchen aufzuschneiden. Klingt komplizierter als es ist.

Übrigens funktioniert die Steuerung mit Hilfe deiner Gedanken. Das, was du möchtest, geschieht. Eine Sonderfunktion des Bodys besteht in der Möglichkeit, dich unsichtbar zu machen. Denkst du dich in eine Zeit vor oder nach dem Ausgangspunkt, bist du für mich nicht mehr sichtbar, es sei denn, ich habe auch einen Body und folge dir. Damit die Bodys richtig arbeiten können, müssen sie ausgezeichnet sitzen. Alle Personen werden gescannt, und erhalten eine Maßanfertigung. Das erledigen wir später.

An dieser Stelle möchte ich euch noch von einer anderen Sache berichten. Familie Bäumli war sehr betrübt darüber, dass ihre Tochter jetzt ein Junge ist. Ebenso war es bei den Königs. Bäumli wollte schon mitkommen und helfen. Doch ich konnte ihm berichten, dass ein ganzes Team von Forschern mit dem Problem beschäftigt ist.

Dann hatte sich euer Zauberer Veni Vidi Vici bei mir gemeldet. Er kam zu mir in die Zeitzentrale, deine Tante und die beiden Mädchenjungs im Schlepp. Sie hatten sich zusammengetan und ein eigenes Team zur Lösung des Problems gebildet. Jetzt waren sie auf der Suche nach einem geeigneten Ort für ihre Experimente, die zunächst nicht so unbedingt für die Augen der Öffentlichkeit gedacht waren. Ich bot ihnen an, meine Urlaubsinsel, eure Insel der erfüllten Wünsche, zu nutzen. Die Urlauber könnte man in andere Quartiere auf dem Festland verfrachten, schlug ich vor. Kurz darauf richteten sich die beiden auf der Insel ein, begleitet von einem Stab von Mitarbeitern. Was die dort treiben, weiß ich nicht."

Dann war wieder AUZ an der Reihe:

„Das neue Raumschiff, das ihr für die Dauer der Mission zur Verfügung gestellt bekommt, ist schon ein Wunderwerk der Technik. Wir nennen es FEZ, weil es so viel Spaß macht damit zu fliegen. Nach unserer Besprechung hier bei mir wird euch FEZ übergeben. Unsere Techniker werden euch in alle Kniffe seiner Bedienung einweisen. Absolut neu ist der Antrieb. Ich schätze, für die Reise zur Planetengruppe im Sternbild des Taurus werdet ihr 10 Tage brauchen. Mit einem der älteren Schiffe wären mindestens 100 Tage notwendig gewesen. An Bord werdet ihr alles finden, um euch die Zeit zu vertreiben. Ihr werdet schon sehen."

Ich drückte mich fest an Anita. Angst hatte ich nicht, aber einen gehörigen Respekt. Da war ich sechs Jahrhunderte durch die Zeit gereist und nun sollte es auch noch tief in den Weltraum gehen. Das war fast zu viel. Ich konnte mir nicht vorstellen, je zu meiner Insel im 18. Jahrhundert zurückzufinden. Anita schien mein Unbehagen zu spüren. Sie nahm meine Hand und drückte sie fest. Es war, als gebe sie mir ein Zeichen, dass wir jetzt zusammengehören, und dass uns nichts und niemand mehr auseinander bringen konnte.

Puck war in seinem Element. Den konnte das alles nicht beeindrucken. Wie ein echter Abenteurer stürzte er sich auf seine Mission und nahm die Herausforderung an.

Professor Quasi dagegen wirkte sehr angespannt. Natürlich war er bemüht, alles zu verstehen und hinter die Geheimnisse dieser technischen „Märchenwelt“ zu kommen. Alle diese wunderbaren Maschinen konnten nur funktionieren, weil er vor dreihundert Jahren die Sonnengrüßer-Akkus erfunden hatte, und darauf war er unheimlich stolz. Ohne diesen Energiespender, der quasi in allen Sonnensystemen funktionierte, gäbe es das alles nicht.

„Zwei Besonderheiten muss ich noch hervorheben“, setzte AUZ seine Ausführungen fort. „FEZ hat eine Beschichtung der Außenfläche, die mit fein zermahlenen Sonnengrüßern durchsetzt ist. Auf diese Weise wird das Raumschiff zu einem einzigen gewaltigen Sonnengrüßer, und der kann während des gesamten Fluges Sonnenstrahlen eingefangen. Es entsteht sogar so viel Energie, dass ein neuartiger Laserantrieb damit gespeist werden kann, der ein Fliegen mit Überlichtgeschwindigkeit ermöglicht. Ihr werdet es erleben. Die Kiste ist wirklich sauschnell.“, fügte AUZ begeistert hinzu.

„Aber es kommt noch besser, denn jetzt möchte ich euch von einer Nadelöhrfunktion berichten. Wie der Name sagt, das Schiff kann durch ein Nadelöhr fliegen. Das Prinzip ist ganz einfach. Der Teil des Schiffes, der im Öhr steckt, wird in seine Atome zerlegt, und diese passen natürlich durch jede Öffnung. Davor und dahinter bleibt es ein normales Schiff. Der ganze Prozess dauert nur wenige Sekunden und kann in jede Richtung beliebig wiederholt werden. Wo ist der Sinn, werdet ihr fragen? Ganz einfach, soll ein Schiff in einem Hangar abgestellt werden, muss man nicht einmal mehr die Tore öffnen. Ein Schlüsselloch reicht aus, um hineinzukommen."

Damit hatte AUZ das Ende seiner Ausführungen erreicht, und als ob ihm der Gesprächsstoff ausgegangen war, verstummte er.

„FEZ hat doch bestimmt einen großen Laderaum. Ich möchte nämlich meinen Buran mit auf die Reise nehmen", meldete sich Anita zu Wort. „Irgendetwas sagt mir, dass wir es gut gebrauchen können."

„Das ist kein Problem", antwortete ihr AUZ. „Art und Umfang der Ausrüstung, die ihr mitnehmen wollt, bestimmt ihr selber."

Damit war eigentlich alles gesagt. Für die Einweisung in die relativ komplizierte Technik des Schiffes waren drei Tage veranschlagt worden. Puck und Anita hatten als Kinder dieser Zeit einen gewaltigen Wissensvorsprung. Professor Quasi kam wie ich aus dem 18. Jahrhundert. Doch sein Genie und technisches Gespür, die ich nicht besaß, verschafften ihm eine Menge Vorteile. Wie sollte ich den bevorstehenden Lernstress überstehen? Mir wurde flau im Magen. Doch mein Puck rette mich, in dem er zu mir sagte: „Für dich Kapitän haben wir eine ganz besondere Aufgabe. Du wirst der Chronist unserer Reise."

Das kam mir wie gerufen, denn der Chronist unserer Reise in das 24. Jahrhundert war ich sowieso schon, und ich willigte erleichtert ein.

5 Eine Weltraumreise ist nicht lustig

Wir waren mehr als fit. Die Techniker hatten uns tatsächlich in nur drei Tagen so viel Wissen über das Schiff vermittelt, dass wir in der Lage waren, es komplett auseinander zu nehmen und wieder zusammenzusetzen. Unser ganzes Wissen über dieses Flugobjekt war aber für die Katz. Dass unser tolles Schiff eine mängelbeladene, schlampig verarbeitete Fehlkonstruktion war, die uns mit bestimmter Absicht untergeschoben worden war, ergründeten wir erst später.

Schon nach kurzer Zeit gestaltete sich unsere Reise zu einem Dilemma, und ich hatte die Aufgabe, das auch noch aufzuschreiben. Wollte man zum Beispiel die Angebote zum Zeitvertreib nutzen, die uns so überschwänglich von AUZ empfohlen worden waren, kam immer die gleiche Antwort: Spiel außer Betrieb, oder Spaßbad ohne Funktion, oder Bildschirm ohne Bild – nichts funktionierte. Damit hätten wir gut leben können, denn die vorausberechneten zehn Tage Reisezeit wären auch mit einem Kartenspiel verkürzbar gewesen. Doch leider gab es an Bord keine Karten.

Dann endlich am dritten Reisetag hatten wir ein echtes Problem. Die Anlage zur Erzeugung der Gravitation im Schiff fiel aus. Die Folge davon war, wir flogen herum wie gasgefüllte Luftballons, und mit uns alle Gegenstände, unser Essen, die Zahncreme von unserer Bürste und sonst noch so manches Ding. Ich kann aber nicht behaupten, dass die Situation lebensbedrohlich für uns war.

Der Zustand der Schwerelosigkeit war eine völlig neue Erfahrung, die mir persönlich sehr gefiel. Ich wog immerhin weit über 100 Kg, und nun war ich so leicht wie eine Feder. Ganz neue Gefühle ergaben sich, als ich mit Anita ganz fest umschlungen im Raum herum schwebte. Schon nach kurzer Zeit hatten wir gelernt, uns richtig zu bewegen, glitten nur durch leichte Abstöße angetrieben von einem Raum in den anderen. Quasi fand heraus, dass die Spezialschuhe zum Driften, die wir immer noch anhatten, weil es gar keine anderen gab, in der Schwerelosigkeit eine minimale Anziehungskraft entwickelten. So konnten wir wenigstens kurz innehalten, egal ob an Boden, Wand oder Decke. Wenn wir schlafen wollten, reichte ein größerer Schrank, in dem kein Herumfliegen möglich war.

Als einzige wichtige Komponente funktionierte der Antrieb des Schiffes einwandfrei. Durch die Überlichtgeschwindigkeit hatten wir am fünften Tag tatsächlich die Hälfte der Strecke absolviert. Während unserer sehr schnellen Reise waren Funkwellen nicht in der Lage, direkte Gespräche zu transportieren, so dass die ganze Reisezeit über Funkstille herrschte. Deshalb musste Puck mit einer Beschwerde bis zum Ende der Reise warten.

Er vertrieb sich die Zeit damit, einen Mängelbericht über die vielen Pannen und Ausfälle an AUZ zu verfassen. Puck war furchtbar wütend, dass man uns so einen Schrotthaufen von Raumschiff untergejubelt hatte. Die ganze Mission geriet in Gefahr. An dieser Stelle kam Puck ein furchtbarer Verdacht. Vielleicht bestand vonseiten dieser ominösen Abteilung der Weltraumbehörde für unvorhersehbare Zwischenfälle, sprich vonseiten seines Abteilungsleiters AUZ, gar kein Interesse, die Vorgänge um das Verschwinden seiner Eltern aufzuklären? Viel zu schnell und zu einfach war er zum Leiter einer Mission erklärt worden, vielleicht mit der Hoffnung, dass ein unerfahrener Knabe wie er schnell den Überblick verlieren würde und auf Nimmerwiedersehen in den Weiten des Weltalls verschwand.

Wie zur Bestätigung seiner Gedanken meldete sich Quasi. „Puck, wir werden immer langsamer. Das scheint daran zu liegen, dass der Antrieb nicht mehr genug Energie erhält. Ich schätze die Beschichtung der Außenhaut mit den Sonnengrüßern funktioniert nicht mehr richtig."

„Wenn das stimmt, sind wir im Arsch. Entschuldigung, ich meine, wir stecken in der Klemme. Ich muss hinaus, um die Sache zu untersuchen. Vielleicht können wir mit einer Reparatur etwas ausrichten."

Quasi stieg ebenfalls in einen Raumanzug. Er wollte seinen Freund nicht alleine lassen bei dieser nicht ganz ungefährlichen Arbeit im Orbit. Die Möglichkeit, ganz frei da draußen herum zu schweben, reizte ihn schon sehr. Anita bremste das Schiff auf null, damit die beiden gefahrlos die Außenhaut inspizieren konnten.

Der Weltraumspaziergang bereitete ihnen keine Probleme. Sie waren an die Schwerelosigkeit gewöhnt und bewegten sich deshalb auch im All ganz sicher. Doch was war das? Die Außenbeschichtung hatte Löcher wie ein Schweizer Käse. Überall hingen suppentellergroße Stücke, die eigentlich in die Löcher gehörten.

„Anita und Kapitän, hört ihr mich?“, versuchte Puck den Kontakt nach drinnen aufzunehmen.

„Wir hören dich.“

„Die Schäden sind schon beträchtlich, aber wir haben eine Chance. Sucht bitte im Schiff nach einem Klebstoff, den wir für eine Reparatur verwenden könnten.“

Nach längerer Zeit meldete sich Anita zurück. Leider konnten sie im ganzen Raumschiff keinen Klebstoff finden.

„Habt ihr auch an die Küche gedacht?“, wollte Quasi wissen.

„Dort gibt es klebrige Speisen wie Honig, Schokocreme und Zuckerguss.“

„Du bist lustig“, erwiderten alle zugleich. Aber Puck ging die Genialität dieses Vorschlages sofort auf. Draußen war luftleerer Raum. Es herrschte also während des Fluges kein Fahrtwind, der den behelfsmäßig angeklebten Hüllenteilen gefährlich werden konnte. Es reichte aus, wenn sie kleben blieben. Große Festigkeit war nicht erforderlich.

Nach einer kurzer Beratung über den Ablauf der Arbeiten machten wir uns an die Ausführung. Meine Aufgabe bestand darin, die Klebstoffe in kleine Eimerchen zu füllen und zur Waren- und Personenschleuse zu bringen, wo Anita im Raumanzug die Übergabe nach draußen bewerkstelligte. Dort nahm Quasi die Eimerchen in Empfang, schwebte von Loch zu Loch und strich mit einem Spachtel den „Leim“ hinein. Puck hatte die Aufgabe, die gelösten Teile wieder an ihren Platz zu bringen und die Löcher zu verschließen. Was sich hier so einfach anhört, war in Wirklichkeit eine riesengroße Schinderei. Aber wir bissen die Zähne zusammen und schufteten fast ohne Pause neun Stunden lang. Zum Glück ging unser Plan auf.

Als alle wieder an Bord waren, startete Anita die Antriebe. Langsam beschleunigte sie das Schiff, bis die Anzeige auf Überlichtgeschwindigkeit stehen blieb. Zu unserem Erstaunen hatten wir auch wieder eine Gravitation im Schiff, konnten uns also endlich wieder normal bewegen. Allerdings waren unsere Muskeln nicht mehr daran gewöhnt, unsere Körper zu tragen und zu bewegen, so dass wir noch nach drei Tagen mit der Umstellung zu kämpfen hatten. Zu meiner besonderen Freude funktionierten plötzlich sogar alle Angebote zum Zeitvertreib. Das Spaßbad, eine große Schüssel mit heißem Wasser und vielen kleinen und großen Luftblasen darin hatte es mir besonders angetan. Ich lud Anita zu einem gemeinsamen Bad ein. Wir saßen stundenlang in der duftenden dunkelgrünen Brühe, denn hier war der Verlust der Schwerelosigkeit am ehesten zu ertragen.

„Offensichtlich waren die ganzen Ausfälle energiebedingt. Unsere Reparatur hat sich also in jeder Hinsicht gelohnt“, meinte Puck. „Übrigens war während unseres Stopps eine Sprechfunkverbindung zu AUZ nicht herzustellen. Damit wurde klar, dass er nicht mit uns sprechen wollte. Offensichtlich wusste er ganz genau, wie es um uns stand. Er wollte uns loswerden, von Anfang an. Bei einem nächsten Stopp werde ich versuchen, Kontakt mit Wollibär zu bekommen. Dem kann man wenigstens trauen.“

6 Die Sache wird schon klarer

Am zehnten Tag unserer Reise erreichten wir das anvisierte Planquadrat im Sternbild des Taurus und nahmen inmitten der gerade entdeckten Planetengruppe eine Wartestellung ein. In der Nähe gab es zwei Planeten, auf denen erdähnliche Lebensbedingungen vermutet wurden. Tatsächlich sah der eine unserer Erde unheimlich ähnlich. Wir ließen drei Tage vergehen, aber es geschah nichts. Schließlich flogen wir in einer moderaten Geschwindigkeit näher an den Planeten heran, den wir etwas voreilig Erde II nannten. Falls es Bewohner gab, sollten die nicht so schnell auf uns aufmerksam werden. Doch nichts geschah. Anita und ich erklärten uns bereit, mit dem Buran eine Naherkundung des Planeten durchzuführen. Puck und Quasi wollten die Operation vom Schiff aus beobachten und wenn notwendig eingreifen.

Noch im Anflug auf den Planeten prüfte Anita die Zusammensetzung der Atmosphäre. „Man könnte glauben, zu Hause zu sein“, sagte sie dann. Tatsächlich war die Zusammensetzung der Luft völlig identisch mit der auf der Erde. Wir mussten also mit einer Pflanzen-, Tier- und vielleicht auch Menschenwelt rechnen, die mit der auf der Erde vergleichbar war.

Als wir endlich gelandet waren, zeigte sich uns eine wärmende Sonne hoch am Himmel stehend. Unsere NPUs meldeten angenehme 24 Grad. Es könnte also Sommer sein.

„Lass uns einen kleinen Spaziergang machen, Kapitän“, schlug Anita vor. „Es ist schön, nach so langer Zeit im schwarzen All endlich wieder grüne Blätter zu sehen und an bunten Blumen riechen zu können.“

Ich folgte dem Wunsch meiner Geliebten, legte den Arm um ihre Schulter und zog mit ihr los. Wir fühlten uns wie Adam und Eva im Paradies.

Nachdem wir ein ganzes Stück gegangen waren, blieb Anita plötzlich stehen. „Irgendetwas stimmt hier nicht, spürst du das nicht auch? Es ist so still, kein Lufthauch ist zu spüren und kein Duft steigt mir in die Nase. Nur die Augen bekommen etwas zu sehen. Aber Tiere oder gar Menschen scheint es nicht zu geben.“

Sie hatte Recht. Wir nahmen die Pflanzen und Bäume um uns herum genauer in Augenschein und fanden heraus, dass sie künstlich waren, aus Plaste. Diese Entdeckung verschlug uns fast die Sprache. Was hatte das zu bedeuten? Ein ganzer Planet als Attrappe. Wer macht denn so etwas und wozu? Im Hintergrund sahen wir ein gewaltiges Gebirge. Ob das auch eine Fälschung war? Um das zu ergründen, mussten wir mit dem Buran ein Stück näher heranfliegen. Währenddessen gaben wir einen Bericht an Puck und Quasi.

Tatsächlich war das Gebirge ebenfalls gefälscht. Auf einem stabilen Gitterwerk aus Metall waren Blechplatten befestigt, die jemand sehr kunstvoll bemalt hatte. Die Felsen sahen auch aus größter Nähe noch täuschend echt aus. Erst bei Berührung stellte sich der Schwindel heraus.

Da fiel mir etwas ein! Hatten wir nicht genauso versucht, unsere Opfer hinters Licht zu führen. Was haben wir nicht alles vorgetäuscht, einen Eisberg, eine kleine Insel, und verstellt haben wir uns, als Ausflugsgesellschaft getarnt oder als brennendes Schiff ausgegeben. Dieser Planet erinnerte mich an meine Taktik, die wir sehr erfolgreich bei unseren Überfällen angewandt hatten. Waren wir jetzt in Gefahr? Hatte uns jemand als Opfer erwählt? Ich teilte Anita meine Gedanken mit, flüsternd, hinter vorgehaltener Hand, denn es war zu vermuten, dass uns irgendjemand ganz genau beobachtete und belauschte. Es geschah aber nichts. Unbehelligt erreichten wir den Buran, stiegen ein und brausten zurück zum Schiff.

Dort rätselten wir zu viert darüber, was wohl der Grund für dieses gigantische Täuschungsmanöver sein könnte, wer dahinter steckt und wie wir vorgehen sollten, um möglichst nicht selber zum Opfer eines Überfalls zu werden. Auf jeden Fall hatten wir eine ganz heiße Spur gefunden, so heiß, dass wir schon einen brenzligen Geruch in der Nase hatten.

Puck hatte während unserer Abwesenheit einen Kontakt zur Erde hergestellt. Er konnte Wollibär direkt erreichen und hatte ihm von allen Vorkommnissen berichtet, auch davon, wie verdächtig sich AUZ verhalten hatte. Sie waren übereingekommen, unsere Mission spätestens nach drei Tagen abzubrechen und zur Erde zurückzukehren. Bis dahin sollten wir uns darauf beschränken, mittels Fotosonden den Schwindelplaneten genau zu vermessen und Aufnahmen davon zu machen.

„Das kann doch nicht alles gewesen sein", entrüstete sich Quasi, der sehr enttäuscht über das Ergebnis unserer Nachforschungen war. Doch just in diesem Moment meldete sich eine sympathische Stimme über Bordfunk.

„Hier ist Müllschiff Nr. 2815. Gerne übernehmen wir ihren Müll jeder Art, schnell und kostenlos. Erbitten andocken zu dürfen."

Wir blickten uns an. Ein Müllschiff in dieser verlassenen Gegend? Ist das am Ende eine Falle, eine Falle, in die auch Pucks Eltern getappt waren.

„Wir werden es so machen", schlug Puck vor. „Wir lassen das Schiff andocken und sehen dann, was passiert. Falls irgendwelches Personal an Bord kommt, zeigen sich nur Anita und der Kapitän. Man hat sie bestimmt schon bei ihrem Spaziergang auf Erde II beobachtet. Das Müllschiff kann nur von dort aus gestartet sein. Größere Strecken kann es gar nicht zurücklegen. Quasi und ich werden uns mit unseren Bodys unsichtbar machen und aus dem Hinterhalt in das Geschehen eingreifen, wenn das erforderlich wird."

Kaum hatte das Müllschiff angedockt, zeigte der Gegner sein wahres Gesicht.

„Sie sind jetzt in der Obhut unseres großen Meisters Spengler", tönte eine Stimme recht blechern, aber laut und bestimmt und gar nicht mehr so sympathisch aus unseren Lautsprechern. „Wir bringen sie und ihr Schiff jetzt nach Hause auf die Erde. Wie der Zufall es will, ist sie ganz in der Nähe und wir werden nur einen kurzen Flug haben."

„Für wie blöd halten die uns eigentlich. Mal sehen wer wen wohin bringt“ erzürnte sich Puck. Aber eine starke Kraft hatte längst von uns und unserem Raumschiff Besitz ergriffen.

„Wir müssen hier weg. Quasi und ich werden versuchen, mit dem Buran das Raumschiff zu verlassen und uns in dem gefälschten Gebirge aus Blechplatten zu verstecken. Mit unseren NPUs halten wir Kontakt, und wenn das nicht funktioniert, finden wir andere Wege.“

Mit letzter Kraft und dank der Bodys, die sie mit ihren Gedanken so steuerten, dass sie den Feinden immer ein Stück in der Zeit voraus waren, konnten sie sich vom Schiff entfernen. Offenbar übertrug sich dieser Modus auch auf den Buran, denn völlig unbehelligt und unbemerkt gelang ihnen die Flucht.

Anita und mir erging es ganz anders. Endlich zeigten uns unsere Feine ihre hässlichen Fratzen. Aber fast hätten wir gelacht, denn wir sahen in die skurrilsten und aberwitzigsten Gesichter, die aus Schrottplatzmaterial zusammengebastelt schienen. Jeder trug eine Besonderheit in seinem Gesicht. Es gab eine Kaffeemaschine, einen Ventilator, eine Schreibmaschine, eine Toilettenbrille, und alles war verziert mit Leiterplatten und anderen elektronischen Bauteilen. Die Körper selber waren einfach gebaut, hatten aber alle Voraussetzungen, um sich schnell zu bewegen und fest zuzugreifen. Ein Stimmmodul ermöglichte es ihnen, mit uns zu kommunizieren. Eine kleine Antenne auf ihren Köpfen deutete darauf hin, dass sie miteinander vernetzt und mit einer Zentrale verbunden waren. Anita und ich verhielten uns ganz ruhig. Als Antwort erhielten wir eine fast liebevolle Behandlung. Sie drückten uns sanft auf unsere Sitze und legten uns die Gurte an.

„Wir bringen euch jetzt zur Erde. Dort werdet ihr mit anderen Menschen, die wir bereits früher eingesammelt haben, zusammenarbeiten. Ihr werdet euer Schiff auseinander bauen und alle Teile in Regale stapeln. Unser Meister Spengler hat einen großen Bedarf an gutem Material, ist unersättlich und kreativ. Bald wird unser Volk so eine Größe haben, dass wir uns nicht mehr verstecken müssen."

Damit war alles gesagt und wir waren im Bilde. Hier fand ein Roboteraufstand statt, angeführt von einem gewissen Meister Spengler. Ob der auch ein Roboter war, ließ sich nicht ergründen.

7 Ein Wiedersehen der besonderen Art

Es ging alles sehr schnell. Unsere Entführer lenkten unser Raumschiff mit geübten Griffen zur Oberfläche des Planeten. Am Boden tat sich eine kreisrunde Öffnung auf, durch die wir problemlos hindurch passten. Tief unten in einem riesengroßen unterirdischen Raum landeten wir. Hier sollten wir also unser Raumschiff auseinander bauen. Mir wurde ganz flau bei dem Gedanken, denn ohne das Fahrzeug konnte unsere Rückreise sicher nicht mehr stattfinden.

Die Roboter befreiten uns von den Gurten und wiesen uns an, jetzt das Schiff zu verlassen. Was blieb uns übrig, als ihren Befehlen zu gehorchen. Vorsichtig tasteten wir uns durch den schummrigen Raum, ohne zu wissen, wohin wir eigentlich sollten.

„Hierher, kommt hierher", vernahmen wir mehrere menschliche Stimmen, die flüsternd zu uns sprachen. Als sich unsere Augen an den schwachen Lichtschein gewöhnt hatten, sahen wir etwa zwanzig Personen, Männer und Frauen, in ölverschmierten Arbeitsanzügen vor uns stehen.

„Wir bringen euch an einen sicheren Ort. Dort könnt ihr uns erzählen, wer ihr seid, und wir erzählen euch, was hier abgeht."

Der Mann, der das zu uns sagte, schien der Anführer zu sein. Wir gaben ihm zu verstehen, dass wir seinen Anweisungen folgen würden und volles Vertrauen zu ihm hätten. Die Roboter kümmerten sich gar nicht mehr um uns. Sie waren sich sicher, dass es nun kein Entkommen mehr für uns gab. Sie hatten sofort mit der Demontage unseres Raumschiffes begonnen, schleppten Teile der Inneneinrichtung heraus und stapelten alles zu großen ordentlichen Haufen.

Unser Weg führte durch einen schier endlos langen Gang, der sich hin und her wand wie eine Schlange. Die Wände waren mit Blechen beschlagen, die von irgendwelchen Raumschiffen stammten. Man sah Schriftzeichen und Bemalungen, die daraufhin deuteten. Endlich erreichten wir unser Ziel, den sicheren Ort.

Der Anführer sagte seinen Namen, AFGK 6291, was uns nicht weiterhalf, bis er mit seinem Spitznamen herausrückte: COCA COLA, so dass wir nun wenigstens wussten, welches Getränk er bevorzugte. Er stellte uns die anderen vor, jeden einzeln und mit seinem Spitznamen, so dass doch einige Zeit verging. Zum Schluss zeigte er auf eine Frau und sagte, das ist meine Sonnenblume. Wir stammen von vier Schiffen, die allesamt von diesen Blechbüchsen einkassiert wurden, nacheinander versteht sich, alle in den letzten Monaten.

Damit waren wir an der Reihe, stellten uns vor und erzählten vom Grund unseres Hierseins.

„Übrigens sind wir nur die halbe Mannschaft. Zwei junge Männer aus unserer Crew konnten sich mit Spezialanzügen vor den Robotern unsichtbar machen und mit einem Buran absetzen. Wir tragen alle NPOs, mit denen wir uns verständigen können."

Anita führte den ihren an den Mund: „Hallo Puck, bist du da? Kannst du mich hören?"

Die Antwort bestand aus einem Rauschen, das dem Geräusch einer Klospülung nahe kam, doch dann waren Wortfetzen zu hören. Das NPO schien sich zu justieren, denn das Empfangene wurde immer klarer.

„Hallo Anita, ich höre dich, laut und deutlich. Uns geht es gut. Wie ist es euch ergangen?"

„Schön dich zu hören, Puck. Wir haben schon menschlichen Anschluss gefunden, die Mitglieder von vier anderen Schiffen, denen es wie uns ergangen ist."

„Gibt es unter ihnen eine Frau Sonnenblume und einen Mann COCA COLA, das sind nämlich meine Eltern?“

„Ja, die sind dabei“

Man kann sich vorstellen, welche Freude nach dieser Nachricht ausbrach, auf beiden Seiten.

„Wo seid ihr jetzt?“, wollte Anita wissen.

„Kann ich nicht sagen. Wir stecken irgendwo in einer dieser künstlichen Felsspalten, wo unser Buran halbwegs gut getarnt ist.“

„Wir finden euch mit dem MPU. Bleibt wo ihr seid, es kommt gleich jemand zu euch.“

Keine halbe Stunde später waren alle vereint und lagen sich in den Armen, besonders Puck und seine Eltern waren überglücklich. Sie erzählten sich von ihren Erlebnissen, aber schon bald ging es in ihren Gesprächen nur noch um ein einziges Thema – Wie kommen wir hier wieder weg?

In diesem Moment ertönte eine stechende, äußerst unsympathische Stimme aus einem Lautsprecher, die ihre Gespräche mitgehört zu haben schien: „Hier spricht Meister Spengler. Macht euch keine Hoffnungen. Es gibt keine Möglichkeit für eine Flucht. Wenn ihr tut, was man euch sagt, werdet ihr gut behandelt, erhaltet Essen und Kleidung und dürft auch mal hinaus. Jede Zuwiderhandlung wird hart bestraft. Man wird euch mit einem Müllschiff ins All befördern. Damit das klar ist.

Genug Pause gemacht, jetzt geht es an die Arbeit. Das Raumschiff muss in seine Einzelteile zerlegt sein, bevor das nächste kommt.“

Unser Schicksal war besiegelt. Die Blechbüchsen geleiteten uns zu unserem Schiff, das von ihnen in großen Teilen schon zerlegt worden war. Sie wiesen uns an, das klebrige Zeug von der Außenhaut zu kratzen, das sie für unnütz und überflüssig hielten.

Puck und Professor Quasi waren im Unsichtbarkeitsmodus ihrer Bodys damit beschäftigt, die kostbare Masse zu sichern und abseits zu lagern. Quasi hatte nämlich eine geniale Idee.

Genau von dieser Idee berichtete er den anderen am Abend, als sie endlich in ihre Quartiere entlassen worden waren und einen grässlichen grünen Brei vorgesetzt bekamen, eine Mahlzeit, die ihnen hier dreimal am Tag verabreicht wurde.

„Wie sicher können wir sein, dass uns niemand zuhört?“, fragte Puck.

„Ganz sicher, die Blechbüchsen werden am Abend abgestellt, um Strom zu sparen. Nur der Spengler sitzt irgendwo in seinem Versteck wie die Spinne im Netz. Doch wir wissen inzwischen genau wo das ist und beobachten vielmehr ihn als er uns. Meist hält er Funkverkehr mit seinem Chef, einem Typen vom Mond, der sich AUZ nennt. Was die beiden mit ihrem Treiben beabsichtigen, ist uns nicht klar. Aber wir vermuten, sie planen irgendeine großangelegte Aktion auf dem Mond“, erklärte uns Pucks Vater.

„Die braune klebrige Masse ist von unschätzbarem Wert für uns.“, begann Professor Quasi seine Ausführungen. „Ich könnte mir vorstellen, damit unseren Buran zu beschichten um einen ähnlichen Effekt wie bei unserem Schiff zu erzielen im Hinblick auf seine Reichweite und die zu erzielende Fluggeschwindigkeit. Es gibt aber ein Problem. Anitas Buran hat nur sechs Plätze. Da er Anita gehört, darf sie bestimmen, wer die sechs sein werden, die quasi vorausfliegen, um Hilfe für die anderen zu holen.“

Alle waren einverstanden. Anita wollte ihre Wahl allerdings erst im letzten Moment verkünden, damit kein Unfrieden entstünde.

Gleich am nächsten Tag arbeiteten vier unsichtbare Crewmitglieder am Buran. Vorher hatten sie von den Ingenieuren genaue Anweisungen bekommen, was wie zu tun war. Die zusätzlich eingefangene Energie durch die Sonnengrüßer-Beschichtung musste für den

Antrieb optimal genutzt werden, um möglichst schnell den Mond zu erreichen. Die Reise in dem kleinen engen Buran würde im Vergleich zu dem großen komfortablen Raumschiff sicher zu einer großen Strapaze werden.

Viel Zeit war verstrichen. Unsere vier hatten hervorragende Arbeit geleistet. Man konnte fest davon ausgehen, dass der Rückflug erfolgreich verlief. Nun stand die Frage wieder an: Wer darf mit? Da trat das älteste Crewmitglied, der sich Banane nannte, weil er so einen krummen Rücken hatte, nach vorne:

„Die Lösung ist doch ganz einfach, wenn ich das sagen darf. Anita gehört das Buran, also ist doch klar, dass sie die erste ist. Quo Vadis ist zu Gast in unserer Zeit, außerdem wäre es doch blöd für Anita, wenn sie ihren Freund zurücklassen müsste. Unsere Jüngsten, Puck und Quasi, sollten die nächsten sein. Blieben noch Coca Cola und Sonnenblume, die Eltern von Puck, und schon ist die Kiste voll."

„Ich will nicht mehr Puck heißen, wenn ich dieser klugen und plausiblen Auswahl nicht zustimmen würde. Obwohl Quasi und ich Professoren sind, sind wir doch noch Kinder, also halbe Portionen. Wir brauchen viel weniger Platz als beispielsweise der Kapitän, die Hälfte vielleicht. Ich will damit sagen, ein Platz wäre noch frei und den solltest du bekommen, Banane."

Was soll ich sagen, wir ließen keine Zeit vergehen, schnappten unseren Proviant, etwa drei Eimer mit dem grünen Brei, den wir vorsorglich abgezweigt hatten und schlichen in der Dunkelheit der Nacht – zwei von uns konnten sich nicht unsichtbar machen – nach draußen. Anita war mit ihrem Buran am besten vertraut, so dass sie die Steuerung übernehmen sollte. Gerade wollten wir einsteigen, als eine schwarze Gestalt sich uns in den Weg stellte und uns bedrohte: „Keiner verlässt meine Erde! Ich befehle euch, sofort zurückzukehren und eure Quartiere aufzusuchen. Morgen sollt ihr eure Strafe bekommen."

In diesem Moment stieg eine Wut in mir hoch, wie ich sie lange nicht verspürt hatte. Alle meine Kraft und Energie strömte in meine rechte Faust, und ich versetzte diesem Spengler einen Schwinger, der sich gewaschen hatte. Ich traf ihn genau am Kinn, so dass er bestimmt für einige Zeit zu Boden ging. Mein Vorteil war meine Unsichtbarkeit, aber auch ohne die wäre ich durch meine riesengroße Wut auf diesen Typen erfolgreich gewesen.

Wir verloren keine Zeit, schlüpften in den Buran und Anita brauste mit uns davon.

Unser Flug gestaltete sich äußerst angenehm, trotz der Enge.

Puck und seine Eltern hatten sich sehr viel zu erzählen, und auch ich konnte einiges zur Unterhaltung der Gesellschaft beitragen. Doch schon bald ging es um ein ganz anderes Thema, die Sache mit den Mädchen. Das war sicher das nächste große Abenteuer, das wir zu bestehen hatten, vielleicht das größte überhaupt, denn es stand ja der Fortbestand der Menschheit auf dem Spiel.

Nach drei Tagen unseres Fluges stellte Anita fest, dass wir unserem Ziel bereits sehr nahe waren, schon so kurz davor, dass sie voll auf die Bremse treten musste, um nicht am Mond vorbei zu rauschen. Offensichtlich war die Antriebsenergie dank der Sonnengrüßer Beschichtung um einiges größer als wir berechnet hatten.

8 Das Ende von AUZ und Co.

Wollibär erwartete uns in der Quarantänestation, wo wir einem gründlichen Gesundheitscheck unterzogen wurden. Viel wichtiger war, den Flüssigkeitsverlust auszugleichen, der bei uns durch die einseitige Nahrung während der letzten Wochen entstanden war.

Endlich konnten wir die Quarantänestation verlassen und zusammen mit Wollibär in einen anderen Teil der Weltraumbehörde auf dem Mond hinüberwechseln. Dort wurden wir bereits erwartete. Unser Bericht über die Geschehnisse auf Erde II sollte endlich Licht in das Dunkel bringen. Wie man uns erklärte, war AUZ bereits arrestiert worden und hatte alle seine Untaten gestanden. Trotzdem war vieles im Unklaren geblieben.

Endlich konnten wir zur kompletten Aufklärung der Vorkommnisse auf Erde II beitragen. Die Verantwortlichen waren jetzt in der Lage, einen Aktionsplan aufzustellen, um unsere verbliebenen Freunde zu befreien und zur Erde zurückzubringen.

Ihr Plan beinhaltete die Verhaftung Spenglers ebenso wie die Vernichtung der Roboterhorde und des benutzten Müllschiffs. Anschließend wollte man untersuchen, ob Erde II tatsächlich die Voraussetzungen bot, eine Alternative zu Erde I zu sein. Quasis Erfindung mit dem beschichteten Buran wurde von den Fachleuten als bahnbrechend anerkannt. Für die Befreiungsaktion plante man eine Flotte von zehn Fahrzeugen, beschichtet mit Sonnengrüßern, auf die Reise zu schicken. Jedes sollte mit vier Personen besetzt werden, um genügend Plätze für die Befreiten zu haben.

Endlich kam der Vorsitzende zur wichtigsten Frage – Was steckt eigentlich hinter all den Vorkommnissen?

„Wie wir der Vernehmung von AUZ entnehmen konnten, ist er alleinverantwortlich und Initiator dieser verrückten Aktion. Unsere Ärzte haben bestätigt, dass er hochgradig paranoid ist mit gespaltener Persönlichkeit und noch dazu außerordentlich intelligent. In seinen Vorstellungen wollte er auf Erde II eine Roboterarmee erschaffen, mit der Erde I überfallen und in seine Gewalt gebracht werden sollte. Die überfallenen Schiffe waren die Rohstoffquelle, Arbeiter fand er in den Besatzungen. Da es Menschen waren, musste eine erdähnliche Umgebung gefunden werden, deshalb die Erde II.

Eine Schlüsselperson bei der Umsetzung der Ziele ist dieser Spengler. Das ist ein ganz besonderes Früchtchen. Der hat wirklich dank seines großen Wissens und Könnens ganz alleine die Dinge auf Erde II in die Wirklichkeit umgesetzt, die das kranke Hirn von AUZ 61 Lichtjahre entfernt erdacht hat. Man kann kaum glauben, was so zwei kranke Köpfe für einen Schaden anrichten können. Wir werden alles tun, um den Spuk so schnell wie möglich zu beenden und zu einem guten Ende für alle Betroffenen zu führen. Euch danken wir für eure Bereitschaft, diesen beiden Verbrechern das Handwerk zu legen und sie dingfest zu machen."

Damit waren wir entlassen.

Wollibär führte uns in eine Garage, wo hunderte Burane geparkt waren. Anitas Exemplar stand etwas abseits und hob sich durch seine Außenbeschichtung von ihnen ab.

„Mir gefällt das, ich werde es so lassen", sagte sie und lud uns ein einzusteigen. Da Banane noch auf dem Mond bleiben wollte, war ein Platz frei für Wollibär.

„Ich schlage euch vor, dass wir zur Insel fliegen. Dort werden wir auf den Zauberer, Tante Magermilch, Vif, Petra und viele andere treffen, die an der Lösung unseres größten Problems arbeiten. Ich kann mir gut vorstellen, dass sie, Kapitän, ein besonderes Vergnügen dabei haben werden, in ihr 600 Jahre altes Haus einzuziehen."

Ich nickte heftig mit dem Kopf. „Also zur Insel", sagte Anita, holte ihre Starterlaubnis ein und flog mit uns los.

Die Reise dauerte gar nicht lange, schon schwebten wir zwischen den Häusern der Insel herab. Ich erkannte das meine, halb ein Schiff mit Mast und Mastkorb, halb eine Holzhütte mit Veranda. Mein Herz begann heftig zu schlagen, denn am gewohnten Ort erkannte ich auch die Häuser der Anderen, Bäumlis Haus und das Königsschloss. Natürlich hatten alle Gebäude sechshundert Jahre auf dem Buckel. Aber man sah es ihnen nicht an. Später erfuhr ich, dass Wollibär für eine entsprechende Konservierung gesorgt hatte. Kein hölzernes Gebäude hält länger als hundert Jahre, wenn es in der feuchten Luft einer Insel stehen muss.

Ein ganz anderer neuer Gebäudekomplex auf der Insel lag etwas abseits. Es waren kleine Ferienhäuschen, hochmodern eingerichtet, in die Wollibär die Wissenschaftler einquartiert hatte. Die Arbeit allerdings fand im Inselcenter statt, wo entsprechend große Räume vorhanden waren. Wir haben schon einmal bei anderer Gelegenheit davon gehört.

Inzwischen hatte sich unsere Ankunft auf der Insel herumgesprochen und schon bald lagen sich alle in den Armen. Pucks Eltern staunten, wie viele neue Freunde ihr Sohn bei seinen Ausflügen gefunden hatte. Unsere Mädchen, Vif und Petra, waren immer noch Jungen, und an der Lage auf der Welt hatte sich überhaupt nichts geändert. Überall wurden ausschließlich Jungen geboren. Doch die beiden waren über ihr Schicksal gar nicht so traurig, traurig dagegen war Puck. Er konnte Vif nämlich unheimlich gut leiden, und er liebte es, ihr in bestimmten Situationen sogar einen kleinen Kuss zu geben. Das ging nun nicht mehr. Sicher blieb sie ein guter Kumpel, auch als Junge. Doch das war der Punkt, es war nicht dasselbe.

Überhaupt, eine Welt ohne Frauen, wie sollte das gehen? Überhaupt nicht! Es wäre das Ende von allem, von all dem, was die Welt am Laufen hält, zumindest die der Menschen. Doch die war gerade dabei, sich in Nichts aufzulösen, wenn man die Sache konsequent zu Ende dachte. Wie sich am Beispiel von Puck und Vif zeigt, Liebespaare zerfallen oder können gar nicht mehr entstehen. Folglich gibt es keine Fortpflanzung, wozu die Liebespaare ja letztendlich erst entstehen. Liebespaare entstehen, damit sich beide liebhaben und sich dann umarmen und vermehren. Du weißt, was ich meine. Man nennt es Sex, und es ist die schönste Sache auf der Welt, war es jedenfalls bis jetzt.

Inzwischen arbeitete man in drei Teams an dem Problem. Das eine wurde geleitet von dem Verursacher des Dilemmas, einem gewissen Möse, der auf Chemie setzte. Etwa 20 Wissenschaftler arbeiteten an seiner Seite getreu dem Prinzip, Chemie ist ein Allheilmittel. Sie kann alles, bewirkt alles und kann alles zum Guten führen, wenn man die richtige Formel hat.

Das zweite Team bestand aus Medizinern, etwa 50 Stück, alles Experten aus aller Welt. Ihnen stand ein hochmoderner komplett ausgestatteter Operationssaal zur Verfügung. Nur hatten sie noch nicht einen Schnitt mit dem Laserskalpell ausgeführt, denn keiner wusste, wo etwas wegzuschneiden war, um an der Lage etwas zu verändern.

Das dritte Team stand unter Leitung von Zauberer V. V. V., immer an seiner Seite Tante Magermilch. Insgesamt waren sie nur ein paar Leute, aber sie glaubten an ihren Zauberer, den Tierverwandlungskünstler, und waren fest entschlossen eine Lösung zu finden. Ich hätte es mir ja eigentlich denken können, welchen Weg der Zauberer einzuschlagen beabsichtigte, um die fehlenden Mädchen herbeizuschaffen. In seinen Gedanken ging das nur mittels Verwandlung.

Die Teams erhielten alle Unterstützung. Material und Gerätschaft wurde ihnen in jeder benötigten Menge bereitgestellt. Alles was sie verlangten wurde ihnen geliefert.

Das Team unseres Zauberers brauchte nur eines, junge weibliche Tiere, Katzen, Hunde, Ziegen, Hamster, Kaninchen, Schafe, Schweine usw. Das hatte der Zauberer vor, man wird es nicht glauben, er wollte diese süßen, kuschligen, verschmusten, anmutigen und anhänglichen Tiere in kleine Mädchen verwandeln, auf das der Engpass so zu überbrücken wäre. Doch der Zauberer stand vor einem großen Problem. Er hatte solcher Art von Zauberei bisher nur theoretisch, aber noch nie praktisch ausgeführt. Er musste es also selber erst erlernen. Erst dann war daran zu denken, seinen Lehrlingen diese neue Zauberkunst zu vermitteln, die dann wiederum weiteren Lehrlingen alles beibringen sollten. Der Zauberer war fest davon überzeugt, dass er den richtigen Weg gewählt hatte, und dass es machbar war.

Einen anderen Beweis hatte Tante Magermilch erbracht, als sie sich damals unbedingt in eine Kuh der richtigen Sorte verwandeln wollte und es dann wirklich tat. Selbst Menschen in Tiere zu verwandeln war dem Zauberer immer gelungen. Jetzt sollten es also Tiere sein, die zu Menschen wurden.

Klar, dass sich Pucks Eltern dem Team des Zauberers anschlossen. Sie waren schon durch die Erzählungen ihres Sohnes davon überzeugt, nur in diesem Team erfolgreich zu sein. Schließlich arbeitete auch die Tante Magermilch dort, die zu Pucks Familie gehörte.

Nur Anita und ich, der Kapitän, hatten nach all den Strapazen etwas Ruhe nötig. Wir lebten fürs erste ganz zurückgezogen in meinem Haus und kamen nur hin und wieder zu einem kleinen Spaziergang heraus. Tatsächlich war ich wieder ganz in meinem Element, denn hier fand ich endlich die Ruhe zum Schreiben, meinen alten Schreibtisch und auch einen kleinen Vorrat von dem guten Rum. In diesem Moment war ich froh, eine Aufgabe zu haben, der Chronist dieser Reise zu sein, die mich vom 18. Jahrhundert ins 24. Jahrhundert zu meiner Anita gebracht hatte.

9 Professor Quasi hat eine Idee

„Kann ich mir deinen Buran ausleihen?“, war die Frage Quasis an Anita, die alles ins Rollen brachte, denn sie wurde mit ja beantwortet. Puck war natürlich der erste, der davon Wind bekam. Auch Vif und Petra hörten die Flöhe husten. Da sie alle in Bäumlis Haus einquartiert worden waren, konnte Quasi kaum etwas vor den anderen geheim halten. Vielleicht wollte er das auch gar nicht.

„Was hast du denn nun vor?“, wollte Puck endlich wissen.

„Hier auf der Insel ist es zwar ganz schön, aber mehr passiert im Moment ja nicht.“

„Habt Ihr eigentlich schon das neue Sonnengrüßer-Museum besichtigt, das Wollibär vor kurzer Zeit drüben im Königsschloss eingerichtet hat?", wollte Quasi von den anderen wissen. Tatsächlich hatte noch keiner Notiz davon genommen, geschweige denn, es besichtigt.

Also holten sie das Versäumnis gemeinsam nach. Tatsächlich erwartete sie ein sehr liebevoll aufbereitetes Stück Geschichte, alles über die Sonnengrüßer in einer umfangreichen Ausstellung. Sie begann mit der Legende, die sich die Leute damals erzählten. Das war vor vielen Jahrhunderten, und keiner konnte sich einen Reim machen auf das sonderbare Verhalten der Steine. Endlich dann im 21. Jahrhundert kam einer darauf, dass man wunderbare Akkus aus den Steinen machen konnte, die alle Energieprobleme der Menschen lösen sollten, wurde dem Ausstellungsbesucher auf den Bildschirmen erklärt. Dieser geniale Erfinder heißt Professor Quasi. Er ist ein Zeitreisender und kommt eigentlich aus dem 18. Jahrhundert, wo er erst Zauberlehrling war und später Erfinder wurde. Quasi tippte sich stolz an seine Brust, „hier ist von mir die Rede, ist euch das klar?" Es war klar.

Hauptattraktion der Ausstellung war der größte bisher gefundene Sonnengrüßer, ein etwa 300 Kilogramm schwerer Brocken. Er war so groß wie ein Waschbecken und wurde unter einem gewaltigen Eispanzer irgendwo in der Antarktis gefunden. Hier lag er in einer Vitrine hinter dickem Sonnenschutzglas verborgen und deshalb kaum zu erkennen. Keiner konnte sagen, welche Energie er zu speichern in der Lage war. Keiner hatte es je ausprobiert, denn die Auswirkungen waren unkalkulierbar.

„Mich hat dieser Stein inspiriert", sagte Quasi zu den anderen. „Ich möchte ihn „ausborgen" und dann etwas ausprobieren, von dem ich überzeugt bin, dass es funktioniert. Mehr möchte ich aber nicht verraten."

„Egal was es ist", sagte Puck. „Ich bin dabei."

Auch die Mädchenjungs Vif und Petra wollten nicht abseits stehen und bekundeten ihre Bereitschaft zur Mitarbeit.

„Das freut mich wirklich sehr“, Quasi hatte sich schon gedacht, dass man ihn nicht alleine fortließ. Er war ein Garant für aufregende Abenteuer, und dieses hier fing schon jetzt sehr vielversprechend an.

„Also dann mal los. Wir brauchen eine gute Kopie für unseren 300 Kilogramm Sonnengrüßer in der Vitrine, damit man uns nicht draufkommt. Selbstverständlich kann keiner von uns den richtigen Stein anheben und in Anitas Buran einladen. Nicht mal wir alle zusammen. Deshalb brauchen wir Hilfe. Ich denke an so einen Roboter der Marke „Gepäckträger“, wie sie ihn heute in jedem Lager verwenden. Die sind sehr flexibel, tragen dir jede Last, wohin du willst und falten sich zu einem kleinen Packet zusammen, wenn sie nicht gebraucht werden. Dann brauchen wir noch vier Raumanzüge, aber die sind sowieso im Buran vorhanden. Wichtigstes Bauteil wird ein armdickes Glasfaserkabel sein, das eine Länge von mindestens 150 Meter hat, und eine aufblasbare schwimmende Arbeitsplattform. Wir werden hier auf der Insel nichts davon bekommen, aber ich werde meinen alten Lehrmeister bitten, uns bei der Beschaffung dieser Dinge zu helfen.“

Alles geschah, wie Quasi es geplant und vorausgesagt hatte. Am vierten Tag saßen sie im Buran, bereit, zum nächsten großen Abenteuer zu starten.

Quasi war darauf bedacht, die Spannung so lange wie möglich aufrecht zu erhalten, und so sagte er immer noch nicht, was er eigentlich vorhatte. Sie flogen relativ dicht über dem Wasser dahin, schon seit Stunden. Der Autopilot suchte nach einer Stelle, die ihm Quasi eingegeben hatte. Endlich schien er sie gefunden zu haben, denn er wurde langsamer. Dann stand er still und senkte sich ganz langsam auf das Wasser. Nun schwamm er wie ein Boot auf der relativ ruhigen See.

„Wir werden uns jetzt die Raumanzüge anziehen, die Arbeitsplattform aufblasen und ankern, den Buran daran befestigen und dann einen Erkundigungstauchgang machen“, wies Quasi die anderen an, die immer noch nicht wussten, was sie erwartete.

Nachdem sie rückwärts vom Rand der Rettungsplattform ins Wasser geplumpst waren, griffen sie sich bei den Händen, um sich nicht zu verlieren. Quasi deutete mit dem Kopf nach unten und so ließen sie sich sinken. Nach ungefähr 100 Metern hatten sie festen Boden unter den Füßen. In der Dunkelheit erkannten sie sogar etwas von der Umgebung, in der sie sich jetzt befanden. Da sie mit Sprechfunk verbunden waren, konnte Quasi die fragenden Blicke der drei Gefährten mit Worten bestätigen.

„Wir sind in Atlantis!“

„Aber was willst du hier?“, fragte Puck verständnislos.

„Es auferstehen lassen!“, war die kurze Antwort des Freundes.

In diesem Moment zeigte sich direkt vor ihnen eine riesengroße schwarze Gestalt mit langen armdicken Tentakeln, die sich in einem der Gebäude versteckt hatte. Es war ein Krake, so groß wie ein Doppelstockbus und deshalb sehr bedrohlich wirkend. Und tatsächlich griff er blitzschnell nach ihnen, erwische Peter alias Petra und zog ihn/sie mit sich fort, zurück in sein Versteck.

Mit so einer Attacke hatte Quasi allerdings nicht gerechnet. Schnelles Handeln war jetzt geboten, damit sie/er wieder befreit werden konnte. Doch wie können wir sie retten? war die quälende Frage, die er den Gefährten zu beantworten hatte. Es war klar, Lebensgefahr bestand nicht, Kraken fressen keine Menschen, sie zerdrücken sie vielleicht. Aber der Raumanzug in dem Petra steckte, hatte eine harte Schale und Sauerstoff war ausreichend vorhanden, und er hatte eine Sprechanlage, über die Petra über jeden Schritt informiert werden konnte. Quasi sprach ihr auch fortwährend Mut zu und heiterte sie mit kleinen Witzeleien auf. Sie blieb erstaunlich ruhig. Offensichtlich war sie doch eine richtige Kämpfernatur.

Jetzt also nur noch zu dritt, tauchten sie auf und kletterten auf die Arbeitsplattform. Dann ließ Quasi die Katze aus dem Sack:

„Ich habe folgendes vor. Der 300 Kg Sonnengrüßer muss an einer genau berechneten Stelle abgelegt werden, damit er seine maximale Wirkung erzielen kann. Jetzt kommt das Glasfaserkabel ins Spiel. Wir befestigen das eine Ende an der Arbeitsplattform und richten es genau auf die Sonne. Dieses Ende des Kabels decken wir ab, denn noch soll kein Sonnenlicht hinein. Erst muss unten alles vorbereitet werden.

Unser „Gepäckträger“ wird uns helfen, auch unter Wasser. Der Stein wird also platziert. Dann können wir das andere Ende des Glasfaserkabels genau auf den Stein ausrichten und befestigen. Wieder oben auf der Arbeitsplattform geben wir der Sonne den Weg für ihre Strahlen in das Kabel frei. An diesem Moment wird es besser sein, schnell in den Buran zu steigen und aus angemessener Höhe die Wirkung unserer Handlungen zu betrachten.“

„Und du bist ganz sicher, dass das alles so funktioniert?“, fragten Puck und Vif, die immer noch ein Junge war, und den Puck trotzdem sehr gerne hatte.

„Ich habe alles berechnet, das heißt, ich habe meinem NPU das Problem geschildert und im ersten Moment hat er sich etwas heiß angefühlt und hat kleine Rauchwölkchen von sich gegeben, aber dann sprudelte es nur so aus ihm heraus. Ein wunderbares Gerät. Er hat alles alleine herausgefunden bis hin zu dem Platz, wo der Stein am sinnvollsten zu platzieren wäre. Doch das Tollste war, auf meine Frage nach den Erfolgschancen, antwortete er 100 %.“

„Aber denk an Petra. Was wird mit ihr geschehen?“, sorgte sich Puck.

„Auch das habe ich mit meinem NPU besprochen. Er ist wirklich ein schlaues Kerlchen. Ich gebe ihn nie wieder her. Auf jeden Fall riet er davon ab, den Kraken anzugreifen, etwa mit Harpunen oder mit Sprengstoff, den wir sowieso nicht haben. Im Gegenteil, wir sollten alles so belassen und lieber unsere anderen Ziele beschleunigt umsetzen. Er sagt voraus, dass Atlantis Dank der enormen Kraft des mit Sonnenstrahlen gefüllten Steines die alte Position wieder einnimmt. Das würde dann bedeuten, dass das Versteck des Kraken sich plötzlich über dem Meeresspiegel befindet. Sobald er das bemerkt, wird er alles sausen lassen, was er in seinen Armen hält, auch unsere Petra. Er wird unbeholfen auf dem Land umherkriechen, bis er irgendwo den Weg ins Wasser findet und mit einem lauten Seufzer wieder ins Wasser plumpst."

„Du bist schon ein Teufelskerl, Quasi", lobte Puck seinen Freund, und Vif tat es ihm gleich. Dann machten sie sich ohne Verzögerung daran, Atlantis zu heben. Den Löwenanteil der Arbeit hatte sowieso der „Gepäckträger" zu leisten. Quasi hatte es hinbekommen, die Steuerung mit der Hilfe seines NPU durchzuführen. Der wiederum kannte alle Einzelheiten der Operation, so dass im Prinzip alles von alleine ging. Als der Moment kam, an dem das Sonnenlicht in das Glasfaserkabel gelassen werden musste, mahnte Quasi zur Eile.

„Ihr setzt euch schon mal in den Buran und bereitet alles für einen Blitzstart vor. Ich werde die Kabelabdeckung abnehmen und euch in den Buran folgen."

Alles geschah wie besprochen.

Schon nach wenigen Sekunden hatten sie eine Höhe von 1000 m erreicht. Jetzt konnten sie die Wasseroberfläche unter sich gut überblicken. Genau unter ihnen war die Arbeitsplattform zu erkennen. Die Zeit verging, aber es rührte sich nichts. Da die Sonne an diesem Tag früh aufgestanden war und offensichtlich über ihre Rolle bei diesem beispiellosen Experiment im Bilde war, denn sie schien hell wie nie, wunderten sich die Freunde über diese Ruhe. Nach weiteren bangen Minuten war dann klar, das war die Ruhe vor dem Sturm. Tatsächlich konnten sie jetzt eine deutliche Veränderung an der Wasseroberfläche erkennen. Um die Plattform herum bildeten sich konzentrische Wellenringe. Bei genauem Hinsehen erkannten sie dann große dicke Blasen auf dem Wasser. Dann ging alles sehr schnell. Das Vibrieren der Luft war bis zu ihnen in den Buran hinein zu spüren und lautes Rumpeln und Grummeln komplettierte die Szenerie. Dann tauchten erste Gebäudespitzen, Türme und Mauern aus dem Wasser auf, Zentimeter um Zentimeter, so als ob jemand von unten drückte. Die Arbeitsplattform lag jetzt auf dem Land. Die Glasfaserleitung hatte sich gelöst, aber offensichtlich reichte dem Stein die Energie jetzt aus, um das Werk zu vollenden.

Dann endlich erblickten sie den Kraken, der sich unbeholfen wie ein dicker Fisch auf dem Land in Richtung Wasser schob, ohne Petra in seinen Fangarmen. Als er endlich wieder in sein Element zurückgefunden hatte, wagten wir die Landung. Petra fanden wir etwas benommen in dem Versteck des Kraken. Doch es ging ihr gut, und mit etwas Hilfe konnte sie/er sogar wieder laufen. Offensichtlich hatte der robuste Raumanzug Schlimmeres verhindert.

Nach diesem glücklichen Ausgang fielen sie sich gegenseitig um den Hals und beglückwünschten sich zu dem bestandenen Abenteuer. Dann spazierten sie gemeinsam über die weitläufige Insel, untersuchten die Gebäude auf Schäden und machten Aufnahmen im Innern der Gebäude, während gleichzeitig mehrere Drohnen mit ihren Kameras Luftaufnahmen machten. Die Aufnahmen sollten vor allem für Anita sein und vielleicht auch für Tina. Die beiden werden staunen, wenn sie hören, dass ihr altes Reich wieder auferstanden ist.

In der Zwischenzeit hatte der „Gepäckträger“ den Sonnengrüßer geborgen, in dem es immer noch grummelte und rumorte. Plattform und Kabel verstauten sie in einem der Gebäude. Mehr gab es in diesem Moment nicht zu tun. Daher hielt sie nichts mehr auf diesem kalten und immer noch tropfnassen Ort. Irgendwann würde die Sonne das ändern. Ihre Kraft hatte sie jedenfalls wieder einmal unter Beweis gestellt.

Zurück auf der Insel berichteten sie im engsten Kreise von ihrem großen Erfolg. Anita bekam sogar feuchte Augen. Nie hätte sie geglaubt, ihr altes Atlantis noch einmal wiederzusehen.

Sofort hatten Pucks Eltern einen Rat, wie nach diesem wunderbaren Ereignis zu verfahren sei.

Anita konnte es sich trotz der großen Freude nicht vorstellen, jemals wieder auf Atlantis zu leben. Deshalb würde sie keinen Anspruch auf ihren einstigen Besitz erheben. Es sollte zu einer Sehenswürdigkeit für alle Menschen werden, denn sehenswürdig war es immer schon gewesen.

„In diesem Falle", wusste Pucks Vater zu berichten, „kann es bestimmt mit Mitteln der Weltgemeinschaft restauriert, ausgestattet und später präsentiert werden. Das wird eine Menge kosten, aber die Ressourcen der Gemeinschaft sind unermesslich. Ich werde mich persönlich darum kümmern, dass alles in die Wege geleitet wird und schnell geschieht."

Tatsächlich hatten Pucks Eltern mit dem Wiederaufbau von Atlantis eine neue Aufgabe für sich gefunden, der sie sich voll und ganz widmeten. Es gelang ihnen schon nach kurzer Zeit, die notwendigen Mittel aufzutreiben, alle Maßnahmen zu planen und mit den Arbeiten zu beginnen.

Puck, Quasi, Vif und Petra waren damit beauftragt worden, von ganz Atlantis ein virtuelles dreidimensionales Modell zu erstellen und eine Einschätzung des Zustandes der einzelnen Abschnitte zu geben. Damit war Puck in seinem Element, schließlich war er Historiker, und Quasi als sein Freund half gern. Nur Vif und Petra zeigten sich weniger interessiert, machten aber ohne Murren alles mit. Man merkte, dass in ihrem Innern immer noch keine Ruhe eingekehrt war. Sie waren Jungen, aber irgendwie steckte auch immer noch ein Mädchen in ihnen. Dieser Zustand war für sie sicherlich nicht leicht zu ertragen.

Der Stein des Anstoßes, unser 300 Kg Brocken eines Sonnengrüßers, war dank der Hilfe des „Gepäckträgers“ wieder in seine Vitrine befördert worden. Gut zu wissen, dass er für andere Einsätze dieser Art immer zur Verfügung stand. Für dieses Mal hatte er Unmögliches möglich gemacht. Puck äußerte die Idee, Wollibärs kleines Privatmuseum im Königsschloss nach Atlantis zu verlegen. Der Ort schien Puck auch viel angemessener und wäre für alle zukünftigen Besucher aus aller Welt gut erreichbar. Sie beschlossen, sich gemeinsam um die Realisierung der Idee zu kümmern.

10 Petra und Vif wird geholfen

Nachdem fast ein halbes Jahr vergangen war, gingen alle Beteiligten daran, sich über eine angemessene Eröffnungsfeier des alten neuen Atlantis Gedanken zu machen. Quo Vadis und Anita wurden gebeten, die Vorbereitungen zu leiten und zu organisieren, so dass eine Idee Anitas schon bald in den Vordergrund trat.

„Wir sollten in das 21. Jahrhundert reisen und meine Zwillingsschwester Tina aufsuchen. Schließlich war sie mit mir zusammen die Doppelkönigin von Atlantis. Sie muss bei unserer Feier unbedingt mit dabei sein. Vielleicht können wir sie sogar dazu überreden, ein Konzert zu veranstalten und ein paar neue Lieder zu diesem Anlass herauszubringen.“

Anita erklärte sich sogar bereit, selber in die Vergangenheit zu reisen und ihre Schwester aufzusuchen. Ich, der Kapitän, wollte bei dieser Reise nicht fehlen. Aber es gab noch zwei weitere Anwärter, wie sich noch herausstellen wird.

Die Vorgeschichte ist schnell erzählt.

Puck wurde immer trauriger. Schon seit Tagen hatte er nicht mehr richtig gegessen und nur stumm an verborgenen Stellen der Insel herumgesessen. Es quälte ihn, seine Freundin Vif verloren zu haben, und natürlich tat ihm auch Petra leid, der Quasi sehr zugetan war. Er wollte es einfach nicht länger akzeptieren, dass die beiden zu Jungen geworden waren. Puck war zwar nur ein wenig älter als zehn, doch das hatte er begriffen, besser gesagt, er hatte ein Gespür dafür entwickelt durch die Freundschaft und Nähe zu Vif.

Mädchen und Frauen sind etwas Wunderbares. Sie riechen gut, sie bewegen sich viel eleganter und geschmeidiger als Jungs, sie haben oft schöne lange Haare, sie singen, wie manch ein Vogel es nicht kann, sie sind manchmal ganz schön klug und mutig, dafür sind sie oft sehr schwach, so dass man als Junge ihnen helfen kann und sie beschützen, was wiederum das Gefühl vermittelt, etwas Gutes getan zu haben. Doch das Allerwichtigste ist, man kann sich in sie verlieben und wenn man Glück hat, lieben sie einen zurück. Dann kann es passieren, wenn alle reif dafür sind, dass sie neues Leben schenken, einen Sohn oder eine Tochter für dich. Mädchen, Frauen können das.

Puck ging zum Zauberer, um ihn um Rat und Hilfe zu bitten, denn wenn jemand helfen konnte, dann war er das.

Als Puck nach Aufforderung in das Labor eintrat, fand er Veni Vidi Vici umgeben von hunderten Tieren aller Arten, süß und klein, ein Anblick wie ein Traum.

„Komm herein Puck, lass dich von den kleinen Biestern nicht stören. Übrigens, wir kommen mit unserer Arbeit gut voran, deine Tante und ich. Du wirst gleich staunen, wenn ich dir Beweise gebe. Stell dich hinter mich und halte die Augen geschlossen."

Puck tat, wie ihm gesagt wurde und lauschte. Der Zauberer begann einen leisen Gesang, der ständig lauter und schneller wurde. Dann folgten Worte und ganze Sätze in einer Sprache, die Puck nicht verstand. Das alles dauerte doch recht lange, aber was dann geschah, rechtfertigte jede Wartezeit. Puck spürte plötzlich eine große wohlriechende Wärme. Er konnte nicht ausmachen, ob in dem Raum die Temperatur gestiegen war oder in seinem Körper.

„Augen auf, ich bin fertig."

Puck tat wie ihm geheißen, und das, was er jetzt sah, wird sogar bei Dir, lieber Leser, eine Gänsehaut erzeugen. Dort, wo eben noch die vielen kleinen Tiere zu sehen waren, standen jetzt Mädchen, so 1, 2 und 3 Jahre alt. Aus technischen Gründen konnte der Zauberer sie nicht bekleidet verwandeln. Sie waren also nackt, von daher aber besonders anmutig und bezaubernd anzusehen. Puck war überwältigt von der Magie dieses Anblicks.

Das sind wirklich alles Mädchen! Keine hatte einen Zipfel. War dieser Zauber die Lösung für das größte Problem der Menschheit? Puck wusste es nicht. Doch er konnte es sich vorstellen. In der Natur war alles mit jedem irgendwie verbunden, Tiere und Menschen stammten alle von einer Urform ab, hatten sich nur in unterschiedliche Richtungen entwickelt.

Bei Säugetieren spüren die Menschen ihre Verwandtschaft am deutlichsten. Deshalb lieben die Menschen auch kleine Katzen, Hunde, Kaninchen oder Hamster, weil sie ihnen doch noch sehr ähnlich waren.

Der Zauber der Verwandlung allerdings ist ein Geheimnis, um das nur wenige wissen. Der Zauberer ist einer von ihnen. Doch er hat eine weitere Fähigkeit. Er kann seine Kunst vermitteln, kann seinen Lehrlingen alles beibringen, was er kann. So ein begabter und emsiger Lehrling war Tante Magermilch. Sie hatte jetzt die Aufgabe, die Insel zum Zentrum der Mädchenbeschaffung zu machen und neue Lehrlinge zu finden und auszubilden. Der Zauberer war müde geworden, klar nach all der anstrengenden Arbeit. Er wollte nur noch zurück in das 18. Jahrhundert zu seinen Freunden dort und sich ausruhen.

„Aber was geschieht jetzt mit diesen Mädchen?", wollte Puck wissen.

„Es gibt nur eine Lösung, alle Frauen, die einen Jungen geboren haben, müssen sich bei uns ein Mädchen aussuchen und in ihrer

Familie großziehen. Damit ist gewährleistet, dass das Verhältnis von Jungen und Mädchen erhalten bleibt. Wenn diese Mädchen zu Frauen herangewachsen sind und Kinder bekommen, werden das natürlich Jungen sein. Dann müssen sie sich wie alle anderen auch pro Junge ein Mädchen bei uns abholen. Leuchtet das ein?"

„Sag noch bitte, welche Lösung gibt es für Vif und Petra?"

„Gar keine. Jedenfalls gilt das für diese Zeit. Sobald sie sich in eine Zeit vor dem Unfall begeben, werden sie wieder zu Mädchen, und sie werden für immer Mädchen bleiben."

„Danke Zauberer, ich werde das mit den beiden besprechen und entsprechende Maßnahmen ergreifen. Danke!"

Puck war sichtlich erleichtert und schon wollte er wieder gehen, als ihn der Zauberer an der Schulter festhielt. „Ich habe eine Bitte. Unsere Experimente laufen schon ganz gut, wie du eben feststellen konntest. Aber wir sind noch nicht ganz fertig. Wir brauen mindestens noch zehn Lehrlinge, um für die ganze Welt die Mädchen zu besorgen. Es soll niemand zu kurz kommen. Verstehst du was ich meine? Also bitte kein Wort zu niemandem über den Stand unserer Arbeit hier im Labor Drei. Die anderen Teams werden sowieso keinen Erfolg haben. Nur unser Weg ist der richtige."

Damit war Puck entlassen und mit seinen Gedanken wieder allein. Die kreisten um seine Freundin Vif. Er wollte sie so schnell wie möglich zurückhaben. Deshalb kamen wir ihm mit der Nachricht, in die Zeit von Tinas Schwester reisen zu wollen, wie gerufen.

„Könntet ihr bitte eine größere Zeitkugel nehmen und Vif und Petra mitnehmen? Der Zauberer ist der Meinung, die beiden werden außerhalb dieser Zeit wieder zu Mädchen. Wieder zurück, könnte es sein, dass die beiden so bleiben. Ihr würdet mir einen Herzenswunsch erfüllen und dem Quasi mit seiner Petra auch."

„Das machen wir doch gerne, der Wollibär muss uns einfach eine größere Kugel ausleihen und schon geht die Sache klar."

11 Zwei Schwestern sehen sich wieder

Alles geschah, wie es sein sollte. Wir vier saßen in einer Zeitkugel für sechs Personen und bewegten uns in Richtung 21. Jahrhundert. Das geschah in weiser Voraussicht, denn es konnte ja sein, dass Tina ihren Mann mitnehmen wollte in das 24. Jahrhundert. Anita war sich sicher, keine Absage von ihrer Schwester zu bekommen und ihren Mann würde man auch noch mit durchfüttern.

Die drei Tage der Reise vergingen wie im Fluge. Schon kurz nach dem Start verspürten die beiden Jungen eine Verwandlung in und an ihren Körpern. Ich konnte es kaum fassen, aber Vif und Petra waren wieder da, so wie ich sie damals kennengelernt hatte, hübsche kleine Ladys, noch Kinder aber schon bald richtige Frauen. Ich verstand, warum Puck alles getan hätte um seine Vif zurückzubekommen. Selbiges traf für Petra und Quasi zu. Die waren anders drauf, aber im Grunde war es dasselbe bei ihnen.

Wir vertrieben uns die Reisezeit auf produktive Weise. Ich hatte meine Aufzeichnungen mitgenommen, um ihnen daraus vorzulesen. Ich wollte einfach eine Rückmeldung, um zu wissen, wo es noch Ecken und Kanten an meinem Text gab. Ich war selber erstaunt, wie viel Material ich bereits zusammengesammelt hatte, was alles seit unserer Ankunft hier passiert war, und es sollte noch einiges passieren.

Anita hatte unsere Landung in der Garderobe von Tina geplant. Dort wäre die Überraschung am größten und fand in einem privaten Rahmen statt. Tina war gerade auf Tournee, so dass wir uns gleich in den Genuss eines Konzertes begeben konnten. Aber erstens kommt es anders und zweitens als man denkt, oder anders gesagt, schlimmer geht es nimmer.

Als wir nämlich die Lucke öffneten und dann hinauskletterten, noch ganz benommen von der dreitägigen Reise in der engen Kugel, fanden wir uns auf einer riesengroßen Bühne voll von Musikern, Mikrofonen, Lautsprecherboxen und Scheinwerfern wieder, mitten in einem Lied, das Tina lautstark, mit vollem Einsatz und mit heftigen Körperbewegungen vortrug. Wer je ein Tina Konzert gesehen hat, weiß wovon ich spreche. Mit einem Wort, wir steckten im Schlamassel. Doch Tina schien unser Erscheinen überhaupt nicht zu beeindrucken. Ein Profi wie sie weiß immer, was eine gute Show ausmacht, was den Leuten gefällt. Sie zog mich und ihre Schwester Anita in die Mitte der Bühne und umtanzte uns. Uns blieb nichts anderes übrig, als mitzutanzen. Unsere beiden Mädchen hatten noch viel weniger ein Problem, mit dieser unerwarteten Situation klar zu kommen. Sie nahmen sich bei den Händen und tanzten im Kreis, im Rhythmus und im Licht der tausend bunten Lampen, so als hätten sie ihr Lebtag nichts anderes getan.

Als das Publikum erkannte, dass da eine Schwester von Tina aufgetaucht war, eine Zwillingsschwester sogar, tobte die Halle und war kaum wieder zu beruhigen. Dieses Konzert ist als eines der berühmtesten in die Geschichte eingegangen und wurde auf DVD festgehalten. Dass da noch eine silberne Kugel auf der Bühne lag, die vor Hitze dampfte, schien niemanden zu interessieren, und als Anita ein kleines schwarzes Kästchen aus der Tasche zog, auf die Kugel hielt, sie verkleinerte und schließlich in ihrer Jackentasche verschwinden ließ, wurde das von niemandem bemerkt. Alle Augen richteten sich nur auf Tina und Anita, na und auch ein bisschen auf mich. Aber zwei Augen hatten die Sache mit der Kugel registriert.

Nach dem Konzert wurden wir in einer sehr langgestreckten Form eines Automobils, in der wir alle Platz fanden, zu Tinas Hotel kutschiert. In ihren Räumen, die fast die gesamte obere Etage einnahmen, bewirtete und bemutterte man uns königlich. Tina verschwand im Badezimmer, um sich den Schweiß von der Arbeit auf der Bühne abzuwaschen. Unsere Mädchen standen staunend vor Tinas Kleiderschrank. So viele wunderschöne Klamotten auf einem Haufen hatten sie noch nie gesehen. Tina forderte sie auf, ruhig alles auszuprobieren. Besser hätte es für die beiden gar nicht kommen können. Sogar die Benutzung von Tinas Make-up war ihnen angeboten worden. Hier wollten sie nie wieder weg. Sie waren tatsächlich wieder zu richtigen Mädchen geworden.

Da kam mir die Idee, bei Michael Rogge anzurufen und ihm vom Stand der Dinge zu berichten. Ich hatte noch mein NPU um das Handgelenk, doch hier in dieser Zeit würde es mir kaum etwas nützen, dachte ich…

„Ja, hier ist Michael Rogge. Was möchten Sie?“, vernahm ich seine Stimme. Ein wunderbarer Apparat, war sofort mein Gedanke.

„Hier ist Kapitän Quo Vadis. Ich bin gerade auf einen Sprung hier im 21. Jahrhundert. Können wir uns treffen? Ich habe eine Menge zu berichten.“

„Unbedingt müssen wir uns treffen. Ich bin schon wahnsinnig neugierig darauf zu hören, wie es euch ergangen ist im 24. Jahrhundert. Ich komme zu Ihnen, wo immer das auch ist, solange Sie hier im 21. sind.“ Damit hatte er mächtig geflunkert, denn der dritte Teil war dank Puck schon lange in seinem Besitz.

„Gut“, antwortete ich. „Ich werde immer in der Nähe der Sängerin Tina sein, das sollte für Sie reichen.“

Damit hatte ich mich allerdings sehr getäuscht, denn in die Nähe von Tina kommt man nicht so leicht.

In der Zwischenzeit fand eine Reihe von Veränderungen in und um das Hotel statt. Das Personal, das man vorher sah, schien ausgetauscht worden zu sein. Fahrstühle fuhren nicht, die Flure blieben dunkel. In den Räumen der Dachetage, die Tina bewohnte, merkte man von diesen Dingen nichts, außer dass kein Fernseher mehr ging, kein Radio und kein Telefon.

„Macht euch keine Sorgen, die Technik spielt hier manchmal verrückt“, beruhigte uns Tina. Doch bei mir läuteten die Alarmglocken.

„Wir müssen hier weg. Jemand hat von unserer Ankunft mit einer Zeitkugel Wind bekommen, vielleicht ist es der Geheimdienst selber. Wenn wir uns ganz eng machen, passen wir alle da rein?“, fragte ich Anita.

Anita zählte durch. „Tina, Kapitän, Anita, Vif und Petra und Michael Rogge. Es reicht.“ Tatsächlich seilte sich Michael in diesem Moment von oben auf den Balkon herab und winkte uns durch die geschlossene Glastür.

„Ich komme, um euch zu warnen. Der Geheimdienst hat Wind von eurer Ankunft bekommen. Wir müssen uns schnell verkrümeln. Sie sind scharf auf die Zeitkugel wie ein Hund auf den Knochen.“

Anita hatte die Kugel bereits vergrößert und die Lucke zum Einstieg geöffnet. Sie schlüpften hinein und trafen weitere Vorbereitungen für den Start.

„Wohin?“, fragte Anita.

„Am besten wir fliegen gleich zurück“, schlug ich vor. „Wie sieht es aus, Tina und Michael, könnt ihr euch mit einem spontanen Besuch des 24. Jahrhunderts anfreunden?“

12 Ein Fest der Superlative

Während unseres Rückfluges in das 24. Jahrhundert erzählten wir den beiden von dem geplanten Fest aus Anlass der Auferstehung von Atlantis, die kein geringerer als der geniale Erfinder Professor Quasi herbeigeführt hatte. Insbesondere Tina bekam feuchte Augen, denn das hatte sie nun wirklich nicht erwartet. Ihr gutes altes Atlantis soll auferstanden sein, der Ort, an dem sie so viele Jahre zusammen mit ihrer Schwester als Doppelkönigin residiert hatte? Wie war so etwas möglich?

Michael Rogge hatte ein ganz anderes Problem. Da er keine Zeit mehr gefunden hatte, sich bei seiner Frau abzumelden und sie nun in großen Sorgen vermutete, hätte er alles für eine Kommunikationsmöglichkeit gegeben. Gleiches galt auch für Tina. Wenn es weiter nichts war, den beiden konnte geholfen werden.

„Ich habe eine Überraschung für euch. Wollt ihr nach Hause Telefonieren? Ich habe ein wunderbares Gerät aus dem 24. Jahrhundert, einen NPU, mit dem kann man über jedes Telefonnetz in jeder Zeit kommunizieren. Wer möchte zuerst?“

Michael ließ Tina natürlich den Vortritt. Aber dann legte er los. Das Gespräch mit seiner Frau war ganz schnell vorüber, aber dann rief er den Verlag an und quasselte fast drei Stunden. Die Tatsache, dass er so gut wie im Besitz des dritten Teiles war, löste dort anscheinend helle Begeisterungsstürme aus. Doch dass er selber gerade auf einer Zeitreise in das 24. Jahrhundert war, wollte ihm keiner glauben. Dass die Anrufe den Geheimdienst in helle Aufregung versetzten, hatten wir nicht bedacht. Aber die konnten uns ja nichts.

Dann fing Tina an, eine Melodie zu summen, die sich in ihrem Kopf zu einem ganzen Lied verdichtet hatte. Am zweiten Tag unserer Reise hatte sie es fertig und trug es uns vor. Es handelte von der Zeit, da sie mit Anita ein Königinnendasein führte, in glücklichen Zeiten ihrer Tage dort. Auch deshalb verging die Zeit auf dem Rückflug noch viel schneller als die hinzu.

Als wir die Insel im 24. Jahrhundert erreichten, war unsere Rückkehr schon in aller Munde. Insbesondere die Herren Puck und Quasi waren in heller Aufruhr. Als dann zwei junge Damen, aufgedonnert und geschminkt wie Filmdiven, den Boden der Insel betraten, kippten sie fast aus den Schuhen. Aber das junge Glück war vollkommen, denn die Mädchen verwandelten sich nicht wieder in Jungen.

Michael Rogge quartierten wir bei mir ein. Wir nutzten die gemeinsame Zeit, um meine Aufzeichnungen durchzusehen, zu verändern und zu verbessern. Michael wollte nach seiner Rückkehr in sein Jahrhundert sofort zum Verlag, um den dritten Teil vorzulegen. Alle Leser warteten gespannt auf den Ausgang der Geschichte.

Anita und Tina zogen zu den beiden Mädels in Bäumlis Haus.

Puck und Quasi übernachteten in Anitas Buran. Hier fanden sie allen Komfort, eine super Bild-Ton-Anlage, bequeme Liegesitze mit Heizung und Massagefunktion, sowie einen gut gefüllten Bordkühlschrank. Zum Pinkeln gingen sie in die Büsche. Duschen konnten sie im Inselcenter, Baden im Meer.

Am Tage bemühten sie sich um die beiden Mädchen. Doch die waren irgendwie verändert, seit sie Tina kannten. Tina arbeitete an ihrem neuen Song, den sie Atlantis nannte und der ihr Leben dort zusammen mit Anita beschrieb. Er sollte auf dem Fest seine Prämiere erleben. Es sollte ein Duett zwischen den beiden Schwestern werden und die vier Kinder würden in entsprechender Aufmachung auf der Bühne zugegen sein.

Im Labor 3 geschahen in diesen Tagen entscheidende Dinge. Tante Magermilch und Veni Vidi Vinci war es gelungen, etwa dreißig Zauberlehrlinge auszubilden, die jetzt die Tier-Mensch-Verwandlung perfekt beherrschten. Mit diesem Stamm an qualifizierten Zauberern wollten sie die Mädchenbeschaffung im großen Stil beginnen. Ein Drittel davon sollte weitere Lehrlinge ausbilden. Alles andere war eine Frage der Organisation. Die notwendigen Tiere wurden auf der ganzen Welt beschafft. Im Idealfall lebte in den betroffenen Familien bereits ein Tier, das sich für eine Verwandlung eignete, das jung und weiblich war. Den Transport der Tiere zur Insel und der Mädchen zurück sollte mit einer Flotte von Buranen durchgeführt werden, die sehr schnell jede Stelle der Erde erreichen konnten. Dazu sollte eine zentrale Meldestelle auf der Insel eingerichtet werden, an die sich die mädchenlosen Frauen mit ihren Wünschen wenden konnten. Sehr wichtig war die Registrierung aller verwandelnden Mädchen. Zahlen sind immer wichtig, schon für die Statistik.

Dann kam der Tag, an dem es eigentlich hätte losgehen können, denn alle diese Voraussetzungen waren erfüllt. Die Tante und der Zauberer hatten ganze Arbeit geleistet. Sie luden die Wissenschaftler der beiden anderen Labore zu sich ein und berichteten über ihren Erfolg.

Ein weiterer wichtiger Gast war Blitz, den Tante Magermilch ausdrücklich dazu eingeladen hatte. Er sollte als Medienmann für die weltweite Verbreitung der freudigen Nachricht sorgen, Ansprechpartner für andere Journalisten sein und Pressesprecher des Inselcenters werden. Die allgemeine Begeisterung war grenzenlos. Labor 1 und 2 wurden sofort geschlossen und der Tante für ihre Arbeit überlassen. Das neue Platzangebot kam ihr wie gerufen, denn Labor 3 drohte bereits aus allen Nähten zu platzen.

Wer nicht mehr gebraucht wurde, musste die Insel verlassen, nur wirklich notwendiges Personal wurde noch auf der Insel geduldet, die nun die Insel der erfüllten Mädchenwünsche genannt wurde. Natürlich war jetzt eine angemessene Feier angebracht, doch auf der Insel hätte das zu viel Unruhe verursacht und die anlaufende Mädchenbeschaffung gestört. Da fast zur selben Zeit die Freigabe von Atlantis für den allgemeinen Besucherverkehr stattfinden sollte, mit einer entsprechenden Feier natürlich, beschloss man, beides miteinander zu verbinden.

Das fiel nun in den Aufgabenbereich von Anita und Quo Vadis, verstärkt durch Tina. Die drei planten, die Geschichte der Auferstehung in szenischen Bildern vorzuführen und mit viel Musik zu begleiten. Höhepunkt der Show sollte dann der Vortrag des neuen Songs von Tina im Duett mit Anita werden.

Der zweite Teil der Feier sollte dem Zauberer und der Tante Magermilch gewidmet werden, ihre Geschichte erzählen. Damit sollten die beiden für ihre Verdienste an der Menschheit geehrt werden. Als Höhepunkt war folgendes Bild geplant. Der Zauberer sitzt auf einem thronartigen Stuhl in der Mitte der Bühne. Zu seinen Füßen stehen tausende Tiere, Hunde, Katzen, Mäuse, Hamster, Kaninchen, Schildkröten, Pferde, Elefanten, Krokodile, alles was man sich denken kann. Dann senkt sich ein riesengroßes weißes Tuch auf die Szenerie herab, bis alle verdeckt sind, den Blicken der Leute entzogen. Dann hört man nur die Stimme des Zauberers, die Formeln, die er spricht, um das Wunder zu bewirken. Natürlich stehen die Frauen schon bereit, die ihre Mädchen in Empfang nehmen wollen.

Endlich kommt der Moment. Das Tuch wird hinaufgezogen und gibt den Blick frei auf tausende kleine Mädchen. Was für ein Anblick, was für ein Ereignis. Der Zauberer, der irgendwie auch ein Showman ist, war begeistert von der Idee. Die Tante wollte sich lieber im Hintergrund halten. Ihr lagen solche Auftritte weniger.

Im dritten Teil der Feier sollte dann alles in ein großes Volksfest münden, ausgestattet mit Angeboten für Alt und Jung, Fressbuden und Fahrgeschäften verschiedenster Art.

Die Eröffnung des neuen Sonnengrüßer-Museums sollte mehr im Stillen stattfinden. Pucks Idee war jedenfalls in einer sehr gelungenen Version in den restaurierten Räumen umgesetzt worden.

Alles geschah, wie sie es geplant und ausgedacht hatten. Doch ohne die vielen Helfer wäre das nicht möglich gewesen. Es war einfach ein riesengroßes Unternehmen daraus geworden. Doch jeder half nach Kräften mit, so dass der Erfolg garantiert war.

13 Kapitän Quo Vadis liefert ein Meisterwerk

Endlich kam auch der Tag, an dem der Kapitän die Arbeit an seinem dritten Teil für beendet erklärte.

Ich, Michael Rogge, übernahm an dieser Stelle die Berichterstattung, um den alten Seebären endlich von dieser Arbeit zu befreien.

Puck gesellte sich uns zu, denn er hatte alles mitbekommen und konnte nun mit einer besonderen Überraschung aufwarten. Es war eine Überraschung für uns beide, wie sich herausstellte. Er lud uns in seiner Stadt in einen ganz besonderen Laden ein. Es war ein Buchladen, aber kein gewöhnlicher wie wir ihn kennen, sondern einer der besonderen Art. Man konnte sich von dem freundlichen Verkäufer jeden Titel, der je verlegt worden war, heraussuchen lassen. War das geschehen, gab es drei Möglichkeiten. Man konnte ihn als Chip mitnehmen, um ein Geschenk zu haben. Man konnte ihn sich auf seinen NPU aufspielen lassen oder als dritte der Möglichkeiten ihn sich ausdrucken und binden lassen zu einem richtigen altertümlichen Buch.

Puck tuschelte mit dem Verkäufer, der darauf kurz verschwand, dann aber mit zwei Büchern wieder auftauchte. Der Kapitän und ich sahen uns an. Es handelte sich um unser gemeinsames Werk „Die Abenteuer des Zeitreisenden Puck".

Wir fielen uns um den Hals und Tränen kullerten uns über die Wangen vor Freude, und stolz waren wir auch.

14 Nach Hause zurück

Wieder auf der Insel, verabredeten wir uns zu einem kleinen Abschiedsfest, nur im engsten Rahmen und kleinstem Kreis. Danach wollten wir unverzüglich die Heimreise in das 21. und in das 18. Jahrhundert antreten.

Tina und ich telefonierten ein letztes Mal mit dem NPU. Quo Vadis hatte diese Möglichkeit nicht, im 18. Jahrhundert gab es noch kein Telefonnetz, in das er sich hätte einwählen können, doch wen hätte er auch anrufen sollen? Wir dagegen hatten die Möglichkeit. Tina sprach mit ihrem Mann, der den Auftrag erhielt, die baldige Fortsetzung der unterbrochenen Konzerttournee dem Veranstalter in Aussicht zu stellen. Ich dagegen war bemüht, den Ärger meiner Frau zu entschärfen, den sie zweifellos immer noch verspürte.

Davon, dass Bäumli einen NPU besaß, war uns nichts bekannt. Es war eher nicht anzunehmen, denn er lehnte ja alle Dinge aus seiner Zeit ab. Mit dem klarzukommen, was hier vorzufinden ist, war seine Devise immer gewesen. Immerhin gab es wöchentliche Besuche von Wollibär mit Lebensmittellieferungen direkt in der Speisekammer der Bäumlis. Da sollte doch die Möglichkeit bestehen ein paar Grüße mit auf die Reise zu geben und unsere baldige Rückkehr anzukündigen.

Wollibär wollte uns das neueste Modell einer Zeitkugel zur Verfügung stellen, besser gesagt, er wollte zum Dank für unsere Leistungen und Verdienste uns die Kugel für unbegrenzte Zeit überlassen. Schenken konnte er sie uns nicht, denn sie war das Eigentum der Zeitzentrale. Aber das änderte ja nichts. Der wirkliche Wert für uns waren ihre verbesserten Eigenschaften. Für ein Jahrhundert Zeitreise benötigte sie nur noch 1 Stunde. Bis zu Bäumli und König Kasimir im 18. Jahrhundert würden wir nur noch sechs Stunden benötigen, statt 6 Tage wie bisher. Ein weiterer Vorteil war die Wandelbarkeit ihrer Größe. Je nach Bedarf konnten bis zu zwanzig Personen darin Platz finden, dazu noch reichlich Gepäck. Am Zielort konnte man sie verkleinern so wie bisher. Ein schwarzer Kasten war dazu aber nicht mehr notwendig. Ein vorher verabredeter Kreis von Berechtigten konnte sie allein durch Berührung einer bestimmten Stelle verkleinern und auch wieder vergrößern.

Wir waren von dieser großzügigen Gabe Wollibärs sehr angetan. Unsere Rückreise sollte also ein reines Vergnügen werden.

Wurde sie aber nicht. Wir hatten am letzten Abend im 24. Jahrhundert noch einmal mit unseren Angehörigen telefoniert und einen genauen Treffpunkt ausgemacht, nämlich in Tinas Villa in der

Schweiz. Natürlich wurden alle Gespräche vom Geheimdienst abgehört. Die trauten ihren Ohren nicht und ihren Geräten, als eine Verbindung in das 24. Jahrhundert angezeigt wurde. In der kommenden Nacht fanden dann die umfangreichsten Vorbereitungen für eine geheimdienstliche Aktion statt, die im 21. Jahrhundert je stattfand.

Aber der Reihe nach. Noch waren wir nicht unterwegs.

Unser Abschied von Pucks Eltern, von Tante Magermilch, von Wollibär, von Blitz und von vielen anderen neuen Freunden musste gefeiert werden. Doch das taten wir auf eine ganz ruhige und andächtige Weise.

Im Inselcenter hatte Wollibär eine Tafel für uns eindecken lassen. Dort servierte man uns ein köstliches Abendmahl, zubereitet von einem der besten Köche des 24. Jahrhunderts. Dann verließen wir das Inselcenter und vertraten uns ein wenig die Beine. Schließlich fuhren wir mit der Seilbahn hinunter zum Strand. Dort saßen wir im Kreis auf sehr bequemen Campingstühlen um ein Lagerfeuer herum, fast die halbe Nacht. Dabei erzählten wir uns von unseren Plänen und tranken dabei das eine und das andere Getränk. Anita und Quo Vadis wollten vorerst im 18. Jahrhundert leben, zusammen im Haus des Kapitäns auf der Insel. Auch unser Zauberer sah keinen Grund, noch länger in der Zukunft zu verweilen, so dass er mit uns zurück zur Insel wollte. Was Puck, Quasi, Vif und Petra betraf, so kam auch nur diese Variante in Betracht. Ich wollte zurück zu meiner Frau, meinem Sohn, meinem Enkel und zu meinem Verlag, und Tina natürlich zurück zu ihren Fans.

Nach einer kurzen Nacht ging es endlich los, und tatsächlich waren wir nach drei Stunden wieder zu Hause, Tina und ich. Aber es kam ganz anders, als wir alle uns das vorgestellt hatten. Kaum waren wir wie verabredet im großen Salon in Tinas Villa, die von einem großen Grundstück umgeben war, in der Schweiz gelandet, drückte jemand von außen die Luke auf. Man zerrte uns aus der Kugel und band uns die Hände. Es gelang Anita, die als Letzte die Kugel verlies, die Stelle zur Verkleinerung zu berühren. Unsere Peiniger verblüffte die damit eingeleitete Veränderung der Kugel so sehr, dass sie wütend und kopflos herumrannten und ihre Aufmerksamkeit erst mal von uns nahmen. Die Kugel lag jetzt am Boden, nur noch so groß wie ein Tennisball. Einer von ihnen ergriff dieses Objekt und rannte damit los. Zur gleichen Zeit verschwanden noch zwei Personen, nämlich Puck und Quasi, die immer noch in ihren Bodys steckten und jetzt die Möglichkeit zum Unsichtbarwerden ausnutzten. Dadurch entgingen sie den später folgenden Verhören.

In dem allgemeinen Durcheinander gab uns Anita einen Wink. „Versteckt eure NPUs, die sollen nicht auch noch in die Hände dieser Idioten fallen. Übrigens können sie mit unserer Zeitkugel nichts anfangen, da sie nicht zum Kreis der Berechtigten gehören."

Damit hatte Anita Recht, doch wie wir später erfuhren, versuchte der Geheimdienst in seinem Hauptquartier die Kugel zu öffnen. Da die Techniker sehr rabiat und dilettantisch vorgingen, einer hatte sogar einen Dosenöffner zu benutzen versucht, war das gute Stück bald nur noch Schrott. Doch das änderte unsere Lage nicht. Immer noch im Salon der Villa gefangen, begannen anstrengende Verhöre. Nacheinander wurden wir abgeführt, in den Keller gebracht und im Schein einer starken Lampe befragt und ausgehorcht.

Sie wollten wissen, wie und warum diese Zeitreisen stattfanden, wer dahinter steckte und welche Personen und Objekte das Ziel waren. Mein Buch, auf das ich verwies, in dem genau diese Fragen beantwortet wurden, taten sie als reine Erfindung und als Ablenkungsmanöver ab. So viel Unfähigkeit und stures Denken hatte ich noch nicht erlebt. Ich muss die Sache in die Hand nehmen, dachte ich bei mir.

Wo leben wir denn? Kein Geheimdienst der Welt hat das Recht, ein paar harmlose Zeitreisende festzuhalten und ihres Reisemittels zu berauben. Zwei Dinge sind jetzt wichtig. Der dritte Teil des Buches muss so schnell wie möglich zum Verlag. Vielleicht lässt sich mit seiner Veröffentlichung die Öffentlichkeit informieren. Noch wichtiger sind meine Fernsehleute. Die zu aktivieren und her zu lotsen zum Haus der berühmten Sängerin Tina in der Schweiz schien mir weitaus sinnvoller. Wo waren nur diese beiden Jungs geblieben? Anita deutete hinter mich. Ich verstand.

Dann erklärte ich den beiden, die unsichtbar hinter meinem Sessel standen: „Ihr müsst nach Hamburg zum Verlag und zu meinen Fernsehleuten. Wie ihr dorthin kommt, weiß ich noch nicht."

Da meldete sich der Zauberer. „Ich verwandele mich und die Jungs in Enten. Ich schätze morgen sind wir da."

„Das wäre prima, aber passt auf euch auf, die Welt da draußen ist voller Gefahren. Hier habe ich das Manuskript. Allerdings ist es als Buch doch etwas unhandlich und schwer."

„Das macht nichts", erwiderte der Zauberer. „Es gibt auch größere Vögel als Enten, Störche zum Beispiel, die tragen mehr."

Unbemerkt schlich sich der Zauberer mit den beiden unsichtbaren Jungs hinaus aus dem Zimmer auf die Veranda. Dort verwandelte er sich und die beiden Jungs in Störche. Selber trug er das Buch auf dem Rücken in einem kleinen wasserdichten Rucksack, den er sich zuvor organisierte. Dann fragte er sein NPU nach dem Weg. Als Ziel wählte er die Modellwelt in Hamburg. Dort konnten sie in der Besenkammer ein Basislager einrichten und um Essen und Trinken bitten, vielleicht auch um ein Lager für die Nacht. Doch bis es soweit war, würden sie erst mal eine Weile fliegen müssen. Von den Geheimdienstleuten bekam keiner etwas mit. Sie sahen nur drei Störche über dem Anwesen von Tina davonfliegen, nichts Ungewöhnliches also.

Nach 100 Kilometern waren die drei sehr müde. Aber Puck hatte eine Idee, wie sie ausruhen konnten und trotzdem weiter vorankamen. Er hatte eine Autobahn erspäht, die in Richtung Norden führte, drei Spuren voll mit Sattelschleppern, Bussen und Pkw. Auf so einem Sattelschlepper zu landen war sicher keine Kunst. Schwieriger sollte es werden, sich auf der glatten Dachfläche zu halten, wenn man keine Krallen besaß. Aber ein Storch hat einen spitzen Schnabel, der durch jede Plane kam. Also taten sie, was getan werden musste, und siehe da, die Reisezeit würde sich enorm verkürzen.

In den Morgenstunden fuhr der Sattelschlepper auf das Gelände des Hamburger Hafens und wurde abgestellt. Für unsere Reisegruppe war es an der Zeit, das Gefieder zu schütteln, die langen Beine zu recken und kräftig mit dem Schnabel zu klappern. Danach flogen sie zur Speicherstadt, in der die Modellwelt zu Hause war. Der Zauberer verwandelte sich und die Jungs wieder zurück, denn es wäre doch etwas seltsam gewesen, wenn sie so vor den Inhaber getreten wären.

Der war an diesem Morgen tatsächlich schon in seinem Büro und staunte nicht schlecht, als Puck und Quasi, begleitet vom Zauberer, in sein Büro eintraten. Die Sache war ihm schnell erklärt, und seine Erlaubnis für eine erneute Benutzung der Besenkammer folgte prompt. Tatsächlich wurde den Dreien ein Frühstück in Aussicht gestellt, sobald sich entsprechende Mitarbeiter im Hause befanden.

Da sie keine Zeit verlieren wollten, entwarfen sie einen Schlachtplan. Der Zauberer umriss noch einmal die Lage.

„Wir dürfen uns auf keinen Fall in der Öffentlichkeit zeigen, sonst haben wir den Geheimdienst gleich wieder am Arsch. Deshalb müssen sich alle Personen, von denen wir etwas wollen, hierher zu uns begeben. Das müssen sein: der Chef von Michaels Verlag, dann sein Sohn Philipp, möglichst in Begleitung eines Rechtsanwalts, und schließlich die Fernsehleute, die wir damals bekehrten. Gemeinsam sollten wir beraten, wie vorgegangen werden muss.“

Da Puck und Quasi zustimmend nickten, sandte der Zauberer drei zuverlässige Boten, alles Mitarbeiter der Modellwelt, zu den aufgelisteten Personen. Die hatten die Aufgabe, alle zu informieren und möglichst sofort in die Besenkammer der Modellwelt zu beordern.

Tatsächlich trafen alle gegen Mittag bei uns ein. In der Modellweltausstellung herrschte zu dieser Tageszeit schon reges Treiben, so dass unsere Besucher gar nicht auffielen. Der Inhaber kam dazu. Schließlich wollte er wissen, was in seinen Räumen geschah. Wir begrüßten uns kurz, dann kam der Zauberer sofort zum Thema.

„Wir kommen von einer Zeitreise aus dem 24. Jahrhundert. Was dort geschah, können sie alle hier in diesem Buch lesen. Im Teil drei, den unser Kapitän verfasst hat, sind alle unsere Abenteuer beschrieben. Warum die Sängerin Tina mit von der Partie ist, wird dort ebenfalls erklärt. Gerade waren wir alle mit einer Zeitkugel aus dem 24. Jahrhundert zurückgekehrt, als eine Horde von Geheimdienstleuten in Tinas Haus über uns hergefallen ist. Unsere Zeitkugel haben sie uns geraubt und zerstört, wie uns zu Ohren kam. Eine Weiterreise in unsere Heimatzeit, das 18. Jahrhundert, ist erstmal nicht möglich. Selbst ein Geheimdienst darf nicht alles (sagte der Zauberer in Richtung des Rechtsanwaltes). Wir fordern freies Geleit für alle, eine Entschädigung für die erlittene Freiheitsberaubung und die damit verbundenen seelischen Qualen, sowie eine Schadensersatzleistung für die geraubte und anschließend zerstörte Zeitkugel. Doch kommen wir zu euch, liebe Fernsehleute. Euer alter Freund Michael braucht euch. Er bittet euch um eure Hilfe und um eure Kreativität. Was habt ihr für Ideen, so ganz spontan, um allen zu helfen?“

„Die Sache ist eigentlich ganz einfach. Wir müssen der breiten Öffentlichkeit die Sache bekannt machen. Dazu eignet sich garantiert das Buch. Doch das geht zu langsam, und viele werden denken, das sind ja nette Phantasien, aber wo bleibt die Realität? Sie werden gar nicht glauben, dass solche Dinge möglich sind. Wir müssen die Leute am Fernsehschirm erreichen. Ihnen zeigen, wie unglaublich selbstherrlich der Geheimdienst mit all seinen Hintermännern in der Regierung vorgeht. Die Fans von Tina und die Fans von Michael auf der ganzen Welt müssen aktiviert werden. Wir rufen zu einem Sternmarsch in die Schweiz auf. Das wird ihnen verdeutlichen, wo die Grenzen ihrer Macht sind."

Alle hatten verstanden, worum es ging. Jeder würde auf seine Weise und mit seinen Mitteln gegen diesen Geheimdienst kämpfen. Wir konnten uns auf sie verlassen und den Rückweg in die Schweiz in Angriff nehmen. Also verabschiedeten wir uns wieder und trennten uns. In der gemütlichen Besenkammer war es nicht schwer für uns, noch ein paar Stunden zu schlafen. Die Reise zurück sollte am späten Abend beginnen. Dafür mussten wir ausgeruht sein.

Nach einem kräftigen Abendbrot, das man ihnen in die Besenkammer servierte, wollten sie wieder los. Dem Chef der Modellwelt dankten sie herzlich. Nur durch seine Hilfe waren sie so schnell erfolgreich geworden. Dann sagte der Zauberer an Puck und Quasi gewandt: „Lasst uns zunächst als Möwen zu einer Autobahnraststätte fliegen. Dort verwandle ich uns in Katzen. Wir suchen uns ein Cabriolet, da können wir uns gut auf dem Dach festkrallen. Wenn wir Glück haben, sind wir schnell wieder zurück."

Alles kam so, wie der Zauberer es prophezeite. Das Auto fuhr sogar bis vor das große Tor zu Tinas Anwesen in der Schweiz. Erst jetzt erkannten sie den Fahrer, der eine Fahrerin war. Es war Michaels Frau, die von ihrem Sohn informiert gekommen war, um ihm beizustehen. Die Sache mit dem Festkrallen auf dem Dach hätten sie sich also ersparen können.

Schon waren Geheimdienstleute im Anmarsch, um die Frau zu verhaften. Doch der Zauberer verwandelte sie ebenfalls in eine Katze, die mit uns durch die Gitterstäbe des Zaunes schlüpfte, unbehelligt bis in den Salon auf den Schoß ihres Mannes.

15 Ende gut – Alles gut?

Eigentlich wäre ein Happy End, ein gutes Ende, für diese Geschichte wünschenswert. Aber ein Geheimdienst ist nicht dafür da, irgendetwas zu einem guten Ende zu führen, im Gegenteil.

Folgendes geschah.

Nach unzähligen Verhören war denen klar geworden, dass alleinig Anita aus der Zukunft kam, Quo Vadis, Vif und Petra in das 18. Jahrhundert gehörten und Tina und ich natürlich hierher. Vom Zauberer und den beiden Jungs wussten sie nichts. Damit war für sie klar, nur diese Frau konnte den ersehnten Erfolg für sie herbeiführen. Deshalb nahmen sie sie besonders hart ran, doch Anita widerstand. Als sie die versteckten NPUs bei uns entdeckten, versuchten sie die Funktion des Gerätes zu ergründen. Anita meinte nur, es seien ganz gewöhnliche Armbanduhren. Der Druck auf Anita wurde daraufhin immer mehr erhöht. Sie war eine starke und stolze Frau, ehemals eine Königin, so dass der Geheimdienst kaum noch Mittel sah, sie zum Sprechen zu bringen. Als man dann damit drohte, ihrer Schwester mit einem ätzenden Getränk die Stimme zu nehmen, gab sie nach.

„Wenn sie uns versprechen, dass sie uns gehen lassen, wenn sie eine andere Zeitkugel von mir erhalten, eine, die nicht verkleinert ist, dann will ich ihnen helfen."

Die Geheimdienstleute nickten nur stumm. Ob das ein Versprechen war, ist nie herausgekommen. Anita nahm ihr NPU in die Hand und sprach hinein. „Hallo Wollibär, hörst du mich? Wir sind hier im 21. Jahrhundert durch ein Missgeschick unsere Zeitkugel losgeworden. Kannst du uns bitte eine neue Zeitkugel vorbeibringen? Die Koordinaten für unseren Aufenthaltsort gibt dir mein NPU. Ich hoffe, wir sehen uns in den nächsten Stunden. Danke für deine Hilfe."

Damit glaubte der Geheimdienst den Durchbruch in dieser Sache erreicht zu haben. Man gab bereits Erfolgsmeldungen an die oberen Etagen durch und sah sich hoch dekoriert und befördert.

Uns war eine kurze Ruhepause beschert. Wir saßen immer noch mit gefesselten Händen in unseren Sesseln in der Runde, gut bewacht von mindestens zehn Geheimdienstleuten. Dass diese Runde von vier schlafenden Katzen auf unseren Schößen begleitet wurde, schien keinem aufzufallen.

Hätten wir ein Fernsehgerät einschalten dürfen, wären wir über die sensationellen Vorgänge in ganz Europa informiert gewesen. Unsere Fernsehleute in Hamburg hatten ganze Arbeit geleistet. Mittels eines beispiellosen Fernsehbeitrages, der von allen Programmen in vielen Ländern übernommen worden war, starteten sie einen noch nie dagewesenen Aufruf. Darin baten sie alle gerechtigkeitsliebenden Menschen darum, sich an einem Sternmarsch in Richtung Schweiz zum Haus von Tina zu beteiligen. Ziel der Aktion sollte sein, Tina, mich und die anderen aus den Klauen des Geheimdienstes zu befreien.

Doch damit nicht genug. Der Rechtsanwalt, den mein Sohn zu dem Treffen in der Besenkammer mitgebracht hatte, erwies sich als wahrer Anwalt des Rechts. Er war so klug, einen Gegner wie den Geheimdienst nicht zu unterschätzen. Aber die große Anzahl von Rechtsverstößen, die dieser während der Aktion in Tinas Villa begangen hatte, ließ sich nicht so einfach vom Tisch wischen. Ein guter Anwalt wie er konnte eine Menge daraus machen. Der Raub und die Zerstörung der Zeitkugel allerdings könnte eine Schadensersatzklage nach sich ziehen, die sich gewaschen hat. Wer kann den materiellen Wert einer Zeitreisemaschine für zwanzig Personen beziffern, die aus dem 24. Jahrhundert kommt?

Einen wichtigen Beitrag zu unserer Befreiung leistete mein Verlag. Ich weiß bis heute nicht, wie sie quasi über Nacht den Druck des Buches realisiert haben, aber pünktlich um 9 Uhr zur Öffnungszeit der meisten Buchläden lag es auf dem Ladentisch. Die Leute hatten über das Fernsehen die Information bekommen, das endlich mein Buch mit Teil drei zu kaufen sei.

Das alles hatte tatsächlich tausende Menschen dazu bewegen können, alles stehen und liegen zu lassen und sich in Richtung Schweiz zum Hause von Tina zu begeben. Eine regelrechte Völkerwanderung war da in Gang gekommen. In allen Sprachen riefen die Leute: TINA UND MICHAEL, WIR SIND EURE FANS. Eine Welle rollte auf uns und den Geheimdienst zu, deren Wucht und Kraft keiner richtig einschätzen konnte, und wir wussten nichts davon. Der Geheimdienst aber lernte schon jetzt das Fürchten, denn es schien kein wirkungsvolles Mittel zu geben, diesen Sternmarsch aufzuhalten. Pure Gewalt hätte die Sache noch verschlimmert, so viel Durchblick hatten sie.

In diesem Moment landete Wollibär mit seiner Zeitkugel mitten in Tinas großem Wohnzimmer, in dem wir alle saßen. Unsere Geheimdienstmitarbeiter wurden konfus, denn im selben Moment erreichte eine aufgebrachte hunderttausendköpfige Menge die Tore von Tinas Anwesen.

Unser Rechtsanwalt und die Fernsehleute waren unter ihnen. Der Anwalt vermochte es, mit einem einfachen Handzeichen die Menge zu stoppen, dann trat er an die Wechselsprechanlage am Tor und verlangte, die Hausherrin und den verantwortlichen Geheimdienstmann sprechen zu können. Tatsächlich öffnete sich das Tor, für den Anwalt das sichere Zeichen, gute Karten zu haben. Gemeinsam betraten sie das Haus, hinter sich die aufgebrachten Massen.

In dem Moment, als sie das Wohnzimmer betraten, öffnete Wollibär die Zeitkugel und sprang mit der berechtigten Frage heraus: „Was ist denn hier los?“

Doch nicht genug, die vier Katzen zeigten ihr wahres Gesicht, wurden wieder zu meiner Frau, zum Zauberer und zu Puck und Quasi. Das verblüffte und verwirrte die Geheimdienstleute so sehr, dass sie glaubten, dem Wahnsinn verfallen zu sein.

Unser Anwalt nahm sich ihren Anführer vor, machte ihm mit einer für ihn niederschmetternden Zusammenfassung der Dinge seine Lage klar, bis er einsah, dass er verloren hatte. Der pfiffige Anwalt verfügte einfach, dass sie alle ihre Dienstausweise bei ihm abzugeben hätten und unverzüglich und ohne die Mitnahme von irgendwelchen Gegenständen das Grundstück zu verlassen hätten. Das alles wurde von den Fernsehleuten in Bild und Ton dokumentiert und würde später zu einem wichtigen Beweismittel vom Anwalt benutzt werden können.

Nachdem die Geheimdienstleute unter dem Jubel der Massen das Gelände verlassen hatten, war es nun an der Zeit, den Sieg zu feiern. Tina hatte sich kurzfristig entschlossen, am nächsten Tag ein Dankeskonzert für alle zu geben, die sich mit ihrer Teilnahme an dem Sternmarsch für sie eingesetzt hatten. Sie stand auf dem Balkon ihres Hauses mit einem Mikrofon in der Hand und fand folgende Worte:

„Meine lieben Fans, liebe Fans von Michael und seinen Werken, liebe Fans der Gerechtigkeit. Wir danken euch für eure Liebe, wir lieben euch, wir lieben eure Liebe für die Gerechtigkeit und die Freiheit. Ihr seid nicht umsonst gekommen, denn wir haben gesiegt. Das muss gefeiert werden. Wir laden euch ein zu einem Konzert der besonderen Art. Meine Schwester und ich möchten euch einen unvergesslichen Abend bereiten mit unserem Gesang in der neuen Elbphilharmonie in Hamburg, und sollten die Plätze nicht reichen, wiederholen wir das Ganze im Olympiastadion in Berlin. Wir sagen euch Danke.“

Dann ergriff ich das Mikrofon.

„Tina hat eigentlich schon alles gesagt. Wir waren zusammen im 24. Jahrhundert, ob ihr mir das jetzt glaubt oder nicht. Soviel sei gesagt, uns erwartet eine Zukunft, auch wenn diese den meisten von uns, besser gesagt allen, nicht erreichbar ist. Das Leben geht weiter, soviel ist gewiss. Genießen wir alle unser Leben, und wenn Dinge kommen, die uns die Freude am Leben nehmen, dann müssen wir uns dagegen wehren. Ihr alle habt bewiesen, dass das geht. Danke."

Endlich trat wieder etwas Ruhe ein. Nachdem man den Leuten Gutscheine für das angekündigte Konzert überreicht hatte, zogen sie erschöpft und friedlich ab. Die Zahlen hatten eine Größenordnung erreicht, die tatsächlich einen Auftritt im Olympiastadion notwendig machten. Tinas Rekord lag übrigens bei 188000 Menschen in einem Konzert. Die Elbphilharmonie bot nur 2100 Plätze an, viel zu wenig für diese Massen. Doch das war kein Problem. Tinas Manager würden alles organisieren. Wir alle wollten auf jeden Fall in das Konzert in der Elbphilharmonie gehen, das war klar.

Wollibär lud uns ein, zusammen mit ihm in seiner Zeitkugel nach Hamburg zu reisen. Da es eine Zeitkugel war, konnte er uns bei der Gelegenheit einen Zeitvorsprung verschaffen. Ein Tag sollte reichen. Dadurch hatten wir die Gelegenheit, uns von den Strapazen zu erholen und wichtige Dinge zu ordnen.

Wir hatten uns alle Zimmer genommen in dem Hotel, in dem Tina immer absteigt, wenn sie in Hamburg ist. Ich darf keine Namen nennen wegen der Schleichwerbung. Natürlich hatte Wollibär eine neue Zeitkugel für uns mitgebracht. Damit würden Quo Vadis und Anita, der Zauberer und die vier Kinder Vif, Petra, Quasi und Puck zurück zu den Bäumlis und den Königs im 18. Jahrhundert reisen können. Sie hatten vor, gleich nach dem Konzert zu verschwinden.

Tina und Anita waren schon seit Stunden in der Elbphilharmonie, um für das Konzert zu proben. Das Duett, das sie zum Vortrag bringen wollten, musste absolut gut sitzen. Die Bühnenshow war in der kurzen Zeit nur in einer improvisierten Form hinzubekommen. Man hatte Künstler von den großen Musicals, die gerade in der Stadt liefen, engagieren können, so dass eine bunte und überraschende Show daraus entstanden war. Der Abend sollte also für alle, die ihn hier verleben durften, zu einem unvergleichlichen Erlebnis werden.

Pünktlich um 19 Uhr fuhr ein Kleinbus mit verdunkelten Scheiben vor dem Hotel vor, um uns abzuholen. Darin saßen der Chef von der Modellwelt, mein Sohn, unser toller Anwalt, meine Fernsehleute und der Chef von meinem Verlag. Der Fahrer drehte eine kleine Runde durch Hamburg, um den Ortsfremden unter uns etwas von der Stadt zu zeigen. Dann hielt er auf die Elbphilharmonie zu, um uns wenig später vor ihren Türen abzuladen. Wir bestaunten den Bau, da hatten viele Menschen wirklich etwas Besonderes abgeliefert. Nur einer schaute kritisch auf das Bauwerk, Professor Quasi.

„Puck, ich glaube die wollen uns verarschen“, sagte er hinter vorgehaltener Hand zu seinem Freund. „Das ist doch nie und nimmer ein Gebäude.“

„Was denn sonst?“

„Na siehst du denn nicht die vielen Hinweise? Das ist ein Raumschiff mit 2100 Sitzplätzen. Allerdings kann ich mir nicht vorstellen, dass es im Moment startbereit ist.“

„Und ich kann mir nicht vorstellen, dass die Erbauer irgendetwas davon wissen, dass sie in Wirklichkeit ein potentielles Raumschiff gebaut haben.“

„Ich vermute, dass noch der richtige Antrieb fehlt, denn so einen Haufen Stahl und Steine in den Orbit zu befördern, erfordert gewaltige Kräfte.“

„Du hast Recht, so könnte es sein.“

„Vielleicht sollten wir wiederkommen und den richtigen Antrieb mitbringen, damit sich die Ziele der Bauherren verwirklichen?“

„Woran denkst du?"

„Blöde Frage, ich denke natürlich an unseren Freund, den 300-Kilogramm-Sonnengrüßer im Museum in Atlantis."

„So machen wir das. Ich kann es gar nicht erwarten."

Sie reichten sich die Hände, so wie beste Freunde das tun. Dann begann das Konzert.

Michael Rogge

wurde 1952 in Bad Salzungen geboren. Nach einem Designstudium in Halle/Saale siedelte er sich 1977 in Wismar an, fand die Liebe seines Lebens und beschäftigte sich in eigener kleiner Werkstatt mit der Gestaltung und Herstellung von Holzspielzeug, dekorativen Objekten und Möbeln.

1981 wurde sein Sohn Philipp geboren. 2009 kam der Enkel Dastin auf die Welt.

Jetzt, im reiferen Alter von 67 Jahren, hat sich Michael Rogge mit dieser literarischen Unternehmung einen lang gehegten Wunsch erfüllt und den Roman seinem Enkel Dastin gewidmet.

michaelrogge@gmx.de